Tina Grasses

Das Geheimnis der Nebelinsel

Tina Grasses

Das Geheimnis der Nebelinsel

Lesbischer Fantasy-Roman

édition el!es
Internet: www.elles.de
E-Mail: info@elles.de
Umschlaggestaltung und Satz: graphik.text Antje Küchler
ISBN 978-3-932499-89-0

Iliska, jüngste Sensei der in den Ebenen von Tarbis gelegenen Schule von T'Mar, lag völlig erschöpft auf ihrem Bett. Sie hatte sich nicht einmal die Mühe gemacht, die schweißnassen, schmutzigen Kleider auszuziehen. So wie sie vor wenigen Stunden durch die Tore des befestigten Anwesens, das die berühmte Schule der Kämpfer beherbergte, geritten war, das Pferd fast zu Tode geschunden, sie selbst am Rande ihrer Kraft, war sie in ihr Blockhaus gestürmt und hatte die Tür fest hinter sich verriegelt. Es war noch früh am Morgen, und nur wenige der anderen Sensei, die hier vor allem die Künste des Kampfes in all ihren Formen unterrichteten, hatten ihr Kommen bemerkt. Dennoch hatte es schnell die Runde gemacht, daß Iliska völlig unerwartet zurückgekehrt war und man war zu ihr geeilt, um sich nach ihr zu erkundigen. Doch Iliska hatte weder auf das Klopfen noch auf die Rufe geachtet, bis Calydia, die Großmeisterin und Leiterin der Schule, die Iliskas Mentorin und mütterliche Freundin war, schließlich befahl, Iliska in Frieden zu lassen, auch wenn sie über die Art und Weise von Iliskas Rückkehr aufs höchste beunruhigt war. Doch kannte Calydia ihre Lieblingsschülerin gut genug, um zu wissen, daß sie ihr Zeit lassen mußte, bis Iliska von sich aus bereit war, über das zu sprechen, was sie erlebt hatte.

Unruhig warf Iliska sich im Schlaf hin und her, bis sie ein lautloser Schrei aus ihrem Alptraum riß.

Erst vor wenigen Stunden hatten sich ihre Augen in der Hoffnung auf tiefen, traumlosen Schlaf geschlossen, doch dann war die Erinnerung mit Macht zurückgekehrt. Wie von selbst hatten ihre Gedanken den Weg zurückgefunden, zurück auf das Schiff, zurück zu jenem Augenblick des Grauens, als sich eine Gefahr erhob, die nicht mit irdischen Waffen zu bekämpfen gewesen war. All die Gefühle der Angst, des Schmerzes, der Hilflosigkeit hatte Iliska noch einmal durchlebt, schlimmer noch und stärker, bis sie im Traum nur noch geschrien hatte. Sie hatte geschrien, bis sie schließlich merkte, daß sie sich nicht mehr auf dem Schiff, sondern in der vertrauten Umgebung ihres Hauses befand.

Mit einer unbewußten Geste rieb sich die junge Sensei den Schweiß von der Stirn, zwang sich zu ruhigem, gleichmäßigem Atmen. Langsam wich die Angst, doch der Schmerz blieb und dazu kam ein neues, nicht weniger starkes Gefühl: Es war heißer, unbändiger Zorn. Rotglühendes Feuer rann durch Iliskas Adern, verlieh ihr Kräfte, die sie längst nicht mehr hatte.

Der Raum wurde zu klein, sie sprang auf, zerrte an der verriegelten Tür, bis diese schließlich nachgab, und stürmte hinaus in die Dunkelheit.

Die T'Mar-Schule war eine befestigte Anlage, die sich über ein bemerkenswert großes Areal erstreckte. Die Wohnanlagen im nördlichen Teil boten Platz für etwa dreihundert Schüler, die sich zehn große Blockhäuser teilten. Die kleineren Häuser waren den ausgebildeten Sensei, den angehenden Lehrmeistern und den Eliteschülern vorbehalten, die dort einzeln oder zu zweit wohnten, je nach dem Grad ihrer Ausbildung. Der südliche Teil war ganz den Trainingsplätzen, den Übungsgeländen und den Dojos vorbehalten.

Iliskas Ziel waren die Trainingsplätze, und als sie sie erreichte, stürzte sie sich auf die ledernen Trainingspuppen, ließ den rasenden Zorn an ihnen aus, bis ihr Körper streikte und sie in eine erschöpfte Bewußtlosigkeit sank.

Ein Schatten erhob sich aus der Dunkelheit. Meisterin Calydia hatte Iliska zugesehen, sie gewähren lassen, und nun ging sie zu Iliska hinüber, hob den leblosen Körper vorsichtig auf und trug ihn zu ihrem eigenen geräumigen Anwesen hinüber, das den Mittelpunkt des Wohnbereiches bildete.

Dort schlief Iliska die ganze Nacht und den größten Teil des nächsten Tages. Sie erwachte kurz, trank gierig von dem Tee, den Josh, Calydias rechte Hand, ihr brachte und schlief dann wieder, tief und traumlos, bis die Morgensonne sie weckte.

Es dauerte eine kleine Weile, bis Iliska bewußt wurde, wo sie sich befand. Und mit diesem Bewußtsein kehrten auch ihre Erinnerungen zurück. Doch hatten Schmerz und Zorn, jetzt, da sie ausgeruht war, weniger Macht über sie, und ganz langsam keimte ein neues Gefühl in ihr, für das vorher in ihrem aufgepeitschten Gemüt kein Raum gewesen war – Hoffnung.

Iliska erhob sich und ging hinüber in Meisterin Calydias Bad, um sich endlich vom Schmutz der Reise zu befreien. Das warme Wasser tat ihr gut, sie fühlte, wie auch ihre körperlichen Kräfte langsam zurückkehrten.

Darüber hinaus drangen verführerische Düfte von draußen herein. Josh schien das Frühstück zuzubereiten, und Iliskas Magen, der sofort vernehmlich zu knurren begann, erinnerte sie daran, wie lange ihre letzte ordentliche Mahlzeit schon zurücklag. Iliska konnte sich kaum daran erinnern, auf dem mörderischen Ritt zurück überhaupt etwas gegessen zu haben, und jetzt sehnte sie sich nach einem ausgiebigen Frühstück, das niemand besser zubereiten konnte als Calydias ergebener Gehilfe.

Rasch erhob sich Iliska aus dem geräumigen Badezuber, bedachte die frische Kleidung, die für sie bereitlag, mit einem dankbaren Blick und beeilte sich mit dem Anziehen.

Kurze Zeit später begrüßte Meisterin Calydia ihre Lieblingsschülerin auf der Veranda ihres Hauses. Der Tisch war für drei Personen gedeckt, und kaum hatte Iliska sich gesetzt, erschien auch schon Josh mit einem großen Tablett voller Köstlichkeiten.

Iliska genoß das Essen, wie sie selten eine Mahlzeit genossen hatte, und als sie den Teller endlich von sich fortschob, fühlte sie sich vollständig wiederhergestellt und nun auch der Aufgabe gewachsen, Meisterin Calydia von den Geschehnissen der Reise zu berichten.

Sie begann: »Verzeih, daß ich dir erst jetzt –«

Doch Calydia winkte ab. »Mach dir darüber keine Sorgen. Erzähl einfach, was geschehen ist.«

Iliska schwieg einen Moment. So viele Gedanken strömten auf sie ein, wie sollte sie da nur einen Anfang finden?

Der See, kristallisierte sich schließlich eine Erinnerung heraus. *Dort hat alles begonnen . . .*

Iliska holte tief Luft. »Wir waren erst wenige Tage unterwegs«, begann sie. »Es schien zunächst eine Reise wie jede andere zu werden, doch das änderte sich rasch, als wir den Azulsee erreichten. Du weißt ja, daß sich die Schiffe, die die Reisenden übersetzen, möglichst am Rand des Sees halten, aber dieses Schiff war aus Gründen, die ich mir erst jetzt erklären kann, zu weit auf den See hinausgeraten. Und dort geschah es dann . . .«

Bethany und Iliska standen nebeneinander an der Reling des kleinen Schiffes und sahen auf den See hinaus. Alles schien ruhig und friedlich, die Sonne ging gerade unter, spiegelte ihr erlöschendes Licht vielfach auf der vom Wind leicht gekräuselten Oberfläche.

Es geschah des öfteren, daß Meisterin Calydia ihre besten Sensei oder Schüler zu denen sandte, die sie um Hilfe ersucht hatten. Die T'Mar-Schule lag zwar abgelegen, war jedoch bis weit über die Grenzen des Landes hinaus dafür bekannt, ausgezeichnete Krieger und Kriegerinnen hervorzubringen. Das hatte zur Folge, daß sich die angesehensten Familien darum rissen, ihre Söhne und Töchter dort ausbilden zu lassen, und auch oft genug Bitten um Hilfe die Schule und ihre Leiterin erreichten, denen Calydia, wenn sie es für angemessen hielt, auch nachkam.

Iliska war schon mehrmals im Auftrag Calydias unterwegs gewesen, doch noch nie zusammen mit Bethany, und da die beiden nach einer schwierigen Zeit voller Mißverständnisse und Rivalitäten endlich wieder zueinandergefunden hatten, waren sie entschlossen, diese Reise zu nutzen, um ihre angeschlagene Freundschaft zu festigen.

Iliska genoß diese Fahrt; schon lange war sie nicht mehr so uneingeschränkt glücklich gewesen. Die schmerzlichen Erinnerungen, die sich mit ihrem alten Leben verbanden, schienen endlich überwunden zu sein, und auch wenn Iliska niemals vergessen würde, so sah sie doch inzwischen wieder eine Zukunft für sich, die nicht mehr von den finsteren Farben allzu frühen und schmerzlichen Verlustes geprägt war. In den letzten fünf Jahren hatte sie in der T'Mar-Schule eine zweite Heimat und eine Aufgabe gefunden, die sie ausfüllte, und wieder gelernt, was Zufriedenheit und Glück bedeuteten.

»Er ist wunderschön, findest du nicht?« fragte Iliska und meinte den Sonnenuntergang.

Die Kriegerin mit dem dichten braunen Haar, das ihr in Wellen bis über die Schultern fiel, blieb ihr die Antwort jedoch schuldig.

»Beth?« fragte Iliska, wandte sich ihrer Freundin zu und erschrak ein wenig, denn ihre Freundin starrte mit einem so finsteren Blick auf die See hinaus, als wäre eine lang vergessene Erinnerung unerwünscht und zur Unzeit aus den Tiefen von Bethanys Seele aufgetaucht.

Iliska betrachtete ihre Freundin, die wie das Standbild einer Göttin wirkte. Bethany hatte ein schmales ebenmäßiges Gesicht und tiefblaue Augen. Ihre schlanke Figur ließ kaum etwas von der Kraft und Ausdauer ahnen, die in dem sorgfältig trainierten Körper schlummerten. Obwohl Bethany ein freundliches Wesen besaß, umgab sie doch immer etwas Melancholisches, was in diesem Augenblick, als sie neben Iliska stand und völlig in ihre ganz eigenen Gedanken versunken war, besonders stark zur Geltung kam.

Iliska fuhr sich etwas nervös durch ihr kurzes, hellbraunes Haar. Ihre rehbraunen Augen sahen Bethany besorgt an. »Was ist los?« fragte sie. »Stimmt irgend etwas nicht?« Als Bethany noch immer nicht antwortete, zu tief in ihre Gedanken versunken, als daß die Stimme der Freundin sie erreicht hätte, berührte Iliska sanft Bethanys Arm. »He, wo bist du?«

Bethany wandte den Kopf, langsam, noch ganz abwesend. In ihren Augen lag ein seltsamer Ausdruck – eine Mischung aus Trauer und Sehnsucht, aus Schrecken und Verletztheit.

Sogar ein wenig Furcht, wie Iliska zu ihrem Erstaunen feststellte. Für einen Moment überfiel sie das unbehagliche Gefühl eines Menschen, der ungewollt Zeuge eines sehr intimen Momentes geworden war.

Bethany schien das Unbehagen der Freundin zu spüren, sie versuchte ein Lächeln, das unbekümmert und gleichzeitig beruhigend sein sollte, was ihr jedoch gründlich mißlang. »Verzeih mir«, sagte sie schließlich. »Ich wollte dich nicht beunruhigen.«

»Schon gut«, entgegnete Iliska. »Es geht mich vermutlich nichts an, woran du gerade dachtest, oder?«

Bethany biß sich auf die Lippen. »Ja. Ich meine . . . nein«, stotterte sie schließlich etwas hilflos. »Es . . . es ist . . . dieser Ort –« Sie brach ab und seufzte.

Iliska runzelte die Stirn. Es geschah nicht oft, daß ihre Freundin um Worte verlegen war, es sei denn sie focht wieder einmal einen inneren Kampf aus, zwischen dem Wunsch zu vertrauen und dem Bestreben, alles was sie zutiefst berührte vor aller Welt geheimzuhalten. Doch dies war etwas, das ihnen beiden gemein war, denn auch Iliska sprach nicht gern über die Dinge, die sie im Innersten berührten. Und daher wußte Iliska, daß sie Bethany auf keinen Fall drängen durfte. »Beth«, begann sie daher vorsichtig, »wenn dieser Ort unangenehme Erinnerungen in dir weckt, dann kannst du es mir doch erzählen. Ich meine, wenn hier etwas geschehen ist, was dich beunruhigt, dann sollte ich das vielleicht wissen –«

Weiter kam sie nicht. Bethany wandte sich ihr mit solcher Heftigkeit zu, daß Iliska zurückwich. »Ach, solltest du das?« herrschte sie die Freundin an. »Glaub mir, es gibt Dinge, die besser für immer im Schatten der Vergangenheit verborgen bleiben. Und ich weiß genau, wovon ich rede. Also laß mich in Ruhe mit deiner Fragerei!«

Für einen Moment war Iliska sprachlos; sie spürte, wie sie ärgerlich wurde, wie es sie drängte, auf diesen völlig unangemessenen Ausbruch von Zorn eine ebenso harte, wenn möglich noch schärfere Erwiderung zu geben, doch dann sah sie in Bethanys Augen und was sie darin sah, war nicht Ärger, sondern Besorgnis. Besorgnis und Angst. Sie schluckte daher den aufkommenden Ärger hinunter. »Was soll der Unsinn, Beth?« sagte sie. »Warum fährst du mich so an? Wenn du nicht erzählen möchtest, was dich bewegt, dann akzeptiere ich das, aber behandle mich gefälligst nicht wie ein kleines, nerviges Kind.« Iliska hatte ruhig, aber sehr bestimmt gesprochen, und der gewünschte Erfolg ließ nicht lange auf sich warten.

Von einem Moment zum anderen wich aller Zorn aus dem Gesicht der Kriegerin und machte einem schuldbewußten Lächeln Platz. »Es tut mir leid«, sagte sie. »Das war wirklich unnötig.«

»Schon vergessen«, entgegnete Iliska versöhnlich.

»Ich weiß, es ist manchmal nicht leicht mit mir«, räumte Bethany ein und sah wieder auf den See hinaus.

Iliska war klug genug, nichts weiter zu sagen. Sie wußte, daß Bethany keine weitere Ermunterung brauchte. Ruhig wartete sie ab.

»Es ist schon einige Jahre her –« begann Bethany schließlich, doch genau in diesem Moment wurden sie von einem der Seeleute unterbrochen.

»Der Kapitän läßt euch sagen, ihr sollt euch besser unter Deck begeben. Wir sind ein ganzes Stück vom Kurs abgekommen, und jetzt zieht auch noch ein Unwetter auf.«

»Ein Unwetter?« unterbrach ihn Iliska. »Aber der Himmel ist doch –« Sie verstummte, als ein Blitz das Deck erhellte.

Iliska und Bethany sahen gleichzeitig nach oben und erschraken, als sie den grauschwarzen Himmel sahen.

»Aber wie ist das möglich?« rief Iliska. »Eben noch hatten wir das schönste Wetter. So schnell zieht doch kein Unwetter auf!«

»Das ist kein normales Unwetter«, sagte Bethany mit Bestimmtheit. »Das ist etwas weit Schlimmeres.«

Was? wollte Iliska rufen. *Was ist es, das uns hier bedroht? Was ist hier geschehen?* Doch sie spürte, daß jetzt keine Zeit mehr für Erklärungen war.

»Du mußt mir vertrauen«, bat Bethany eindringlich. »Ich werde dir später alles erklären.« *Wenn es ein Später gibt*, dachte sie. »Wir müssen jetzt alles versuchen, um zur Küste zurückzusegeln. Dort sind wir vielleicht in Sicherheit.« Bei den letzten Worten mußte sie bereits gegen den heulenden und jaulenden Wind anschreien.

Und dann brach das Chaos über sie herein. Blitze zuckten über den Himmel, rissen die Wolkendecke an allen Seiten auf, die sich mit krachendem Donner wieder schloß. Schon klatschten die ersten Regentropfen auf das Deck, wurden zur Sintflut, die ihnen die Kleider durchnäßte und die Sicht erschwerte. Das Schiff hob und senkte sich, als würde es von einer Riesenfaust durchgeschüttelt. Die Menschen torkelten wie betrunken umher, verzweifelt an allem Halt suchend, was ihnen unter die Hände kam.

»Bring dich unter Deck in Sicherheit!« rief Bethany Iliska zu. »Ich helfe der Mannschaft.«

Iliska verdrehte die Augen. Der übertriebene Beschützerinstinkt war auch etwas, das sie an Bethany ein wenig nervte. »Ich kann ebenso helfen wie du!« protestierte sie. »Oder traust du mir das etwa nicht zu?«

Bethany legte Iliska beschwörend eine Hand auf die Schulter. »So habe ich es nicht gemeint –« begann sie, doch sie beendete den Satz nicht, denn von einem Augenblick zum anderen beanspruchte etwas anderes ihre Aufmerksamkeit. Etwas weit draußen auf dem See.

Iliska folgte Bethanys Blick und erstarrte.

In der Mitte des Sees begann sich ein Strudel zu bilden. Selbst aus dieser Entfernung schien er riesengroß zu sein. Der nachtschwarze Himmel darüber war übersät mit kleinen Lichtpunkten, die erloschen und wieder erstrahlten, wanderten, sich umeinander drehten, mit wechselnder Geschwindigkeit gegen alle Gesetze der Natur, wie ein überdimensionaler Schwarm Glühwürmchen, in gemeinschaftlicher Bewegung, doch jedes mit eigenem Leben.

Iliska war eine gute und furchtlose Kämpferin, doch der Anblick der sich ihr jetzt dort draußen über dem See bot, jagte ihr Schauder über den Rücken. Iliska spürte ganz deutlich, daß sie hier nicht Zeugen eines Naturschauspiels waren, und wie um diese Vermutung zu bestätigen, erstarben von einem Augenblick zum anderen sämtliche Geräusche um sie herum, und das Schwanken und Schlingern des Schiffes unter ihnen hörte auf.

Eine unheimliche Ruhe umgab die beiden Freundinnen, als wären sie aus Zeit und Raum herausgelöst worden und verharrten nun als unbeteiligte Zuschauer des Chaos, das sich auch weiterhin um sie herum ausbreitete.

Bethanys Hand, die noch immer auf Iliskas Schulter lag, verkrampfte sich zu einem schmerzhaften Griff, doch Iliska spürte es nicht einmal.

Ihre Augen wurden von dem Strudel angezogen, aus dem sich jetzt vollkommen geräuschlos ein großer, schwarzer Monolith erhob. Einen Moment lang verharrte er inmitten der tanzenden Lichter, dann schwebte er langsam auf das Schiff zu, bis er genau über den beiden Freundinnen hing – dunkel und bedrohlich.

»Na, auf die Geschichte dazu bin ich wirklich gespannt«, bemerkte Iliska trocken. »Kein Wunder, daß du nicht gern über die Leichen in deinem Keller sprichst.«

Bethany warf ihr einen leicht gequälten Blick zu. »Ich fürchte nur, diese Leichen leben noch«, sagte sie seufzend. »Und ich habe dich da auch noch mit reingezogen. Hätten wir doch nur einen Bogen um den See gemacht.«

»Dazu ist es jetzt wohl zu spät«, stellte Iliska fest.

Aus den Augenwinkeln registrierte sie, daß die Besatzung weiterhin verzweifelt gegen Sturm, Regen und riesige Wellen ankämpfte und versuchte das Schiff wieder auf Kurs Richtung Ufer zu bringen. Keiner von ihnen hatte die Anwesenheit des Monolithen auch nur bemerkt.

»Eine Sondervorstellung, nur für uns«, knurrte Bethany. »Das paßt zu ihr.«

»Zu ihr?« fragte Iliska verblüfft, doch sie erhielt keine Antwort mehr, denn in diesem Augenblick begann der Monolith sich zu drehen, erst langsam, dann immer schneller, bis er seine Form zu verändern begann und allmählich ein Kopf daraus wurde, mit schemenhaftem Gesicht. »Wer sie auch ist«, bemerkte Iliska, »sie versteht es, einen Auftritt zu inszenieren.«

»Leider ist das nicht das einzige, worauf sie sich versteht«, entgegnete Bethany grimmig.

»Da wett' ich drauf ...« Iliskas Hand wanderte zu ihrem Schwertgriff und löste für alle Fälle den Sicherheitsriemen.

Ein Lachen, schmerzhaft laut, durchbrach die Stille. »Du kommst also von ganz allein zu mir zurück, Beth!« dröhnte eine weibliche Stimme über den See.

»Ich wußte doch, daß du mir eines Tages wieder über den Weg

laufen würdest. Oder dachtest du, mich für alle Zeiten vernichtet zu haben?«

Iliska sah Bethany fragend an, doch deren Aufmerksamkeit war vollkommen auf die unheimliche Erscheinung gerichtet. »Offen gestanden, hatte ich das gehofft«, erwiderte die Kriegerin. »Aber ich hätte wissen müssen, daß Geschmeiß wie du durch irgendeine Ritze kriechen würde.«

Einen Augenblick lang glühte das schemenhafte Gesicht in feurigem Rot. »Du solltest nicht so respektlos mit mir reden«, grollte die Stimme. »Hier bist du in meiner Welt und in meiner Macht!«

Darüber war sich Bethany vollkommen bewußt, und wenn es nur um sie selbst gegangen wäre, hätte sie sich darüber auch viel weniger Sorgen gemacht. Warum hatte sie sich nur auf diese Schiffspassage eingelassen? Aber sie war sich vollkommen sicher gewesen, daß dieses gemeine Wesen nach ihrer letzten Begegnung nie wieder eine Gefahr sein würde.

»Wer ist das, Beth?« hörte sie Iliska an ihrer Seite flüstern, und plötzlich hatte Bethany schreckliche Angst, nicht um sich selbst, sondern um ihre Freundin, die nun in etwas hineingezogen wurde, für das sie nichts konnte und von dem sie nicht einmal wußte.

»Hat es dir etwa die Sprache verschlagen?« ertönte die Stimme wieder. »Oder hat dein Schweigen etwa andere Gründe?« Der Blick des Wesens wanderte zu Iliska.

»Das ist eine Sache zwischen dir und mir!« rief Bethany rasch. »Ich bin es doch, die du willst, also mach schon und töte mich, aber laß das Schiff frei. Diese Menschen haben dir nichts getan!«

»Hmm, Beth, hältst du das wirklich für eine gute Idee?« gab Iliska vorsichtig zu bedenken.

»Iliska«, flüsterte Bethany, »was auch passiert, kümmere dich nicht um mich, sondern versuch dich in Sicherheit zu bringen.«

»In Sicherheit? Beth, wir sind hier auf einem Schiff«, hielt Iliska ihr vor.

Bethany verdrehte die Augen. Als ob sie das nicht ganz genau wüßte. Aber was sollte sie denn tun, um Iliska zu beschützen?

»Hast du Angst, Beth? Angst, daß durch deine Schuld wieder jemand stirbt, der dir etwas bedeutet?« Gehässiges Kichern begleitete diese Worte.

Bethany spürte, wie sich in ihr etwas zusammenkrampfte. Dieses Miststück wußte genau, wie sie zu treffen war. Die Kriegerin beschloß, es auf andere Weise zu versuchen. Sie hatte zwar nicht viel Hoffnung, daß es funktionieren würde, aber es war immer noch besser, als aufzugeben. »Als wir uns das letzte Mal begegneten, wolltest du etwas von mir!« rief sie. »Vielleicht können wir ja jetzt ins Geschäft kommen!«

Diesmal antwortete ihr kein Kichern, sondern ein Gelächter, das so laut über den See schallte, daß sich Bethany und Iliska die Ohren zuhielten. »Netter Versuch, Beth, aber meine Interessen gehen diesmal in eine andere Richtung!« Das schemenhafte Gesicht wandte sich wieder Iliska zu, die sich plötzlich von einer unsichtbaren Faust gepackt fühlte.

Im nächsten Moment wurde Iliska über das Deck gegen den Großmast geschleudert. Benommen blieb sie auf den Planken liegen.

Entsetzt spürte Bethany ein vertrautes Kribbeln auf der Haut und wußte, was gleich passieren würde. Magische Energie sammelte sich in der Luft vor ihr, sie warf einen raschen Blick auf Iliska, die vergebens versuchte, sich aufzurichten, und verlor keine Zeit mehr. Sie stieß sich vom Boden ab, überschlug sich blitzschnell in der Luft und landete vor Iliska auf den Planken. Im nächsten Moment hatte sie ihr Schwert gezogen.

Keinen Augenblick zu früh. Ein Blitz aus geballter magischer Kraft, von unsichtbarer Hand gelenkt, raste auf Iliska zu.

Bethany hielt ihr Schwert hoch über den Kopf, und der Blitz schlug in das schwarze Metall der Klinge, das sofort in gleißendes Licht gehüllt war. Ein ohrenbetäubendes Zischen und Donnern erklang, Funken sprühten, hinterließen schwarzverbrannte Flecken auf dem Deck.

»Nein!« schrie Iliska. Sie versuchte sich zu erheben, stellte aber zu ihrem Schrecken fest, daß sie sich nicht bewegen konnte. Sie hörte die Kreatur über sich lachen, nahm all ihre Kraft zusammen und schließlich gelang es ihr, den Bann zu brechen. »Laß sie los, du widerliche Kreatur!« brüllte Iliska und zog ihr Schwert. »Oder ich werde dich vernichten, und wenn es das letzte ist, was ich tue.«

Das Lachen hörte auf. »Wie du meinst«, erwiderte die Stimme beinah gleichgültig, und im selben Augenblick leuchtete der Blitz, der Bethany gefangenhielt, noch einmal hell auf – und verschwand.

Mit ihm löste sich auch die unheimliche Erscheinung auf, wurde wieder zu einem stummen, schwarzen Stein, der lautlos im See versank. Auf der Stelle legte sich auch der Sturm, doch Iliska nahm von alledem keine Notiz. Sie starrte nur stumm auf die Stelle, an der Bethany gestanden hatte, und es dauerte eine ganze Weile, bis sie begriff, daß sie allein war.

Als sie ihre Erzählung beendet hatte, starrte Iliska eine Weile schweigend auf die kleine Brandwunde an ihrer Hand. Einer der Funken hatte sie dort getroffen, doch Iliska war viel zu abgelenkt gewesen und hatte es erst viel später bemerkt, als sie völlig verzweifelt auf dem Weg zurück zur T'Mar-Schule gewesen war.

Meisterin Calydia und Josh warteten geduldig, bis die junge Sensei in die Gegenwart zurückfand.

Schließlich sah Iliska auf. »Beth kann unmöglich tot sein. Ich glaube es einfach nicht«, sagte sie mit Nachdruck.

Meisterin Calydia seufzte. »Was geschehen ist, ist schlimm, doch es überrascht mich nicht.«

Josh und Iliska sahen sie erstaunt an.

»Du weißt bestimmt mehr über Bethany als irgend jemand sonst hier«, stellte Josh fest. »Mit Ausnahme von Iliska natürlich«, fügte er hinzu.

Doch Iliska schüttelte den Kopf. »Beth kennenzulernen ist eine Lebensaufgabe, und ich wage sogar zu bezweifeln, daß ein Leben dafür ausreicht. Auch wenn wir inzwischen gute Freunde geworden sind, glaube ich kaum, daß ich wesentlich mehr von ihr weiß, als jeder andere hier. Selbst als sie die Gefahr spürte, die auf dem See auf uns lauerte, brachte sie es kaum über sich, mir von den Hintergründen zu erzählen. Sie faßt nur sehr schwer Vertrauen, und bei mir fing sie gerade erst damit an.« Iliska holte tief Luft und wandte sich dann an Meisterin Calydia. »Unter normalen Umständen hätte ich sicher die Geduld gehabt zu warten, bis Beth mir selbst nach und nach ihre Geschichte erzählt. Aber die jetzige Situation erfordert schnelles Handeln. Ich muß sie finden und ihr beistehen, und dazu muß ich mehr von ihr wissen. Ich bitte dich, Meisterin Calydia, erzähl mir, was du über Bethany weißt; vielleicht hilft es mir bei der Suche.«

Die Meisterin schwieg lange, und diesmal war es an Iliska, sich in Geduld zu üben. Calydia betrachtete die junge Frau verstohlen.

Sie kannte Iliska schon seit vielen Jahren. Iliska war das jüngste Kind des Barons Thimor von Dunchester, Senator am Hof des Kaisers von Estargon, ein Land im Nordosten des Kontinents Quelthir. Der Baron hatte seine Tochter nach T'Mar geschickt, als sie das zwölfte Lebensjahr erreicht hatte. Er tat dies in weiser Voraussicht, denn er hatte seinem Sohn Derryl kurz zuvor eröffnet, daß er Iliska bei Kaiser Alethus zur Nachfolgerin und Erbin seines Titels erklärt hatte.

Derryl war schon in frühester Jugend ein grausamer und egoistischer Mensch gewesen, der nur seinen eigenen Vorteil und sein eigenes Vergnügen kannte, und als sich diese unheilvollen Eigenschaften immer mehr verstärkten, je älter Derryl wurde, hatte Thimor schließlich entschieden, daß sein Sohn nicht der geeignete Kandidat für den Titel des nächsten Barons von Dunchester war. Da er jedoch befürchtete, Derryl könne Iliska aus Neid und Rachsucht etwas antun, war er bestrebt gewesen, seine Tochter bis zu ihrer Volljährigkeit so weit wie möglich von Yartar, der Hauptstadt von Estargon, fortzuschicken. Da er schon viel Gutes von der T'Mar-Schule gehört hatte, die viele Meilen entfernt im Land Tarbis lag, war seine Wahl rasch getroffen.

Als Iliska mit zwanzig Jahren volljährig geworden und ihre Ausbildung mit Auszeichnung abgeschlossen hatte, kehrte sie nach Yartar zurück. Dort erwartete sie jedoch niemand mehr, denn das Anwesen ihrer Familie war, wie auch etliche andere, bei einem Brand im Villenviertel zerstört worden. Niemand hatte das Feuer überlebt, und der Bote mit der Nachricht vom Tod ihrer Familie hatte Iliska nur um wenige Tage verfehlt.

Iliska mußte bald feststellen, daß etwas Merkwürdiges mit diesem Brand verbunden war, denn niemand, nicht einmal der Kaiser, konnte oder wollte mit ihr über die näheren Umstände sprechen. Iliska hörte jedoch nicht auf Fragen zu stellen, bis schließlich der Kaiser selbst sie zu einer persönlichen Unterredung bat und ihr das Angebot machte, den Platz ihres Vaters als Senatorin einzunehmen, wenn sie die Dinge auf sich beruhen ließe. Doch Iliska brachte es nicht über sich, einfach zur Tagesordnung überzugehen; immerhin hatte sie ihre ganze Familie bei dem Brand verloren. Kaiser Alethus hatte Iliska daraufhin aus Estargon verbannt, und sie war verbittert und enttäuscht nach T'Mar zurückgekehrt.

Meisterin Calydia hatte sie aufgenommen und sie zu einer ihrer Sensei gemacht, der jüngsten, die jemals in T'Mar unterrichtet hatte. Iliska hatte den Namen Dunchester ebenso abgelegt wie den Titel einer Baroneß, der ihr nach dem Tod ihres Vaters eigentlich zugestanden hätte, und Calydia gebeten, nie wieder über ihre Vergangenheit zu sprechen. Calydia war das recht, sie hatte schon sehr früh das große Potential erkannt, das in Iliska ruhte, und es immer bedauert, daß die junge Sensei darauf bestanden hatte, in ihre Heimatstadt zurückzukehren.

Nun hatte Iliska in T'Mar eine neue Heimat gefunden und Calydia eine ausgezeichnete neue Sensei hinzugewonnen. Die Meisterin hatte es zwar nie ausgesprochen, aber im Grunde war sie nicht besonders unglücklich über den tragischen Verlauf, den Iliskas Leben genommen hatte.

Iliska hatte Calydia nie enttäuscht; trotz ihrer Jugend zählte sie zu den besten unter den Lehrmeistern, und es ging das Gerücht, sie könne es sogar mit Meisterin Calydia selbst aufnehmen. Bis Bethany auftauchte, hatte es für Iliska keine nennenswerte Konkurrenz gegeben, doch dann hatten die Dinge begonnen schwierig zu werden.

»Du glaubst also nicht, daß sie tot ist«, brach Calydia schließlich das Schweigen. »Was macht dich so sicher?«

Iliska hob den Kopf und sah ihre Meisterin lange an. Sie wußte eigentlich selbst nicht, worauf sich ihre Gewißheit gründete, und während sie nach einer Antwort suchte, die Calydia zufriedenstellen konnte, schweiften ihre Gedanken zurück zu dem Tag, an dem sie und Bethany sich zum ersten Mal begegnet waren.

Iliska war bereits seit zehn Tagen unterwegs. Sie befand sich auf dem Rückweg von einem Auftrag, der sie hoch in den Norden Quelthirs nach Traskel geführt hatte. Einer besonderen Herausforderung hatte sie sich dort nicht stellen müssen, doch Meisterin Calydia würde sich ganz bestimmt über das Gold freuen, das Iliska als Lohn für ihre Dienste erhalten hatte.

Iliska mußte lächeln, als sie an den sehr ausgeprägten Geschäftssinn ihrer Meisterin dachte. Calydia hatte stets ein offenes Ohr für Bittsteller, die um einen Krieger aus ihrer Schule zur Lösung diverser Probleme baten, doch sie vergaß auch niemals, einen angemessenen Preis für die großzügig gewährte Hilfe auszuhandeln. Stillschweigen von Seiten der dankbaren Klienten wurde natürlich garantiert, denn Meisterin Calydia zog es verständlicherweise vor, als selbstlose Wohltäterin denn als gute Geschäftsfrau zu gelten.

Der Wald, durch den Iliska ritt, schien sich etwas zu lichten, als sie plötzlich ein Sirren in der Luft hörte. Ihre Hand schoß reflexartig vor, gerade rechtzeitig um einen Pfeil knapp vor ihrer Brust abzufangen, der sich beinah in ihr Herz gebohrt hätte. Weitere Pfeile zischten heran, Iliska bog den Oberkörper nach hinten, schwang sich rücklings aus dem Sattel und zog ihr Schwert, kaum daß ihre Füße den Boden berührten. »Verdammtes Gesindel!« schrie sie. »Nun zeigt euch schon, damit wir es hinter uns bringen!«

Erst schien es, als wolle niemand die Herausforderung annehmen, doch dann kam plötzlich Leben in die Büsche ringsum, und ein halbes Dutzend gut bewaffneter Männer und Frauen trat auf den kleinen Waldweg.

»Gib auf,« sagte eine Frau, die in abgewetztes Leder gekleidet war und eine große Axt schwang. »Wir sind dir überlegen!«

»Wieso?« fragte Iliska. »Erwartest du noch Verstärkung?«

»Dir werden die Scherze schon noch vergehen!« knurrte die Frau.

In diesem Augenblick hörten sie einen Kampfschrei. Im nächsten Moment flogen drei Banditen aus einem Gebüsch heraus, in dem sie sich versteckt gehalten hatten, und landeten mit durchschnittenen Kehlen direkt vor den Füßen der Anführerin, die sich, ebenso wie ihre Leute, sofort hektisch nach dem unerwarteten Angreifer umsahen.

Ein Rauschen in der Luft ließ sie aufsehen, und gleich darauf landete eine Gestalt neben Iliska. Als sie überrascht aufsah, schaute sie direkt in die blauesten Augen, die sie jemals gesehen hatte. Eine schlanke, anmutige Frau mit langen, braunen Haaren stand mit gezogenem Schwert neben ihr.

»Ich weiß, ich bin nicht eingeladen«, sagte die Frau, und ihre Augen blitzten herausfordernd, »aber das Büffet sah so verführerisch aus, ich konnte einfach nicht widerstehen.«

»Was soll das?« zischte Iliska. »Ich brauche keine Hilfe.«

»Das wage ich zu bezweifeln«, erwiderte die Frau und ließ ihren Blick vielsagend über die nicht gerade geringe Zahl der Angreifer schweifen.

»Und ich *will* auch keine!« betonte Iliska.

Die Kriegerin zuckte die Schultern. »Man kriegt nicht immer, was man will«, sagte sie mit einem Lächeln, das ihre kühle Arroganz durchbrach und sie freundlich und sympathisch erscheinen ließ.

Die Anführerin der Wegelagerer hatte dem Wortwechsel der beiden unsicher gelauscht. Ein Blick auf ihre toten Männer, die ohne die geringste Chance auf Gegenwehr gestorben waren, hatte sie nachdenklich gemacht. Sie hatte geglaubt, leichtes Spiel zu haben, doch das Auftauchen dieser fremden Kriegerin hatte das Blatt eindeutig zu ihren Ungunsten gewendet.

Sie machte einen kleinen Schritt nach vorn, da sie die beiden in ihrem Gespräch abgelenkt glaubte, doch augenblicklich unterbrachen die zwei ihre kleine Meinungsverschiedenheit, stellten sich wie selbstverständlich mit erhobenen Waffen Rücken an Rücken und sahen die Wegelagerer herausfordernd an.

»Wir reden später weiter«, zischte Iliska.

»Wird mir ein Vergnügen sein«, erwiderte die Fremde.

Doch die Gelegenheit dazu sollten sie schneller bekommen, als sie gedacht hatten, denn die Räuber zogen es vor, auf weniger wehrhafte Beute zu warten und verschwanden so rasch, wie sie gekommen waren.

»He, Moment mal!« rief Iliska und wollte ihnen nachstürzen.

Die braunhaarige Kriegerin legte ihr eine Hand auf die Schulter und hielt sie fest. »Laß sie doch laufen. Ich habe dir schließlich nicht den Arsch gerettet, damit du ihn gleich wieder aufs Spiel setzt.«

Empört fuhr Iliska herum. »Du hast was?« fuhr sie die Kriegerin an. »Eingemischt hast du dich, in Dinge, die dich überhaupt nichts angingen!« Dann erst sah sie das Schmunzeln, das um den Mund der Frau spielte. »Machst du dich etwa über mich lustig, du ... du ...«

»Bethany«, sagte die Kriegerin mit einer kleinen Verbeugung. »Und ich bin ebenso erfreut, dich kennenzulernen.«

Sie lächelte so entwaffnend, daß Iliskas Ärger schwand. Wenn sie ehrlich war, dann mußte sie zugeben, daß es schon eine ziemlich große Gruppe Wegelagerer gewesen war. Sie entschloß sich, dieser unverschämten Kriegerin großmütig zu verzeihen.

Danach beschlossen die beiden, ihren Weg aus Sicherheitsgründen vorerst gemeinsam fortzusetzen. Unterwegs kamen sie ins Gespräch, und Bethany erzählte von ihren Reisen, die sie durch halb Quelthir geführt hatten.

Iliska glaubte dabei herauszuhören, daß Bethany nach einer neuen Aufgabe in ihrem Leben suchte. Da ihr die Kriegerin sympathisch war, lud sie sie spontan dazu ein, sie zur T'Mar-Schule zu begleiten. Meisterin Calydia war immer interessiert an fähigen neuen Lehrmeistern, und eine Kriegerin wie Bethany würde sicher keine Probleme haben, in der Schule Aufnahme zu finden.

Zuerst lehnte Bethany rundheraus ab, doch Iliska betrachtete dies nur als Herausforderung. In den nächsten Tagen schwärmte sie in den höchsten Tönen von T'Mar, bis Bethany es schließlich nicht mehr hören konnte und ihr versprach mitzukommen, sich die Schule anzuschauen und ein paar Tage probeweise dort zu bleiben – wenn Iliska dafür für den Rest des Rittes kein Wort mehr von sich gab.

Iliska legte auf der Stelle ein feierliches Schweigegelübde ab, das sie bereits an der zweiten Wegbiegung wieder brach, doch Bethany stand trotzdem zu ihrem Versprechen.

Aus den zwei Wochen wurde dann ein gutes Jahr; ein aufregendes, ereignisreiches Jahr, das für Iliska und Bethany jedoch mit einigen unerwarteten Schwierigkeiten begann.

Das lag vor allem daran, daß Iliska mit Bethany zum ersten Mal wirklich ernsthafte Konkurrenz bekam. Die anmutige Frau mit dem verschlossenen aber freundlichen Wesen erwies sich als ebenbürtige Kriegerin; eine Tatsache, die zu akzeptieren Iliska nicht leicht fiel.

Bethanys Kampfstil war von einer Wildheit geprägt, die in krassem Gegensatz zu der ruhigen Selbstbeherrschung stand, die die Kriegerin sonst an den Tag legte. Sie war schnell, geschickt und besaß weitaus mehr Kraft, als man ihr vom bloßen Hinschauen zugetraut hätte. Rivalität schien ihr fremd zu sein, sie wußte, was sie konnte, und mußte weder sich noch anderen irgend etwas beweisen. Manchmal konnte sie bis an die Grenze des Erträglichen überheblich sein, vor allem, wenn sie jemanden nicht mochte oder sich genervt fühlte. Doch da ihre Fähigkeiten als Kämpferin und Lehrmeisterin außer Frage standen, wagte kaum jemand, sich mit ihr anzulegen.

Iliska kämpfte mit der Eleganz einer Tänzerin, sie zeichnete sich weniger durch Kraft als durch Schnelligkeit und Geschicklichkeit aus. Sie war sehr geübt im Umgang mit dem Schwert, doch ihre wahre Liebe galt der Kunst des waffenlosen Kampfes, in der sie es schon sehr weit gebracht hatte. Sie konnte auch charmant und unterhaltsam sein und wußte sich in der Regel gut zu benehmen. Was sie nicht ausstehen konnte, war jegliche Form von Ungerechtigkeit und Unterdrückung. In solchen Situationen zeigte sich ihr hitziges Temperament, und dann war es ihr auch gleichgültig, welchen Rang ihr Widersacher hatte oder welches Ansehen er genoß. Die junge Sensei ließ sich grundsätzlich von niemandem etwas sagen, der ihr nicht bewiesen hatte, daß er oder sie ihren Respekt verdiente, und selbst dann nur in einem angemessenen Ton.

Trotz ihrer Verschiedenheit hätten Bethany und Iliska durchaus Freundinnen werden können, und zunächst hatte es auch ganz danach ausgesehen.

Meisterin Calydia hatte Bethany vorgeschlagen, als Sensei in der Schule zu bleiben. Bethany weigerte sich zwar hartnäckig, über ihre Herkunft und Vergangenheit zu reden, was eigentlich Voraussetzung für die Aufnahme in der Schule war, doch Meisterin Calydia sah darüber großzügig hinweg, nachdem sie der Kriegerin bei einem Schaukampf zugesehen hatte. Bethany war eindeutig ein Gewinn für die Schule und würde ihren Ruhm - und damit Calydias Reichtum - mehren.

Bethany, die eine gute Menschenkennerin war, erkannte zwar schnell, daß Meisterin Calydia nicht ganz die uneigennützige Wohltäterin war, als die sie sich gern sah und einen guten, vielleicht sogar ein wenig übertriebenen Sinn für Profit hatte, doch T'Mar und seine Atmosphäre gefielen ihr, und sie hoffte, hier zumindest vorübergehend ein wenig Frieden vor den Schatten ihrer Vergangenheit zu finden.

In den folgenden Wochen blühte Bethany förmlich auf. Sie hatte zum ersten Mal nach längerer Zeit wieder das Gefühl, etwas wirklich Sinnvolles zu tun, und widmete sich mit Begeisterung ihren neuen Aufgaben als Sensei.

Doch ausgerechnet Iliska, die doch nichts unversucht gelassen hatte, Bethany zum Bleiben zu überreden, sorgte dafür, daß sich die Kriegerin nicht allzu glücklich mit ihrem neuen Leben fühlte.

Iliska reagierte auf Bethanys freundliche Versuche, mit ihr zu reden und die Probleme zu klären, die sich zwischen ihnen aufzutürmen begannen, erst abweisend, dann schroff und herablassend.

Bethany konnte sich die plötzliche Aggression nicht erklären, war sie doch anfangs fest davon überzeugt gewesen, in Iliska eine potentielle Freundin gefunden zu haben.

Was sie nicht ahnen konnte, denn Iliska hatte über ihre tragische Vergangenheit nie mit Bethany gesprochen, war, daß Iliska einfach befürchtete, daß Bethany ihr all das nehmen könnte, was inzwischen zu Sinn und Inhalt ihres Lebens geworden war. Bethany hätte zwar nicht einmal im Traum an so etwas gedacht, doch Iliska war, bedingt durch den großen Verlust, den sie in der Vergangenheit erlitten hatte, zu sehr in ihren Ängsten gefangen, um das auch nur ansatzweise zu bemerken.

Anfangs hoffte Bethany noch, daß Iliska mit der Zeit von sich aus zu einem normalen Verhalten zurückfinden würde und begegnete ihren immer offensichtlicheren Provokationen daher auch zunächst mit Verständnis und Gleichmut. Doch als die Wochen verstrichen und Iliska von Sticheleien zu Beleidigungen überging, wurde Bethanys Geduld auf eine harte Probe gestellt.

Schließlich kam der Tag, an dem das Faß überlief. Von einem Moment zum anderen hatte Bethany genug, und ihre dunkle, wilde Seite gewann die Oberhand.

Wie ein Lauffeuer verbreitete sich die Nachricht in der Schule, daß Bethany und Iliska ernsthaft miteinander kämpften, und alles was laufen konnte, strömte zusammen.

Niemand wagte auch nur den Versuch, die beiden zu trennen, nicht einmal Meisterin Calydia, der natürlich die gespannte Stimmung zwischen den beiden nicht entgangen war. Sie war allerdings der Ansicht, daß ein reinigendes Gewitter die Luft oft klärte, und so ließ sie Iliska und Bethany gewähren, wenn sie auch jederzeit bereit war einzugreifen, falls die Auseinandersetzung der beiden zu weit ging.

Eine Weile wogte der Kampf hin und her, es schien auf ein Unentschieden hinauszulaufen.

Bethany war wie besessen von dem Wunsch, Iliska endlich dieses aufreizende Lächeln, mit dem sie ihre nadelspitzen Bemerkungen unterstrich, aus dem Gesicht zu wischen, und Iliska wollte der vermeintlichen Rivalin endlich zeigen, wer von ihnen beiden die Bessere war.

Iliska parierte eine schnelle Abfolge von Schwerthieben und konterte so blitzschnell, daß Bethany nur mit Mühe ausweichen konnte. »Ach, Beth, du kämpfst ja wie ein kleines Mädchen«, höhnte sie. »Hast du wirklich nicht mehr zu bieten?«

»Wie du wünschst«, knurrte Bethany.

Im nächsten Augenblick hatte Iliska das Gefühl, einen Wirbelsturm entfesselt zu haben.

Bethany hatte jegliche Kontrolle über ihre dunkle Seite aufgegeben, deckte Iliska mit einem Hagel aus Schwerthieben ein, drängte sie immer weiter zurück.

Iliska parierte so gut sie konnte, verlor aber mehr und mehr an Boden, bis ihr Fuß an einen Stein stieß. Sie stolperte, verlor für einen Moment das Gleichgewicht.

Bethany nutzte diese Chance mit einem Tritt gegen Iliskas Waffenhand, der ihr Schwert in hohem Bogen davonfliegen ließ. Ein weiterer Tritt gegen die Brust hob Iliska vom Boden hoch und schleuderte sie ein ganzes Stück nach hinten, bevor sie hart auf dem Rücken landete.

Iliska schüttelte die Benommenheit rasch ab. Sie wollte aufstehen und versuchen wieder an ihre Waffe zu gelangen, doch die Schwertspitze, die direkt auf ihren Hals wies, ließ sie in der Bewegung erstarren. Erschrocken sah sie zu Bethany hinauf und wurde blaß, denn noch nie hatte sie in so eiskalte Augen geblickt. Sie zweifelte keinen Moment daran, daß Bethany sie töten würde, wenn nicht ein Wunder geschah, und zum ersten Mal fiel ihr keine einzige höhnische Bemerkung mehr ein.

Die anderen Lehrmeister der Schule wollten eingreifen, doch Meisterin Calydia bedeutete ihnen mit einer energischen Handbewegung, sich zurückzuhalten.

Totenstille senkte sich über den Kampfplatz. Iliska unterdrückte den Impuls, die Augen zu schließen, statt dessen suchte sie in den Augen der Kriegerin, die wie eine grausame und mitleidlose Göttin über ihr stand, die Bethany, die sie auf der Straße nach Tarbis kennengelernt hatte.

Und tatsächlich berührte ihr Blick etwas in Bethanys Seele. Als sie in Iliskas sanfte, hellbraune Augen sah, in der ihre Angst zu lesen war, auch wenn sie sich bemühte furchtlos zu erscheinen, wurde ihr plötzlich bewußt, was sie im Begriff war zu tun. Das Schwert zitterte in ihrer Hand, als die Kriegerin darum kämpfte, die Kontrolle über sich zurückzugewinnen. Ein Teil von ihr wollte dieses nervige, kleine Miststück in handliche Stücke zerhauen, ein anderer, weitaus größerer Teil jedoch, war entsetzt über das, wozu sie sich hatte hinreißen lassen. Dieser Teil gewann schließlich die Oberhand.

Die Schwertspitze bewegte sich von Iliskas Hals fort. Die Kälte verschwand aus Bethanys Augen, machte einer Resignation Platz, die Iliska ins Herz schnitt. Was hatte sie da nur angerichtet?

Bethany warf ihr Schwert auf den Boden, wandte sich dann ohne ein Wort ab und ging rasch durch die Menge der vor ihr zurückweichenden Zuschauer davon.

Noch am gleichen Abend packte die Kriegerin ihre Sachen, um die Schule in den frühen Morgenstunden zu verlassen. Sie war fest davon überzeugt, ihre verhaßte dunkle Seite nie wirklich beherrschen zu können und so eine latente Gefahr für alle darzustellen, in deren Nähe sie sich zu lange aufhielt.

Meisterin Calydia versuchte vergebens, Bethany umzustimmen. Als sie merkte, daß sie bei der Kriegerin kein Gehör fand, suchte sie Iliska auf, in der nicht ganz unberechtigten Hoffnung, diese könnte vielleicht mehr ausrichten als sie selbst.

Iliska hatte den Schock, beinahe getötet worden zu sein, rasch überwunden. Schließlich war sie schon oft in gefährlichen Situationen gewesen, wenn auch noch nie so nahe am Abgrund. Was sie viel mehr beschäftigte, war ihr schlechtes Gewissen, denn sie war einsichtig genug, zu verstehen, daß es niemals zu einer solchen Eskalation gekommen wäre, wenn sie sich Bethany gegenüber nicht so unfair und provozierend verhalten hätte.

Ihre Beweggründe schienen ihr auf einmal lächerlich, denn wenn sie ehrlich war, mußte sie zugegeben, daß Bethany nie versucht hatte, sie von ihrem Platz in der Schule zu verdrängen. Und sie mußte sich jetzt, da Bethany im Begriff war, T'Mar zu verlassen, eingestehen, daß sie die Kriegerin mit dem einnehmenden Lächeln im Grunde sehr gern hatte.

Meisterin Calydia rannte somit offene Türen ein, als sie Iliska zu überreden versuchte, Bethany zum Bleiben zu bewegen.

»Sofort und gern, wenn ich es kann«, sagte Iliska. »Aber meinst du wirklich, daß sie gerade auf mich hört? Schließlich bin ich an der ganzen Misere schuld.«

»Wenn überhaupt, dann nur auf dich«, hatte Calydia versichert. »Vertrau mir, ihr liegt etwas an dir, sonst wäre sie nicht so lange so geduldig geblieben. Bethany gibt sich selbst die Schuld an allem, was geschehen ist. Wer außer dir sollte sie vom Gegenteil überzeugen können?«

So kam es, daß Iliska in den späten Abendstunden Bethany aufsuchte. »Willst du wirklich gehen, Beth?« fragte sie. »Es ist doch alles meine Schuld. Wenn ich mich nicht so unmöglich benommen hätte, dann wäre es gar nicht erst zu diesem Kampf gekommen. Weißt du, ich war eifersüchtig, weil ich Angst hatte, du würdest mir hier vielleicht meinen Platz streitig machen, und T'Mar ist doch meine Heimat. Aber es war dumm von mir, so etwas von dir zu glauben, das weiß ich jetzt, Bitte, bleib hier und gib mir eine Chance, alles wiedergutzumachen.«

Bittend sah sie Bethany an und die Kriegerin, die diesen Blick zunächst sehr ernst und nachdenklich erwidert hatte, mußte schließlich lächeln. »Es ist nicht nur deine Schuld, Iliska«, sagte sie. »Weißt du, ich bin vor langer Zeit einmal sehr, sehr wütend gewesen, so wütend, daß ich nicht mehr wußte, was ich tat. Ich habe mir geschworen, daß so etwas niemals wieder geschieht und glaubte auch, mich nunmehr gut genug in der Gewalt zu haben, doch du hast mich gestern eines besseren belehrt. Ich kann hier nicht länger bleiben, ich bin nur eine Gefahr für alle.«

Sie wandte sich ab, doch Iliska faßte sie sanft am Arm und hielt sie zurück. »Aber das stimmt doch gar nicht«, bat sie. »Wenn ich dich nicht so gereizt hätte, dann wäre es niemals so weit gekommen. Und was ist denn schon groß passiert? Wir haben gekämpft und du hast gesiegt.«

Ungläubig sah Bethany sie an. »Ich hätte dich beinah getötet, hast du das vergessen?«

»Du hast es aber nicht getan«, fuhr Iliska eindringlich fort. »Beth, du bist auch nur ein Mensch, aber im entscheidenden Augenblick hattest du dich unter Kontrolle. Das ist es doch, worauf es ankommt, oder? Und wenn du jetzt gehst, dann läufst du doch nur vor dem Problem davon.«

Bethany seufzte. Iliska hatte damit nicht Unrecht. Und sie hatte sich in der T'Mar-Schule eigentlich sehr wohl gefühlt.

Iliska hatte alles gesagt, was sie zu sagen hatte und wartete nun stumm ab, wie Bethany sich entscheiden würde.

Es schien eine Ewigkeit zu dauern, doch schließlich nickte Bethany. »Vielleicht hast du recht, Iliska«, sagte sie. »Fortlaufen und sich verstecken wird das Problem auch nicht lösen. Ich bleibe.«

Iliska und Bethany hatten sich von diesem Zeitpunkt an viel besser verstanden, und bis zu jenem unheilvollen Moment auf dem See war ihre Freundschaft stetig gewachsen. Iliska hatte sogar schon in Erwägung gezogen, mit Bethany über ihre Vergangenheit zu sprechen; ein Privileg, daß außer Meisterin Calydia bisher nur einem einzigen anderen Menschen zu Teil geworden war.

Und abgesehen davon: Wenn Bethany nicht eingegriffen hätte, dann hätte der magische Blitz sie getroffen und dann wäre sie jetzt diejenige, die vermißt oder tot wäre.

Als Iliska mit ihren Erinnerungen an diesem Punkt angelangt war, wußte sie die Antwort auf Meisterin Calydias Frage. »Bethany ist meine Freundin«, sagte sie. »Und sie hat auf dem Schiff ihr Leben riskiert, um mich zu beschützen. Ich schulde es ihr, sie nicht einfach aufzugeben. Es stimmt, ich habe keine Ahnung, ob Beth noch lebt. Doch ich werde erst glauben, daß sie tot ist, wenn ich ihre Leiche gesehen habe. Und wenn du mir nicht helfen kannst oder willst, Calydia, dann werde ich mich auch ohne deine Hilfe auf die Suche machen. Und zwar gleich.«

Meisterin Calydia seufzte. »Ich kann dir leider nichts über Bethany erzählen«, begann sie, und als Iliska Einspruch erheben wollte, fuhr sie rasch fort: »Weil ich nichts zu erzählen habe.«

Iliska hielt einen Moment überrascht inne. »Das glaube ich nicht«, erklärte sie mit Nachdruck. »Du selbst hast die Regeln für die Aufnahme in diese Schule festgelegt. Und die erste Regel lautet, daß niemand aufgenommen wird, der dir nicht Rede und Antwort steht, woher er kommt und wer er ist.«

»Das ist richtig«, stimmte Meisterin Calydia zu, »aber jede Regel hat ihre Ausnahme.«

Sicher, dachte Iliska ein wenig bitter, eine gute Kämpferin wie Bethany lehnt man nicht einfach ab, nur weil sie nicht über ihre Vergangenheit reden will. Wo bliebe denn da der Sinn für Profit?

Iliska war nicht so unwissend und blauäugig, was die Geschäfte der Meisterin betraf, wie diese es sich erhoffte. Doch hatte sie sich ihr bisher verpflichtet gefühlt, denn die Meisterin hatte sie aufgenommen, als sie beinah an ihrem Leben verzweifelt wäre. Doch als Iliska Calydia jetzt anschaute, kam sie zu dem Schluß, daß sie ihre Schuld inzwischen mehr als genug beglichen hatte.

Iliska erhob sich.

»Ich denke, es ist alles gesagt«, erklärte sie. »Ich geh' dann meine Sachen packen.«

Meisterin Calydia hielt sie nicht zurück.

Iliska verließ das Anwesen und schlug den Weg zu ihrem Blockhaus ein.

»Iliska!«

Iliska erstarrte in der Bewegung, als sie die Stimme erkannte, und ihr Herz begann wild zu schlagen.

Noch bevor sie sich umwenden konnte, war auch schon eine Frau neben ihr. Sie war im gleichen Alter wie sie, hatte glattes, schwarzes Haar, das ihr bis weit über die Schultern fiel und dunkelbraune Augen, die Iliska aufmerksam anschauten. Das Lächeln, das sie ihr schenkte, war überaus charmant.

»Shiree!« rief Iliska überrascht und erfreut. »Du bist noch hier? Ich bin ja so froh, dich zu sehen.« Sie umarmte die Frau herzlich.

Shiree war die Tochter einer Fürstin aus Dubinshan der Hauptstadt von Thindam, die auf eine Einladung von Meisterin Calydia für ein halbes Jahr nach T'Mar gekommen war. Shiree beherrschte den Umgang mit dem Samuraischwert, einer traditionellen thindamischen Waffe, und hatte es hierin bis zum Rang einer Kendai, einer Großmeisterin, gebracht.

Sie unterrichtete für die Dauer ihres Aufenthaltes in dieser speziellen Schwertkampftechnik, da auch einer der Lehrmeister der Schule in dieser Kunst ausgebildet werden sollte. Iliska hatte von Anfang an großes Interesse gezeigt, und so waren sie und Shiree bald Trainingspartner geworden, die viel und gern miteinander trainierten. Im Gegenzug half Iliska Shiree, sich in der Kunst des waffenlosen Kampfes zu verbessern.

Shiree besaß ein offenes Wesen, war stets gutgelaunt und dafür bekannt, daß sie sich nur selten – und nur wenn es gar nicht anders ging – an Regeln hielt. Sie bewohnte für die Dauer ihres Aufenthaltes in T'Mar ein eigenes Blockhaus, die einzige Entlohnung, die sie für ihren Unterricht verlangte, was Meisterin Calydia natürlich sehr für die junge Kendai eingenommen hatte, zumindest bis sie bemerkt hatte, daß sich Shiree ernsthaft für Calydias beste Sensei zu interessieren begann.

Shiree war eine ausnehmend schöne Frau, hatte aber auf die mehr oder weniger auffälligen Avancen der anderen Schüler und sogar einiger Lehrmeister nur mit spöttischer Herablassung reagiert, was jegliche weitergehende Annäherungsversuche im Keim erstickte. Das lag, wie Calydia schließlich mißbilligend zur Kenntnis nahm, vor allem daran, daß sich Shiree auf den ersten Blick zu Iliska hingezogen gefühlt hatte.

Die beiden Frauen waren auch rasch Freundinnen geworden, und Shiree hatte ihren Aufenthalt in T'Mar auf unbestimmte Zeit verlängert. Doch sie hatte Iliska bisher noch nichts über ihre tieferen Gefühle offenbart, denn anfangs war Iliska viel zu sehr von ihrem Streit mit Bethany eingenommen gewesen, und nach der Versöhnung der beiden hatte Shiree rasch den Eindruck gewonnen, daß Iliska doch mehr als Freundschaft für Bethany empfand.

Dennoch hatte Shiree es schließlich wagen wollen, mit Iliska über ihre Gefühle zu sprechen, doch genau an diesem Abend hatte ihr Iliska verkündet, daß sie im Auftrag von Meisterin Calydia zusammen mit Bethany auf eine Reise gehen würde und sich darüber so gefreut, daß Shiree ihren Verdacht bestätigt sah und geschwiegen hatte. Statt dessen hatte sie Iliska eröffnet, daß sie T'Mar bald verlassen und sicher nicht mehr hier sein würde, wenn Iliska und

Bethany von der Reise zurückkehrten. Iliska hatte das mehr getroffen, als sie zugeben wollte, doch da Shiree sehr entschlossen schien, hatte sie schweren Herzens darauf verzichtet, die Freundin zum Bleiben zu überreden.

Der Abschied voneinander ein paar Tage später war beiden sehr schwer gefallen, doch jede von ihnen war bemüht gewesen, es vor der anderen zu verbergen.

Shiree jetzt so plötzlich und unerwartet wiederzusehen, schien für Iliska der erste wirkliche Lichtblick nach den Ereignissen der letzten Tage. Plötzlich fühlte sie sich nicht mehr so allein. »Du glaubst gar nicht, wie froh ich bin, dich zu sehen«, sagte sie daher.

Etwas verlegen standen die beiden voreinander. Sie hätten sich gern umarmt, trauten sich aber nicht so recht.

»Ich konnte einfach nicht gehen«, gestand Shiree. »Und jetzt bin ich doppelt froh, daß ich es nicht getan habe, denn ich glaube, ich kann dir bei deinem Vorhaben helfen.«

Verblüfft starrte Iliska die andere Frau an. Sie hatte zwar insgeheim gehofft, Shiree vielleicht überreden zu können, ihr bei der Suche nach Bethany zu helfen, doch daß Shiree von sich aus ihre Hilfe anbot, überraschte sie, zumal die Kendai doch noch gar nicht wissen konnte, was passiert war. »Wie meinst du das?« fragte sie daher vorsichtig.

»Wie wäre es, wenn wir zu deinem Haus gingen, und ich erkläre dir dort alles«, schlug Shiree vor. »Und keine Sorge«, setzte sie mit einem Lächeln hinzu. »Ich werde dich nicht im Stich lassen.«

Iliska nickte. Sie stellte fest, daß ihr allein Shirees Anwesenheit schon das Gefühl vermittelte, daß alles gut werden würde. Wie schon viele andere vor ihr, hatte auch Iliska sie bei ihrer ersten Begegnung für oberflächlich und leichtfertig gehalten. Doch mit der Zeit hatte sie entdeckt, daß dieser Eindruck nur zum Teil stimmte. Die Frau mit den sanften, braunen Augen war zwar ausgesprochen wählerisch mit ihren Bekanntschaften und noch wählerischer, was ihre Freundschaften betraf, doch wenn sie sich einmal für einen anderen Menschen entschieden hatte, war sie treu, zuverlässig und hilfsbereit. Sie war darüber hinaus sehr belesen und gebildet, und man konnte sich ausgesprochen interessant mit ihr unterhalten.

Kaum hatte Iliska die Tür ihres Hauses hinter ihnen geschlossen, da kam Shiree auch schon ohne Umschweife zur Sache. »Ich habe euer Gespräch vorhin belauscht«, gestand sie. »Und ich weiß, daß du Hinweise für deine Suche nach Bethany brauchst. Ich kann dir da helfen.«

Iliska schluckte. »Eins muß man dir lassen, Shiree«, sagte sie. »Du redest nie um den heißen Brei herum. Wieso hast du unser Gespräch belauscht?«

Shiree seufzte leise. »Ich habe mir Sorgen um dich gemacht«, sagte sie. »Calydia hat mich zweimal abgewiesen, als ich nach dir sehen wollte, und sie gab mir zu verstehen, daß weitere Besuche von mir weder von dir noch von ihr gewünscht wären. Also beschloß ich, es nicht mehr auf dem offiziellen Weg zu versuchen. Oder hat Calydia recht, und du willst wirklich nichts mehr mit mir zu tun haben?« setzte sie mit gerunzelter Stirn hinzu.

Iliska sah Shiree erstaunt an, doch dann wurde sie ärgerlich. Wie kam Calydia dazu, so etwas in ihrem Namen zu behaupten? »Nein, Shiree, das ist nicht wahr«, versicherte sie der Kendai. »Ich weiß, ich habe dich in der letzten Zeit vernachlässigt, aber das heißt keineswegs, daß ich dich nicht mehr sehen will. Es tut mir leid, wenn es so ausgesehen hat.«

Shiree lächelte. »Bethany, ich weiß«, sagte sie ein wenig gedankenverloren. »Seid ihr denn jetzt wenigstens zusammen?« fragte sie gleich darauf und verbarg das leichte Zittern in ihrer Stimme dabei so gut, daß es Iliska überhaupt nicht auffiel. Doch dann zuckte die Kendai zusammen, als Iliska nach einem kurzen Moment verblüfften Schweigens in lautes Gelächter ausbrach. »War meine Frage so witzig?« erkundigte sich die Kendai ärgerlich.

Iliska schüttelte den Kopf. »Entschuldige«, sagte sie. »Aber da hast du, glaube ich, etwas gründlich mißverstanden. Beth und ich sind inzwischen gute Freunde, aber sonst nichts.«

»Ach so«, kommentierte Shiree so beiläufig wie möglich und hoffte, daß man ihr die Erleichterung über diese Eröffnung nicht allzu deutlich ansah. Darüber hätte sie sich allerdings keine Sorgen machen brauchen, denn Iliska war viel zu sehr mit ihrer bevorstehenden Suche und Shirees Anteil daran beschäftigt.

»Du hast also das Gespräch zwischen Meisterin Calydia und mir belauscht«, wechselte Iliska denn auch das Thema, was Shiree sehr begrüßte. »Dann weißt du ja, was geschehen ist und was ich vorhabe. Doch dazu brauche ich Informationen über Beth. Calydia nimmt grundsätzlich nie eine neue Sensei in die Dienste der Schule, die ihr nicht genauestens Rede und Antwort über ihre Vergangenheit gestanden hat. Aber wenn ich ihren Worten Glauben schenken kann, dann hat sie bei Beth wohl eine Ausnahme gemacht.«

Shiree konnte nicht anders, sie brach nun ebenso in Gelächter aus, wie vorher Iliska.

Iliska sah ihre Freundin an und mußte grinsen. Sie konnte verstehen, was die Kendai so amüsierte. Es war schließlich ein offenes Geheimnis in T'Mar, daß Grundsätze bei Meisterin Calydia schneller verschwanden, als eine Maus in ihrem Loch, wenn es um einen guten Profit ging.

»Wir wissen doch beide wie Calydia ist, oder?« bemerkte Shiree noch immer schmunzelnd.

Iliska nickte bedeutungsvoll. »Allerdings«, sagte sie. »Aber wenn sie schon nichts über Beth weiß, woher willst du dann Informationen haben?«

Shiree grinste. »Ich habe nicht behauptet, etwas über Beth zu wissen«, sagte sie. »Aber ich weiß, wo wir etwas über sie und die seltsamen Umstände ihres Verschwindens erfahren können.«

Überrascht und erwartungsvoll sah Iliska Shiree an. »Erzähl mir mehr.«

Eine halbe Stunde später klopfte es an der Tür.

Iliska, die gerade die letzten Sachen in ihren Reisesack stopfte, öffnete und sah erstaunt Meisterin Calydia an, die mit einem entschuldigenden Lächeln vor der Tür stand. »Darf ich hereinkommen?«

Iliska gab die Tür frei. »Natürlich«, sagte sie.

Meisterin Calydia betrat das Blockhaus und setzte sich auf den Stuhl, den Iliska ihr anbot.

»Willst du mir doch noch etwas über Bethany sagen?« fragte Iliska hoffnungsvoll.

Doch Meisterin Calydia schüttelte den Kopf. »Nein, ich bin gekommen, um dich noch einmal zu bitten, dein Vorhaben zu überdenken.«

»Da gibt es nichts mehr zu überdenken«, erklärte Iliska und fuhr fort ihren Reisesack zu packen.

»Aber du weißt doch überhaupt nicht, wo du mit der Suche beginnen sollst«, gab Meisterin Calydia zu bedenken.

»Oh, doch, inzwischen schon«, erwiderte Iliska zu Calydias Überraschung. »Hast du schon einmal von dem Orakel von Ardopolis gehört?«

»Das Orakel von Ardopolis?« wiederholte Calydia ungläubig. »Was weißt du davon?«

»Genug um zu hoffen, daß ich dort Antworten auf meine Fragen erhalten kann«, entgegnete Iliska zurückhaltend.

»Und daß dieser Ort in den Chaos-Ebenen liegt, stört dich nicht?« hielt Calydia ihr vor; sie wußte ganz genau, wovon die Rede war.

Iliska hielt einen Augenblick beim Packen inne.

Die Chaos-Ebenen waren ein mehrere Hundert Quadratmeilen umfassendes Gebiet. Hier hatte vor vielen Jahrhunderten der letzte große magische Krieg stattgefunden, der die Ebenen verwüstet und für alle Zeiten entstellt und unbewohnbar gemacht hatte. Noch immer gab es dort in den Ruinen der einstmals blühenden Städte vielerlei Schätze zu finden und große Geheimnisse zu entdecken, die jedoch mit mindestens ebenso vielen Gefahren verbunden waren.

»Du weißt also von dem Orakel«, stellte Iliska fest. »Warum hast du mir nichts davon erzählt?«

Calydia schüttelte unwillig den Kopf. »Weil es dir nichts genützt hätte«, erklärte sie im Brustton der Überzeugung. »Niemand weiß genau, wo das Orakel liegt und ob es wirklich noch die Funktion erfüllt, die man ihm nachsagt. Abgesehen davon haben nur die Besten eine Chance, in den Chaos-Ebenen zu überleben.«

Iliska sah ihre Meisterin erstaunt an. »Und dazu gehöre ich nicht?« fragte sie. »Hast du mich etwa all die Jahre belogen?«

Calydia schwieg.

»Und da wir gerade beim Lügen sind«, fuhr Iliska fort. »Wieso hast du Shiree gesagt, ich wolle sie nicht mehr sehen?«

»Hat sie das etwa behauptet?« fuhr Calydia sofort auf.

Iliska sagte nichts, sah die Meisterin nur erwartungsvoll an.

»Ich habe ihr nur gesagt, daß du Ruhe brauchst und sie vorerst nicht wiederkommen soll. Aber woher weißt du überhaupt –«

In diesem Moment klopfte es kurz an der Tür, die sich gleich darauf öffnete. Shiree trat ein, einen fertig gepackten Reisesack über der Schulter. Als sie die Meisterin sah, verwandelte sich ihr Gesicht sofort in eine Maske der Unnahbarkeit.

Calydia starrte Shiree finster an. Schon als sie gemerkt hatte, daß diese Frau sich für ihre beste Sensei interessierte, hatte Calydia befürchtet, Iliska könne diese Gefühle vielleicht erwidern, und da Shiree ganz sicher nicht in der Schule würde bleiben wollen, hatte Calydia sofort die Konsequenz gesehen, die eine Verbindung der beiden für sie und die Schule haben mochte. Daher hatte sie auch erleichtert aufgeatmet, als Iliska sich, nachdem der Streit endlich begraben war, mehr Bethany zugewandt hatte; und als Shiree erklärte, die Schule verlassen zu wollen, war sie insgeheim froh darüber gewesen.

Als Iliska ohne Bethany zurückgekehrt war, hatte Calydia zuerst gar nicht mehr an Shiree gedacht, die ihre Abreise immer wieder hinausgezögert hatte. Erst als sie vor ihrem Anwesen aufgetaucht war und nach Iliska gefragt hatte, war ihr wieder eingefallen, daß diese Frau vielleicht noch immer die Möglichkeit besaß, Iliska zu veranlassen, die Schule mit ihr zu verlassen. Und genau diese Befürchtung war jetzt eingetreten, wenn auch auf etwas andere Weise als Calydia es sich vorgestellt hatte.

Shiree tat, als berührte sie Calydias finsterer Blick nicht im geringsten. Sie hatte nie besonders viel vom Charakter der Meisterin gehalten und sich nur gefragt, warum eigentlich noch keiner auf die Idee gekommen war, sie durch eine integere und den Idealen der Schule mehr entsprechende Person zu ersetzen. Doch da Shiree ohnehin nicht in T'Mar zu bleiben gedachte, hatte sie sich mit diesem Gedanken auch nicht weiter beschäftigt.

Iliska beobachtete die beiden. Die Art, wie Calydia Shiree ansah, ließ auf eine tiefe Abneigung schließen. Plötzlich wurde Iliska klar, warum das so war: Calydia hatte bereits Bethany als Sensei verloren, und jetzt würde auch noch Iliska gehen, und es war Shiree, die ihrer Suche ein Ziel gab und damit scheinbar jede Möglichkeit der Meisterin vereitelte, Iliska doch noch zum Bleiben zu überreden.

»Shiree war so nett, mir von Ardopolis zu erzählen«, erklärte Iliska. »Sie wird mich dorthin führen und mir auch bei der Suche nach Beth helfen.«

»Aha«, sagte Calydia nur, und für einen Moment glaubten Shiree und Iliska ein zorniges Funkeln in den Augen der Meisterin zu erkennen.

»Hast du ein Problem damit?« fragte Iliska herausfordernd.

Calydia schüttelte den Kopf. »Nein, ganz und gar nicht«, versicherte sie rasch. »Im Gegenteil: Ich bin froh, daß du Hilfe gefunden hast.«

Davon waren nun weder Shiree noch Iliska überzeugt, doch hatte keine der beiden Lust auf eine fruchtlose Diskussion.

Calydia begleitete die zwei noch bis zu den Ställen, wo Shiree bereits dafür gesorgt hatte, daß zwei gesattelte Pferde für sie bereitstanden.

Sie verabschiedeten sich von Meisterin Calydia, dann schwangen sie sich in den Sattel und trieben die Pferde an.

Erst als die beiden durch die Tore der Schule geritten und schon ein gutes Stück entfernt waren, gab Calydia die Verstellung auf. »Shiree«, zischte sie haßerfüllt. »Verflucht sei der Tag, an dem du hier aufgetaucht bist! Möge dein Leichnam in den Ebenen verfaulen!«

Karimah war jetzt schon seit vier Wochen unterwegs und noch immer hatte sie keine Spur von der Vision gefunden, der sie nachjagte. Doch wirklich unglücklich war Karimah darüber nicht, denn seit sie Thermyra, die Hauptstadt von Kaypur, verlassen hatte, fühlte sie sich endlich nach langer Zeit wieder frei. Dies war es, wonach sie sich ein Leben lang gesehnt hatte.

Die athletische junge Frau mit der wilden Mähne aus schwarzem Haar und den dunkelbraunen Augen stammte von der großen vor der Küste von Thindam gelegenen Insel Kaypur, die vom Volk der Kaypiar, das nur aus Frauen bestand, bewohnt und regiert wurde. Ihre Mütter Najira und Talyssa, die selbst viele Jahre lang den Kontinent Quelthir bereist hatten, waren vor fünfundzwanzig Jahren dort seßhaft geworden.

Najira war eine berühmte Kriegerin und Talyssa eine nicht weniger bekannte und hochbegabte Bardin. Ihre Tochter Karimah vereinte Eigenschaften beider Mütter in sich, sie war mutig, verantwortungsbewußt und freiheitsliebend wie Najira, aber auch freundlich, phantasievoll und mitfühlend wie Talyssa. Mit Begeisterung lernte sie die Kunst des Kampfes von Najira und lauschte mit dem gleichen Enthusiasmus den Geschichten und Liedern, die sie von Talyssa lernte. So wuchs sie zu einer schönen, jungen Frau heran, die das Schwert ebensogut zu führen wußte wie die Lyra.

Es überraschte niemanden, daß Karimah bei den übrigen jungen Frauen von Thermyra sehr begehrt war. Karimah wußte das Angebot durchaus zu schätzen und ging keiner Affäre aus dem Weg. Das endete erst, als sie Erin begegnete, der Tochter von Lethea, der Königin von Kaypur. Karimah und Erin wurden ein Paar und blieben es zwei Jahre lang, bis Lethea offiziell verkündete, daß sie Erin nunmehr zu ihrer Nachfolgerin erklären und ihr die Regierungsgeschäfte übertragen wolle.

Für die künftige Königin begannen einige aufregende Wochen. Sie ging völlig in den Vorbereitungen für ihr Krönungsfest auf und merkte gar nicht, daß Karimah immer nachdenklicher und in sich gekehrt wurde.

Najira jedoch merkte es sehr wohl, und schließlich nahm sie ihre Tochter beiseite und fragte sie rundheraus, ob ein Leben an der Seite der Königin von Kaypur wirklich das war, was sie sich für ihre Zukunft gewünscht hatte.

Nicht wenige der Frauen von Thermyra hätten diese Frage ohne zu zögern mit »Ja« beantwortet, doch Karimah sah ihre Mutter nur mit einem langen traurigen Blick an und nahm sie dann stumm in die Arme. Najira merkte, daß Karimah weinte und ließ sie gewähren, bis sie sich von selbst beruhigte und zu sprechen bereit war.

»Erin ist eine wunderbare Frau«, sagte Karimah. »Aber sie geht völlig in ihrer Rolle als künftige Königin auf. Sie erwartet von mir, daß ich die Frau an ihrer Seite bin. Sie verplant mein Leben und denkt, ich freue mich darüber genauso wie sie. Aber das ist nicht so. Mit jedem Wort, das sie sagt, fühle ich, wie sich die Ketten stärker um mich schließen. Ich kann so nicht leben, und ich will es auch nicht. Aber ich will Erin auch nicht wehtun.«

Najira seufzte. Sie hatte so etwas schon geahnt, kannte sie doch ihre Tochter gut genug. »Du wirst es ihr sagen müssen, Karimah«, sagte sie leise. »Es hat keinen Sinn, noch länger damit zu warten, denn mit jedem Tag wird es schwieriger.«

Karimah nickte. »Ich weiß«, sagte sie. »Aber sie wird furchtbar enttäuscht sein.«

»Ja«, entgegnete Najira. »Aber sie wird darüber hinwegkommen.«

Karimah sah ihre Mutter etwas unsicher an. »Bist du sicher?« fragte sie. »Was ist, wenn sie mich so liebt, wie Talyssa dich?«

Najira lächelte. »Selbst wenn es so wäre, möchtest du denn wirklich ein Leben führen, das du nicht willst, nur weil du Erin ihre Illusionen nicht nehmen möchtest?« gab sie zu bedenken.

Karimah schüttelte den Kopf. »Es ist schon spät«, sagte sie und sah aus dem Fenster zum sternenübersäten Nachthimmel auf. »Ich werde gleich morgen mit ihr sprechen.«

In derselben Nacht hatte Karimah die Vision, der sie seither folgte, und das erleichterte ihr die Entscheidung. Gleich am nächsten Tag packte sie ihre Sachen und bestieg ein Schiff nach Thindam, nachdem sie zuvor mit Erin gesprochen und die junge Königin enttäuscht und traurig zurückgelassen hatte.

Das alles lag nun mehr als drei Monate zurück. Karimah hatte die Handelsstraße genommen und inzwischen beinah die nördliche Grenze von Thindam erreicht.

Als sie an einem kleinen, kristallklaren See vorbeikam, beschloß sie, hier ihr Lager aufzuschlagen und ein Bad zu nehmen. Es war ohnehin nicht mehr lang bis zum Abend, und vor Einbruch der Nacht würde sie ihr Ziel, die kleine Grenzstadt Kartania, ohnehin nicht mehr erreichen können.

Sie ließ ihr Pferd, einen prächtigen Rappen, das Abschiedsgeschenk ihrer Mutter Najira, die eine eigene Zucht besaß, von dem saftigen, dunkelgrünen Gras fressen, entledigte sich ihrer Kleidung und sprang in das einladend glitzernde Wasser. Es war kühl und bot eine angenehme Erfrischung nach der Hitze des Tages.

Während sie schwamm, hielt Karimah ihren Lagerplatz gut im Auge. Sie war zwar schon seit Stunden keinem Menschen mehr begegnet, und der Ort, an dem sie lagerte, war von der Straße her nicht zu erkennen, doch die Kriegerin hatte gelernt, vorsichtig zu sein.

Nach einer halben Stunde stieg Karimah aus dem Wasser, wusch ihre Kleidung und legte sich, während diese trocknete, ein wenig ins Gras, um auszuruhen und die letzten Strahlen der untergehenden Sonne auf ihrer nackten Haut zu genießen. Sie schloß dabei die Augen und summte ein kleines Lied vor sich hin.

Wie immer, wenn sich die Karimah etwas Ruhe gönnte, schweiften ihre Gedanken schon bald zu dem Traum, den sie in jener letzten Nacht in ihrer Heimat geträumt hatte. Eine Stimme hatte darin zu ihr gesprochen und Bilder waren erschienen, die in schneller Reihenfolge an Karimah vorbeizogen. Nur das letzte war ihr in deutlicher Erinnerung geblieben: die Silhouette einer Frau, die sich vom Abendhimmel abhob und Karimah so vertraut vorgekommen war, als handle es sich um eine lang verschollene Geliebte.

»Hilf ihr«, hatte die Stimme gesagt. »Sie braucht dich.«

»Wer ist sie denn, und wo soll ich sie suchen?« hatte Karimah gerufen.

»Geh nach Kartania, im Norden von Thindam«, war die leise Antwort gewesen. »Und beeile dich, sonst ist es zu spät.«

Dann war die Stimme verstummt und das Bild der Frau verblaßt.

Am nächsten Morgen hatte Karimah zuerst mit ihren Müttern

Najira und Talyssa gesprochen und ihnen den Traum erzählt. Najira war skeptisch gewesen, sie war eine vernünftige, eher nüchterne Frau, die zunächst vermutet hatte, daß Karimah sich mit diesem Traum nur von der unangenehmen Aufgabe ablenken wollte, ihre Verbindung mit Erin aufzulösen. Aber im Grunde war ihr das egal; ihr war nur wichtig, daß ihre Tochter letztendlich tat, was sie tun mußte und mit Erin redete. Und daß die Freiheitsliebe und Abenteuerlust ihre Tochter irgendwann von der Insel wegführen würde, hatte Najira ohnehin geahnt, auch wenn sie gehofft hatte, daß dieser Augenblick eher später als früher kommen würde.

Talyssa hingegen hatte den Traum sehr ernst genommen. Die Bardin hielt es durchaus für möglich, daß Deidra selbst, die Schutzgöttin von Kaypur, zu ihrer Tochter gesprochen hatte. Und da das Gefühl von Vertrautheit zu der unbekannten Frau, von der sie nur die Silhouette gesehen hatte, auch nach dem Aufwachen bestehenblieb, nahm Talyssa dies als Zeichen, daß es zwischen ihrer Tochter und jener Fremden eine Verbindung geben mußte.

Talyssa hatte Karimah geholfen, ihre Reiseausrüstung zusammenzustellen, und ihr darüber hinaus eine Karte gegeben, die sie selbst angefertigt hatte und in der alle Länder und Orte eingezeichnet waren, die Talyssa zusammen mit Najira bereist hatte.

Najira hingegen hatte Karimah mit hinaus auf die Weide genommen, auf der ihre Pferde herumtollten, und ihre Tochter eines davon wählen lassen, das sie ihr zum Geschenk machte.

Und nun war Karimah nicht mehr allzu weit von ihrem Ziel entfernt und schon sehr gespannt, was sie dort, in Kartania, wohl erwarten würde.

Es wurde langsam kühler, als der Abend heraufzog, und Karimah wollte sich gerade erheben, um frische Kleidung aus ihrem Reisesack zu holen, als die friedliche Atmosphäre ihres Lagerplatzes jäh zerstört wurde.

Ein schrecklicher Donnerschlag ließ den Boden erzittern. Karimah zuckte zusammen, griff instinktiv nach ihrem Schwert und sah zum Himmel hinauf. Ein ebenso erschreckender wie merkwürdiger Anblick bot sich ihren erstaunten Augen.

Blitze zuckten in schneller Reihenfolge über den Abendhimmel, ballten sich schließlich an einer Stelle zusammen, die beinah genau über Karimah lag. Im nächsten Moment riß der ansonsten noch immer unverändert blaue Himmel auf, für einige Momente klaffte dort ein tiefschwarzes Loch, in dem plötzlich eine Gestalt erschien, die kurz verharrte und dann wie ein Stein auf die Erde hinunterstürzte.

Sofort schloß sich der Himmel wieder, der Spuk verschwand, und im nächsten Augenblick war die friedliche Ruhe wiederhergestellt. Nichts erinnerte mehr an die dramatischen Ereignisse, die sich gerade eben hier abgespielt hatten.

Nichts – bis auf die Gestalt, die nicht weit von Karimahs Lager auf dem Boden lag und sich gerade zu deren grenzenlosem Erstaunen stöhnend zu bewegen begann.

Das ist unmöglich, schoß es Karimah durch den Kopf. *So einen Sturz kann niemand überleben.* Da dies jedoch ganz offensichtlich der Fall war, beschloß sie zu helfen. Das Schwert vorsichtshalber noch immer in der Hand, ging sie auf die benommen im Gras liegende Gestalt zu.

Während sie das tat, erhob sich die Frau etwas unsicher, und ihre Silhouette hob sich für einen Moment vom Abendhimmel ab.

Karimah erstarrte in der Bewegung, als die Erinnerung an ihren Traum sie mit Macht überschwemmte. Sollte sie hier wirklich am Ziel ihrer Suche sein?

Die Fremde dort vor ihr schien gespürt zu haben, daß sie nicht allein war, denn so schnell, daß Karimah kaum mit den Augen zu folgen vermochte, griff sie nach ihrem Schwert, das dicht neben ihr gelegen hatte, und stand der Kaypiar gleich darauf mit erhobener Waffe gegenüber.

Karimah musterte die vertraute Fremde neugierig.

Sie war nur unwesentlich kleiner als Karimah, hatte lange, gewellte, braune Haare, tiefblaue Augen und eine schlanke Figur. Bekleidet war sie mit engen, schwarzen Hosen, einem dunklen Hemd und einem schwarzen Ledermantel. Die Klinge des Schwertes, das drohend auf Karimah gerichtet war, bestand aus einem seltsamen, pechschwarzen Material, daß sie noch nie gesehen hatte.

Der Anblick des Schwertes brachte Karimah wieder in die Gegenwart zurück. Ihr wurde bewußt, daß sie selbst zwar durchaus etwas Vertrautes in dieser Frau sehen mochte, diese Empfindung augenscheinlich jedoch in keinster Weise von ihrem Gegenüber geteilt wurde. »Ich will dir nichts tun«, versuchte Karimah daher beruhigend auf die Frau einzuwirken. »Ich will nur helfen.«

»Und dazu brauchst du ein Schwert?« kam postwendend der zwingend logische Einwand.

»Eigentlich nicht«, räumte Karimah ein. »Aber ich habe nur wenig Erfahrung mit Menschen, die plötzlich vom Himmel fallen.«

Darauf sagten beide eine Weile nichts, bis die Fremde schließlich den Anfang machte und ihre Waffe senkte.

Erleichtert folgte Karimah ihrem Beispiel. »Mein Name ist Karimah«, stellte sie sich vor.

»Bethany.« Die Fremde nickte höflich, doch es lag noch immer Mißtrauen in ihrem Blick. Dann jedoch verzog sich ihr Mund plötzlich zu einem Lächeln. »Läufst du immer in so luftiger Aufmachung herum, oder ist das deine Art, Fremde zu begrüßen?« fragte sie.

Karimah wurde bei diesen Worten bewußt, daß sie außer ihrem Schwert nichts weiter trug und wurde vor Verlegenheit knallrot.

Bethany ließ ihren Blick bewundernd über den durchtrainierten Körper der Kaypiar wandern. Für einen Moment verspürte sie das Bedürfnis, die Hände auszustrecken und dieses schöne Wesen dort vor ihr zu berühren. Sie stellte sich vor, wie ihre Finger zärtlich über die nackte, leicht gebräunte Haut strichen, und spürte, wie ihr Mund trocken wurde und ihr Atem schneller ging. Doch rasch verdrängte sie diesen Gedanken, der ihr hier und jetzt so überhaupt nicht angebracht erschien.

Karimah hatte sich inzwischen wieder gefaßt. Schließlich brauchte sie sich ihres Körpers nicht zu schämen. »Entschuldige, wenn es etwas unpassend erscheint«, entgegnete sie. »Aber deine Ankunft war so überraschend, daß ich nicht mehr dazu kam, mich anzuziehen.«

Das erinnerte sie beide wieder an die merkwürdigen Begleitumstände ihrer Begegnung.

Bevor Bethany jedoch etwas erwidern konnte, griff sie sich an den Kopf, als sich die Welt um sie herum plötzlich zu drehen begann. Sie taumelte und wäre gestürzt, doch schon war Karimah neben ihr, stützte sie und half ihr zu ihrem Lager hinüber. Bethany sank schwer auf die Decke und Karimah wurde klar, daß der Sturz für die fremde Kriegerin doch nicht ganz ohne Folgen geblieben war. Als Karimah sich über Bethany beugte, erkannte sie erschrocken, daß die Kriegerin das Bewußtsein verloren hatte. Bethanys Gesicht war blaß, der Atem ging nur noch flach. Angst überfiel Karimah. Sie kannte Bethany erst seit wenigen Minuten, und doch war ihr die Kriegerin durch ihre Vision so vertraut, daß sie in ihr schon fast so etwas wie eine Freundin sah. Und außerdem hatte die Stimme in jenem Traum sie gebeten, Bethany zu helfen. Was, wenn es dafür schon zu spät war? Sie verstand sich ein wenig auf Heilkunst, aber dieses Wissen würde nicht genügen, um Bethany zu helfen, die vielleicht doch schlimmere Verletzungen davongetragen hatte, als es zunächst den Anschein gehabt hatte.

Karimah dachte kurz nach. Im Grunde gab es nur eine Möglichkeit. Kartania war die am nächsten liegende Stadt, und auch wenn sie erst nach Einbruch der Nacht dort eintreffen würden, so war es doch ratsam, Bethany sofort dorthin zu bringen. In Kartania würde es sicher einen Heiler geben, der ihnen helfen konnte.

Rasch packte Karimah ihre Sachen zusammen und hob Bethany dann vorsichtig auf. Sie setzte die Kriegerin in den Sattel, schwang sich dann hinter sie, schlang einen Arm fest um die Bewußtlose und ergriff mit ihrer freien Hand die Zügel. »Bitte«, flüsterte sie Bethany ins Ohr. »Bitte, bleib am Leben. Es hat doch gerade erst begonnen.«

Dann trieb sie ihr Pferd an und ritt zurück auf die Straße in Richtung Kartania.

Die Nacht war längst hereingebrochen, als die beiden Kartania erreichten. Die Stadt war nicht befestigt, Thindam war schon seit vielen Jahren ein friedliches Land, in dem Reisende stets willkommen waren. Kartania war eine mittelgroße Stadt, direkt an der Handelsstraße. Es gab dort mehrere Herbergen, die für einzelne Reisende ebenso eingerichtet waren, wie für die großen Karawanen, die nach Tarbis oder Estargon zogen.

Karimah fand daher schnell etwas Passendes und scheuchte den Wirt aus dem Bett, der es gewohnt war, von eintreffenden Gästen auch zu nachtschlafender Zeit gestört zu werden, und ihr daher ohne großen Aufwand ein Zimmer vermietete.

Bethany war den ganzen Weg über nicht wieder zu Bewußtsein gekommen. Karimah trug sie ins Haus und erkundigte sich beim Wirt nach einem Heiler.

Besorgt näherte sich der Wirt Karimah und ihrer bewußtlosen Begleiterin. »Was ist denn passiert?« fragte er. »Seid ihr überfallen worden?«

In der letzten Zeit war es in Kartania vermehrt zu Überfällen auf Reisende gekommen. Es schien eine ganze Bande zu sein, und bis jetzt war es der Stadtwache noch nicht gelungen, auch nur einen von ihnen zu fassen.

»Nein, nein«, versicherte Karimah rasch. »Das Pferd meiner Freundin scheute vor einer Schlange und ging durch. Sie wurde abgeworfen und verletzte sich am Kopf.« Sie ging zu Recht davon aus, daß die Wahrheit hier besser keine Erwähnung fand.

Der Wirt nickte verstehend. »Geh die Hauptstraße hinunter bis zum Markplatz«, sagte er. »Die Heilerin Tanya hat dort ihr Haus. Sie kann euch sicher helfen.« Er wies mit dem Daumen auf einen Schlüssel, der an einem Haken an der Wand hing. »Und vergiß nicht, die Tür zu verschließen, wenn du gehst und kommst. Meine Gäste fühlen sich hier sicher, und ich will, daß das so bleibt.«

»Danke«, sagte Karimah. »Ich werde daran denken.«

Sie trug Bethany die Treppe bis zu den Herbergszimmern hinauf, betrat den kleinen, aber sauberen Raum und legte die Kriegerin auf das Bett. Sanft strich sie der Bewußtlosen über die Wange. »Ich hole dir eine Heilerin«, flüsterte sie.

Sie verließ die Herberge und lief die Hauptstraße hinunter. Etwa eine Viertelstunde später stand sie auf dem leeren Marktplatz und sah sich um. Mehrere Schilder an den Häusern rings um den Platz fielen ihr auf, und gleich beim ersten hatte sie Glück. ›Tanya, Heilerin‹ stand darauf.

Karimah nickte zufrieden und klopfte an die Tür.

Nichts rührte sich.

Karimah klopfte erneut, diesmal schon um einiges lauter.

Immer noch nichts.

Karimah nahm die Tür unter Dauerfeuer, bis plötzlich im Haus ein Licht anging und die Tür so ruckartig aufgerissen wurde, daß ihre Faust beinah das Gesicht einer Frau mit aschblonden, glatten, langen Haaren und hellblauen Augen getroffen hätte. Karimah stoppte nur knapp vor der Nase der Frau, bei der es sich wohl um die Heilerin Tanya handeln mußte.

»Wenn du schon eine Privatfehde gegen meine Tür führen mußt«, fuhr Tanya die verdutzte Kriegerin an. »Dann tu es wenigstens nicht in der Nacht!« Tanya war beinah einen Kopf kleiner als Karimah und bei weitem nicht so durchtrainiert, doch das hielt sie nicht davon ab, die Kriegerin zornig anzufunkeln.

»Es tut mir leid, wenn ich dich gestört habe –«

»Das ist ja wohl auch das mindeste«, unterbrach Tanya. »Und welches Anliegen glaubst du zu nachtschlafender Zeit an mich richten zu können?«

»Ich brauche einen Heiler«, antwortete Karimah prompt.

»Na, daß du kein frisches Brot willst, kann ich mir schon selbst denken«, höhnte Tanya.

Karimah merkte, wie ihr schon von Natur aus dünner Geduldsfaden zu knirschen begann. »Meine Freundin ist verletzt und braucht Hilfe«, sagte sie. »Komm bitte mit mir.«

Tanya sah sie mit dem gleichen mißtrauischen Blick an, wie gerade zuvor der Wirt. »Was habt ihr denn in der Nacht getrieben, das sie so schwer verletzt hat, daß ihr einen Heiler braucht? War es etwas Illegales oder etwas Unmoralisches?«

Für einen Augenblick verschlug es Karimah die Sprache. »Weder noch«, zischte sie. »Meine Freundin ist einige Meilen vor der Stadt schwer gestürzt. Ich habe sie gerade noch hierher bringen können, aber sie hat das Bewußtsein noch nicht wiedererlangt. Ich verstehe nicht genug von Heilkunst, um ihr helfen zu können. Bitte, sie darf nicht sterben.«

Tanya musterte Karimah prüfend. Die junge Frau machte einen ehrlichen Eindruck. Und was sie sagte, hörte sich nicht gut an. Wenn die Freundin der Kriegerin tatsächlich noch immer bewußtlos war, wies das auf eine schwere Kopfverletzung hin. Und da war schnelle Hilfe tatsächlich gefragt, wenn es dafür nicht sogar schon zu spät war. »Gut, ich komme mit«, sagte Tanya. »Ich hole nur meine Tasche.«

Bethany lag noch immer auf dem Bett, als Tanya und Karimah das Zimmer betraten. Ihre Augen waren geschlossen, ihr Gesicht totenblaß.

Karimah stürzte an ihre Seite und entspannte sich erst wieder, als sie den Herzschlag gefunden und sich so davon überzeugt hatte, daß Bethany noch lebte. Mit einem fast verzweifelten Blick sah sie Tanya an. »Bitte, hilf ihr.«

Die Heilerin war gerührt. Sanft legte sie Karimah eine Hand auf die Schulter. »Laß mich sehen, was ich tun kann«, bat sie.

Tanya untersuchte die Kriegerin. Es gab keine sichtbaren Verletzungen, und weder ihr Schädel noch sonst ein Knochen war gebrochen. Das war die gute Nachricht. Die schlechte war, daß Tanya sich nicht erklären konnte, weshalb Bethany schon so lange bewußtlos war. Sie beschloß daher, auf ein besonderes Mittel zurückzugreifen.

Seit den verheerenden Magierkriegen war die Magie in der Atmosphäre des Kontinents von Quelthir um einiges schwächer geworden, und die Wesen, die sie zu nutzen verstanden, längst nicht mehr so zahlreich und weit weniger mächtig, als vor den Kriegen. Nur die Priester und Priesterinnen bildeten eine Ausnahme, denn sie erhielten ihre Macht von den Göttern, denen sie dienten.

Tanya gehörte allerdings weder zu den Magiern noch zu den Priestern, sie trug vielmehr selbst Magie in sich, derer sie sich bedienen konnte. Sie nutzte ihre Kräfte jedoch ausschließlich zur Unterstützung ihrer Heilkunst und auch dann nur, wenn es nicht anders ging. Doch hier schien ihr ein solcher Fall gegeben zu sein.

Sie teilte Karimah ihr vorläufiges Untersuchungsergebnis mit und fragte sie dann, ob sie etwas dagegen hätte, wenn sie für die weitere Untersuchung Magie anwandte. Das hatte sie sich zur Regel gemacht, denn viele Bürger Quelthirs lehnten es schlichtweg ab, mit magischen Kräften in Berührung zu kommen.

Karimah hatte jedoch keine Einwände, denn den Kaypiar waren magische Kräfte vertraut, verdankten sie ihnen und dem Wohlwollen ihrer Göttin Deidra doch, daß es ihr Volk überhaupt in so großer Zahl gab.

Tanya konzentrierte sich und begann Bethanys Körper mit ihrem Geist zu erfühlen und nach Verletzungen zu suchen.

Als sie sich nach ein paar Minuten ein wenig erschöpft umwandte, lächelte sie. »Sie ist völlig unverletzt«, sagte sie, und Karimah atmete erleichtert auf. »Aber etwas hat sie sehr geschwächt. Sie wird ein paar Tage Ruhe brauchen.« Sie erhob sich, griff nach ihrer Tasche, kramte darin herum und förderte schließlich ein kleines Fläschchen zutage. »Hier«, sagte sie. »Gib davon fünf Tropfen in einen Becher Tee, und flöß ihn ihr vorsichtig ein. Dann wird sie schneller wieder zu Kräften kommen.«

»Danke, Tanya«, sagte Karimah und reichte der Heilerin eine Goldmünze. »Ich hoffe, das entschädigt dich für die nächtliche Ruhestörung.«

Entgeistert starrte Tanya auf die Münze. »Das . . . das ist viel zuviel«, stotterte sie. »Bist du so reich, daß du es dir leisten kannst, mit dem Gold nur so um dich zu werfen?«

»Das nicht«, gestand Karimah. »Aber ich bin so froh, daß Beth es überleben wird.«

Tanya lächelte. »Sie steht dir sehr nahe, oder?« fragte sie.

Karimah zögerte ein wenig mit der Antwort. Sie kannte Bethany erst seit einem Tag und hatte noch kaum drei Sätze mit ihr gewechselt. Von ›nahestehen‹ im klassischen Sinne konnte daher eigentlich keine Rede sein. Doch dann dachte sie wieder an ihren Traum. »Irgendwie schon«, sagte sie und warf Bethany einen beinah liebevollen Blick zu. »Bitte, nimm das Gold«, wandte sie sich an Tanya. »Du hast es dir wirklich verdient.«

»Also schön«, sagte die Heilerin. »Aber dann hast du noch was gut bei mir.«

Tanya bestand darauf, allein zu ihrem Haus zurückzukehren, obwohl Karimah ihr anbot, sie zu begleiten. Und so riß Karimah statt dessen den Wirt ein weiteres Mal aus dem Schlaf und bat um heißes Wasser für einen Tee.

Zurück auf ihrem Zimmer setzte sich Karimah neben Bethany auf das Bett, hob den Oberkörper der Kriegerin vorsichtig an und setzte ihr den Becher mit dem Tee und den Tropfen, die Tanya ihr gegeben hatte, an die Lippen. Langsam flößte sie ihr den Tee ein, was einige Zeit in Anspruch nahm. Danach ließ sie sie wieder vorsichtig auf die Decke sinken. Sanft streichelte sie die bleiche Wange der Kriegerin. »Das wird dir helfen«, flüsterte sie. Sie zog sich einen kleinen Sessel heran, der im Raum stand und setzte sich hinein. »Schlaf gut«, sagte sie zu Bethany. »Ich passe auf dich auf.«

Die Sonne stand schon hoch am Himmel, als Bethany endlich aufwachte. Sie streckte ihre steifen Glieder und sah sich dann um. Keine Landschaft bot sich ihren Augen, sondern ein kleines Zimmer, dessen Wände und Möbel in hellen freundlichen Farben gehalten waren.

»Du bist wach«, hörte sie eine erfreute Stimme.

Bethany wandte sich der Sprecherin zu und war für einen Moment unsicher, doch dann erkannte sie die Frau, die neben ihrem Bett in einem Sessel saß. »Du bist . . . Karimah, nicht wahr?« fragte sie. »Was ist passiert?«

»Geht es dir besser?« fragte Karimah zunächst.

»Ja«, sagte Bethany sofort. Sie fühlte sich wirklich ausgezeichnet. »Hast du mich hierher gebracht?«

Karimah nickte. »Wir sind hier in einer Herberge in Kartania, Bethany«, sagte sie. »Du warst die ganze Zeit bewußtlos, und ich hielt es für das Beste, dich zu einer Heilerin zu bringen. Sie hat dich gestern abend noch untersucht. Du scheinst ganz gesund zu sein, bis auf eine kleine Schwäche. Die Tropfen, die sie mir für dich gab, scheinen da aber geholfen zu haben.«

Bethany lächelte. »Ja, das haben sie«, stellte sie fest. »Ich fühle mich wirklich sehr gut. Übrigens: Sag einfach Beth zu mir. So nennen mich meine Freunde, und Menschen, die mir das Leben retten, zähle ich in der Regel dazu.«

Karimah erwiderte das Lächeln. »Gern«, sagte sie. »Erinnerst du dich noch daran, was mit dir geschehen ist?«

Das Lächeln verschwand aus Bethanys Gesicht, als sie sich zu erinnern versuchte. Im nächsten Moment zuckte sie heftig zusammen und unterdrückte nur mit Mühe einen Aufschrei, als Schmerzen wie glühende Pfeile durch ihren Kopf schossen.

Karimah sprang erschrocken auf. »Was ist los?«

Bethany schüttelte den Kopf, preßte beide Hände gegen die Schläfen. »Es tut . . . so weh«, keuchte sie.

Karimah setzte sich neben sie auf das Bett, hob ein wenig zögernd die Hand und streichelte beruhigend ihren Rücken. »Schon gut«, sagte sie. »Zwing dich nicht, wenn es nicht geht.«

Bethany spürte, wie der Schmerz nachließ, und sofort versuchte sie erneut, sich in ihren Gedanken zurückzutasten, doch fast augenblicklich wurde der Schmerz wieder stärker, bis sie es schließlich aufgab und Karimah mit hilflos verzweifeltem Gesichtsausdruck ansah. »Es . . . es geht nicht«, stammelte sie. »Ich kann mich nicht erinnern. Wenn ich es versuche . . . Na ja, du hast es ja gesehen.«

»Hmm«, machte Karimah. »Immerhin war es ein ziemlich schwerer Sturz. Es ist schon ein Wunder, daß du den überlebt hast, und dann auch noch fast völlig unverletzt.«

»Ein Sturz . . . ja«, murmelte Bethany, die noch das Bild vor Augen hatte, wie der Erdboden sehr rasch immer näher gekommen war. Doch was davor geschah . . .

»In meiner Heimat bekam einmal eine Stallgehilfin von einem Pferd einen Tritt vor den Kopf«, sagte Karimah. »Glücklicherweise streifte der Huf sie nur, sonst wäre sie tot gewesen. Doch es dauerte Tage, bis sie sich auch nur an ihren Namen erinnern konnte.«

»Kam ihre Erinnerung ganz zurück?« fragte Bethany interessiert.

»Ich glaube schon«, entgegnete Karimah. »Aber den Dachschaden hatte sie auf jeden Fall schon vorher.«

Bethany sah sie mit hochgezogenen Augenbrauen an.

»Das sollte nur ein Scherz sein«, versicherte Karimah rasch. »Unsere Priesterinnen haben sich um sie gekümmert und ihr geholfen. Sie wurde wieder ganz gesund und hat sich auch wieder an alles erinnert.«

»Eure Priesterinnen?« Bethany musterte Karimah. Die vorwiegend aus Leder bestehende Kleidung der etwas jüngeren Frau war kunstvoll verziert. Der breite Gürtel mit Silber beschlagen; kleine Perlen und edle Steine waren in ihn eingearbeitet und zierten auch das Schulterhalfter, in dem sie ihr Schwert trug. Bethany war sich sicher, solche Kleidung schon einmal gesehen zu haben, und gleich darauf blitzte ein Name in ihren Gedanken auf. »Bist du eine Kaypiar?« fragte sie.

Karimah nickte. »Ja!« rief sie. »Woran hast du das erkannt?«

»Ich habe solche Kleidung schon einmal gesehen«, sagte Bethany. »Und ... Und ich ...« Sie zögerte, als eine Erinnerung ganz von selbst in ihr Gedächtnis zurückkehrte.

»Was?« fragte Karimah erwartungsvoll.

»Ich habe an ihrer Seite gekämpft«, erklärte Bethany.

Karimah überraschte das nicht. Das Volk der Kaypiar war dafür bekannt, große Kriegerinnen hervorzubringen, die, ganz im Sinne ihrer Göttin Deidra, ihre Fähigkeiten für den Kampf gegen Ungerechtigkeit und Unterdrückung einsetzten. Die Insel Kaypur unterhielt Handelsbeziehungen zu verschiedenen Ländern und wurde von diesen nicht selten um Unterstützung gegen Piraten, räuberische Horden und ähnliche Probleme gebeten. Es war gut möglich, daß Bethany auf diese Weise schon einmal mit den Kaypiar in Berührung gekommen war.

Was Karimah aber im Augenblick viel interessanter fand, war die Tatsache, daß Bethany offenbar doch nicht alles vergessen hatte. Und immerhin hatte sie sich ja auch unmittelbar nach dem Sturz an ihren Namen erinnert. »Das weißt du also noch«, stellte Karimah fest. »Vielleicht sollten wir nur ein wenig Geduld haben. Du wirst sehen, in ein paar Tagen kannst du dich bestimmt wieder erinnern und dann können wir –«

»Wir?« Bethany sah sie erstaunt an.

Karimah verstummte verlegen. »Entschuldige«, sagte sie. »Ich muß dir wohl sehr aufdringlich erscheinen ...«

Aber so hatte Bethany es gar nicht gemeint. Sie war nur angenehm überrascht gewesen, daß die Karimah, die doch schon so viel für sie getan hatte, tatsächlich weiterhin an ihrer Seite bleiben und ihr helfen wollte. »Das tust du ganz und gar nicht«, versicherte sie rasch. »Und ich bin dir auch sehr dankbar, daß du mir geholfen hast.«

»Aber jetzt wärst du lieber wieder allein, nicht wahr?« vermutete Karimah.

Bethany war sich nicht sicher, was sie darauf antworten sollte. Grundsätzlich war sie es zwar gewohnt, mit ihren Problemen allein fertig zu werden und im Moment fühlte sie sich zumindest körperlich auch wieder dazu in der Lage, dennoch war ihr der Gedanke bei weitem nicht unangenehm, noch ein wenig mehr Zeit mit Karimah zu verbringen. Und dann fiel ihr plötzlich wieder der Moment ein, als sie ihr am vergangenen Tag das erste Mal begegnet war, der Moment, als Karimah nackt und nur mit ihrem Schwert in der Hand vor ihr gestanden hatte. Etwas ungeheuer Anziehendes war von ihr ausgegangen, etwas, das Bethany berührte, wie sie schon sehr lange nichts mehr berührt hatte. Ein wenig erschrocken über sich selbst, fiel ihre Antwort bewußt zurückhaltend aus. »Ich glaube, ich könnte wirklich ein wenig Hilfe gebrauchen. Aber fühl dich bitte nicht zu irgend etwas verpflichtet.«

Karimah sah Bethany an, als habe sie nicht recht gehört. »Verpflichtet?« schnaubte sie. »Hier geht es doch nicht um Verpflichtung.«

»Und worum geht es dann?« erkundigte sich Bethany neugierig.

Karimah öffnete den Mund, dachte dann kurz nach und schloß ihn wieder. Nein, sie war noch nicht bereit, mit Bethany über ihren Traum zu sprechen. Dazu war später immer noch Zeit, wenn sie sich ein wenig besser kennengelernt hatten.

»Ja?« hakte Bethany nach.

»Es geht darum, daß du mir da draußen förmlich vor die Füße gefallen bist«, versuchte Karimah rasch eine Erklärung zu finden, die Bethany ihr glauben würde. »Bei uns würde man dazu sagen, daß dich Deidra mir anvertraut hat.«

»Also doch eine Verpflichtung.« Bethany konnte es nicht lassen, die Besserwisserin zu spielen.

Karimah seufzte genervt. Sie wußte selbst, wie das gerade geklungen hatte, und ärgerte sich plötzlich über sich selbst. »Wenn ich verschwinden soll dann sag es doch einfach«, grummelte sie. »Das Zimmer ist bezahlt, und am Marktplatz wohnt eine Heilerin namens Tanya, die mir noch etwas schuldet, falls du noch mal ihre Hilfe brauchen solltest.«

Sie wollte sich erheben, doch Bethany richtete sich rasch auf und legte ihre Hand auf die der Kaypiar. »Jetzt sei doch nicht so empfindlich«, sagte sie und lächelte. »Ich hab's nicht so gemeint.«

Karimahs Ärger verschwand so schnell wie er gekommen war. »Ich auch nicht«, versicherte sie.

»Sag mal«, fragte Bethany. »Hatte ich eigentlich irgend etwas bei mir als du mich gefunden hast?«

»Nur dein Schwert«, sagte Karimah. »Deine Kleider habe ich allerdings nicht durchsucht. Was ist das übrigens für ein merkwürdiges Material, aus dem die Klinge besteht? So etwas habe ich noch nie zuvor gesehen.«

Bethany runzelte die Stirn. Sie versuchte sich zu erinnern, fühlte jedoch beinah sofort, wie der Schmerz wieder heranrollte, und gab es rasch wieder auf. »Ich weiß es nicht«, sagte sie. »Und wenn ich versuche, mich zu erinnern . . .«

»Schon gut«, sagte Karimah. »Laß es lieber.«

Bethany nickte und stand auf. »Ich schau' mal, ob ich in meinen Sachen irgendwelche Hinweise finde.« Sie ging zu ihrem Ledermantel hinüber, den Karimah in der Nacht zuvor über einen Stuhl gehängt hatte. Sie durchsuchte kurz die Taschen und förderte einen kleinen Beutel hervor, der einige Gold-, Silber- und Kupfermünzen sowie ein zusammengefaltetes Stück Papier enthielt. Das Papier erwies sich als Legitimation, die Bethany als Sensei der T'Mar-Schule in Tarbis auswies.

»Na, das ist doch ein Anfang«, stellte Karimah fest. »Tarbis liegt nördlich von Thindam. Du hast einen ziemlich weiten Weg hinter dir. Kommt dir der Name der Schule bekannt vor?«

Bethany schüttelte schweigend den Kopf. Der Name T'Mar sagte ihr ebensowenig etwas, wie die offensichtliche Tatsache, daß sie dort eine Lehrmeisterin war. Seufzend ließ sie sich auf den Stuhl fallen. Das führte doch alles zu nichts. »Laß uns eine Weile nicht mehr von mir reden«, bat sie. »Vielleicht kommt meine Erinnerung schneller zurück, wenn ich nicht versuche, es um jeden Preis zu erzwingen.« Als Karimah etwas zögernd nickte, fügte sie rasch hinzu: »Wie wäre es mit einem guten Frühstück? Ich lade dich ein. Dann kannst du mir auch endlich etwas mehr über dich erzählen.«

Beim Frühstück hatte Bethany ausgiebig Gelegenheit, Karimahs gesunden Appetit zu bewundern.

»Najira sagt immer, den hätte ich von Talyssa geerbt«, erklärte Karimah schmunzelnd, als sie Bethanys erstaunten Blick bemerkte. »Die beiden sind meine Mütter«, setzte sie erklärend hinzu.

»Ja, richtig«, sagte Bethany. »Das Volk der Kaypiar besteht ausschließlich aus Frauen.«

Karimah schnitt sich noch ein Stück von dem frischen Brot ab, bestrich es mit Butter, belegte es dann großzügig mit geräuchertem Schinken und biß herzhaft hinein.

»Hast du Kaypur aus einem bestimmten Grund verlassen?« fragte Bethany.

»Ja und nein«, erwiderte Karimah ausweichend. »Ich wollte einfach mal die Welt sehen, von der mir Talyssa soviel erzählt hat. Meine Mütter sind selbst durch halb Quelthir gereist, bevor sie sich auf Kaypur niederließen. Najira ist eine große Kriegerin und Talyssa eine berühmte Bardin. Kannst du dir vorstellen, wie meine Kindheit verlief? In der einen Hälfte der Zeit lernte ich zu kämpfen, in der anderen Gedichte zu schreiben und die Lyra zu spielen.« Sie lächelte bei der Erinnerung daran.

»Du kannst die Lyra spielen?« fragte Bethany erstaunt.

Karimah grinste. »Traust du mir das etwa nicht zu? Ich bin zwar nicht so gut wie Talyssa, aber es dürfte durchaus reichen, um meinen Unterhalt damit zu verdienen, falls das nötig sein sollte. Erin sagte immer –« Sie unterbrach sich. Ein Schatten glitt über ihr Gesicht.

»Wer ist Erin?« fragte Bethany.

Karimah seufzte. Am Anfang ihrer Reise hatte sie ständig an die zukünftige Königin von Kaypur denken müssen, doch das war mit den Wochen, die verstrichen, immer weniger geworden.

»Erin ist die Tochter von Lethea, unserer Königin«, erklärte sie. »Wir waren zwei Jahre lang ein Paar. Dann wollte Lethea die Regierungsgeschäfte auf sie übertragen, und Erin verplante nicht nur ihr Leben, sondern auch das meine.«

»Und da hast du gemerkt, daß deine Liebe zur Freiheit stärker ist, nicht wahr?«

Karimah sah Bethany stirnrunzelnd an, doch sie las keine Anzeichen von Spott auf dem Gesicht der Kriegerin, und so nickte sie schließlich. »Ich habe schon immer davon geträumt, in all die Länder zu reisen, von denen Talyssa und Najira mir erzählt haben. Aber das wäre nicht mehr möglich gewesen, wenn ich Erins Gefährtin geworden wäre. Und außerdem . . .« Sie schwieg, war sich nicht sicher, ob sie Bethany sagen sollte, was ihr im Laufe der letzten Wochen klargeworden war.

Bethany wartete geduldig.

»Außerdem«, fuhr Karimah schließlich fort, »war Erin nicht die Frau, mit der ich mein Leben verbringen wollte. Es tut mir nur leid, daß ich sie so schlimm enttäuschen mußte. Es war das schwerste, das ich je in meinem Leben getan habe.«

Karimahs Stimme klang so traurig, daß Bethany unwillkürlich ihre Hand auf die der jungen Kaypiar legte.

Karimah zögerte einen Moment, dann drehte sie ihre Hand ein Stück und ergriff die von Bethany.

Das Gefühl, das Bethany bei dieser beinah zärtlichen Berührung durchströmte, war so verwirrend für sie, daß sie nicht wußte, ob sie ihre Hand schnell zurückziehen oder für ewig dort liegenlassen sollte. »Najira und Talyssa«, wechselte sie rasch das Thema. »Ich kenne diese Namen.«

Karimah lächelte und zog ihre Hand nun ihrerseits zurück, was Bethany teils mit Bedauern und teils mit Erleichterung hinnahm. »Ich sagte ja schon, daß die beiden sehr bekannt sind. Najira stammt aus Tarbis, sie gehörte zu einem der großen Kriegerclans. Und Talyssa kommt aus einem kleinen Dorf in Thindam. Najira verbreitete mit ihrem Heer lange Zeit Angst und Schrecken, sogar die eigenen Leute fürchteten sich vor ihr. Doch dann begegnete sie Talyssa, und das änderte ihr Leben. Die beiden zogen viele Jahre gemeinsam durch Quelthir und haben dabei vielen Menschen geholfen.«

»Ja, ich habe von ihnen gehört, als ich noch klein war«, rief Bethany. »Bei meinen Feldzügen in Dornfels dachte ich oft an Najira und die Geschichten, die ich von ihr gehört hatte. Sie war immer mein Vorbild –« Sie verstummte, als ihr klar wurde, daß wieder ein Teil ihrer Erinnerung zurückgekehrt war.

»Du hast Feldzüge in Dornfels geführt?« rief Karimah erstaunt. »Dann mußt du aus Estargon stammen.«

Bethany dachte kurz nach, dann nickte sie. »Ja, ich bin in Yartar aufgewachsen«, sagte sie. »Und später wurde ich vom Kaiser zur Feldherrin ernannt. Ich habe viele Feldzüge geführt, gegen die räuberischen Steppenvölker von Chulat ebenso, wie gegen die Piraten aus Dornfels.«

Karimah strahlte. »Offenbar hilft es deiner Erinnerung tatsächlich, wenn du nicht versuchst, etwas zu erzwingen«, stellte sie fest. »Also machen wir am besten so weiter. Wir suchen uns ein ruhiges Plätzchen draußen vor der Stadt, und ich erzähle dir Geschichten aus meiner Heimat. Das lenkt dich ab und wird deiner Erinnerung helfen. Und bis heute abend ist vielleicht schon alles wieder da.«

Bethany mußte lächeln, als sie Karimahs Begeisterung sah. »Aber können wir uns das denn leisten, einen Tag einfach so zu vertun?« gab sie trotzdem zu bedenken. »Was auch immer mit mir geschehen ist, die Umstände deuten wohl kaum auf einen harmlosen, kleinen Unfall hin. Irgendwer muß dafür verantwortlich sein und wenn dieser jemand mich verfolgt . . .« Sie ließ den Satz unvollendet.

Karimah legte Bethany eine Hand auf den Arm. »Solange du nicht weißt, was geschehen ist, können wir auch nichts Wirksames unternehmen«, sagte sie. »Es ist daher im Moment das Allerwichtigste, daß du dich wieder erinnerst.«

Bethany nickte. »Ja, ich glaube, du hast recht«, sagte sie schließlich. »Werde ich denn auch das Vergnügen haben, dich auf der Lyra spielen zu hören?« setzte sie mit einem Augenzwinkern hinzu.

Karimah grinste. »Wenn du darauf bestehst.«

Sie verbrachten einen höchst angenehmen Tag miteinander. Bethany lauschte hingerissen Karimahs Erzählungen und Liedern und vergaß darüber vollkommen, sich über ihre verlorenen Erinnerungen Gedanken zu machen.

Die Belohnung dafür stellte sich auch nach und nach ein, und bis zum späten Nachmittag wußte Bethany schon wesentlich mehr von ihrer Vergangenheit als noch am frühen Morgen. Es waren auch einige sehr düstere Erinnerungen dabei, doch Bethany verstand die Bestürzung, die sie darüber spürte, geschickt vor Karimah zu verbergen, die es ihrerseits verstand, Bethany von ihrer zeitweise trüben Stimmung rasch wieder abzulenken.

Die Erinnerung an die näheren Umstände ihres Sturzes stellten sich bei Bethany jedoch nicht ein, ebensowenig wie die Erinnerung an die T'Mar-Schule und ihre Zeit dort.

Karimah blieb trotzdem zuversichtlich. »Zuviel auf einmal können wir auch nicht erwarten«, erklärte sie. »Der Tag hat sich auf jeden Fall gelohnt.« Ihre braunen Augen leuchteten, sie kniete ganz nah vor Bethany und sah sie mit einem strahlenden Lächeln an.

Bethany schluckte. Karimahs Lebensfreude und ihrem scheinbar unerschütterlichen Optimismus konnte sie sich einfach nicht entziehen. Schon lange hatte sie sich nicht mehr mit einem anderen Menschen so wohl gefühlt. »Ja, das hat er«, erwiderte sie. Für einen Moment stellte sie sich vor, wie es wohl wäre, wenn sie jetzt einfach ihren Arm sanft um Karimahs Nacken legen, sie zu sich heranziehen und küssen würde. Doch rasch vertrieb sie diese Vorstellung wieder. Karimah würde sie wahrscheinlich auf der Stelle verlassen, wenn sie sich eine solche Freiheit herausnähme. Unabhängig von der körperlichen Anziehung war da jedoch noch etwas anderes, etwas das sie sich nicht wirklich erklären konnte. Es war eine Vertrautheit, die über die Faszination hinausging, die diese interessante Mischung aus Kriegerin und Bardin auf sie ausübte. Doch im Augenblick gab es vordringlichere Probleme, und Bethany beschloß, diesen Dingen später auf den Grund zu gehen. »Wir . . . Wir sollten vielleicht besser in die Herberge zurückkehren«, schlug sie vor. »Es wird schon dunkel.«

Karimah nickte. »Ja«, stimmte sie zu. »Und Hunger habe ich auch.«

»Welche Überraschung«, bemerkte Bethany trocken und warf einen Blick auf den leeren Picknickkorb, der am frühen Morgen noch prallgefüllt gewesen war.

Die beiden standen auf und packten die wenigen Sachen zusammen, die sie mitgebracht hatten.

Als sie gerade gehen wollten, nahm Bethany Karimahs Hand. »Danke für den schönen Tag, Karimah«, sagte sie leise und mit einem fast schüchternen Lächeln.

Die beiden sahen einander an und für einen kurzen Moment schien alles möglich zu sein. Doch dann zerstörte das Rumpeln eines Fuhrwerkes, das auf der in der Nähe liegenden Straße nach Kartania an ihnen vorüberfuhr, den magischen Moment.

Bethany ließ Karimahs Hand los und die beiden machten sich auf den Weg zurück in die Stadt.

Als sie die Herberge erreichten, stieg ihnen der verführerische Duft gebratenen Fleisches und frisch gebackenen Brotes in die Nase.

»Da kommen wir ja gerade richtig«, rief Karimah gutgelaunt. »Wir essen jetzt etwas, und dann könnten wir doch mal sehen, wie weit deine Erinnerung schon zurückgekehrt ist.«

Bethany erhob keinen Widerspruch. Sie fand selbst, daß es nicht schaden konnte, etwas Ordnung in ihre Gedanken zu bringen.

Als sie das Abendessen beendet hatten, bestellte Karimah zwei Becher Wein. »Also«, sagte sie. »Versuchen wir es. Was ist das letzte, an das du dich erinnern kannst?«

Bethany zögerte einen Moment. Im Laufe des Nachmittags hatte sie Klarheit über einen Teil ihrer Vergangenheit erlangt, doch dabei auch erkannt, daß sie bereits das wenige, an das sie sich am Morgen erinnert hatte, besser nicht mit Karimah geteilt hätte. Doch sie konnte ja immer noch versuchen die Geschichte so zu erzählen, daß Karimah die eigentlichen Hintergründe nicht unbedingt erfahren mußte. »Ich war lange Jahre Feldherrin im Dienste des Kaisers«, begann sie schließlich, »doch nach einem siegreichen Feldzug gegen die räuberischen Steppenvölker aus Chulat, die immer wieder unsere Städte an der nordwestlichen Grenze Estargons überfielen, fand ich, daß ich genug für das Reich getan hatte, und bat den Kaiser um meinen Abschied. Er gewährte ihn mir, und ich verließ Yartar noch am gleichen Tag. Ich war lange unterwegs, bis es mich irgendwann nach Thindam verschlug. Dort, nahe der Grenze zwischen Tarbis und Thindam fand ich einen seltsamen Ort. Es war ... Es war eine Art Tempel –« Der Schmerz kam so plötzlich, daß sie laut aufschrie.

Die anderen Gäste in der gut besuchten Schankstube drehten sich erschrocken zu ihnen um. Der Wirt ließ das Tuch fallen, mit dem er gerade Becher und Teller getrocknet hatte, und kam herbeigeeilt.

Bethany keuchte, stützte sich mit beiden Armen auf dem Tisch auf und zwang sich, an etwas anderes zu denken. Im gleichen Moment fühlte sie erleichtert, daß der Schmerz sich zurückzog und verschwand.

Karimah versuchte derweil, den Wirt zu beruhigen. »Meine Freundin fühlt sich nicht gut, sie hat Kopfschmerzen«, sagte sie. »Es tut mir leid, daß wir deine Gäste erschreckt haben, aber jetzt ist alles unter Kontrolle.« Sie lächelte dabei so gewinnend wie möglich.

Der Wirt sah in Karimahs Gesicht und schluckte die unfreundliche Antwort hinunter, die er hatte geben wollen. »Na ja, wenn das so ist«, knurrte er. »Aber wenn deine Freundin sich so schlecht fühlt, dann sollte sie vielleicht besser auf ihrem Zimmer bleiben, ehe sie mir auch noch die letzten Gäste vergrault.«

»Wenn du ein Problem mit mir hast, dann sprich mich gefälligst direkt an!« Bethany war aufgestanden und sah den Wirt mit kalten Augen an.

Der Wirt erwiderte den Blick und ein verunsicherter Ausdruck erschien auf seinem Gesicht. Er öffnete den Mund, um etwas zu sagen, doch Bethany zog die Augenbrauen hoch, und er überlegte es sich anders. Mit dieser gefährlich aussehenden Frau wollte er sich lieber nicht anlegen. Er wandte sich ab und ging leise vor sich hin murmelnd zum Tresen zurück.

»Ich glaube«, sagte Karimah, »ich könnte jetzt etwas frische Luft gebrauchen.«

Die Straßen von Kartania waren menschenleer. Die Luft war kühl und erfrischend und beruhigte sogar Bethanys angespannte Nerven ein wenig.

»Du hast den Wirt ja ganz schön eingeschüchtert«, sagte Karimah. »Für einen Moment habe ich fast geglaubt, du schlägst zu.«

Bethany verzog das Gesicht. »Ganz so brutal wie du denkst, bin ich auch nicht«, knurrte sie.

»Woher willst du eigentlich wissen, was ich denke?« entgegnete Karimah unvermittelt. Sie hatte diese Frage ganz ruhig und ohne provozierenden Unterton gestellt.

Bethany sah Karimah etwas unsicher an. »Gar nicht«, sagte sie. »Entschuldige bitte. Aber das war alles etwas viel für mich.«

»Interessiert es dich denn, was ich denke?« fragte Karimah, ohne auf Bethanys Bemerkung einzugehen.

»Ja, natürlich interessiert es mich«, versicherte Bethany sofort. »Was denkst du?«

»Ich denke, daß du etwas vor mir verbirgst«, sagte Karimah unumwunden.

»Was?« fragte Bethany entgeistert. »Wie kommst du denn darauf?«

»Es gab einen Moment heute«, sagte Karimah. »Da wirktest du von einem Moment zum anderen sehr bestürzt. Du hast zwar rasch versucht, es zu überspielen, aber ich habe es doch gemerkt. Aber da du ganz offensichtlich nicht darüber reden wolltest, habe ich auch nicht gefragt. Ich habe zwar keine Ahnung, welche Erinnerung da zurückgekehrt ist, aber ich könnte mir schon vorstellen, daß das Leben einer Feldherrin des Kaisers von Estargon nicht unbedingt nur von schönen Erfahrungen geprägt ist. Und weiterhin könnte ich mir vorstellen, daß die Dinge, die dir vor zwei Tagen passiert sind und von denen du fast nichts mehr weißt, vielleicht mit einer dieser Erfahrungen zusammenhängen. Zum Beispiel mit der, an die du dich heute erinnert hast. Schon mal daran gedacht?«

Sie gingen weiter durch die stillen Straßen.

»Du hast eine gute Beobachtungsgabe«, stellte Bethany fest.

»Das sagt man mir nach«, stimmte Karimah zu. »Aber du hast mir noch nicht geantwortet.«

Bethany holte tief Luft. »Du hast recht«, sagte sie. »Eine Feldherrin von Estargon macht Erfahrungen, die sich andere nicht einmal vorstellen können. Aber ich versichere dir, daß die Schatten jener Tage nicht für das verantwortlich sind, was mir passiert ist.«

»Wie kannst du da so sicher sein?« fragte Karimah.

Bethany atmete tief durch und traf dann die schnelle Entscheidung, ihr Geheimnis preiszugeben. »Weil ich in Estargon als tot gelte. Und außer dem Kaiser selbst kennt niemand dort die Wahrheit.«

Karimah sah Bethany verblüfft an. »Man hält dich für tot? Aber wieso hast du mir dann heute morgen überhaupt gesagt . . .«

»Daß ich eine Feldherrin war?« beendete Bethany den Satz. »Weil meine Erinnerung erst nach und nach zurückkehrte. Erst heute nachmittag fiel mir wieder ein, weshalb ich dir meinen früheren Rang besser verschwiegen hätte.«

Karimah blieb stehen. »Beth«, sagte sie und sah die Kriegerin sehr ernst an. »Wenn du nicht darüber reden willst, dann ist das in Ordnung für mich. Und wenn du dir wirklich sicher bist, daß diese Dinge nichts mit dem zu tun haben, was dir passiert ist, dann lassen wir es auf sich beruhen. Du hast schließlich ein Recht auf deine Geheimnisse. Und keine Sorge, ich werde niemandem von dem erzählen, was ich bereits weiß.«

»Aber ich kann doch nicht von dir verlangen, daß du dich meinetwegen in Gefahr begibst, ohne daß ich wenigstens ehrlich zu dir bin«, entgegnete Bethany.

»Das ist richtig«, meinte Karimah. »Verlangen kannst du gar nichts, aber es ist ja auch meine Entscheidung, dir zu helfen. Und um es noch einmal zu betonen: Deine Geheimnisse sind allein deine Sache.«

Sie waren inzwischen am Marktplatz angekommen, ganz in der Nähe von Tanyas Haus.

Das brachte Karimah auf eine Idee. »Vielleicht könnte Tanya uns noch einmal helfen«, schlug sie vor. »Sie verfügt über magische Kräfte.«

Bethany dachte darüber nach. »Das findet man heute nicht mehr sehr oft«, sagte sie. »Und da wir so nicht weiterkommen und die Zeit drängt, können wir es ja versuchen.«

Diesmal mußte Karimah nicht so lange klopfen; Tanya öffnete schon nach dem ersten Mal und schenkte ihr ein Lächeln, als sie sie erkannte, und bat die beiden Frauen herein. »Wie ich sehe, haben meine Tropfen geholfen«, stellte sie mit einem Blick auf Bethany fest.

Bethany nickte. »Ja, haben sie. Aber ein Teil meiner Erinnerungen ist noch immer wie ausgelöscht. Wenn ich versuche mich darauf zu konzentrieren, schmerzt mein Kopf so schlimm, daß ich es sofort aufgeben muß.«

»Wir dachten, du könntest uns vielleicht helfen«, sagte Karimah mit hoffnungsvollem Blick.

Tanya runzelte die Stirn. »Es ist durchaus nicht ungewöhnlich, daß das Gedächtnis nach schweren Stürzen erst nach einigen Tagen oder Wochen wieder richtig funktioniert«, sagte sie. »Aber da ist der Versuch, sich zu erinnern, nicht mit solchen Schmerzen verbunden. Wenn du willst, kann ich dich noch einmal mit Magie untersuchen«, bot sie an. »Karimah hat mir ohnehin viel zuviel für die Behandlung bezahlt, da schulde ich ihr noch etwas.«

»Bist du eine Magierin?« fragte Bethany neugierig.

Tanyas Blick wanderte ein wenig unschlüssig von einer zur anderen. »Nein, nicht direkt«, hörte sie sich dann zu ihrem eigenen Erstaunen sagen. »Ich benutze nicht die Magie in der Atmosphäre unserer Welt, sondern ich trage selbst Magie in mir.«

Karimah und Bethany sahen Tanya überrascht an.

Na großartig, dachte Tanya. Wie konnte ich nur so dumm sein, ihnen das zu sagen? Sie sind mir doch vollkommen fremd!

»Du mußt einen sehr interessanten Stammbaum haben«, stellte

Bethany fest. Ein Ausdruck von Respekt lag auf ihrem Gesicht. »Es heißt, daß Menschen, die Magie in sich tragen, von den Dienern der Götter abstammen.«

»Das ist sicher nichts, was du jedem anvertraust. Habe ich recht?« fragte Karimah.

Tanya nickte. Sie konnte ein Lächeln kaum unterdrücken. Ihr erster Eindruck von Bethany und Karimah hatte sie also doch nicht getäuscht. »In der Regel suche ich mir die Leute sehr sorgfältig aus«, sagte sie.

»Und warum gerade wir?« fragte Bethany.

»Ich weiß es nicht«, entgegnete Tanya. »Es war nur so ein Gefühl. Soll ich dich denn nun noch mal untersuchen?« wechselte sie rasch das Thema.

»Könntest du mir denn meine Erinnerungen zurückgeben?« erkundigte sich Bethany hoffnungsvoll. »Ich meine, mit Hilfe deiner Magie.«

Doch Tanya schüttelte bedauernd den Kopf. »Das kann ich dir nicht versprechen«, sagte sie. »Aber wenn ich dich untersuche, dann könnte es dir zumindest Aufschluß darüber bringen, ob nicht vielleicht etwas anderes als der Sturz für den Gedächtnisverlust verantwortlich ist.«

Bethany und Karimah wechselten einen Blick. Das war immerhin etwas. Doch konnten sie Tanya auch vertrauen? Niemand konnte wissen, was bei dieser Untersuchung herauskam, und bisher glaubte Tanya nur an einen einfachen Reitunfall.

Doch wußte Bethany, daß sie allein wohl nicht weiterkommen würden, und alles war besser, als auf unbestimmte Zeit in der Stadt zu bleiben und darauf zu warten, daß sich ihre Erinnerungen von selbst wieder einstellten. Und ganz abgesehen davon: Hatte ihnen Tanya nicht gerade eben gezeigt, daß sie zumindest Bethany und Karimah ein gewisses Vertrauen entgegenbrachte? Warum also dieses Vertrauen nicht erwidern?

»Also gut, Tanya«, sagte Bethany. »Ich bin einverstanden.«

»Schön«, sagte Tanya und lächelte. »Dann laßt uns doch gleich anfangen.« Sie setzte sich ans Kopfende neben sie. »Bereit?«

Bethany lehnte sich auf der Liege zurück und nickte.

Tanya bat sie, sich nur auf ihre Stimme zu konzentrieren, und schon nach wenigen Minuten war Bethany in eine Art Trance gefallen.

Tanya sammelte ihre magische Kraft. Sie fühlte, wie sich ihre Aura ausdehnte und fühlerartige Stränge aus Licht daraus hervorwuchsen. Langsam tasteten die Stränge über den Körper der Kriegerin, ohne daß diese es überhaupt wahrnahm, legten sich dann um Bethanys Kopf und verschwanden darin. Sofort schien es Tanya, als tauche sie in eine andere Welt. Vor ihrem geistigen Auge sah sie glühende Bahnen aus Licht, auf denen in allen Farben leuchtende Miniaturblitze hin und her zuckten.

Vorsichtig bewegte die Heilerin ihren Geist durch diese bizarre Welt, auf etwas achtend, was in dieser ohnehin schon merkwürdigen Umgebung noch merkwürdiger wirkte. Doch als sie es dann tatsächlich fand, geschah dies so plötzlich, daß sie fast mitten hinein gelaufen wäre.

Gerade noch rechtzeitig zog sie sich ein Stück zurück und sah dann entsetzt auf ein riesiges, tiefschwarzes Loch, dessen zerklüfteter Rand den Eindruck erweckte, als wäre hier etwas gewaltsam herausgerissen worden. Das leuchtende Gewebe rings um das Loch war zerfetzt, die Stränge führten ins Leere.

Tanya spürte die Präsenz einer dunklen Kraft, und auch wenn es sie Überwindung kostete, tastete sie sich doch langsam etwas näher an den Rand des Loches heran.

Sie schrak zurück, als plötzlich ein pechschwarzer Tentakel daraus hervorschoß, nach ihr schlug und sie beinah getroffen hätte. Sie stellte sich rasch ein schützendes Feld aus Licht vor, das sie umgab. Wütend um sich peitschend, verschwand der Tentakel wieder in der Finsternis des Abgrunds.

Tanya entschied, daß sie genug gesehen hatte. So schnell, wie es ihr möglich war, zog sie sich aus Bethanys Geist zurück. Keuchend und nach Atem ringend blieb sie einen Augenblick auf ihrem Stuhl sitzen, nachdem sie wieder vollständig in ihren Körper zurückgekehrt war.

»Was ist passiert?« fragte Karimah. »Was hast du gesehen?«

Auch Bethany richtete sich auf und sah die Heilerin besorgt an.

Tanya erholte sich schließlich soweit, daß sie den beiden erzählen konnte, was sie erlebt hatte. »Du hast ein echtes Problem, Bethany«, sagte sie, als sie geendet hatte und sowohl Bethany als auch Karimah betroffen schwiegen. »Da war schwarze Magie am Werk. Aber von einer Macht, wie sie in unserer Zeit nur noch die Götter gewähren können. Du mußt mächtige Feinde haben.« Dann sah sie Karimah an. »Da hast du mich ja in was Nettes reingezogen«, stellte sie fest.

»Das haben wir nicht gewußt, Tanya«, beteuerte Karimah.

Tanya schnaubte leise. »Du wirst lachen, das glaube ich euch sogar. Aber ihr solltet schleunigst herausfinden, wer da was gegen euch oder, besser gesagt, gegen Bethany hat. Wer so etwas bewirken kann, der hat auch noch ganz andere Möglichkeiten.«

Bethanys Gesicht nahm einen beinah verzweifelten Ausdruck an. »Und wie soll ich das machen?« rief sie. »Der Teil meiner Erinnerungen, der mir helfen könnte, ist verschwunden. Und wenn du sagst, daß schwarze Magie ihn mir genommen hat, wird er auch nicht von selbst wiederkehren. Ich brauche Antworten, aber ich weiß nicht, wo ich sie finden kann.«

Karimah legte ihr eine Hand auf die Schulter. »Wir werden einen Weg finden, Beth«, sagte sie leise.

Tanya beobachtete die beiden. Sie hatte da so eine Idee, wie sie ihnen helfen und gleichzeitig von ihnen Hilfe erhalten konnte. Der Ort an den sie dachte, war zu gefährlich für sie, um allein dorthin zurückzukehren. Doch mit Bethany und Karimah an ihrer Seite hatte sie vielleicht die Chance, endlich etwas zurückzuholen, was dort noch immer ihrer harrte, und vielleicht sogar selbst auf ein paar brennende Fragen eine Antwort zu finden. »Ich wüßte da etwas, wo ihr vielleicht Hilfe finden könnt«, sagte sie.

Sofort hatte sie die volle Aufmerksamkeit der beiden Frauen.

»Und das wäre?« fragte Bethany.

Tanya holte tief Luft. »Habt ihr schon einmal vom Orakel von Ardopolis gehört?«

Karimah erwachte in den frühen Morgenstunden.

Es war noch keine vier Stunden her, seit sie und Bethany vom Haus der Heilerin in ihr Zimmer in der kleinen Herberge zurückgekehrt waren, nachdem sie den Entschluß gefaßt hatten, am nächsten Morgen zusammen mit Tanya zu diesem Ort in den Chaos-Ebenen aufzubrechen, an dem Bethany vielleicht ihre Erinnerungen zurückerlangen konnte. Todmüde wie sie waren, hatten die zwei nicht mehr viel geredet, sondern sich sofort ins Bett gelegt, das breit genug war, um ihnen beiden Platz zu bieten.

Karimah fragte sich einen Augenblick lang verwirrt, weshalb sie plötzlich hellwach war. Das Licht des Vollmonds erleuchtete das Zimmer, und mit einem Mal glaubte sie eine Bewegung am Fenster auszumachen, eine Gestalt, die eben noch beobachtend zu ihnen ins Zimmer gespäht hatte und im nächsten Moment spurlos verschwunden war.

Karimah sah angestrengt zum Fenster hinüber, doch dort war nichts mehr zu erkennen. Sie war sich nicht einmal sicher, ob sie tatsächlich etwas gesehen oder das Spiel von Licht und Schatten ihr einen Streich gespielt hatte.

Sie überlegte, ob sie versuchen sollte wieder einzuschlafen, doch eine innere Unruhe hatte sie befallen, die es ihr unmöglich machte, sich zu entspannen. Sie zögerte nur einen kurzen Moment, dann stand sie leise auf und schlüpfte in ihre Kleider.

In diesem Augenblick vernahm sie deutlich leise Schritte, die sich rasch von der Herberge entfernten. Sie lauschte kurz, griff dann rasch nach ihrem Schwert, kletterte aus dem Fenster und sprang hinunter auf die Straße. Kaum berührten ihre Füße den Boden, als sie auch schon einen Schatten wahrnahm, der hinter einer Hausecke verschwand.

Karimah nahm sofort die Verfolgung auf. Schon bald achtete sie nicht mehr darauf, wohin die Jagd sie führte, dachte nur noch an das Wild, das sie verfolgte. Doch so schnell sie auch war, der Schatten behielt einen Vorsprung.

Erst als sie sich plötzlich außerhalb der Stadt am Rand des Waldes wiederfand, wurde ihr bewußt, wie leichtsinnig das war, was sie da tat. Sie hatte plötzlich ein sehr mulmiges Gefühl und beschloß schnell wieder in die Herberge und zu Bethany zurückzukehren. Doch als sie sich zum Gehen wandte, hörte sie eine Stimme. Eine vertraute weibliche Stimme, doch auf seltsame Weise verzerrt.

»Du willst schon aufgeben, Karimah? Das enttäuscht mich aber wirklich!«

Karimah schrak zusammen, und während sich ihre Hand fester um den Griff ihres Schwertes schloß, drehte sie sich langsam um.

Eine Gestalt lehnte in einiger Entfernung von ihr an einem Baum. Ein schwarzer Kapuzenmantel verhüllte Gesicht und Körper.

»Du weißt, wer ich bin?« fragte Karimah.

»Du wärst überrascht, was ich so alles weiß«, war die ironische Antwort.

Ein Kichern folgte, das Karimah unwillkürlich an einen Fingernagel erinnerte, der über eine Schiefertafel kratzte, und sie verzog das Gesicht.

»Oh, verzeih mir«, reagierte die Gestalt sofort. »Ich sehe, ich erschrecke dich. Mal sehen, was ich da tun kann.« Plötzlich wurde die Stimme sanfter und melodischer. Gleichzeitig straffte sich die Gestalt, richtete sich zur vollen Größe auf und warf den Mantel ab, der sie bis jetzt verhüllt hatte. »Ich kann doch nicht von dir verlangen, daß du dich meinetwegen in Gefahr begibst, ohne die Wahrheit zu kennen. Nein wirklich, das kann ich nicht.«

Karimah zuckte zusammen. Diese Worte, nur um einiges ernster und nicht so höhnisch gesprochen, hatte sie am Abend zuvor schon einmal gehört. »Nein«, flüsterte sie und wich zurück, »das kann doch nicht möglich sein.«

»Alles ist möglich«, sagte die Fremde und trat ins Licht des Vollmondes.

Karimah starrte sie an, unfähig, auch nur ein Wort herauszubringen. Das, was sie dort vor sich sah, war absurd, und dennoch gab es keinen Zweifel, denn im hellen Licht des Vollmondes erkannte Karimah es ganz deutlich. Es war Bethany, die da vor ihr stand. Das Gesicht, die Haare, die Figur, die Kleidung – alles entsprach der Kriegerin bis ins kleinste Detail. Und doch – als Karimah genauer hinsah, bemerkte sie, daß es Unterschiede gab. Es lag eine Bitterkeit im Blick dieser tiefblauen Augen, gepaart mit einer eisigen Kälte, wie sie nur eine Kreatur ausstrahlen konnte, die niemals eine einzige gute Erfahrung mit dem gemacht hatte, was ihr im Leben begegnet war. »Du magst aussehen wie Bethany, aber du bist nicht sie«, stellte Karimah mit Nachdruck fest.

»Du bist klug, Karimah, das muß man dir wirklich lassen«, erklang die höhnische Antwort.

Karimah war verwirrt. Wer war diese Frau und was wollte sie von ihr? »Wer bist du?« fragte sie.

Die Frau lachte. »So klug bist du also auch wieder nicht, was?« stellte sie fest. »Also gut, dann werde ich dich eben aufklären. Ich bin Diella, Bethanys Schatten. Ich habe ihr treu gedient, bis sie mich verleugnete, mich ablehnte und mir die Schuld an allem Schlechten in ihrem Leben gab. Aber so schnell wird sie mich nicht los. Geh zu ihr zurück, meine kleine Kaypiar, und sag ihr, daß ich zurück bin, um mich an ihr zu rächen.« Die Stimme war immer lauter geworden, und die letzten Sätze hatte Diella förmlich geschrien.

Karimah erstarrte, als ihr solch unverhohlener Haß entgegenschlug. Sie wollte etwas sagen, doch da begann Diella wieder zu sprechen.

»Aber, was ist, wenn Beth dir nicht glaubt?« überlegte Diella laut und in fast spielerischem Tonfall. »Nein, ich muß ganz sicher gehen. Ich werde dich auf eine Art und Weise zeichnen, die sie versteht.« Sie hatte kaum ausgesprochen, als sie auch schon ihre Hände hob und Karimah entgegenstreckte.

Im nächsten Augenblick schossen Flammen auf Karimah zu. Sie warf sich zur Seite, rollte sich ab und kam wieder auf die Füße. Instinktiv hielt sie ihr Schwert vor sich.

Doch als Diella erneut ihre flammenden Strahlen auf Karimah schleuderte, geschah etwas äußerst Seltsames. Das Schwert in Karimahs Hand schien plötzlich lebendig zu werden, reagierte selbständig auf den Angriff. Der blaue Kristall in seinem Heft begann zu leuchten, und dann wehrte die Klinge die Flammen so schnell ab, daß Karimah fast die Hände aus dem Gelenk gerissen wurden.

In diesem Moment erkannte Karimah, daß sie in der Eile Bethanys Schwert ergriffen hatte. Das Schwert aus schwarzem Stahl, der, so wie es aussah, gegen Magie zu schützen vermochte. Von dieser Erkenntnis bestärkt, machte sie einen Schritt auf Diella zu und streckte ihr dabei die Spitze des Schwertes entgegen.

Diella wich tatsächlich zurück. »Freu dich nur nicht zu früh«, knurrte sie. »Wir begegnen uns wieder. Vergiß nicht, Bethany meine Botschaft auszurichten.«

Karimah hörte ein Knacken im Unterholz und wandte instinktiv den Kopf in diese Richtung. Als sie wieder auf die Stelle sah, an der Diella gestanden hatte, war Bethanys Ebenbild verschwunden.

Bethany war hellwach, als Karimah zurückkehrte. »Wo warst du?« fragte sie besorgt. »Ich wollte gerade nach dir suchen.«

»Das wirst du mir niemals glauben«, sagte Karimah und ließ sich neben Bethany auf das Bett fallen. »Dein Schwert hat mir übrigens sehr geholfen. Es schützt gegen Magie.«

»Wirklich?« Bethany runzelte die Stirn. »Karimah, was ist passiert?«

Karimah seufzte und versuchte ihre Gedanken zu sammeln.

Sie sah so mitgenommen aus, daß Bethany unwillkürlich die Hand ausstreckte, um ihr Gesicht zu streicheln. Doch zu ihrem Erstaunen wich Karimah zurück, und für einen kurzen Moment sah sie Unsicherheit in ihrem Blick. Jetzt war sie wirklich beunruhigt. »Karimah, ich bin es, Beth.«

Karimah nickte langsam, die Unsicherheit verschwand aus ihren Augen. »Es tut mir leid, Beth«, sagte sie leise. »Ich wollte dich nicht verletzen. Aber ich bin, eben im Wald, deiner ... deiner Doppelgängerin begegnet.«

»Du bist ... Was?« Bethany starrte sie fassungslos an.

Karimah berichtete nun von Anfang an, erzählte von der Gestalt, die sie am Fenster gesehen hatte, von ihrer Verfolgung und schließlich der Begegnung mit Diella am Waldrand. »Ich soll dir ausrichten, sie wäre wieder da, um sich an dir zu rächen. Beth, wer ist diese Frau? Ist sie mit dir verwandt? Sie hätte deine Zwillingsschwester sein können.«

Bethany sank zurück aufs Bett und schüttelte den Kopf. »Ich habe keine Zwillingsschwester«, sagte sie beinah tonlos. »Diella ist mein zweiter Vorname. Meine Eltern konnten sich bei meiner Geburt nicht einigen, und so gaben sie mir zwei Namen. Sah diese Frau wirklich genauso aus wie ich?«

Karimah nickte. »Ja, das tat sie. Das Licht des Vollmondes war hell genug, um es zu erkennen.«

Bethany stieß einen verzweifelten Seufzer aus. »Ich glaube«, sagte sie leise, »es ist an der Zeit, daß du die ganze Wahrheit über mich erfährst.«

»Wo genau liegt eigentlich Ardopolis?« fragte Iliska. Sie waren noch nicht sehr lange unterwegs, und sie wollte gern wissen, welche Richtung sie einschlagen würden, sobald sie die Handelsstraße erreicht hatten.

»In den südlichen Ausläufern der Chaos-Ebenen an der Grenze zu Thindam«, entgegnete Shiree.

»Thindam?« wiederholte Iliska. »Da werden wir ja einige Zeit unterwegs sein.«

Shiree lächelte nur wissend. Sie sah sich vorsichtshalber um, doch auf der Straße war niemand außer ihnen. Sie zog am Zügel ihres Pferdes, lenkte es von der Straße herunter.

»He!« rief Iliska. »Wohin willst du?«

»Ich kenne eine Abkürzung«, rief Shiree.

»Eine Abkürzung?« rief Iliska verblüfft. »Was denn für eine Abkürzung?«

»Folge mir einfach«, war die Antwort. »Dann wirst du schon sehen.«

»Mußt du es denn immer so spannend machen?« rief Iliska, beeilte sich aber, Shiree zu folgen, die unbeirrt tiefer in den Wald hineinritt.

Shiree hielt erst an, als sie von der Straße aus nicht mehr gesehen werden konnten. »So«, sagte sie zufrieden. »Ich glaube, hier können wir es wagen.«

Iliska unterdrückte den Impuls, sich genauer nach dem ›es‹ zu erkundigen. Sie würde es ohnehin gleich erfahren. Trotz ihrer Ungeduld nahm sie sich einen Augenblick Zeit, um Shiree zu betrachten, ein reines Energiebündel, vor allem, wenn sie sich voll und ganz einer Sache verschrieben hatte. Iliska hätte sich notfalls auch allein auf die Suche nach Bethany gemacht, aber mit Shiree an ihrer Seite fühlte sie sich um einiges besser; ihre gute Laune war ansteckend, und Iliska war sich absolut sicher, daß sie sich auf sie verlassen konnte.

Shiree kramte indes in ihrer Gürteltasche und holte schließlich einen kleinen Beutel aus dunkelblauem Samt hervor. Iliska hörte ein leises Klackern, als Shiree den Beutel vorsichtig öffnete, hineingriff und eine Kugel von der Größe einer Haselnuß hervorholte. Dann verschloß sie den Beutel wieder und verstaute ihn in ihrer Tasche.

»Was ist das?« fragte Iliska neugierig.

Shiree hielt die Kugel mit Daumen und Zeigefinger so in die Höhe, daß sich das Sonnenlicht darin brach. Die Kugel war von einem tiefen Orange, das im Licht der Sonne leicht zu glühen begann, so daß es den Anschein hatte, als halte sie eine kleine Sonne in der Hand. »Das ist ein Portalstein«, erklärte Shiree.

Iliska sah ihre Freundin erstaunt an. »Aber so etwas gibt es doch heute gar nicht mehr«, sagte sie.

Shiree lächelte. »Sag lieber, man kann sie heute nicht mehr herstellen«, meinte sie. »Zumindest keine, die einen weiter als bis zur übernächsten Ecke bringen. Diese hier wurden mit der Macht der alten Magie erfüllt.«

»Und woher hast du sie?« Iliska war ganz aufgeregt. Ihr wurde klar, daß es trotz ihrer vielen Gespräche eine ganze Menge Dinge gab, die sie über Shiree noch nicht wußte.

»Von dort, wohin wir gehen«, antwortete Shiree. »Aus Ardopolis. Und sie werden uns jetzt helfen, in einem Augenblick dorthin zu gelangen.«

Iliska sah Shiree ein wenig erschrocken an.

Portalsteine waren in der Zeit vor den Magierkriegen sehr gebräuchlich gewesen, um große Entfernungen rasch und gefahrlos zurückzulegen. Einzige Bedingung, um von den magischen Steinen von einem Ort zum anderen gebracht zu werden, war, daß der Reisende bereits einmal am Ziel seiner Reise gewesen sein oder zumindest ein sehr detailliertes Bild von dort gesehen haben mußte. Da natürlich nicht jeder zuerst eine beschwerliche Reise auf sich nehmen wollte, um dann später die Möglichkeit zu haben, einen Portalstein zu benutzen, hatte es eigens in der Benutzung der Steine ausgebildete Reiseführer gegeben, die sowohl einzelne Reisende als auch größere Gruppen sicher durch die Portale leiteten.

Nach den Magierkriegen und dem damit verbundenen Schwinden der Magie in Quelthir war die Herstellung der Steine kaum noch möglich gewesen, und wenn, dann waren die Entfernungen, die man mit ihnen zurücklegen konnte, kaum der Rede wert.

Iliska fand den Gedanken, mit einem Stein der alten Magie zu reisen gleichermaßen aufregend und erschreckend. »Bist du sicher, daß das funktioniert?« fragte sie beinah ehrfürchtig.

»Ich hoffe es«, sagte Shiree. »Die Dinger sind ziemlich wertvoll, deshalb habe ich sie noch nie benutzt.« Iliska schluckte, doch da begann Shiree auch schon zu lachen. »Nein, nein, natürlich habe ich einen davon schon ausprobiert, und er brachte mich und meine Gefährtin sicher aus Ardopolis fort«, versicherte sie rasch. »Es ist gar nicht so schwierig, glaub mir. Alles, was du brauchst, ist ein Ort den du kennst und ein bißchen Vorstellungskraft.«

»Dich und deine Gefährtin?« fragte Iliska unwillkürlich und runzelte die Stirn. »Ich dachte, du wärst nicht gebunden?« setzte sie leicht vorwurfsvoll hinzu.

Shiree mußte innerlich grinsen, dachte jedoch gar nicht daran, Iliska zu zeigen, wie sehr sie sich über dieses ganz spezielle Interesse freute. »Bin ich auch nicht«, sagte sie betont gleichgültig. »Das ist eine alte Geschichte.«

»Aha«, kommentierte Iliska nur. Sie hätte sich gern näher nach dieser ›alten Geschichte‹ erkundigt, doch letzten Endes ging sie das ja eigentlich nichts an.

Shiree registrierte jedoch den leicht konsternierten Unterton, mit dem dieses eine Wort gesprochen worden war. Vielleicht waren ihre Gefühle für Iliska ja doch nicht so hoffnungslos, wie sie anfangs geglaubt hatte, wenn Iliska tatsächlich auf eine an sich harmlose Eröffnung mit einem Hauch von Eifersucht reagierte. Sie nahm sich vor, über Iliskas Gefühle Klarheit zu gewinnen, noch bevor ihre Suche nach Bethany beendet sein würde. »Komm zu mir herüber«, bat sie. »Führ dein Pferd dicht neben meins.«

Iliska tat, wie ihr geheißen.

Shiree nahm Iliskas Hand und hielt sie fest.

Iliska sah auf, direkt in ihre dunkelbraunen Augen. »Du weißt, was du tust, ja?« fragte sie noch einmal.

Shiree erwiderte den Blick auf eine Weise, die Iliska einen ganz und gar nicht unangenehmen Schauer über ihren Körper jagte. »Ich weiß immer, was ich tue«, erwiderte sie. Dann beugte sie sich zu Iliska herüber, brachte ihren Mund ganz nahe an ihr Ohr und flüsterte: »Schließ deine Augen und, ganz gleich was passiert, öffne sie erst, wenn wir unser Ziel erreicht haben.«

Iliska fühlte eine leichte Wärme, die sich in ihrem Körper ausbreitete. Shirees Nähe war ihr alles andere als unangenehm. Doch war das jetzt nicht der richtige Zeitpunkt für solche Überlegungen, und so schloß sie gehorsam die Augen, fest entschlossen, sie erst wieder zu öffnen, wenn Shiree es ihr sagte. »Laß mich nicht los«, bat sie leise.

»Ganz bestimmt nicht«, beruhigte Shiree sie mit sanfter Stimme. Iliska sah nicht, daß sie sie, bevor sie ebenfalls die Augen schloß, mit einem liebevollen Blick anschaute. Dann wandte sie sich ab und begann in ihrer Vorstellung das Bild jener Tempelanlage zu beschwören, von der sie geglaubt hatte, sie niemals wieder zu betreten. Ihre Hand schloß sich fest um den Stein, der an Leuchtkraft zunahm, je genauer das Bild wurde, das sie vor sich sah.

Shiree spürte die Wärme, die von dem Portalstein ausging. Sie spürte, daß die magische Kraft sich mehr und mehr entfaltete und der Sprung unmittelbar bevorstand. Sie schluckte, als die Hitze in ihrer Hand zunahm. Sie hatte tatsächlich erst ein einziges Mal einen solchen Stein benutzt, und damals hatte sie viel zuviel Angst vor dem gehabt, was ihr in Ardopolis gedroht hatte, als sich darüber zu sorgen, was geschehen könnte, wenn der Sprung mißglückte. Diesmal war es anders, doch jetzt gab es kein Zurück mehr. Sie hielt das Bild von Ardopolis noch einen kurzen Moment fest, dann ließ sie es los und öffnete gleichzeitig die Hand, die den Stein hielt.

Fast sofort hörte sie ein Zischen; etwas helles, stark Leuchtendes schloß sie ein, und gleich darauf spürte sie ein Ziehen und Zerren an sich. Das Pferd unter ihr wieherte unruhig, doch als sie es gerade beruhigen wollte, schwoll das Zischen an, und gleich darauf wurde sie von einer unwiderstehlichen Gewalt fortgerissen.

Alles was sie fühlte, war Iliskas Hand, die noch immer fest um die ihre geschlossen war. Und dann war es auch schon vorbei; das Zischen verklang, das Zerren verschwand, und unter den Hufen ihrer Pferde breitete sich wieder fester Boden aus. »Du kannst die Augen jetzt öffnen, Iliska«, sagte sie und wischte sich die staubigen Überreste des Steines von ihrer Handfläche. »Wir haben unser Ziel erreicht.«

Fasziniert blickte Iliska auf das Bild, das sich ihr bot, nachdem sich ihre Augen an das helle Sonnenlicht gewöhnt hatten.

»Der Tempel war einst Iliardus geweiht, dem Gott der Wahrheit und der Gerechtigkeit«, sagte Shiree, deren Stimme leicht zitterte, als sie die Erinnerung an das, was hier bei ihrem ersten Besuch geschehen war, plötzlich wieder einholte. Monatelang hatte sie deswegen Alpträume gehabt, und nur ihre Liebe zu Iliska hatte sie überhaupt dazu gebracht, einen erneuten Besuch dieser unseligen Stätte in Erwägung zu ziehen.

Die befestigte Tempelanlage war weitläufig und war einst sehr prächtig gewesen. Das war auch nicht verwunderlich, denn das Orakel von Ardopolis war dafür bekannt, daß es auf alle Fragen eine Antwort wußte und jeder hier die Wahrheit erfahren konnte, sofern er bereit und in der Lage war, einen angemessenen Preis dafür zu bezahlen.

Ardopolis war daher von Pilgern und Wahrheitssuchenden gut besucht gewesen, und die Reichtümer, die sich mit der Zeit dort angesammelt hatten, waren legendär. Die Priester und Magier, die in der Anlage gewohnt hatten, waren jedoch nicht nur für ihren guten Geschäftssinn sondern auch für ihre Wehrhaftigkeit bekannt gewesen, was so manche Räuberbande, die es gewagt hatte, den Tempel wegen seiner Schätze zu überfallen, schmerzhaft erkennen mußte.

Doch das lag alles weit zurück in der Vergangenheit. Das geschäftige Treiben, das hier einst geherrscht hatte, war längst verschwunden. Die in makellosem Weiß gehaltenen Gebäude waren verfallen und boten den traurigen Anblick vergangenen Glanzes. Ardopolis war zu seiner Blütezeit beinah eine Stadt für sich gewesen, mit Wohngebäuden, einer eigenen Wasserversorgung und Gärten, in denen alles angebaut wurde, was die Bewohner zum Leben brauchten. Der Mittelpunkt von allem war der eigentliche Tempel des Iliardus gewesen und das Orakel, das nicht im Tempel selbst, sondern direkt gegenüber in einem eigenen Gebäude von der Größe und Form eines kleinen Amphitheaters beherbergt war.

Diese Form war nicht von ungefähr gewählt worden, denn es war in der Tat mit einem Theater zu vergleichen. Der Ratsuchende erhielt seine Antwort in bewegten Bildern, die zum Teil so real waren, daß er glaubte, sich mitten in einem echten Szenario zu befinden, an dem er tatsächlich teilhaben konnte, statt nur unbeteiligter Zuschauer zu sein. Die Halle des Orakels war das einzige Gebäude in der Tempelstadt, das vollständig erhalten geblieben war.

Iliska ließ ihren Blick über die Ruinen schweifen, als am Horizont etwas ihre Aufmerksamkeit erregte. Es war ein Glitzern, als brächen sich Sonnenstrahlen auf einem See. »Was ist das?« fragte sie Shiree.

»Das sind die Eisfelder«, antwortete Shiree sofort.

»Eisfelder?« fragte Iliska ungläubig, angesichts der Hitze der Wüste, in der sie standen.

Shiree nickte. »Die Wüste hier ist nicht auf natürlichem Wege entstanden, ebensowenig wie die Eisfelder«, erklärte sie. »Sie sind auf den Einsatz von elementarer Magie während der Kriege zurückzuführen. Deswegen können sie auch so dicht nebeneinander existieren. Ardopolis war in den Kriegen ein begehrter Ort, doch vermochten ihn die Priester gut zu verteidigen. Es heißt, daß er erst kurz vor Ende der Magierkriege fiel, doch da es zu diesem Zeitpunkt kaum noch Überlebende gab, wurden die wenigen Eroberer, die Ardopolis betraten, von den sich bis zuletzt wehrenden Priestern getötet, die dabei jedoch ebenfalls ihr Leben verloren. Die Schätze und das Orakel blieben unberührt erhalten.«

Shiree sah auf die armseligen Überreste der einstmals so schönen Gebäude. »Hier soll es noch Schätze geben?« fragte sie zweifelnd.

»Wenn man weiß, wo man sie suchen muß, ja«, sagte Shiree düster.

Iliska bemerkte ihren Stimmungsumschwung und sah sie an. »Alles in Ordnung mit dir?« fragte sie und sah dann mit Erstaunen, daß Shiree leicht zitterte. »Was ist hier geschehen, Shiree?« erkundigte sie sich besorgt.

Shiree seufzte leise. »Die Sonne geht bald unter«, wich sie der Frage aus. »Laß uns hier draußen ein Lager aufschlagen. Morgen früh kannst du dann das Orakel nach Bethany befragen.«

»Warum nicht jetzt gleich –«

»Weil niemand weiß, wie lange das dauert!« fuhr Shiree sie unbeherrscht an. »Und wenn es dunkel wird, sollten wir nicht in der Anlage sein.«

Iliska erschrak und wich unwillkürlich einen Schritt zurück.

Sofort wurde Shiree klar, wie sie sich aufgeführt hatte. »Es tut mir leid, Iliska«, sagte sie. »Ich wollte dich nicht so anfahren.«

»Schon gut«, erwiderte Iliska, der längst klar war, daß Shiree keine besonders angenehmen Erinnerungen an Ardopolis besaß. »Kann ich wenigstens nachsehen, ob ich in einer der Ruinen etwas Holz für ein Feuer finde?«

Shiree lächelte und nickte. »Natürlich«, sagte sie. »Ich helfe dir sogar.«

»Erzählst du mir dann, was hier geschehen ist?« wagte Iliska es noch einmal.

Shiree sah sie lange an, dann nickte sie langsam. »Ja«, sagte sie. »Ja, ich glaube, das sollte ich.«

Das Feuer brannte schon eine ganze Weile. Es war dunkel geworden; und mit der Dunkelheit kam die Kälte. Shiree und Iliska rückten dichter an das Feuer, tranken schweigend ihren Tee.

Shiree dachte darüber nach, wie sie das, was vor zwei Jahren hier geschehen war, in Worte fassen konnte. Iliska ließ ihr die Zeit dazu und drängte sie nicht, weil sie allmählich begann, eine flüchtige Ahnung von dem Opfer zu bekommen, das Shiree gebracht hatte, als sie angeboten hatte, Iliska nach Ardopolis zu bringen.

»Du weißt ja, daß ich einer angesehenen Familie aus Dubinshan entstamme«, begann Shiree schließlich. »Da ich nicht die älteste Tochter meiner Mutter bin, habe ich kein Anrecht auf den Fürstentitel. Mit dem Gold, das mir als Ausgleich dafür jährlich von meiner Familie zusteht, finanziere ich meine Reisen, und ich bin neugierig auf jede neue Erfahrung, die ich machen kann. Als ich hörte, daß Gillian Campbell, eine Archäologin aus Estargon, in Kartania eine Expedition nach Ardopolis ausrichtete, erregte das sofort mein Interesse. Es hatte schon vorher solche Expeditionen gegeben, doch niemand war jemals zurückgekehrt. Gillian behauptete nun, sie habe am Rand der Chaos-Ebenen einen Mann gefunden, der ein Überlebender der letzten Expedition gewesen sein wollte. Der Mann war krank und verwirrt und verschwand noch in derselben Nacht spurlos, doch vorher hatte er Gillian eine Karte gegeben, in die der Standort der Tempelstadt eingezeichnet war.

Ich hatte von Gillian zwar nicht viel Gutes gehört, doch der Gegenstand der Expedition war einfach zu verlockend. Und so schloß ich mich ihr an, obwohl ich ihr nicht traute und sie auch nicht wirklich mochte. Gillian mochte mich ebenfalls nicht sonderlich, doch gegen die Goldmünzen, mit denen ich einen guten Teil ihrer Ausrüstung bezahlte, hatte sie nichts, und da ich darüber hinaus auch eine ganz gute Kämpferin bin, wurde ich in die Gruppe aufgenommen. Wir waren zehn, als wir aufbrachen, und es dauerte fünf Tage, bis wir schließlich mit Hilfe von Gillians Karte Ardopolis fanden. Unterwegs hatten wir sehr viel Glück gehabt, waren keinerlei Gefahren begegnet, und als wir dann tatsächlich die Ruinen der Tempelanlage in der Ferne auftauchen sahen, fragten wir uns bereits, weshalb es bisher nie eine Expedition geschafft hatte. Wir durchsuchten die Ruinen, steckten das wenige ein, das wir fanden und das nichts war, gemessen an dem, was wir eigentlich hier zu finden gehofft hatten.«

Shiree unterbrach sich kurz, nahm einen tiefen Schluck aus ihrer Wasserflasche und fuhr dann fort.

»Den Tempel selbst hatten wir uns bis zuletzt aufgehoben, doch auch hier fanden wir zunächst nur einige kleinere Gegenstände, die aussahen, als wären sie auf den Boden gefallen und achtlos liegengelassen worden. Gillian entdeckte schließlich eine Tür, die in die unteren Gewölbe führte. Wir hofften, dort vielleicht noch etwas von Wert zu finden. Da die Nacht bereits hereinbrach und wir alle erschöpft waren, beschlossen wir, erst am nächsten Morgen in die Gewölbe hinunterzusteigen.«

Shiree sah einen Moment gedankenverloren in die Ferne, bevor sie weitersprach.

»Gillian und ich hatten die letzte Wache in dieser Nacht übernommen. Als ich einen Schatten bemerkte, machte ich Gillian darauf aufmerksam, doch sie meinte, ich hätte mir das nur eingebildet, bis sie dann aber selbst eine Bewegung im hinteren Bereich des Tempels sah. Wir beschlossen nachzuschauen, fanden jedoch nichts. Als wir gerade zu unserem Platz am Feuer zurückkehren wollten, glaubten wir etwas aus der Tür des Tempels huschen zu sehen. Ich rief Gillian leise zu, daß sie hier bleiben und aufpassen sollte, während ich den Schatten verfolgte. Als ich aus dem Tempel trat, sah ich gerade noch, wie er in dem Amphitheater verschwand, das das Orakel barg. Ein wenig zögernd folgte ich ihm, doch als ich die Arena des Theaters betrat, wurde ich plötzlich von Bildern heimgesucht, schrecklichen Bildern von meinen entsetzten

Gefährten in der Dunkelheit, die verzweifelt schrien und zu fliehen versuchten. Und dann war da auf einmal nur noch Stille, tödliche Stille. Es dauerte nur kurze Zeit, dann war der Spuk vorbei, und ich stand allein in der leeren Arena, die von dem wenigen Licht erhellt wurde, das von der gerade aufgehenden Sonne hereindrang. Ich kehrte sofort zu unserem Lager in der Tempelhalle zurück. Gillian fragte mich nach dem Schatten, und ich nahm sie beiseite und erzählte ihr, was ich gesehen hatte. Ich sagte ihr, daß wir alle sterben würden, wenn wir in die Gewölbe hinabstiegen. Mit einem Mal war mir klargeworden, weshalb keine der Expeditionen nach Ardopolis jemals zurückgekehrt war. Und wir sollten keine Ausnahme sein.«

»Gillian hat dir nicht geglaubt, nicht wahr?« warf Iliska ein, als Shiree einen Augenblick verstummte.

Shiree seufzte und schüttelte den Kopf. »Sie vermutete, meine Vision wäre nur ein Schutzzauber gewesen, den die Priester hinterlassen hätten, damit niemand ihre Schätze stehlen könne. Das war zwar durchaus ein Argument, denn die Priester hätten ihre Tempelschätze ganz bestimmt nicht ohne Schutz vor Plünderern zurückgelassen, doch hatte Gillian nicht erlebt, was ich erlebt hatte. Und ich war sicher, wenn es einen solchen Schutz gab, dann war es nicht die Vision, sondern das was die Vision mir gezeigt hatte und das da unten auf jeden lauerte, der zu plündern versuchte.«

»Und was hast du getan?«

»Gillian beschwor mich, den anderen nichts von der Vision zu erzählen, und als ich nicht darauf eingehen wollte, drohte sie mir. Ich ließ mich aber nicht von ihr einschüchtern.«

»Das hätte mich auch sehr überrascht«, bemerkte Iliska.

Shiree sah sie an, und die beiden tauschten ein Lächeln. »Ich berichtete den anderen also, was ich in der Arena gesehen hatte«, fuhr Shiree fort, »doch ich hatte ihre Gier unterschätzt. Nur eine von ihnen, die Heilerin Tanya, glaubte mir und stellte sich auch auf meine Seite, als Gillian die Gruppe gegen mich aufzuhetzen versuchte. Sie beschuldigten uns, daß wir sie nur aus Ardopolis fortlocken wollten, um später zurückzukehren und uns die Schätze ganz allein anzueignen. Der Streit wurde immer heftiger, und es wäre wohl zum Kampf gekommen, doch es gelang Tanya, sie für einen Augenblick abzulenken, und wir konnten fliehen und uns verstecken. Sie suchten nach uns, doch wir setzten einen der Portalsteine ein, die ich tags zuvor in den Ruinen gefunden hatte. Er brachte uns wieder nach Kartania. Wir warteten dort ein paar Wochen, doch Gillian und die anderen kehrten nicht zurück.«

Iliska schwieg, als Shiree ihre Erzählung beendet hatte. »Meinst du, sie sind hier noch irgendwo?« fragte sie schließlich leise. »Oder haben sie vielleicht einen anderen Weg zurück eingeschlagen.«

»Nein«, entgegnete Shiree rauh. »Sie sind tot. Alle. Genau wie ich es in der Vision gesehen habe.«

»Weißt du denn, was sie angegriffen hat?«

Shiree schüttelte den Kopf. »Es war zu dunkel, und ihre Fackeln waren fast alle erloschen. Ich hörte sie schreien, und dann war da nur noch Stille –« Sie brach ab, als ersticktes Schluchzen aus ihrer Kehle stieg.

Iliska rückte rasch näher heran und legte einen Arm um ihre Schultern.

Shiree zögerte nur einen kurzen Moment, dann schmiegte sie sich an ihre Freundin, froh über ihre beruhigende Gegenwart. Aus der Entfernung waren ihr die Erinnerungen an diesen Ort fast unwirklich erschienen, aber der Anblick der Ruinen hatte die Gefühle des Schreckens und der Hilflosigkeit wieder aufleben lassen.

»Wolltest du deshalb nicht, daß wir innerhalb der Tempelstadt lagern?«

Shiree nickte. »Etwas ist da unten in den Gewölben des Tempels«, flüsterte sie. »Doch es ist an Ardopolis gebunden, das weiß ich. Hier draußen sind wir sicher.«

Iliska zog Shiree sanft mit sich auf ihre Decke. Ohne sie loszulassen, griff sie hinter sich und zog Shirees Decke über sie beide. »Du mußt keine Angst haben«, sagte sie leise. »Ich bin bei dir heute nacht. Wenn ich gewußt hätte, welch schreckliche Erinnerungen dich mit diesem Ort verbinden, hätte ich dein Angebot niemals angenommen.«

»Ich bin froh, daß du es getan hast«, erwiderte Shiree. »Mach dir darüber bitte keine Sorgen. Ich schaff' das schon.«

»Ich werde das Orakel morgen befragen«, versprach Iliska, »und dann werden wir so schnell wie möglich von hier verschwinden.«

Als Shiree am nächsten Morgen erwachte und sich bewegte, erwachte auch Iliska, die immer noch dicht neben ihr lag, und streckte sich.

»Guten Morgen«, flüsterte Iliska.

»G-guten Morgen«, stotterte Shiree, bevor sie sich vorsichtig aus Iliskas Armen wand. »Haben wir etwa die ganze Nacht so gelegen?«

Iliska schmunzelte, als sie sah, wie verlegen Shiree war, ein wahrlich seltener Zustand. »Sieht so aus«, stellte sie fest.

»Es . . . es tut mir leid«, sagte Shiree und wurde leicht rot. »Ich wollte mich nicht aufdrängen –«

»He, schon gut«, sagte Iliska. »Es gibt nun wirklich schlimmeres als . . .«

»Als was?« fragte Shiree ein wenig unsicher, als Iliska keine Anstalten machte, ihren Satz zu beenden.

›Als mit einer so schönen Frau eine Nacht zu verbringen‹, hätte Iliska beinah gesagt, doch als sie in Shirees Augen sah, kam ihr das plötzlich so oberflächlich und gönnerhaft vor, daß sie sich auf die Lippen biß und schwieg. Sie hatte es gestern nacht wirklich genossen, Shiree so nahe zu sein, und das nicht nur, weil sie sie körperlich überaus anziehend fand. Unwillkürlich streckte sie ihre Hand aus und strich Shiree leicht über die Wange. »Du hast dich überhaupt nicht aufgedrängt«, sagte sie. »Weißt du, ich . . . ich bin gern in deiner Nähe«, setzte sie etwas zögernd hinzu.

Ein kleines Lächeln erschien auf Shirees Gesicht. »Ich auch in deiner«, flüsterte sie.

Sie sahen einander an, doch dann dachte Iliska wieder daran, weshalb sie nach Ardopolis gekommen waren. Und das brachte sie fürs erste zurück in die Realität. Nein, was immer vielleicht zwischen ihr und Shiree möglich sein konnte, es mußte warten. »Wir sollten uns jetzt besser beeilen«, sagte sie daher. »Je eher ich das Orakel befrage, desto schneller sind wir hier auch wieder fort.«

Shiree nickte nur. Sie war ein wenig enttäuscht über Iliskas raschen Themenwechsel, ließ es sich aber nicht anmerken. Was sie in Iliskas Augen gelesen hatte, gab ihr Hoffnung, daß ihre Gefühle erwidert wurden. Und wenn dem so war, dann hatte sie auch die Geduld, auf den richtigen Augenblick zu warten.

Nach dem Frühstück machten sie sich auf den Weg zur Halle des Orakels.

»Gibt es irgend etwas Bestimmtes, das ich tun muß, wenn ich die Halle erst mal betreten habe?« erkundigte sich Iliska.

»Ich glaube nicht«, sagte Shiree. »Konzentrier dich einfach nur auf das, was du wissen willst. Die Bilder kommen dann schon von selbst.«

Sie blieben vor dem Eingang zum Orakel stehen. Hinter dem hohen marmornen Torbogen herrschte ein düsteres Zwielicht. Eine Kuppel aus glänzendem, schwarz eingefärbtem Glas bildete das Dach der Arena, das die Strahlen der Sonne nicht durchdringen konnten.

»Viel Glück«, sagte Shiree. »Und falls irgend etwas Unvorhergesehenes passieren sollte, dann ruf mich, und ich bin sofort bei dir.«

Ein solcher Ernst lag in Shirees Blick, daß Iliska sich für einen Moment fragte, womit sie soviel Loyalität eigentlich verdient hatte. »Das werde ich«, versicherte sie, beugte sich rasch ein Stück vor und hauchte Shiree einen Kuß auf die Wange. Dann wandte sie sich entschlossen um und trat durch den Torbogen. Schon nach wenigen Schritten hatte die Dunkelheit sie verschluckt.

Shiree setzte sich auf die Stufen vor der Arena. Der Torbogen bot ihr etwas Schatten und Schutz vor der Hitze des Tages. Sie hatte keine Ahnung, wie lange es dauern würde, bis Iliska zurückkehrte, aber sie würde hier warten und sich nicht von der Stelle rühren.

Der Eingang zum Tempel lag dem Orakel genau gegenüber, und Shiree kam nicht umhin, ihn zu betrachten. Schon bald wanderten ihre Gedanken zurück zu den Erinnerungen, die sie mit diesem Ort verbanden. Sie dachte daran, wie sie hier ihr Lager aufgeschlagen hatten, vor gut zwei Jahren, die Mitglieder der kleinen Gruppe um Gillian, die noch nichts ahnten von dem Schrecken, der ihnen bevorstand.

Sie erinnerte sich daran, wie oft sie bereits auf dem Weg hierher mit der Archäologin gestritten hatte, denn schon bald war offensichtlich geworden, daß Gillian von der Archäologie höchst eigene und eher befremdliche Vorstellungen hatte. Sie war geldgierig und nur auf ihren Profit bedacht, und die Leute, die sie um sich geschart hatte, waren nicht viel besser.

Nur eine Ausnahme hatte es gegeben: Tanya, die Heilerin der Gruppe. Mit ihr hatte sich Shiree rasch angefreundet. Die Frau mit dem frechen Mundwerk, die aus dem felsigen, kalten Traskel nach Thindam gekommen war, wurde zwar für ihre Teilnahme an der Expedition ebenfalls gut bezahlt und erhielt einen Anteil an allem, was in Ardopolis gefunden wurde, doch galt ihr Interesse in erster

Linie der Vervollkommnung ihrer Heilkunst. Die Priester von Ardopolis waren auf diesem Gebiet recht bewandert gewesen, und Tanya hoffte, in der Tempelstadt noch Aufzeichnungen oder sogar magische Gegenstände zu finden, die ihr nützlich sein konnten.

Mit Schaudern dachte Shiree an ihren Kampf mit Gillian und dem Rest der Gruppe zurück. Hätte sie am Tag zuvor nicht die Portalsteine gefunden, und Tanya mit Hilfe der in der Heilerin ruhenden Magie nicht deren ureigene magische Kräfte erspürt, wären sie und Tanya ganz sicher nicht mehr am Leben.

Shiree lächelte ein wenig wehmütig, als sie an Tanya dachte. Mit der Heilerin hatte sie mehr verbunden, als sie Iliska erzählt hatte. Sie waren sich schon in Kartania vor ihrem Aufbruch nähergekommen, und während der ganzen Expedition hatten sie eine überaus leidenschaftliche Affäre gehabt, die erst endete, als es Shiree nach ihrer Rückkehr in die Grenzstadt wieder in die Ferne gezogen hatte, nachdem sie vergeblich auf Gillian und die anderen Mitglieder der Expedition gewartet hatten.

Shiree hatte ein schlechtes Gewissen, denn sie hatte Tanya versprochen, zu ihr zurückkehren. Sie war sich nicht sicher gewesen, doch hatte sie es einfach nicht übers Herz gebracht, Tanya die Wahrheit zu sagen, da sie offenbar viel tiefere Gefühle für sie hatte, als es umgekehrt der Fall war. Ob Tanya wohl noch immer in Kartania auf sie wartete? Der Gedanke daran war Shiree nicht angenehm, und sie verdrängte ihn rasch.

Um sich abzulenken, ließ sie ihren Blick zum Eingang des Tempels wandern. Die Säulen der Vorhalle waren schartig, teilweise umgeknickt und zerbrochen. Die Türflügel, die einst das Tor versperrt hatten, waren kaputt und hingen nur noch notdürftig in den geborstenen Angeln. Das erlaubte Shiree von dem Platz aus auf dem sie stand ein kleines Stück in den Tempel hineinzusehen. Einstmals mußte er voller Bildnisse und Statuen gewesen sein, die jedoch allesamt verschwunden gewesen waren, als sie mit ihren Begleitern damals die Tempelhalle betreten hatte. Nur noch die kahlen Sockel und die hellen Stellen an den Wänden zeugten von ihrer einstigen Existenz. Shiree dachte an die Gewölbe, die sie selbst zum Glück niemals betreten hatte. Was genau mochte dort unten wohl geschehen sein? Shiree hatte es in ihrer Vision nicht erkennen können, hatte nur die schreckliche Panik und das Entsetzen gespürt, das später die Mitglieder der Expedition befallen hatte.

Aber waren auch wirklich alle in den Gewölben umgekommen? Plötzlich war sich Shiree da nicht mehr ganz so sicher, wie sie es noch kurz zuvor in ihrem Gespräch mit Iliska gewesen war. Sie und Tanya waren mit Hilfe des Portalsteins entkommen, bevor Gillian und ihre Leute hinabgestiegen waren.

Shiree starrte wie hypnotisiert auf den Eingang zum Tempel. Ob sie einen kurzen Blick riskieren sollte? Es konnte doch nicht schaden, bei hellem Sonnenlicht den Tempel wenigstens einmal kurz zu betreten. Immerhin hatten sie dort drinnen damals auch unbehelligt ihr Lager aufgeschlagen. Zumindest tagsüber schien dort alles sicher zu sein.

Wie von unsichtbaren Fäden gezogen erhob sie sich und ging langsam auf den Tempel zu. Je näher sie ihm kam, desto deutlicher spürte sie, wie sie von etwas dort drinnen angezogen wurde, kam aber nicht einmal auf den Gedanken, sich dagegen zu wehren. Sie stieg die Stufen hinauf, stieß einen der Türflügel an, der daraufhin gerade soweit aufschwang, daß Shiree hindurchtreten konnte.

Der Anblick der dahinter liegenden Tempelhalle unterschied sich in nichts von dem, der sich Shiree vor zwei Jahren geboten hatte, als sie sie zum ersten Mal betrat. Doch dann entdeckte sie doch eine Veränderung: In der Mitte der Tempelhalle lagen noch immer die Reste des Lagers, das Gillians Gruppe hier aufgeschlagen hatte.

Etwas zögernd ging Shiree auf das Lager zu, ließ ihre Blicke darüber schweifen. Die Decken, dic improvisierte Feuerstelle, das Kochgeschirr, die persönlichen Dinge der Gruppenmitglieder, alles lag noch genauso da wie damals.

Shiree wollte die Gegenstände gerade näher in Augenschein nehmen, als sie plötzlich ein Geräusch hörte. Es war eine Art Flüstern, doch so leise, daß keinerlei Worte zu verstehen waren. Sie sah sich erschrocken um, doch es war schon wieder Stille eingekehrt. Gerade als sie das Geräusch als Sinnestäuschung abtun wollte, hörte sie das Wispern erneut, und diesmal hielt es an, so daß sie die Richtung ausmachen konnte, aus der es kam. Ihre Sinne signalisierten Gefahr, ihre Neugier siegte, und sie ging langsam aber zielstrebig in den hinteren Teil des Tempels, bis sie vor dem Zugang zu den unteren Gewölben stehenblieb.

Sie lauschte noch einmal, und jetzt bestand kein Zweifel mehr: Das Wispern kam von dort unten. Es klang wie ein leises Rufen, und sie fragte sich unwillkürlich, ob damals vielleicht tatsächlich jemand überlebt hatte und dort unten gefangen war. Im selben Moment erinnerte sie ihr Verstand daran, daß dies nach gut einem Jahr ohne Nahrung und Wasser kaum möglich sein konnte. Doch das Wispern wurde ein wenig lauter, und Shiree glaubte zu ihrem Schrecken aus den größtenteils unverständlichen Worten ihren eigenen Namen herauszuhören. Gleich darauf kam ihr sogar die Stimme bekannt vor. Konnte das tatsächlich eines der damaligen Expeditionsmitglieder sein, das sie um Hilfe bat? Sie kämpfte mit sich. Sollte sie sich Gewißheit verschaffen?

Shiree nahm all ihren Mut zusammen und wollte gerade zum Lager hinübergehen, um dort nach einer Fackel zu suchen, die sie mitnehmen konnte, als von draußen plötzlich ein lauter Schrei ertönte. Er war eine Mischung aus Zorn und Verzweiflung, so durchdringend und voller Qual, daß ihre Aufmerksamkeit auf der Stelle abgelenkt wurde. Im gleichen Moment verstummte das Wispern, doch sie merkte es nicht einmal, sie stürzte hinaus, denn es konnte nur Iliska sein, die geschrien hatte. Kaum war sie durch den Eingang des Tempels getreten, als Iliska auch schon blindlings an ihr vorbeistürmte.

»Iliska!« rief Shiree. »Was ist passiert?«

Doch Iliska hörte sie nicht. Ohne auf ihre Umgebung zu achten, rannte sie auf das Tor der Tempelstadt zu.

»Iliska, verdammt! Was soll das?« schrie Shiree ihr nach, und als Iliska nicht hörte, nahm sie sofort die Verfolgung auf.

Iliska war schnell und als Shiree sie endlich einholte, waren sie bereits ein gutes Stück von Ardopolis entfernt. Sie packte Iliska an der Schulter, stoppte sie und riß sie herum. »Iliska, bist du wahnsinnig geworden?« keuchte sie. Dann erst sah sie das tränenüberströmte Gesicht ihrer Freundin und verstummte erschrocken.

»Shiree«, stammelte Iliska. »Es ist . . . Es ist so –« Sie brach ab, warf sich in Shirees Arme und schluchzte hemmungslos.

Die Sonne brannte heiß auf sie herunter, und Shiree wußte, daß sie nicht lange so ungeschützt hier draußen stehen durften, dennoch hielt sie Iliska fest, tröstete und streichelte sie bis sie sich wieder einigermaßen gefaßt hatte. »Komm, Iliska«, sagte sie schließlich leise. »Laß uns zur Tempelstadt zurückgehen. Da kannst du mir alles erzählen.«

Iliska nickte gehorsam.

Sie wollten gerade losmarschieren, als die Luft um sie herum plötzlich zu flirren begann. Die Umgebung wurde zu einem verwischten Schemen, der immer mehr und mehr verschwamm.

»Was ist das?« rief Iliska erschrocken.

Shiree wollte antworten, doch ihre Zunge war wie festgeklebt. Sie fühlte, wie ihr schwindlig wurde und alles sich um sie zu drehen begann. Sie suchte Halt bei Iliska, doch der erging es nicht viel besser. Unfähig sich länger auf den Beinen zu halten, brachen die beiden zusammen und hatten das Bewußtsein schon verloren, bevor sie auch nur den Boden berührten.

Karimah setzte sich Bethany gegenüber auf einen Stuhl und sah sie erwartungsvoll an.

»Was ich dir jetzt erzähle«, sagte Bethany, »wird dein Bild von mir ziemlich erschüttern. Glaub mir, danach wird nichts mehr so sein, wie es einmal war.«

Karimah lächelte. Bethany erinnerte sie ein wenig an ihre Mutter Najira, die ja auch eine Kriegsherrin gewesen war. »Mach dir darüber mal keine Sorgen«, sagte sie. »Ich habe dir doch schon erzählt, daß meine Mutter Najira eine berühmte Kriegerin ist. Sie hat in ihrem Leben nicht immer nur Gutes getan. Erst als sie Talyssa begegnete, fand sie zu ihrem wahren Selbst.«

Bethany nickte versonnen. »Ja, die Menschen, denen wir im Leben begegnen, können das Beste oder das Schlechteste in uns hervorbringen«, sagte sie. »Mir erging es einst ähnlich.«

Sie holte noch einmal tief Luft und begann dann mit ihrer Geschichte. »Ich bin ein Mündel des Kaisers von Estargon, der mich adoptierte, als meine Eltern auf einem Feldzug, den mein Vater im Dienste des Reiches führte, starben. Ich war damals erst zwölf, aber bereits bewandert in den verschiedenen Formen des Kampfes, in denen mich mein Vater und meine Mutter unterrichtet hatten. Der Kaiser ließ mich weiter ausbilden, und als ich achtzehn war, gab er mir mein erstes Kommando gegen die Piraten aus Dornfels, die unsere nördlichen Provinzen bedrohten. Ich war sehr erfolgreich, und schon bald stieg ich im Rang immer weiter auf, bis ich schließlich die erste Feldherrin des Kaisers wurde. Ich war eine gute Kriegerin, aber die frühen Erfahrungen des Krieges hatten mich hart und mitleidlos gemacht.« Bethany seufzte leise. Sie wußte, daß diese Beschreibung eigentlich eine Untertreibung war.

»Es ist nicht einfach, sein Leben dem Krieg zu widmen und dennoch ein mitfühlender Mensch zu bleiben«, sagte Karimah mit sanfter Stimme. »Auch andere mußten diese Erfahrung machen. Aber es gibt immer einen Weg zurück für die, die den Mut haben, ihn zu gehen.«

Bethany schenkte Karimah ein dankbares Lächeln und fuhr dann in ihrer Erzählung fort. »Als Kaiser Alethus mich an die südlichen Grenzen unseres Landes gegen die räuberischen Steppenvölker von Chulat sandte, war ich in Yartar bereits ebenso gefeiert wie gefürchtet. Doch dann geschah etwas, das mein Leben veränderte. Während des Feldzuges lernte ich Silvia kennen, die zu unseren Verbündeten aus Chulat gehörte. Es dauerte eine Weile, aber schließlich verliebten wir uns ineinander. Silvia war ebenfalls eine gute Kriegerin, aber sie war auch mitfühlend und großzügig, und ihrem Einfluß ist es zu verdanken, daß sich auch mein Wesen zu ändern begann. Als wir den Feldzug schließlich siegreich beendeten und ich mit meinem Heer nach Yartar zurückkehren sollte, da merkten wir, daß wir uns nicht trennen wollten, und ich bat Silvia, meine Gefährtin zu werden; und sie sagte ja. Es war der glücklichste Tag meines Lebens. Ich nahm mir vor, daß dies mein letzter Feldzug im Dienste des Kaisers gewesen sein sollte, doch natürlich mußte ich erst meine Leute nach Yartar zurückbringen und vom Kaiser seinen Segen und seine Erlaubnis erbitten. Da die Rückreise noch einige Vorbereitungen erforderte, sandte ich Silvia mit einigen meiner Leute und der Nachricht unseres Sieges voraus nach Yartar.«

»Aber warum?« unterbrach Karimah. »Ich dachte, du und Silvia, ihr wolltet euch nicht mehr trennen? Hätte die Botschaft von deinem Sieg nicht auch jeder andere überbringen können?«

Bethany lächelte ein wenig traurig. »Sicher«, sagte sie. »Aber weißt du, Kaiser Alethus ist ein sehr konservativer Mann. Ich war mir nicht sicher, ob er Silvia, die ja keine Bürgerin von Estargon war, so ohne weiteres als meine Gefährtin akzeptieren würde. Der Plan war, daß Silvia als Überbringerin der guten Nachricht unseres Sieges einen besseren Stand haben würde. Außerdem hatte ich ihr einen persönlichen Brief für den Kaiser mitgegeben, in dem ich ihm Silvia als meine zukünftige Gefährtin vorstellte und sie seinem Schutz anvertraute. Ich hatte gehofft, daß er und Silvia sich in den Wochen vor meiner Ankunft etwas besser kennenlernen könnten und er schließlich mit meiner Wahl einverstanden sein würde.«

Karimah nickte. »Ich verstehe«, sagte sie. »Und? Hat es funktioniert?«

Bethany senkte den Blick. »Als ich mich von Silvia verabschiedete«, sagte sie mit belegter Stimme, »glaubte ich, daß wir nur ein paar Wochen getrennt sein würden. Doch in Wahrheit habe ich meine Geliebte damals zum letzten Mal gesehen. Als ich vier Wochen später mit meinem Heer in Yartar eintraf, empfing mich das Volk zwar mit Jubel, Kaiser Alethus jedoch sehr zurückhaltend. Schon bald erfuhr ich den Grund dafür: Silvia war ermordet worden, und das Schlimmste daran war, daß der Täter der Sohn eines Mitglieds des kaiserlichen Rates und somit unantastbar war. Er hatte Silvia auf einem Fest des Kaisers gesehen und es gewagt, ihr offene Avancen zu machen, die sie natürlich zurückwies. Doch damit gab er sich nicht zufrieden; zusammen mit einigen seiner Leute überfiel er sie aus dem Hinterhalt, vergewaltigte und tötete sie. Jeder andere wäre für ein solches Verbrechen hingerichtet worden. Meine Geliebte war keine Bürgerin von Estargon, und da wir unsere Verbindung erst mit dem Segen des Kaisers in Yartar hatten eingehen wollen, gehörte sie auch noch nicht zu meinem Haus. Das bedeutete, daß der Mörder meiner Geliebten freigekauft werden konnte, sofern sein Vater für ihn den Preis zu bezahlen gewillt war. So lautete das Gesetz –«

Bethany unterbrach sich. Bei der Erinnerung an diese Ungerechtigkeit fühlte sie erneut den hilflosen Zorn von damals.

»Alethus kannte mich gut genug«, fuhr sie schließlich fort. »Er beschwor mich, das Recht nicht in die eigenen Hände zu nehmen, doch ich hörte nicht auf ihn, zu groß war mein Zorn. Mein Haß auf den feigen Mörder, und der Gedanke, daß er mit diesem Verbrechen davonkommen sollte, machten mich rasend. Noch in derselben Nacht drang ich in das Haus seiner Familie ein, fand ihn und stellte ihn zur Rede. Vielleicht hätte ich ihn doch noch verschont, doch als er Silvia sogar im Tod noch verhöhnte, verlor ich den letzten Rest meiner Beherrschung. Der Kampf war nur kurz; er war mir nicht gewachsen, und da sein schneller Tod meine Rachsucht nicht befriedigen konnte, griff ich nach einem der Leuchter und setzte das Haus in Brand. Ich war wie von Sinnen in jener Nacht, dachte nicht daran, wie viele Leben ich damit gefährdete. Das Feuer breitete sich schnell aus, und da der Wind ungünstig stand, brannte das halbe Villenviertel nieder, bevor die Flammen schließlich gelöscht werden konnten. Das Haus meines Feindes wurde völlig zerstört, und darin starben auch sein Vater Thimor und seine Schwester, die unglücklicherweise für ein paar Tage aus Tarbis, wo sie ihre Ausbildung absolvierte, nach Hause gekommen war, wie Alethus mir sagte. Ich weiß nicht mal ihren Namen. Es war nur dem glücklichen Umstand, daß viele der anderen Familien in ihren Sommerresidenzen weilten, zu verdanken, daß nicht noch weit mehr Tote zu beklagen waren.«

Bethany verstummte einen Moment, als die schrecklichen Bilder jener Nacht ihr wieder deutlich vor Augen standen und sie die verzweifelten Schreie hörte, die aus dem Inneren der brennenden Gebäude drangen. Sie würde sich die Schuld, die sie durch ihren Jähzorn auf sich geladen hatte, niemals verzeihen können.

»Kaiser Alethus hätte mich für dieses ungeheuerliche Verbrechen mit dem Tod bestrafen müssen, gleichgültig ob ich zu seinem Haus gehörte oder nicht«, fuhr sie schließlich fort. »Doch da ich mich um Estargon verdient gemacht hatte und er mich darüber hinaus wie eine Tochter liebte, verbannte er mich nur auf Lebenszeit. Und um mich vor der Verfolgung durch die Familien zu bewahren, deren Besitz durch meine Schuld zerstört worden war, ließ er verbreiten, daß ich bei dem Feuer umgekommen war, als ich versuchte zu helfen. Ich verließ Yartar noch in derselben Nacht.« Bethany verstummte. Es war alles gesagt, und nun wartete sie mit gesenktem Kopf darauf, daß Karimah aufstehen und gehen würde.

Doch davon war Karimah weit entfernt. »Du hast Silvia sehr geliebt, nicht wahr?« fragte sie leise.

Bethany sah auf, etwas überrascht von dieser Frage, doch dann nickte sie. »Ja«, sagte sie. »Ich bereue auch nicht, daß ich diesen Dreckskerl Derryl getötet habe. Aber dann bin ich zu weit gegangen. Silvia hätte niemals gewollt, daß meine Rache so viele Menschen das Leben kostet.«

»Ja, das war schlimm«, sagte Karimah. »Aber du hast es doch nicht gewollt. Du warst rasend vor Schmerz und Zorn.«

Erstaunt sah Bethany ihre Freundin an. Sie hatte alles mögliche von ihr erwartet, aber nicht, daß sie versuchen würde, sie zu verstehen.

»Ich hätte mich unter Kontrolle haben müssen«, sagte sie eindringlich. »Ich hätte es nie soweit kommen lassen dürfen. Alles, was Silvia mich gelehrt hatte, war in einem Augenblick verschwunden, und ich war nur noch die eiskalte, harte, rücksichtslose Kriegerin, die ich in all den Jahren davor gewesen war. Und so hatte ich doch nie wieder sein wollen.«

»Beth«, sagte Karimah sanft. »Was hast du getan, nachdem du Yartar verlassen hast?«

»Ich habe versucht meinen Fehler wieder gut zu machen«, erklärte Bethany. »Überall dort, wo die Hilfe einer Kriegerin gebraucht wurde, war ich zur Stelle. Aber egal was ich tue, es wird niemals das ungeschehen machen können, was ich in meiner Unbeherrschtheit angerichtet habe.«

Karimah sah Bethany voller Mitgefühl an. Sie dachte an ihre Mutter Najira. Bethany konnte es nicht wissen, aber Najira hatte weitaus schlimmere Dinge in ihrem Leben getan, und das waren keine Unfälle gewesen, die aus einer unbeherrschten Handlung entstanden waren. Auch sie hatte immer wieder versucht, ihre dunkle Vergangenheit dadurch wiedergutzumachen, daß sie anderen Menschen half, doch sowohl Karimah, als auch Talyssa wußten nur zu gut, daß ganz Quelthir Najira vielleicht vergeben würde, niemals jedoch Najira sich selbst.

»Warum bist du überhaupt noch hier?« hörte sie Bethany leise sagen. »Verabscheust du mich nicht für das, was ich getan habe?«

Karimah seufzte leise. Sie stand auf und setzte sich neben Bethany auf das Bett. Behutsam nahm sie ihre Hand und hielt sie fest. »Ich verabscheue dich so wenig, wie ich meine Mutter für ihre Vergangenheit verabscheue«, erklärte sie. »Hältst du mich denn wirklich für so oberflächlich und selbstgerecht?«

Bethany sah in Karimahs Augen und las darin soviel Zuneigung, daß sie unwillkürlich den Atem anhielt. Nein, Karimah würde sie nicht verlassen, sie würde an ihrer Seite bleiben, und darüber war sie in diesem Augenblick so glücklich und erleichtert, daß sie ihrem Gefühl nachgab, sich vorbeugte und sie auf die Lippen küßte.

Karimah zögerte nur einen kurzen Moment, dann legte sie Bethany sanft eine Hand in den Nacken, hielt sie fest und erwiderte den Kuß.

Die Zeit schien für die beiden stillzustehen, doch als der Kuß leidenschaftlicher zu werden begann, wurde ihnen mit einem Mal klar, was sie taten, und wie auf Kommando lösten sie sich voneinander.

»Es –«

»Es tut mir –«

Beide hatten gleichzeitig zu sprechen begonnen, dann jedoch abgebrochen und sahen einander nun etwas hilflos an.

»Es ist verwirrend«, sagte Bethany schließlich.

Karimah nickte. »Das ist es für mich schon, seit ich dich in meiner Vision sah.«

»Vision?« fragte Bethany erstaunt.

»Bevor ich Kaypur verließ, hatte ich einen merkwürdigen Traum«, erklärte Karimah. »Ich sah die Silhouette einer Frau vor dem Abendhimmel und hörte eine Stimme, die mich eindringlich bat, ihr zu helfen. In meinem Traum war mir diese Frau mehr als vertraut, obwohl ich ihr Gesicht nicht wirklich erkennen konnte. Doch als ich dir dann begegnete, wußte ich, daß du es warst.«

»Deshalb bist du bei mir geblieben?« fragte Bethany verblüfft und auch ein wenig enttäuscht. »Weil du glaubtest mir helfen zu müssen, weil ein Traum es dir befahl?« Skepsis und Unsicherheit schwangen in ihren Worten.

»Nein«, versicherte Karimah rasch. »Sondern weil ich von dem Moment an, als wir uns begegneten, gar nicht mehr anders konnte. Etwas verbindet uns, Beth, und erzähl mir nicht, daß du das nicht auch fühlst.«

Bethany öffnete den Mund, um etwas zu sagen, doch dann schüttelte sie hilflos den Kopf. »Du hast recht«, sagte sie schließlich. »Ich fühle es auch. Aber ich kann es mir nicht erklären.«

In diesem Augenblick klopfte es an der Tür. »Kann ich hereinkommen?« fragte Tanya mit aufgeregter Stimme.

Bethany schenkte Karimah ein kleines Lächeln. »Wir werden es herausfinden«, sagte sie leise und schloß Karimah kurz und fest in die Arme. »Wir haben viel Zeit.« Dann löste sie sich und wandte sich der Tür zu. »Komm rein, Tanya!« rief sie laut und vernehmlich. »Wir sind wach!«

Fast augenblicklich öffnete sich die Tür und Tanya betrat das Zimmer. »Ich hab' sie gefunden«, rief sie und schwenkte ein Stück Papier in der rechten Hand, das einen stark mitgenommenen Eindruck machte.

Bethany blickte kurz zum Fenster, durch das die ersten Strahlen der aufgehenden Sonne fielen. »Du bist früh wach«, sagte sie.

Tanya ließ sich auf einen Stuhl fallen. »Es hat mir einfach keine Ruhe gelassen«, erklärte sie. »Ich habe das ganze Haus durchsucht, und dann hatte ich sie endlich.«

»Wovon sprichst du?« fragte Karimah.

»Na, von der Karte, mit der Gillian uns damals nach Ardopolis geführt hat«, entgegnete Tanya ungeduldig. »Ich habe euch doch gestern davon erzählt.« Sie sah von Karimah zu Bethany, die einen leicht abwesenden Eindruck machten. »Sagt mal, ist alles in Ordnung mit euch?«

Die beiden tauschten einen kurzen Blick. Sie waren sich nicht sicher ob sie Tanya von Karimahs nächtlicher Begegnung erzählen sollten.

»Würdest du –« begann Beth schließlich langsam und unterbrach sich dann.

Tanya sah sie erwartungsvoll an, doch Beth machte keine Anstalten, den Satz zu beenden. »Wieder rausgehen? Den Mund halten? Das Frühstück holen? Die Pferde satteln?« bot Tanya ihr schließlich an, bevor sie anfing zu lachen. »Ihr beide macht Gesichter, als wärt ihr mit der Hand in der Keksdose erwischt worden. Wenn ich so ungelegen komme, weshalb habt ihr mich dann überhaupt hereingebeten?«

»Aber du kommst doch gar nicht ungelegen«, versicherte Karimah. »Wir dachten nur –« Sie verstummte, weil sie nicht recht wußte, wie sie Tanya verständlich machen sollte, daß die Reise nach Ardopolis in der vergangenen Nacht um eine weitere Gefahr bereichert worden war.

»Also, so gut kennen wir uns noch nicht, daß es genügt, in halben Sätzen mit mir zu sprechen und ich mir den Rest denken kann«, erklärte Tanya. »Sagt ihr mir jetzt bitte, was los ist?«

»Tanya, würdest du uns die Karte verkaufen?« fragte Bethany unvermittelt.

Tanya starrte sie verblüfft an. »Die Karte verkaufen?« fragte sie ungläubig. »Was soll das denn jetzt? Wir hatten doch vereinbart, daß ich euch führe. Oder gehe ich euch schon jetzt auf die Nerven?«

»Nein, ganz und gar nicht«, versicherte Karimah rasch. »Aber mir ist heute nacht etwas passiert, das unsere Reise gefährlicher machen könnte, als wir zuerst dachten.«

»Aha. Und erzählst du es mir auch, oder soll ich versuchen, es durch gezielte Fragen selbst herauszufinden?«

Karimah kam sich bei dem leicht spöttischen Grinsen, mit dem Tanya sie ansah, auf einmal reichlich dumm vor.

»Wir dachten nur, du würdest unter diesen Umständen vielleicht lieber hier bleiben, und mit der Karte könnten wir doch auch allein –« mischte sich Bethany ein.

Tanya hob beide Hände in einer erstaunlich gebieterischen Geste. »Regel Nummer Eins: Ich treffe meine Entscheidungen grundsätzlich selbst«, erklärte sie sehr bestimmt. »Und falls wir noch in diesem Jahr nach Ardopolis kommen wollen, dann spart euch bitte weitere Versuche, für mich zu denken, und rückt jetzt besser mit der Sprache heraus.«

Bethany sah Karimah an und nickte, woraufhin diese von ihrer Begegnung mit Diella erzählte.

Die Heilerin hörte aufmerksam zu. »Klingt, als bräuchtest du wirklich dringend ein paar Antworten«, wandte sie sich an Bethany, nachdem Karimah geendet hatte. »Aber das war mir ja schon gestern klar, als ich dich untersucht habe.« Sie stand auf und ging nachdenklich im Zimmer auf und ab.

Karimah und Bethany, die annahmen, daß Tanya das Risiko erwog, sie nach Ardopolis zu begleiten, warteten geduldig.

Die Heilerin dachte jedoch über etwas ganz anderes nach. Für sie stand außer Frage, daß sie Bethany und Karimah nach Ardopolis bringen würde. Doch so, wie die Dinge jetzt lagen, empfahl es sich wohl, auf eine Form des Reisens zurückzugreifen, die es eventuellen Verfolgern unmöglich machen würde, ihnen auf der Spur zu bleiben. Sie blieb schließlich stehen und sah Karimah und Bethany an. »Es gibt einen Weg, nach Ardopolis zu kommen, der schnell und sicher ist. Doch dazu muß ich euch auf jeden Fall begleiten, denn nur jemandem, der bereits dort war, steht dieser Weg offen. Ihr müßtet euch allerdings vollkommen mir und der Magie einer längst vergangenen Zeit anvertrauen.«

Karimah und Bethany wechselten einen Blick.

»Wir vertrauen dir«, sagte Beth. »Aber könntest du dich vielleicht ein wenig deutlicher ausdrücken?«

»Als Shiree und ich damals beinah von Gillian und ihren Leuten getötet worden wären, da konnten wir uns nur in Sicherheit bringen, weil Shiree am Tag zuvor Portalsteine in einer der Ruinen entdeckt hatte«, erklärte Tanya. »Mit Hilfe meiner eigenen Magie kann ich die Art des Zaubers in einem magischen Gegenstand erkennen, deshalb konnten wir einen dieser Steine nutzen, um zu entkommen. Shiree überließ mir die Hälfte der Steine, als sie Kartania verließ. Ich könnte einen von ihnen benutzen, um uns innerhalb eines Augenblickes nach Ardopolis zu bringen. Da ich schon einmal dort war, ist das relativ einfach.«

»Portalsteine?« fragte Karimah neugierig. »Wie funktionieren die denn?«

»Man konzentriert sich auf den Ort, zu dem man reisen möchte, und beschwört sein Bild vor seinem inneren Auge«, erwiderte Tanya. »Deshalb funktioniert es ja auch nur, wenn man schon einmal dort war.«

»Solche Steine gibt es doch heutzutage gar nicht mehr«, sagte Bethany. »Sie müssen einen kolossalen Wert haben. Das können wir dir niemals bezahlen.«

»Ich verlange auch kein Gold«, sagte Tanya. »Sondern nur euren Schutz. Ich habe bei unserem überstürzten Aufbruch ein paar Dinge in Ardopolis zurückgelassen, die ich gern holen möchte. Und ihr habt ja gesehen, daß meine besonderen Fähigkeiten nicht unbedingt etwas mit Kriegskunst zu tun haben. Mit zwei Kämpferinnen wie euch an meiner Seite sollte ich eine gute Chance haben, mein Eigentum zurückzubekommen. Und ich habe jetzt lange genug auf Shiree gewartet.« Den letzten Satz hatte sie hinzugesetzt, ohne weiter nachzudenken.

Bethany war zu sehr in dem Gedanken an die Möglichkeit gefangen, noch am gleichen Tag Antworten auf ihre Fragen zu erhalten, um etwas zu bemerken.

Doch Karimah entging der leicht bittere Unterton in Tanyas Stimme keineswegs. Sie erkannte Liebeskummer, wenn er ihr begegnete, war sie doch nur zu oft selbst die Ursache dafür gewesen. Da Tanya jedoch sofort eine abweisende Miene aufsetzte, beschloß sie nicht weiter nachzufragen. Letzten Endes ging Tanyas Privatleben sie ja auch nichts an.

»Das ist ein faires Angebot, Tanya«, sagte Bethany. »Wir akzeptieren.«

»Sehr schön«, sagte Tanya, und das leicht verschmitzte Lächeln, das so charakteristisch für sie war, erschien wieder auf ihrem Gesicht. »Wie wäre es, wenn ihr euch jetzt frisch macht, ich meine Sachen packe und wir uns dann alle in der Schankstube zum Frühstück treffen? Danach können wir gleich aufbrechen.«

»Einverstanden«, sagte Karimah. »Und nochmals Danke.«

»Kein Problem«, sagte Tanya. »Ich bin froh, endlich aus diesem Kaff rauszukommen.« Sie zwinkerte den beiden noch einmal zu und verschwand durch die Tür.

Karimah sah Bethany zweifelnd an. »Glaubst du, sie weiß, worauf sie sich einläßt?«

»Ich glaube schon«, sagte Bethany. »Und ich glaube auch, daß sie schon mehr erlebt und gesehen hat, als es den Anschein hat. Wie auch immer, sie will uns helfen, und sie hat die Möglichkeit dazu. Das ist alles, was im Augenblick wichtig ist.«

Karimah nickte. »Ja. Aber ich werde erst aufatmen, wenn wir diese Stadt verlassen haben. Ich hoffe nur, daß Diella uns wirklich nicht folgen kann.«

»Ich fürchte«, sagte Bethany, »da können wir uns nur überraschen lassen.«

Keine von ihnen bemerkte die Gestalt, die sich leise und unauffällig vom Fenster fortbewegte. »Sehr schön«, murmelte Diella zufrieden. »Alles verläuft genau nach Plan. Altea wird zufrieden sein.«

Für einen kurzen, fürchterlichen Moment glaubte Shiree, die Wüstensonne habe ihre ungeschützten Augen erblinden lassen, doch dann erkannte sie zu ihrer grenzenlosen Erleichterung Konturen, die immer deutlicher wurden, je mehr sich ihre Augen an die Dunkelheit um sie herum gewöhnten.

»Iliska?« rief sie leise.

»Sh-Shiree?« antwortete Iliska beinah sofort. »Wo sind wir hier?«

Shiree kniff die Augen zusammen, bemüht, in ihrer Umgebung etwas zu erkennen. Unter sich fühlte sie ein weiches Laken. Es war angenehm kühl im Raum. »Auf jeden Fall nicht mehr in der Wüste«, stellte sie fest. »Vielleicht ein Zimmer in einer Herberge oder so etwas. Aber wie sind wir hierhergekommen? Ardopolis ist vollkommen verlassen, und es gibt dort in der Nähe auch weit und breit kein von Menschen bewohntes Gebiet.«

»In irgend etwas sind wir hineingeraten, da draußen in der Wüste«, sagte Iliska. »Es fühlte sich so ähnlich an, wie die Reise mit dem Portalstein.«

Shiree seufzte. »Ardopolis liegt zwar nur in den Ausläufern der Chaos-Ebenen, aber dennoch gibt es auch dort eine Menge seltsamer Dinge. Vielleicht war es ein Dimensionstor. Die bemerkt man erst, wenn man mitten drin steht, und dann ist es meistens schon zu spät.« Allmählich fiel dämmriges Licht durch die Fenster herein, und Shiree konnte nun erkennen, daß sie und ihre Freundin auf einem Bett lagen, das gerade groß genug für sie beide war. Das Zimmer war nicht sehr groß und eher spärlich möbliert.

»Also, ich finde ein weiches Bett in einem eindeutig von Menschen bewohnten Zimmer nicht unbedingt seltsam«, sagte Iliska mit einem kleinen Lächeln.

»Kommt drauf an, wo sich beides befindet«, erwiderte Shiree. »So ein Dimensionstor kann einen überall und nirgends hinbringen. Wieso bist du vorhin eigentlich so blind davongestürmt?« wechselte sie abrupt das Thema.

Das Lächeln verschwand aus Iliskas Gesicht, ihre Miene verfinsterte sich. »Es ... es war furchtbar ...« murmelte sie. »Ich hätte nie geglaubt ...« Sie verstummte, unfähig, in Worte zu fassen, was das Orakel von Ardopolis sie hatte sehen lassen.

Shiree legte sanft eine Hand auf ihre Schulter. »Willst du es mir erzählen?«

Iliska schluckte, ihre Kehle fühlte sich an wie zugeschnürt. »Ich möchte es ja«, sagte sie schließlich mit rauher Stimme. »Aber ich kann es nicht. Noch nicht. Bitte, Shiree, laß mir noch etwas Zeit.«

»Aber natürlich«, sagte Shiree. »Soviel, wie du willst. Wir sollten ohnehin erst einmal herausfinden, wo wir hier überhaupt sind«, lenkte sie dann rasch ab, damit Iliska Zeit hatte, ihre Gefühle wieder unter Kontrolle zu bekommen. »Gefangene scheinen wir jedenfalls nicht zu sein. Sonst hätte man uns wohl kaum unsere Waffen gelassen.« Es war inzwischen hell genug im Zimmer, um zu erkennen, daß ihre Schwerter sorgsam in ihren Halftern auf einen kleinen Tisch gelegt worden waren.

In diesem Augenblick hörten sie Schritte an der Tür, und im nächsten Moment wurde auch schon die Klinke heruntergedrückt. Shiree und Iliska warfen einen kurzen Blick zu ihren Waffen hinüber, entschieden jedoch beide, daß sie erst einmal sehen wollten, wer da das Zimmer betrat, bevor sie sich Feinde machten, wo vielleicht bis jetzt noch gar keine waren.

Es war eine junge Frau mit kurzen, schwarzen Haaren und blauen Augen, die einen etwas altmodisch wirkenden Rock und eine helle Bluse trug. Als sie sah, daß Iliska und Shiree wach waren, verharrte sie einen kurzen Moment im Türrahmen, betrat dann jedoch mit einem Lächeln das Zimmer. »Hallo«, sagte sie freundlich. »Wie geht es euch? Ich bin Jenaya.«

Iliska setzte sich auf. »Mein Name ist Iliska und dies ist meine Freundin Shiree. Uns geht es soweit gut.«

Auch Shiree erhob sich und nickte Jenaya freundlich zu. »Wo sind wir, und wie sind wir hierhergekommen?« fragte sie.

Jenaya warf einen kurzen Blick auf die beiden Schwerter, die auf dem Tisch lagen. »Seid ihr Kriegerinnen?« erkundigte sie sich, ohne auf Iliskas Frage einzugehen.

Shiree sah Jenaya prüfend an. Sie glaubte ein leichtes Zittern aus der Stimme der jungen Frau herauszuhören.

»Du mußt dich nicht fürchten«, sagte sie und setzte ihr charmantestes Lächeln auf. »Wir sind Lehrmeisterinnen an der Kampfschule von T'Mar. Unsere Waffen dienen nur der Verteidigung.«

Jenaya nickte versonnen. »T'Mar«, wiederholte sie. »Davon habe ich noch nie gehört. Wo liegt das?«

»In Tarbis«, sagte Iliska. »Die Schule ist sehr bekannt.«

»Tarbis?« Jenaya war erstaunt. »Da habt ihr ja einen weiten Weg hinter euch bis Chulat.«

»Chulat?« wiederholte Iliska entgeistert. »Wir sind in Chulat?«

Jenaya nickte. »Ihr seid hier in Mardan, einer kleinen Stadt nahe dem Yoral-Gebirge, fast an der Grenze zu Estargon. Wir fanden euch in der Nähe der Schwefelsümpfe, ihr wart bewußtlos. Habt ihr euch dorthinein verirrt? Die giftigen Dämpfe sind sehr gefährlich.«

»Ja«, antwortete Shiree rasch. »Wir haben uns verirrt und unsere Pferde in den Sümpfen verloren. Danke, daß ihr uns geholfen habt.«

Jenaya lächelte. »Schon gut«, sagte sie. »So etwas ist früher öfter passiert, da haben wir ständig Leute gefunden, die mit den giftigen Dämpfen in Berührung gekommen sind. In den letzten Jahren ist das aber seltener geworden. Seit die Handelsstraße nach Estargon weiter südlich verläuft, kommt hier kaum noch jemand vorbei.«

»Bist du die Heilerin der Stadt?« fragte Shiree.

Jenaya nickte. »Ja, deshalb hat man euch auch zu mir gebracht. Habt ihr Hunger? Oder Durst?«

Shiree sah Iliska an und nickte dann. »Oh ja«, entgegnete sie. »Aber wir bezahlen dich natürlich.«

»Kommt gar nicht in Frage«, widersprach Jenaya sofort. »Ihr seid natürlich meine Gäste. Bleibt hier und ruht euch noch etwas aus. Ich hole euch das Frühstück.« Mit diesen Worten verließ sie das Zimmer und schloß die Tür hinter sich.

Sofort wandte sich Iliska an Shiree. »Na, wunderbar«, rief sie. »Da sind wir ja Hunderte von Meilen gereist. Wie kommen wir denn jetzt nach Ardopolis zurück? Unsere Pferde und unsere ganze Ausrüstung sind dort.«

Shiree verzichtete darauf, Iliska darauf hinzuweisen, daß das Problem wahrscheinlich gar nicht entstanden wäre, wenn sie nicht so blindlings in die Wüste hinausgestürmt wäre. »Ausrüstung und Pferde kann man ersetzen«, sagte sie statt dessen ruhig. »Unsere Waffen haben wir noch, und mein Gold trage ich immer am Gürtel. Nur um die Portalsteine tut es mir leid; sie sind noch immer in meiner Satteltasche.«

»So wie mein Gold«, stellte Iliska seufzend fest. »Was mache ich denn jetzt?«

»Dann finanziere ich eben unsere weitere Reise«, bot Shiree an. »Wo ist das Problem?«

Iliska sah sie stirnrunzelnd an. »Ich kann doch nicht so einfach von deinem Gold leben«, sagte sie.

»Warum nicht?« entgegnete Shiree, und ihrem Gesicht war

deutlich anzumerken, daß sie wirklich nicht verstand, was Iliska meinte. »Du bist meine Freundin. Was mir gehört, gehört auch dir.«

»Ich weiß nicht«, sagte Iliska skeptisch.

Shiree seufzte. »Jetzt mach doch bitte keine so große Sache daraus, Iliska. Glaub mir, ich kann es mir leisten. Und wenn du unbedingt willst, dann können wir ja genau aufschreiben, was ich für dich ausgebe, und du gibst es mir dann später zurück.« Diese letzte Bemerkung war nicht ernstgemeint.

Iliska nickte etwas zögernd. »Ja, das wäre eventuell eine Möglichkeit«, sagte sie ganz ernst.

Shiree runzelte die Stirn. »Wenn ich es nicht besser wüßte«, sagte sie, und ihre Stimme klang nun leicht verärgert, »dann würde ich meinen, du wolltest mich mit voller Absicht beleidigen. Ich weiß nicht, wie ihr es in Estargon haltet, aber in Thindam gehören Freundschaften zu dem Wertvollsten, was man besitzen kann. Es ist absolut selbstverständlich für uns, daß Freunde sich gegenseitig ohne große Worte helfen. Mein Angebot abzulehnen würde bedeuten, daß du meine Freundschaft ablehnst. Ist dem so?«

Verblüfft starrte Iliska Shiree an, die nicht oft in so ernstem Ton sprach; aber wenn sie es tat, dann war Vorsicht geboten. »Natürlich nicht«, beeilte sie sich zu versichern. »Und ich wollte dich auch ganz sicher nicht beleidigen. Deine Freundschaft bedeutet mir viel, und deshalb will ich nicht, daß du dich von mir ausgenutzt fühlst.«

Sie sahen einander eine ganze Weile schweigend an, dann nickte Shiree schließlich und das Lächeln kehrte zurück. »Das verstehe ich«, sagte sie. »Aber ich fühle mich keineswegs von dir ausgenutzt, auch nicht, wenn du mein Angebot annimmst. So wie es scheint, gibt es noch einiges, was wir über einander lernen müssen, wenn wir uns im Verlaufe unserer Freundschaft nicht ständig streiten wollen.«

Alles, wenn du willst, dachte Iliska und spürte in diesem Moment, daß es nichts gab, was sie an Shiree nicht interessierte. Für ein paar Augenblicke gestattete sie sich, darüber nachzudenken, was wohl wäre, wenn sie mehr als nur Freunde wären und stellte fest, daß diese Vorstellung ihr Herz schneller schlagen ließ. Doch dann fiel ihr wieder ein, was sie in Ardopolis erfahren hatte, und die Magie des Augenblicks verschwand. So gern hätte sie mit Shiree darüber geredet, gerade mit ihr, die doch außer Meisterin Calydia die einzige war, die über Iliskas Vergangenheit Bescheid wußte. Doch sie hatte ja selbst noch kaum Zeit gehabt, das zu verarbeiten, was ihr da so unvermittelt offenbart worden war. Wie konnte sie einem anderen Menschen – und sei er ihr auch noch so vertraut – etwas erklären, was sie selbst kaum begreifen konnte? Ihre Augen füllten sich unwillkürlich mit Tränen. Sie wollte sie rasch fortwischen, doch da legten sich Shirees Hände sanft auf ihre Schultern und zogen sie zu sich heran. Iliska ließ es geschehen, froh, daß Shiree keine Fragen stellte, sondern sie einfach nur tröstend in den Armen hielt.

»Ganz egal, was geschieht«, flüsterte Shiree. »Ich werde immer für dich da sein.«

Jenaya hatte die Tür zu ihrem Gästezimmer leise hinter sich geschlossen und ging zur Küche hinüber, um Shiree und Iliska etwas zum Frühstück zuzubereiten. Früher hatte sie das oft für Gäste getan, die ihre drei kleinen Zimmer in Anspruch nahmen, wenn die beiden Herbergen von Mardan voll belegt waren.

Die Heilerin seufzte. Ja, früher. Vor einigen Jahren war Mardan noch eine relativ wohlhabende und schöne Stadt gewesen, deren Nähe zur großen Handelsstraße nach Yartar ihr viele Reisende als Gäste und Besucher eingebracht und die Geldbeutel der Stadt und ihrer Bewohner gefüllt hatte. Doch dann war die Straße verlegt worden und beinah über Nacht war es mit dem Wohlstand von Mardan vorbei gewesen. Die Stadt war in den darauffolgenden Jahren kleiner geworden, etliche Bewohner waren fortgezogen, doch viele waren auch geblieben, in der Hoffnung, daß wieder bessere Zeiten kommen würden; eine Hoffnung, die sich bis heute nicht erfüllt hatte – im Gegenteil.

Ein Klopfen an der Haustüre riß Jenaya aus ihren Gedanken. Ein grimmiges Lächeln trat auf ihr Gesicht, denn sie konnte sich schon denken, wer das war. Sie legte das Messer, mit dem sie geraden den frischen Laib Brot angeschnitten hatte, auf den Tisch zurück, vergewisserte sich, daß das Teewasser noch nicht kochte, verließ dann die Küche und ging zur Tür hinüber. Noch bevor sie die Klinke auch nur berührt hatte, klopfte es erneut, lauter und energischer. Sie riß die Tür auf und sah mit einem leicht verächtlichen Ausdruck auf die kleine Gruppe Mardaner, die sich vor ihrem Haus versammelt hatte.

Da waren Daries, der Bürgermeister, Ilena, die Besitzerin des einzigen Ladens der Stadt, und einige Männer und Frauen des Stadtrates. Alle Gesichter waren angespannt, die Hände verlegen knetend standen sie vor der Tür.

»Was wollt ihr?« fragte Jenaya kalt.

»Jenaya, bitte«, ergriff Daries das Wort. »Du weißt doch ganz genau, warum wir hier sind.«

»Wie geht es den beiden?« fragte Ilena. Sie war eine rundliche Frau Ende Dreißig, mit einem freundlichen, mütterlichen Gesicht.

Jenayas Gesichtsausdruck wurde etwas weicher, als sie Ilena ansah. »Es geht ihnen gut«, sagte sie. »Sie scheinen nicht verletzt zu sein. Ich mache ihnen gerade Frühstück.«

»Dann sind sie vollständig bei Kräften?« fragte Daries mit erwartungsvoller Stimme.

Jenayas Miene verfinsterte sich sofort wieder. »Das kann ich noch nicht sagen«, erklärte sie. »Verschwindet jetzt und laßt die beiden in Ruhe. Ich kümmere mich um sie.«

Mit diesen Worten wollte sie die Tür schließen, doch Daries stellte seinen Fuß dazwischen. »Wir wollen doch nur wissen, ob sie brauchbar sind –«

»Nimm, sofort deinen Fuß da weg, Daries, oder du wirst es bereuen«, unterbrach Jenaya ihn mit zischender Stimme.

Daries knurrte, doch er konnte ihrem Blick nicht standhalten. Er zog seinen Fuß zurück, drehte sich wortlos um und ging.

Die Mitglieder des Stadtrates folgten ihm, außer Ilena, die noch einen kurzen Moment stehenblieb. »Brauchst du vielleicht irgend etwas, Jenaya?« fragte sie ruhig.

Jenaya sah die Händlerin, die ihr von allen Bewohnern Mardans noch die liebste war, nachdenklich an und nickte schließlich. »Ja, ich könnte wirklich ein paar frische Waren gebrauchen. Komm einen Moment herein, dann schreibe ich es dir auf.«

Ilena war überrascht, daß Jenaya sie in ihr Haus bat, das schon seit geraumer Zeit keiner der Stadtbewohner mehr hatte betreten dürfen, ließ es sich jedoch nicht anmerken.

Die Heilerin notierte ein paar Dinge und reichte Ilena dann das Papier, zusammen mit ein paar Kupfermünzen. »Genügt das?« fragte sie.

Ilena hätte ihr am liebsten gesagt, daß sie ihr nichts schulde, doch sie wußte aus Erfahrung, daß Jenaya keine Geschenke annahm. »Ja, das tut es«, sagte sie daher nur und wandte sich zum

Gehen. An der Tür drehte sie sich noch einmal um. »Du darfst die anderen nicht falsch verstehen, Jen«, sagte sie. »Wir wollen doch alle nur –«

»Ich weiß, was ihr wollt«, schnitt Jenaya ihr schroff das Wort ab. »Und nenn mich nicht Jen.«

Ilena seufzte nur, schüttelte resigniert den Kopf und ging.

Jenaya sah ihr noch einen Augenblick nach und schloß dann die Tür.

»Das war ein großartiges Frühstück, Jenaya«, sagte Iliska, als sie den letzten Bissen gegessen hatte und den Teller von sich fortschob.

»Da kann ich nur zustimmen«, pflichtete Shiree bei.

Die beiden Freundinnen hatten darauf bestanden, sich frisch zu machen und zum Essen in Jenayas geräumige Küche herüberzukommen.

»Euch scheint es ja tatsächlich wieder gutzugehen«, sagte Jenaya lächelnd.

Iliska nickte. »Ja«, sagte sie. »Nochmals vielen Dank für deine Hilfe.«

»Kannst du uns sagen, wo wir hier zwei Pferde kaufen können?« fragte Shiree.

»Pferde kaufen?« fragte Jenaya. »Wollt ihr schon wieder fort?«

»Na ja«, sagte Shiree. »Wir haben wichtige Geschäfte zu erledigen, da sollten wir sobald wie möglich aufbrechen.«

»Das tut mir wirklich leid«, entgegnete Jenaya. »Aber unsere Stadt hat keinen Mietstall. Die einzigen Pferde hier gehören Ilena, unserer Händlerin, und ich glaube kaum, daß sie sie verkauft. Aber ich weiß, daß sie in den nächsten Tagen eine Lieferung erwartet. Vielleicht nehmen euch die Fuhrleute ja bis zur nächsten größeren Stadt mit, da könnt ihr dann sicher Pferde kaufen.«

Shiree runzelte die Stirn. Eigentlich hatten sie nicht vorgehabt, so lange zu bleiben. »Wie weit ist denn die nächste Stadt entfernt?« fragte sie in der Hoffnung, den Weg vielleicht auch zu Fuß zurücklegen zu können.

»Etwa vierzig Meilen«, entgegnete Jenaya. »Mardan liegt ziemlich abgelegen. Es wundert mich, daß ihr überhaupt hierhergefunden habt.«

»Ein bißchen zu weit zum Laufen«, sagte Shiree. »Weißt du, wann genau die Fuhrleute hier eintreffen?«

Jenaya schüttelte den Kopf. »Da müßt ihr Ilena schon selbst fragen«, sagte sie. »Ihr Laden liegt ein Stück die Straße hinunter; ihr könnt ihn gar nicht verfehlen. Mardan ist kleiner geworden, seit die Handelsstraße nach Estargon nicht mehr hier vorbeiführt. Damals wäre es auch leichter für euch gewesen, hier fortzukommen. Aber so, wie es heute aussieht . . .« Sie hob resignierend die Arme.

»Schon gut«, erwiderte Iliska. »Dafür kannst du ja nichts.«

Da sie beide ein wenig Bewegung brauchten, beschlossen Iliska und Shiree, die Händlerin sofort aufzusuchen. Auf ihre Frage nach einer Herberge versicherte ihnen Jenaya, daß sie bis zum Tag ihrer Abreise bei ihr wohnen könnten.

»Aber dafür bezahlen wir dich natürlich«, sagte Iliska sofort.

Shiree stellte schmunzelnd fest, daß Iliska sehr großzügig mit Gold umging, das nicht ihr eigenes war. Aber sie hätte jede Wette gehalten, daß ihr dies in diesem Moment gar nicht bewußt war.

»Nicht nötig«, sagte Jenaya. »Ich freue mich über ein wenig Gesellschaft und sei es nur für ein paar Tage.«

Iliska wollte etwas erwidern, doch Shiree, die sich schon denken konnte, was ihre Freundin sagen wollte, legte ihr die Hand auf den Arm. »Dann danken wir dir für deine Gastfreundschaft«, sagte sie. »Und falls wir irgend etwas für dich tun können, dann laß es uns bitte wissen.«

Jenaya nickte Shiree freundlich zu.

»Laß uns gehen, Iliska«, bat Shiree. »Ich sehne mich nach Bewegung und frischer Luft.«

Kaum waren sie draußen, wandte sich Iliska auch schon an Shiree. »Das können wir doch nicht annehmen«, sagte sie eindringlich.

Shiree sah sie mit einem kleinen Lächeln an und schüttelte leicht den Kopf. »Du hast ein echtes Problem mit Großzügigkeit und Gastfreundschaft, kann das sein?« fragte sie. »Es wäre sehr unhöflich gewesen, Jenayas Angebot abzulehnen. Wir werden schon etwas finden, womit wir uns bei ihr erkenntlich zeigen können.«

Iliska kämpfte mit sich. »Also gut, wenn du meinst. Vielleicht sehe ich diese Dinge wirklich ein wenig eng.«

»Na, immerhin siehst du es ein«, erwiderte Shiree grinsend.

Sie gingen die staubige Straße hinunter. Mardan war wirklich nicht besonders groß, und die Bezeichnung ›Stadt‹ war im Grunde nur noch eine sentimentale Erinnerung an längst vergangene Tage. Die Häuser wirkten allesamt, als wären sie schon lange nicht mehr richtig instand gesetzt worden: die Farbe an den Wänden blätterte, die Dächer waren beschädigt und nur notdürftig repariert worden, der Bürgersteig aus Holzplanken, der die Häuser säumte, war schmutzig, etliche der Bretter waren kaputt und ragten als Stolperfallen daraus hervor.

Einzig Ilenas Gemischtwarenladen hob sich ein wenig gegen den allgemeinen Verfall ab, seine Fassade hatte erst vor kurzem einen frischen Anstrich erhalten, und die Holzveranda davor war in gutem Zustand und blitzblank gefegt.

Es befanden sich etliche Leute auf der Straße, die allesamt einen gehetzten, beinah ängstlichen Eindruck machten. Jeder einzelne von ihnen wandte sich nach Shiree und Iliska um, die die allgemeine Aufmerksamkeit, die sie erregten, etwas befremdete.

»So wie die uns anstarren, scheinen sich wirklich nicht oft Reisende hierher zu verirren«, flüsterte Shiree. »Oder ist mir über Nacht ein Horn auf der Stirn gewachsen?«

Iliska mußte lachen bei dieser Vorstellung. »Nein, da kann ich dich beruhigen«, sagte sie. »Aber es ist schon merkwürdig. Fast könnte man glauben, die hätten hier noch niemals andere Menschen gesehen.«

Als sie den Laden betraten, fiel Shiree als erstes ein blasser Junge von etwa neun Jahren auf, der mit einem Besen in der Hand im Hinterzimmer stand und fegte. Er schien sie nicht zu bemerken, also schwang sie sich, bevor Iliska sie zurückhalten konnte, einfach über die Theke, streckte ihren Kopf in das Zimmer hinein und rief: »Hallo! Könntest du uns sagen, wo wir Ilena finden?«

Der Junge erschrak und sah auf. Er war vollkommen in Gedanken gewesen und hatte gar nicht gehört, daß jemand in den Laden gekommen war. Als er Shiree sah, weiteten sich seine Augen vor Überraschung, und er starrte sie in einer Mischung aus Bewunderung und Staunen an. »Wer . . . wer bist du?« fragte er schließlich.

»Mein Name ist Shiree.« Sie lächelte den Jungen strahlend an. »Und die etwas schüchterne Person dort drüben ist meine Freundin Iliska. Wir hätten gern mit Ilena gesprochen.«

Der Junge sah Shiree mit einer Mischung aus Verlegenheit und Neugier an. Es war offensichtlich, daß er nicht allzuoft Fremden begegnete, schon gar nicht solchen, die so schön waren wie Shiree. »Meine . . . meine Mutter ist . . . Ich . . . ich meine, sie kommt gleich wieder«, stotterte er. »Wenn ihr warten wollt . . .«

»Gern«, sagte Shiree, die leicht amüsiert zur Kenntnis nahm, welche Wirkung ihre Erscheinung auf den Jungen hatte. »Wie heißt du?« fragte sie freundlich.

»Royan«, antwortete der Junge.

»Freut mich, dich kennenzulernen, Royan«, sagte Shiree und nickte ihm zu.

Royan brachte kein Wort heraus; er ließ seinen Blick über Shiree gleiten, bis der schließlich an dem Schwert hängenblieb, das sie in einem Halfter über dem Rücken trug. »Du bist eine Kriegerin?« fragte er atemlos.

Shiree registrierte, daß diese Frage heute schon zum zweiten Mal gestellt wurde. Sogar der Tonfall war derselbe. Waren Krieger in dieser Stadt so selten? »Eigentlich bin ich eine Lehrmeisterin, ebenso wie meine Freundin«, sagte sie. »Ich lehre den Kampf mit dem Samuraischwert.«

»Kann ich ... kann ich das Schwert einmal sehen?« bat der Junge.

Shiree lächelte, griff hinter sich und zog die Waffe aus dem Halfter. »Faß sie bitte nicht an, die Klinge ist sehr scharf.«

Royan schien völlig fasziniert zu sein, als er das Schwert betrachtete. Es hatte eine schmale, leicht geschwungene Klinge mit einfacher Schneide. Der Griff war reich verziert.

»Gefällt sie dir?« fragte Shiree.

Royan nickte stumm; er konnte den Blick kaum von dem Schwert abwenden.

»Wenn du möchtest, kann ich dir zeigen, wie man damit kämpft«, bot Shiree spontan an. Es störte sie nicht, daß Royan so jung war, denn in Thindam war es üblich, bereits in sehr frühen Jahren mit dem Kampftraining zu beginnen.

Royans Gesicht erstrahlte. »Das ... das wäre wunderbar«, stammelte er.

»Na, dann ist das abgemacht«, sagte Shiree gutgelaunt und ließ das Schwert zurück ins Halfter gleiten.

Iliska hatte grinsend der kleinen Unterhaltung zwischen den beiden zugesehen. Shirees ehrlicher Freundlichkeit konnte sich kaum jemand entziehen, und mit ihrem großzügigen Angebot schien sie das Herz dieses Kindes im Sturm erobert zu haben. Iliska kannte ihre Freundin gut genug, um zu wissen, daß sie keine leeren Versprechungen gemacht hatte. Sie würde sich wirklich die Zeit nehmen und Royan zumindest ein paar grundlegende Regeln des Kampfes beibringen. Iliska betrachtete Shiree mit Bewunderung und fühlte sich in diesem Moment mehr denn je zu ihr hingezogen.

»Sucht ihr irgendwas bestimmtes?« ertönte eine leicht ärgerliche Stimme von der Eingangstüre her. Ilena stand dort mit hochgezogenen Augenbrauen.

»Oh, entschuldige«, sagte Shiree, der bewußt wurde, daß sie eigentlich nichts hinter der Theke zu suchen hatte. »Ich habe Royan nur gefragt –«

»Shiree und Iliska haben dich gesucht, Mutter«, rief der Junge dazwischen.

»Nun, dann habt ihr mich gefunden«, erklärte Ilena. Sie betrachtete sowohl Iliska als auch Shiree. Sie hatte nicht damit gerechnet, daß die beiden einen so sympathischen Eindruck machen würden, und für einen Moment tat es ihr beinah leid, daß die zwei nach Mardan gekommen waren. Doch dann sah sie die Schwerter, die die beiden trugen und ihr war klar, was das bedeutete. Und auch wenn Iliska und Shiree ihr gefielen, so durfte sie sich doch keinesfalls von Sentimentalitäten leiten lassen. »Was kann ich denn für euch tun?« fragte sie um einiges freundlicher. »Braucht ihr irgend etwas?«

»Vorerst nur eine Auskunft«, sagte Iliska.

»Wenn ich euch helfen kann . . .« entgegnete Ilena.

»Jenaya gewährt uns zur Zeit Gastfreundschaft in ihrem Haus«, begann Iliska.

»Ja, ich weiß«, unterbrach Ilena.

»Wir möchten ihr nicht unnötig lange zur Last fallen«, fuhr Iliska fort, »und daher so bald wie möglich unseren Weg fortsetzen. Da wir hier keine Pferde kaufen können, sagte uns Jenaya, daß wir mit dem Pferdefuhrwerk, das deine Lieferung bringt, zur nächsten Stadt mitfahren können. Sie wußte aber nicht, wann es eintrifft.«

Ilena machte ein abweisendes Gesicht. »Das würde schon gehen«, sagte sie. »Aber ich habe keine Ahnung, ob die Lieferung pünktlich sein wird. Wir liegen hier ziemlich abgelegen, und die Fuhrunternehmer geben sich keine allzu große Mühe, uns regelmäßig zu beliefern. Es kann zwei Tage dauern, vielleicht aber auch länger. Ihr werdet warten müssen.«

Iliska runzelte genervt die Stirn. Das paßte ihr gar nicht.

Shiree nahm es gelassener. »Damit müssen wir uns wohl abfinden«, erklärte sie lächelnd.

Nach kurzem Zögern erwiderte Ilena das Lächeln. »Was hast du vorhin mit meinem Sohn gesprochen?« erkundigte sie sich.

»Shiree will mir zeigen, wie man mit einem Samuraischwert kämpft!« rief Royan bevor Shiree etwas sagen konnte.

Augenblicklich verschwand das Lächeln aus Ilenas Gesicht. »Oh, nein, das wird sie nicht!« Sie ging mit schnellen, energischen Schritten hinter die Theke, wo Royan stand, und faßte ihn hart an der Schulter. »Du wirst keine Waffe in die Hand nehmen, und du wirst dich von diesen beiden Frauen da fernhalten! Hast du mich verstanden?«

»Aber, Mutter –«

»Keine Widerrede.« Sie schnitt ihm das Wort ab. »Geh sofort auf dein Zimmer.«

Royan ballte die Fäuste. Er haßte es, ausgerechnet vor Shiree so gedemütigt und einfach fortgeschickt zu werden, doch wagte er es nicht, sich seiner Mutter zu widersetzen. Wortlos drehte er sich um und stürmte davon.

»Mußte das denn sein?« fragte Shiree in die darauffolgende Stille hinein.

Wütend fuhr Ilena zu ihr herum. »Misch dich gefälligst nicht ein; das geht dich überhaupt nichts an. Und wage es nicht, meinem Sohn irgend etwas zu zeigen, von dem ich nicht will, daß er es lernt.«

Shiree dachte kurz daran, es auf sich beruhen zu lassen, doch dann sah sie wieder Royans enttäuschtes Gesicht vor sich. Sie fand Ilenas Reaktion sehr übertrieben, und sie war es gewohnt, zu sagen, was sie dachte. »Was ist so schlimm daran, zu lernen, wie man sich verteidigt?«

»Weil es beim Verteidigen nicht bleibt«, gab Ilena zurück. »Wer erst einmal mit einer Waffe umgehen kann, der benutzt sie auch. Und jetzt will ich kein Wort mehr darüber hören, wenn du meinen Laden noch einmal betreten willst.«

Iliska fand, daß Shiree im Gegensatz zu Ilena nicht so aussah, als ob sie die Diskussion als beendet betrachtete, und mischte sich rasch ein. »Laß uns gehen, Shiree«, bat sie. »Wir haben doch jetzt Zeit. Wir könnten uns in der Stadt umsehen.«

Shiree zögerte einen Moment, dann nickte sie. »Ja, ich komme«, sagte sie.

»Danke für deine Auskunft«, wandte sich Iliska an Ilena.

»Nichts zu danken«, sagte Ilena mit einem finsteren Blick auf Shiree. »Und denkt an mein Verbot.«

»Warum regt sie sich so auf?« ereiferte sich Shiree, als sie sich mit Iliska von Ilenas Laden entfernte. »Sie sollte doch froh sein, wenn ich ihrem Sohn ein bißchen was beibringe. Andere zahlen viel Geld dafür.«

»Darum geht es doch gar nicht, Shiree«, sagte Iliska beschwichtigend. »Ilena macht sich eben Sorgen.«

»Und worüber, wenn ich fragen darf? Sich seiner Haut wehren zu können ist niemals schlecht.« Der Ausdruck auf ihrem Gesicht zeugte von völliger Verständnislosigkeit. »Royan mag vielleicht noch zu klein sein, um ein Schwert zu führen, aber es gibt andere Arten des Kampfes, die selbst ein Kind lernen kann.«

»Manche sehen das eben nicht so«, sagte Iliska. »Es gibt Menschen, für die ist Gewalt in jeder Form etwas Schlechtes. Und irgendwie kann ich sie verstehen«, setzte sie traurig hinzu.

Shiree seufzte. »Trotzdem hätte sie Royan nicht so demütigen müssen«, sagte sie. »Es war ihm peinlich, vor allem vor mir.«

»Er wird es überleben«, sagte Iliska mit harter Stimme. »Was ist schon eine kleine Zurechtweisung? Es gibt schlimmeres.«

Shiree sah sie überrascht an, dann fiel ihr wieder ein, welch grausames Schicksal Iliskas Familie ereilt hatte. Gemessen daran war die Situation von vorhin sicher eine Kleinigkeit, auch wenn Royan das bestimmt anders sah. Stumm legte Shiree einen Arm um ihre Schultern. Sie konnte sich noch gut an die Nacht erinnern, als Iliska ihr die Geschichte von damals erzählt hatte, das größte Zeichen von Vertrauen, daß sie geben konnte.

Shiree begann: »Ich weiß, was du erlebt hast, war schlimm –«

»Das ist es ja gerade«, unterbrach Iliska sie schroff. »Du weißt es nicht!« rief sie und schüttelte Shirees Arm ab. »Und wie auch? Bis vor kurzem wußte ich es ja selbst noch nicht.«

Shiree blieb stehen und sah Iliska erwartungsvoll an. Würde sie ihr jetzt endlich erzählen, was sie in Ardopolis gesehen hatte? Als Iliska schwieg, sah Shiree kurz auf und entdeckte, daß so ziemlich jeder, der auf der Straße ging oder stand, zu ihnen herüberschaute. Das Interesse an den beiden schien noch nicht abgeflaut zu sein, und Shiree nahm sich vor, Jenaya nach dieser übertriebenen Neugier zu befragen. Doch jetzt war es erst einmal wichtiger, daß Iliska endlich mit der Sprache herausrückte, und das sollte sie nicht unbedingt im Kreise einer Horde neugieriger Stadtbewohner tun.

»Komm«, sagte sie energisch, nahm Iliskas Hand und führte sie weiter die Straße hinunter und hinaus aus der Stadt.

Iliska ließ sich widerstandslos mitziehen. Die Landschaft wurde felsig und weniger grün. Ein von kargem Gebüsch und einigen Bäumen gesäumter Weg führte in die Berge hinauf. Sie folgten dem Weg, bis sie auf einem kleinen, grasbewachsenen Plateau angekommen waren, von dem aus die Stadt nicht mehr zu sehen war.

Jetzt endlich hielt Shiree an. »Also gut«, sagte sie. »Was ist los?«

Iliska holte tief Luft. Ihr war selbst klar, wie seltsam sie sich benahm, und daß sie Shiree die Wahrheit nicht länger verheimlichen durfte. »Bethany hat meine Familie getötet«, brach es aus ihr heraus.

Shiree schluckte. Damit hatte sie nicht gerechnet. »Bethany? Bist du sicher?«

Iliskas Züge verhärteten sich. »So sicher, wie man sein kann, wenn man direkt daneben stand«, erwiderte sie. »Sie ist nachts in unser Haus eingebrochen, wurde von meinem Bruder Derryl überrascht und hat ihn getötet. Und dann hat sie das Haus in Brand gesteckt. Aber warum hat Kaiser Alethus mir das nicht gesagt? Und warum wurde sie nicht bestraft? Oder ist sie geflohen? Aber dann hätte er doch –«

»Moment mal«, unterbrach Shiree. »Das geht mir zu schnell. Warum ist Bethany in euer Haus eingebrochen? Hast du das auch gesehen?«

Iliska schüttelte den Kopf. »Sie hatte einen Streit mit Derryl, aber ich konnte nicht verstehen, worum es ging. Dann haben sie gekämpft, und ich sah, wie Bethany ihn tötete. Dann hat sie den ganzen Raum verwüstet und zuletzt alles in Brand gesteckt. Mein Vater ist dabei gestorben und so viele unserer Diener, von den Nachbarvillen ganz zu schweigen.«

»Du sagst, du standest buchstäblich daneben, und da konntest du nicht hören, was gesprochen wurde?« fragte Shiree, der das äußerst merkwürdig vorkam. »Dann weißt du doch auch gar nicht, warum sie das getan hat.«

»Aber das ist doch völlig unwichtig!« fuhr Iliska auf. »Bethany ist die Mörderin meiner Familie!«

Doch für Shiree war das nicht unwichtig. Aus Erfahrung wußte sie, daß die Dinge nicht immer so waren, wie sie schienen. Doch um das zu erkennen war Iliska noch viel zu aufgebracht. Shiree würde warten müssen, bis Iliska sich etwas beruhigt hatte.

»Und was willst du jetzt tun?« fragte Shiree.

Iliska hob den Kopf und sah sie mit einem kalten Blick an. »Meinst du nicht, daß es meine Pflicht ist, meine Familie zu rächen?«

Genau diese Reaktion hatte Shiree befürchtet. In diesem Augenblick schien es ihr fast als ein Glück, daß sie vorläufig in Mardan festsaßen. Sie mußte unbedingt versuchen, Iliska davon abzuhalten, eventuell einen furchtbaren Fehler zu begehen, und dazu brauchte sie etwas Zeit. »Ich meine vor allem, daß du dir erst einmal Klarheit verschaffen solltest, bevor du etwas tust, was du vielleicht später bereust«, wandte sie sich in ihrer direkten Art an ihre Freundin.

»Aber das Orakel hat mir doch gezeigt –«

»Es hat dir ein paar Bilder gezeigt, sonst nichts«, unterbrach Shiree. »Iliska, ich weiß, wie hart der Verlust deiner Familie für dich ist, aber du weißt nicht, warum Bethany das getan hat. Genau genommen weißt du nicht einmal, ob diese Bilder überhaupt den Tatsachen entsprechen.«

»Aber weshalb hast du mich denn überhaupt dorthin gebracht, wenn du jetzt zweifelst, ob ich die Wahrheit gesehen habe?« wandte Iliska ein.

Shiree mußte zugeben, daß dieses Argument etwas für sich hatte. »Weil ich nach meiner eigenen Vision damals sicher war, daß du dort ebenfalls etwas erfahren könntest, was dir weiterhilft. Aber Bethany als Mörderin deiner Familie, das klingt so unwahrscheinlich . . .« Sie verstummte und sah Iliska mit einem Blick an, der die Zweifel in ihrer Seele widerspiegelte.

»Ja, ich verstehe«, sagte Iliska. »Für mich ist das auch schwer zu glauben. Aber ich kann es doch auch nicht einfach ignorieren.«

»Das sollst du auch gar nicht«, erwiderte Shiree. »Ich meine doch nur, du solltest dir Gewißheit verschaffen, bevor du dich mit dem Gedanken an Rache trägst. Und glaub mir, ich weiß, was der Wunsch nach Rache anrichten kann. Thindam wurde nicht umsonst einmal das Land der Blutfehden genannt, bis wir endlich lernten, mit unseren Konflikten anders umzugehen.«

»Du meinst also, ich sollte erst einmal mit Bethany reden?« fragte Iliska, hin und her gerissen zwischen Gefühl und Vernunft.

Shiree nickte. »Ich kenne Beth zwar noch nicht so lange wie du, doch mir kam sie nicht wie jemand vor, der einfach so in fremde Häuser einbricht, die Bewohner tötet und dann Feuer legt. Und selbst wenn es stimmt, was das Orakel dir gezeigt hat, dann muß es irgendeinen Grund dafür geben. Willst du denn wirklich gar nichts über die Hintergründe wissen? Sie ist doch deine Freundin, hast du das vergessen?«

Iliska hob in einer Geste der Hilflosigkeit die Hände. »Ich muß darüber nachdenken«, sagte sie. »Ich kann das jetzt nicht entscheiden.«

Shiree legte ihr einen Arm um die Schultern. »Wir sind ja noch ein paar Tage hier«, sagte sie. »Da hast du Zeit genug. Hat das Orakel dir sonst noch etwas gezeigt?«

Iliskas Mund verzog sich zu einem schiefen Grinsen. »Ja, es zeigte mir, wo ich Beth finden kann; praktisch, nicht wahr?« stieß sie mit einem höhnischen Schnauben hervor. »Wären wir nicht in diese verdammte Dimensionstür, oder was immer es war, geraten, dann wären wir jetzt schon dort.«

So sehr Shiree der Verlust der Portalsteine auch schmerzte, war sie jetzt doch froh, daß die magischen Gegenstände in Ardopolis zurückgeblieben waren. Iliska hätte sonst sicher darauf bestanden, sie zu benutzen, um zu Bethany zu gelangen. Shiree wollte um jeden Preis ein sinnloses Blutvergießen vermeiden und würde alles daran setzen, an die Vernunft ihrer Freundin zu appellieren. »Und wo ist sie?«

»Ich sah den Azulsee, auf dem Beth verschwand«, entgegnete Iliska. »In seiner Mitte lag eine Insel im Nebel, an deren Ufer ich Bethany liegen sah. Ich sah, wie sie sich bewegte und aufstand, dann verschwand das Bild. Wir müssen zu dieser Insel, Shiree.«

»Ja«, sagte Shiree. »Sie wird unser erstes Ziel sein, sobald wir uns neue Pferde besorgt haben. Aber der Azulsee liegt zwischen Tarbis und Thindam, und wir sind hier in Chulat. Es wird eine Weile dauern, bis wir hinkommen.«

»Das ist mir egal«, erklärte Iliska. »Selbst wenn Beth nicht mehr dort sein sollte, wenn wir hinkommen, können wir doch immerhin ihre Spur aufnehmen. Und bis dahin«, fügte sie mit dem Anflug eines Lächelns hinzu, »habe ich mich sicher auch entschieden, was ich tun werde, wenn ich ihr begegne.«

»Gut«, stimmte Shiree zu. »Dann machen wir es so. Und da wir jetzt etwas Zeit haben, wie wäre es mit ein bißchen Training?«

»Du meinst zum Abreagieren?« fragte Iliska, die zum ersten Mal lächelte, seit ihr Gespräch begonnen hatte.

»Soll manchmal helfen«, sagte Shiree und erwiderte das Lächeln.

Iliska nickte und zog ihr Schwert. »Ich glaube, genau das kann ich jetzt gut gebrauchen.«

Auch Shiree griff nach ihrer Waffe, und im nächsten Moment

begann auch schon der Kampf.

Einem zufälligen Beobachter wäre es schwindlig geworden bei dem Tempo, das die beiden vorlegten. Ihre Schwerter trafen mit stählerner Härte aufeinander. Keine ließ dabei die andere aus den Augen; sie verstanden es, auch das winzigste Zucken des Augenlides, das einem Schlag vorausging, zu erkennen und richtig zu deuten. Die präzise Abfolge von Aktion und Reaktion ließ ihren Übungskampf fast wie einen ausgezeichnet choreographierten Tanz erscheinen, der an Eleganz und Geschicklichkeit nichts zu wünschen übrigließ. In der nächsten halben Stunde war die Luft erfüllt vom Geräusch der aufeinanderprallenden Klingen. Keine von beiden konnte dabei die Oberhand gewinnen, aber darum ging es ihnen auch nicht.

Shiree hatte schon sehr früh bemerkt, wie begabt Iliska war und wie schnell sie den Umgang mit dem Samuraischwert gelernt hatte. In ihren Trainingskämpfen blühten die beiden förmlich auf, und dieser Kampf hier lieferte Iliska ein ausgezeichnetes Ventil für all die aufgestauten Gefühle der vergangenen Stunden. Zum Glück war kaum zu befürchten, daß sie sich dabei ernsthaft verletzten, denn sie waren perfekt aufeinander eingespielt.

Sie warfen schließlich die Schwerter fort und kämpften ohne Waffen weiter, so lange, bis Iliskas ganze Wut verraucht war. Völlig außer Atem ließen sie sich schließlich nebeneinander ins Gras sinken.

»Du hast nichts verlernt«, sagte Shiree.

»Du auch nicht«, erwiderte Iliska.

»Und? Hast du genug?«

Iliska drehte sich halb um und betrachtete Shiree: die braunen Augen leuchteten, das lange, dunkle Haar war wild und zerzaust, ein paar Strähnen klebten in ihrem schweißnassen, leicht geröteten Gesicht. Sie sah so schön aus, daß Iliska unwillkürlich den Atem anhielt. Sie streckte eine Hand aus und strich Shiree mit einer sanften Bewegung eine der Strähnen aus der Stirn.

Shiree schloß bei dieser zärtlichen Berührung die Augen und lächelte, als Iliska ihre Hand nicht zurückzog, sondern ihre Wange streichelte. Sie öffnete die Augen, und die Sehnsucht, die sie in Iliskas Blick sah, war ein Spiegelbild ihrer eigenen. »Hör nicht auf«, flüsterte sie. »Bitte, hör nicht auf.«

Iliska zögerte nur einen winzigen Moment, dann gab sie dem Verlangen nach. Die lange verborgen gehaltenen Gefühle brachen an die Oberfläche, nicht willens, sich länger unterdrücken zu lassen. »Shiree, ich ...« sagte sie leise, bevor ihr die Stimme versagte und sie Shiree einfach an sich zog und leidenschaftlich küßte.

Ohne auch nur einen Augenblick zu zögern, erwiderte Shiree den Kuß, ließ sich mitreißen von der Wildheit, mit der Iliska ihrem schon seit ihrer ersten Begegnung bestehenden unterschwelligen Begehren endlich Ausdruck verlieh. So lange hatte sie sich danach gesehnt, Iliska so nahe zu sein, ihre Hände, ihre Lippen, ihren Körper zu spüren. Jetzt, da es endlich und so unvermittelt geschah, war es ihr vollkommen gleichgültig, daß sie sich unter freiem Himmel befanden, daß sie beobachtet werden konnten, daß vielleicht irgendeine Gefahr in der Nähe lauerte. Sie wollte nur noch dieser Leidenschaft nachgeben, und wenn es das letzte war, das sie auf dieser Welt tat.

Hastig und voller Verlangen streiften sie ihre Kleider ab, bis sie endlich nackt und von Schweiß glänzend nebeneinanderlagen, vollkommen überwältigt von der Sehnsucht, die sie so plötzlich befallen hatte.

Shiree stöhnte auf, als Iliskas Mund sich langsam einen Weg von ihren Lippen über ihren Hals zu ihren Brüsten bahnte, überall verweilend, sich Zeit nehmend, das Neuland zu erkunden. Iliska Hände wanderten tiefer, strichen zärtlich über Shirees Bauch und die Innenseite ihrer Oberschenkel. Shiree glaubte unter der Intensität der Berührung vergehen zu müssen, sie sehnte sich nach Erlösung, wünschte aber gleichzeitig, daß Iliskas Zärtlichkeiten niemals enden würden. »Iliska ...« stöhnte sie, doch die Gefährtin verschloß ihr den Mund mit einem leidenschaftlichen Kuß, während ihre Hand etwas höher wanderte und schließlich fand, was sie suchte. Shirees ganzer Körper erschauerte, als eine erste Welle ihres Höhepunktes sie mit sich fortriß. Wie durch einen Schleier hörte sie Iliskas Stimme, die ihr zärtliche Worte zuflüsterte. Dann ebbte die Woge der Leidenschaft langsam ab. Shiree öffnete die Augen, sah Iliska über sich, die sie so zärtlich und voller Liebe anschaute, daß es ihr beinah den Atem raubte. »Du ... Du bist wundervoll, weißt du das?« brachte sie schließlich hervor.

Iliska lächelte. »Du auch«, sagte sie. »Ich wollte dir das schon so lange sagen. Mal abgesehen von allem anderen«, fügte sie mit einem Grinsen hinzu.

»Das wollte ich auch«, entgegnete Shiree und streichelte Iliskas Wange. Ihre Hand legte sich sanft um den Nacken ihrer Geliebten. Sie zog sie zu sich herunter, drehte sich dabei so geschickt, daß sie im nächsten Moment über ihrer Geliebten lag. »Und es gibt noch viel mehr, was ich tun wollte.« Ihre Lippen senkten sich auf Iliskas herab, die die Augen schloß und sich völlig der Leidenschaft ihrer Geliebten ergab.

Der Abend dämmerte bereits herauf. Iliska lag auf dem Rücken im Gras; Shiree, halb über sie gebeugt, streichelte ihr Gesicht.

»Ich liebe dich«, sagte Shiree. »Schon seit ich dich das erste Mal sah. Ich wußte nur nicht, wie ich es dir sagen sollte.«

Iliska lächelte. »Dafür hast du es mir wieder und wieder gezeigt«, sagte sie leise. »Und ich war zu blind, es zu bemerken. Kannst du mir verzeihen, Liebste?«

»Dann erwiderst du meine Gefühle?« fragte Shiree ein wenig unsicher.

»Ob ich sie erwidere?« Iliska hob einen Arm und legte ihn um Shirees Nacken, zog sie zu sich heran und küßte sie so sanft und liebevoll, daß es keinen Zweifel mehr geben konnte. »Ich liebe dich auch, Shiree«, sagte sie. »Und ich möchte mein Leben mit dir teilen, wenn du es auch willst.«

Shiree schloß Iliska fest in die Arme. »Ja, das will ich«, sagte sie. »Mehr als alles andere auf der Welt. Wohin du auch immer gehst, ich werde mit dir kommen.«

Iliska fühlte Shirees warme, weiche Haut auf der ihren. Sie konnte sich nicht erinnern, wann sie das letzte Mal so glücklich gewesen war. »Vorerst sollten wir in die Stadt zurückgehen«, sagte sie mit einem Grinsen. »Jenaya macht sich bestimmt schon Sorgen.«

Shiree lachte. »Wir können von Glück sagen, daß Jenaya keinen Suchtrupp losgeschickt hat. Das hätte peinlich werden können.«

»Aber vielleicht hätte das die verkniffenen Gesichter der Mardaner mal ein bißchen geglättet«, sagte Iliska. »Ist dir aufgefallen wie verzagt die alle aussehen?«

»Ja und auch wie sie uns angestaunt haben. Ich weiß ja, daß wir ein ausgesprochen schönes Paar sind, aber soviel Aufmerksamkeit ist schon merkwürdig«, fügte Shiree mit einem Zwinkern hinzu.

»Wenn du mich fragst, ist diese ganze Stadt irgendwie merkwürdig«, sagte Iliska. »Ich habe keine Ahnung, was die Leute überhaupt noch hier hält. Fast alle Häuser sind heruntergekommen, da ist schon seit Jahren nichts mehr dran getan worden. Und das Warenangebot in Ilenas Laden ist auch nicht gerade üppig. Ich frage mich, wovon die eigentlich leben.«

»Keine Ahnung«, entgegnete Shiree. »Und offen gestanden ist es mir auch vollkommen egal. In ein paar Tagen sind wir ohnehin hier weg.«

Sie versanken erneut in einem zärtlichen Kuß aus dem sie sich nur sehr widerstrebend lösten.

»Es hilft alles nichts, wir müssen zurück«, sagte Shiree mit Bedauern. »Aber wenn das hier erst vorbei ist, werden wir alle Zeit der Welt für uns haben.«

»Das hast du gut gemacht«, sagte Altea. »Iliska hat jetzt einiges, worüber sie nachdenken kann.«

»Wenn du es sagst«, antwortete eine Stimme aus dem Kristall, den Altea in ihrer Hand hielt. »Soll ich den Stein wieder entfernen?«

»Nein, du Dummkopf!« fuhr Altea auf. »Bist du etwa schon wieder betrunken? Erst muß Bethany das Orakel befragen. Auch für sie habe ich ein paar kleine Überraschungen. Versteck dich und warte, bis sie dort war. Dann holst du den Stein und kehrst zu mir zurück. Und halt dich von den Gewölben unter dem Tempel fern, verstanden?«

»Aber dein Unsichtbarkeitszauber schützt mich doch –« kam der zaghafte Einwand.

»Nein!« donnerte Altea. »Der nützt dir da unten gar nichts. Du bist zwar nicht viel wert, aber ich brauche dich noch. Also tu, was ich dir gesagt habe!«

»Wie du wünscht«, hörte Altea die mißmutige Stimme ihrer Dienerin, bevor der Kristall erlosch.

Die Sonne war bereits untergegangen, als Shiree und Iliska in die Stadt zurückkehrten. Sie ließen sich Zeit, gingen Hand in Hand und blieben immer wieder stehen, um einander zärtlich zu küssen.

Shiree fiel auf, daß Iliska ein wenig geistesabwesend wirkte. »Alles in Ordnung?«

Iliska sah auf. »Wußtest du eigentlich, daß Derryl mich töten wollte?«

Shiree blieb stehen. »Was? Dein eigener Bruder? Aber warum?«

Iliska seufzte. »Derryl war der Erstgeborene, also der Erbe des Titels und der Ländereien, doch mein Vater, Thimor, hielt ihn für unwürdig. Und damit hatte er auch recht. Ich sage es nicht gern, aber mein Bruder war nicht gerade der Sohn, den mein Vater sich gewünscht hatte. Er war unbeherrscht, zügellos und besaß weder Anstand noch Ehre. Ich glaube, mein Vater hätte ihn verstoßen, wenn Derryl nicht sein einziger Sohn gewesen wäre.«

»Statt dessen hat er dich zur Erbin des Titels gemacht«, sagte Shiree. »So etwas ist auch bei uns nicht unüblich, wenn sich der oder die Erstgeborene als unwürdig erweist. Allerdings ist es in unseren Adelshäusern auch Gesetz, die Nachkommen, die danach trachten, sich den Titel anzueignen, der ihnen nicht oder nicht mehr zusteht, zu töten.«

Verblüfft und ein wenig entsetzt sah Iliska sie an. »Das ist sehr hart.«

»Ja, vielleicht, aber damit haben wir uns schon so manches Drama um einen Fürstentitel erspart«, sagte Shiree. »Wenn meine Mutter auch nur den geringsten Verdacht gehabt hätte, daß ich meiner Schwester ihr Erbrecht neide und etwas gegen sie im Schilde führe, hätte sie mich auf der Stelle dem Henker übergeben.«

Iliska war bestürzt. »Aber liebt sie dich denn nicht?«

Shiree lächelte. »Meine Mutter liebt meine Schwester und mich über alles«, sagte sie. »Aber in der Geschichte unseres Landes wurde soviel Leid durch Erbstreitereien in den Adelshäusern verursacht, daß, um dem ein Ende zu machen, dieses Gesetz entstand. Auch wenn es meiner Mutter das Herz gebrochen hätte, sie hätte nicht einen Augenblick gezögert.«

Ein paar Minuten lang gingen sie schweigend weiter.

»Vielleicht . . .« sagte Iliska schließlich leise, ». . . vielleicht hätte mein Vater es genauso machen sollen.«

Bevor Shiree darauf etwas erwidern konnte, machte der Weg vor ihnen eine Biegung und dahinter kam die Stadtgrenze in Sicht. Verblüfft blieben sie stehen, als sie die Massenversammlung sahen, die dort auf sie wartete.

»Sag mal, wann schlafen die hier eigentlich?« flüsterte Iliska.

Fast alle Bürger von Mardan schienen auf den Beinen zu sein. Sie waren aufgeregt und redeten wild durcheinander. Einige trugen Fackeln. Als sie Shiree und Iliska sahen, ging ein kollektives Aufatmen durch die Menge.

Ilena löste sich aus der Gruppe und kam auf die beiden zu. »Da seid ihr ja«, sagte sie, und ihre Stimme klang, als wäre gerade eine Last von ihr abgefallen. »Wir wollten schon nach euch suchen.«

Shiree ließ ihren Blick über die Menge schweifen. »Etwa alle?« fragte sie ungläubig. »Meinst du nicht, daß das ein etwas großer Aufwand ist? Iliska und ich können eigentlich ganz gut auf uns selbst aufpassen.«

»Das finde ich allerdings auch!« Eine schneidende Stimme ließ das Gemurmel verstummen. Jenaya trat durch die Menge hindurch, die ihr respektvoll Platz machte. »Merkt ihr eigentlich nicht, wie lächerlich ihr euch macht?« fuhr die Heilerin die Stadtbewohner an. »Selbst wenn die beiden uns verlassen hätten, dann ist das immer noch ihre Entscheidung.«

Ilena trat zu Jenaya. »Du hast gut reden«, sagte sie. »Dir mag es vielleicht egal sein, was Jahr für Jahr hier geschieht, aber uns nicht. Warum hast du die beiden nicht gefragt? Du weißt doch, was für uns davon abhä-«

»Sei still« unterbrach Jenaya. »Ich werde nicht zulassen, daß ihr wieder jemanden sinnlos opfert.«

»Ach, und das entscheidest du?« entgegnete Ilena herausfordernd.

Die beiden standen sich wie Kampfhähne gegenüber. Die Stadtbewohner hielten den Atem an und sahen der Auseinandersetzung gebannt zu.

»Also wenn ihr schon über uns redet, als wären wir nicht anwesend«, bemerkte Shiree spöttisch, »könntet ihr uns doch wenigstens erklären, worum es geht. Vielleicht können wir dann auch etwas zur Entscheidungsfindung beitragen.«

Auf der Stelle wandte sich ihr die allgemeine Aufmerksamkeit zu.

Ilena wollte sprechen, doch Jenaya packte ihren Arm. »Nein, Ilena, dazu habt ihr kein Recht«, zischte sie.

Ilena sah sie kalt an. »Und du hast kein Recht, uns zu hindern«, sagte sie, riß sich von ihr los und trat vor die beiden Kriegerinnen. »Wir brauchen eure Hilfe.«

Shiree sah Iliska mit einem vielsagenden Blick an und sagte dann trocken: »Ach, wirklich? Soweit konnten wir dem Gespräch schon folgen. An welche Art von Hilfe habt ihr denn gedacht?«

»An die eines gut geführten Schwertes«, entgegnete Ilena.

Shiree zog eine Augenbraue hoch. »Korrigiere mich doch bitte, wenn ich mich irre«, sagte sie. »Aber warst nicht du es, die noch vor ein paar Stunden sämtliche Waffen und die, die sie benutzen, zum personifizierten Bösen erklärt hat?«

»Das habe ich so nicht gesagt«, erwiderte Ilena. »Und es war auch nicht meine Absicht, dich und deine Freundin zu beleidigen. Ich wollte nur nicht, daß du meinem Sohn zeigst, wie man kämpft. Er ist dafür noch viel zu jung. Es ist schon schlimm genug, daß er ständig mit ansehen muß, was Margia uns antut.«

»Wer ist Margia?« fragte Iliska.

»Unsere Geißel«, entgegnete Bürgermeister Daries, der inzwischen zu Ilena getreten war.

»Geht's auch etwas weniger kryptisch?« kam es leicht genervt von Shiree, der das Getue der Stadtbewohner schon seit dem frühen Morgen auf die Nerven ging.

»Kommt mit zu mir in meinen Laden«, sagte Ilena. »Da erzählen wir euch alles.«

»Nein!« mischte sich Jenaya ein. »Geht nicht mit ihnen. Wenn ihr ihnen erst einmal zugehört habt, dann seid ihr verloren. Ich bitte euch, verlaßt Mardan, solange ihr es noch könnt.«

Jenayas Stimme klang so beschwörend, daß Shiree und Iliska einen Moment lang unschlüssig stehenblieben.

»Ihr schuldet uns etwas«, wandte sich Ilena beinah verzweifelt an die beiden Kriegerinnen. »Wir haben euch geholfen, jetzt müßt ihr uns helfen. Bitte, hört nicht auf Jenaya.«

Ein paar Augenblicke lang war es so still, daß man eine Stecknadel hätte fallen hören können.

»Wir können nicht einfach gehen, wenn uns jemand um Hilfe bittet«, sagte Shiree schließlich, und Iliska nickte dazu.

Jenaya sank bei diesen Worten in sich zusammen. Mit unverhohlener Verachtung sah sie Ilena und Daries an, dann spuckte sie vor ihnen auf den Boden und ging langsam durch die wartende Menge davon.

»Es begann vor drei Jahren«, begann Ilena, als sie, Daries und die beiden Gefährtinnen in ihrem Wohnzimmer Platz genommen hatten. »Mit Mardan war es immer weiter bergab gegangen, seit sie die Handelsstraße nach Süden verlegt hatten und kaum noch jemand sich zu uns verirrte. Doch dann erhielten wir eines Tages Besuch von jemandem, auf den wir lieber verzichtet hätten.«

Sie unterbrach sich und sah Daries an.

»Die großen Karawanen locken immer wieder Räuberbanden an«, nahm dieser den Faden auf. »Und eine der schlimmsten ist die Bande von Margia.«

»Die Frau von der ihr vorhin gesprochen habt?« unterbrach Shiree.

Ilena nickte. »Margia ist eine ehemalige Söldnerin aus Tarbis, die fand, daß sie als Anführerin einer Bande von Straßenräubern mehr Gold verdienen konnte. Sie versammelte das übelste Geschmeiß um sich, das zwischen Chulat und Thindam zu finden war, und einte sie zu einer der grausamsten und gefürchtetsten Banden, die jemals die Handelsstraßen unsicher gemacht haben. Sie leben in einem gut verborgenen Versteck in den Bergen, aber alle paar Monate kommen sie hierher in die Stadt, um ihre Vorräte aufzustocken und sich zu amüsieren. Margia und ihre Leute bezahlen zwar alles, aber dafür nehmen sie sich auch jegliche Freiheit heraus, wenn sie in der Stadt sind. Sie behandeln uns wie Sklaven, niemand ist vor ihnen sicher.«

»Sie bezahlen alles?« fragte Iliska. »Seltsame Räuberbande.«

»Margia kann sich in keiner zivilisierten Stadt in Chulat mehr blicken lassen, ohne eine Horde Wachen auf dem Hals zu haben«, erklärte Ilena. »Und die Karawanen, die sie zu überfallen pflegt, sind sehr viel besser bewacht, seit sie ihr Unwesen treibt. Sie muß also vorsichtig sein. Deshalb benutzt sie uns, um ohne große Probleme an frische Vorräte und Waffen zu gelangen. Außerdem finden ihre Leute hier Zerstreuung, was die Moral aufrechterhält. Margia gibt uns Gold, und wir beschaffen ihr alles, was sie will. Und dafür läßt sie uns am Leben.«

»Aber warum laßt ihr euch das gefallen?« fuhr Shiree auf.

»Weil wir keine Krieger sind«, sagte Daries bitter. »Wir haben keine Chance gegen Margias Leute.«

»Und weshalb geht ihr dann nicht einfach von hier fort?« fragte

Iliska. »Ihr sagt doch selbst, daß Mardan seine Blütezeit hinter sich hat. Was hält euch denn noch hier?«

»Margia läßt es nicht zu«, sagte Ilena. »Mardan liegt geradezu ideal für sie, hierher verirrt sich kaum noch ein Fremder. Sie hat uns gedroht, wenn wir es wagen sollten, sie zu verraten oder die Stadt zu verlassen, würde sie jeden einzelnen von uns finden und töten.«

»Und das glaubt ihr?« Shiree mußte lachen. »Haltet ihr Margia für einen Dämon, daß ihr ihr tatsächlich zutraut, eine solch absurde Drohung wahrzumachen?«

»Du kennst sie eben nicht«, entgegnete Ilena düster.

Shiree seufzte innerlich. Diese Menschen waren so mutlos und eingeschüchtert, daß sie es sogar glauben würden, wenn Margia ihnen drohte, die finstere Göttin Shankul persönlich zu ihrer Bestrafung zu beschwören.

»Es ist ja nicht nur das«, warf Daries ein. »Einige von uns profitieren durchaus von Margia und ihren Leuten. Keenan, der Besitzer unserer Schenke, zum Beispiel, füllt sich mit dem Gold, das er an den Banditen verdient, die Taschen.«

»Und was erwartet ihr jetzt von uns?« fragte Shiree.

Daries und Ilena sahen die beiden Gefährtinnen vielsagend an.

Iliska gab ein kurzes, ungläubiges Lachen von sich. »Sollen wir etwa gegen Margia und ihre Bande antreten? Das kann nicht euer Ernst sein!«

»Aber ihr seid Krieger, im Gegensatz zu uns«, wandte Daries ein.

Shiree sah die beiden kopfschüttelnd an. »Glaubt ihr wirklich, nur weil wir beide im Umgang mit Waffen geübt sind, können wir es so mir nichts dir nichts mit einer ganzen Räuberbande aufnehmen? Wie naiv seid ihr eigentlich?«

»Aber wir können gegen Margia nichts ausrichten«, erklärte Daries.

»Unsinn«, sagte Iliska. »Jeder Mensch ist grundsätzlich in der Lage, sich zu verteidigen, wenn es sein muß. Ihr müßt nur eure Angst überwinden. Margia hat euch so eingeschüchtert, daß ihr euch gar nichts mehr zutraut.«

»Ja, das hat sie«, sagte Ilena resigniert. »Und wenn ihr uns nicht helfen wollt, dann werden wir ihr weiter ausgeliefert sein.«

Shiree seufzte, sah Iliska an und verständigte sich stumm mit ihr. »Paßt auf«, sagte sie dann. »Wir werden euch helfen, aber dazu brauchen wir eure Unterstützung. Ihr wollt Margia und ihre Leute für immer aus Mardan vertreiben? Gut, aber dann müßt ihr auch dafür kämpfen. Unter unserer Führung.«

Daries und Ilena zögerten.

»Es ist der einzige Weg«, erklärte Iliska. »Überlegt doch mal: Selbst wenn es Shiree und mir gelingen sollte, Margia und ihre Leute so einzuschüchtern, daß sie wieder verschwinden, wer sollte sie daran hindern zurückzukehren, sobald wir fort sind? Nein, sie müssen das Gefühl haben, daß sie hier nicht mehr sicher sind und sie in Mardan nicht mehr das gemachte Nest erwartet, in das sie sich gesetzt haben. Nur dann habt ihr dauerhaft vor ihnen Ruhe.«

Daries nickte schließlich. »Ja, ich fürchte, da habt ihr recht«, gab er zu. »Also gut, wir machen es so, wie ihr es gesagt habt.«

»Sehr schön«, sagte Shiree. »Dann begeben wir uns am besten gleich an die Arbeit. Wann, glaubt ihr, wird sich Margia mit ihren Leuten wieder zeigen?«

Ilena dachte einen Augenblick nach. »Spätestens in fünf Tagen«, sagte sie. »Ich erhielt eine Nachricht von ihr vor einigen Wochen. Deshalb habe ich auch die Lieferung bestellt.«

»Wie viele von euch sind in der Lage, eine Waffe zu führen?« fragte Iliska.

»Ein Schwert haben die meisten von uns schon mal in der Hand gehalten, aber niemand von uns ist darin richtig ausgebildet. Dafür haben wir ein paar gute Bogenschützen für die Jagd in den umliegenden Wäldern«, gab Daries bereitwillig Auskunft.

»Na, das ist doch schon was«, sagte Shiree. »Wie sieht es mit Waffen aus?«

»Da könnte unsere Schmiedin Kelis helfen«, sagte Ilena. »Sie schmiedet und repariert Waffen für Margia und ihre Leute. Da sie gut bezahlt wurde, hatte sie bisher keine Probleme damit, doch seit bei Margias letztem Besuch einer ihrer Leute betrunken über ihre Tochter hergefallen ist, hat sich das Verhältnis merklich abgekühlt. Sie wird uns bestimmt mit den Schwertern aushelfen, die sie bereits fertiggestellt hat.«

Iliska nickte. »Gut«, sagte sie zufrieden. »Wie viele Leute hat Margia?«

»Ungefähr dreißig«, entgegnete Daries. »Und alle gut ausgebildet.«

»Kommt sie immer aus der gleichen Richtung?«

»Ja«, sagte Daries. »Immer von Norden, aus den Bergen.«

Shiree und Iliska erhoben sich.

»Trommelt die Stadtbewohner zusammen«, sagte Shiree. »Sie

sollen sich vor Ilenas Laden versammeln. Wir werden ihnen sagen, was wir vorhaben und diejenigen aussuchen, die für den Kampf gegen Margia brauchbar sind.«

»Danke«, sagte Ilena. »Es bedeutet uns viel, daß ihr uns helft.«

»Hebt euch euren Dank für später auf«, sagte Iliska. »Noch haben wir Margia nicht vertrieben. Und jetzt laßt uns gehen, wir haben noch viel zu tun.«

Im Hinausgehen sah Shiree die Treppe hinauf und genau in Royans Gesicht, der hinter dem Treppengeländer kniete und sie ganz offensichtlich belauscht hatte.

Er starrte sie mit weit aufgerissenen Augen an und schüttelte leicht den Kopf, zum Zeichen, daß sie ihn nicht verraten sollte.

Mit dem Anflug eines Lächelns wandte Shiree den Blick ab und folgte den anderen nach draußen.

Gedankenverloren sah Royan ihr nach. »Vielleicht«, murmelte er nachdenklich vor sich hin. »Vielleicht . . .«

»Das war ja eine wunderbare Rede«, sagte Jenaya voller Ironie, als Shiree und Iliska zu ihrem Haus hinüberkamen, nachdem sie mit den Stadtbewohnern gesprochen hatten.

Nach anfänglichem Zögern und einigen skeptischen Stimmen waren schließlich fast alle damit einverstanden gewesen, gemeinsam mit den beiden Kriegerinnen zu versuchen, Margia und ihre Leute für immer loszuwerden. Kelis, deren Tochter seit dem Übergriff des Banditen das Haus nicht mehr verlassen und kein Wort mehr gesprochen hatte, war sofort einverstanden gewesen, die zwanzig Leute, die Shiree und Iliska ausgewählt hatten, mit Schwertern zu versorgen. Ergänzt wurde die kleine Kampftruppe von acht Bogenschützen. Sie hatten vereinbart, sich am nächsten Morgen auf dem Plateau zu treffen, um dort mit dem Training der kleinen Kampftruppe zu beginnen. Währenddessen würden die übrigen Stadtbewohner alle Straßen mit Barrikaden versehen.

Keenan, der Besitzer der Schenke, war nicht sonderlich begeistert von dem Vorhaben gewesen und hatte alles versucht, die Bürger davon abzubringen. Doch dann hatte Iliska einige sehr deutliche Worte gesprochen, und er hatte sich wutschnaubend zurückgezogen.

Jenayas Zynismus war begreiflicherweise das letzte, was Shiree und Iliska jetzt ertragen konnten.

»Was ist eigentlich dein Problem, Jenaya?« fragte Shiree. »Ist es nicht auch in deinem Interesse, daß die Stadt wieder frei wird?«

Jenaya lächelte nur höhnisch. »Ihr hättet verschwinden sollen, als ihr es noch konntet«, sagte sie. »Wenn Margia erst einmal da ist, dann ist es dafür zu spät.«

»Du traust uns ja sehr wenig zu«, sagte Iliska.

»Oh, das hat nichts mit euch beiden zu tun«, sagte Jenaya, »nur mit dem feigen Pack da draußen. Glaubt ihr wirklich, die werden tatsächlich kämpfen, wenn es ernst wird?«

»Ehrlich gesagt, schon«, erwiderte Shiree. »Es ist schließlich ihre Stadt.«

»Ja«, stieß Jenaya hart hervor. »Das hat Santea auch gesagt.«

»Santea?« fragte Iliska.

Jenaya lächelte bitter. »Das haben sie euch nicht erzählt, was?« sagte sie. »Glaubt ihr denn, ihr seid die ersten, die um Hilfe gebeten wurden?«

Erstaunt hob Shiree eine Augenbraue. »Sind wir nicht?«

»Santea und ihre Schwester Miriam verschlug es vor einem halben Jahr hierher«, fuhr Jenaya fort. »Santea war eine Kriegerin wie ihr, Miriam eine Priesterin des Iliardus. Sie wollten nicht lange bleiben, doch dann erfuhren sie von unserem Problem, und Santea bot ihre Hilfe an. Sie hat auch geglaubt, daß die tapferen Bürger der Stadt an ihrer Seite kämpfen würden, doch als es soweit war und Margia mit ihren Leuten kam, da haben sie die Waffen weggeworfen und sich in ihren Häusern verkrochen. Santea hat sich Margias Bande ganz allein entgegengestellt, aber sie hatte keine Chance gegen so viele. Margia hat sie und ihre Schwester mitten in der Stadt kreuzigen lassen. Seht lieber zu, daß ihr einen Plan B habt, denn wenn ihr euch auf die Mardaner verlaßt, dann wird es euch genauso ergehen.« Sie drehte sich um und lief die Treppe hinauf. Kurz darauf fiel eine Tür geräuschvoll ins Schloß.

»Also das nenne ich einen Abgang«, stellte Shiree trocken fest.

»Meinst du, es stimmt, was sie gesagt hat?« fragte Iliska.

Shiree zuckte die Schultern. »Komm, laß uns nachschauen, ob wir in der Küche noch etwas Brot und Schinken finden. Irgendwie waren wir heute zu beschäftigt, um ans Essen zu denken«, fügte sie mit einem Zwinkern hinzu.

Iliska mußte bei der Erinnerung lächeln. »Ja, mal abgesehen von dem Abend war es ein wundervoller Tag.«

»Oh, der Abend ist noch nicht zu Ende, und vergiß nicht die Nacht«, sagte Shiree mit verheißungsvoller Stimme. »Aber jetzt brauche ich unbedingt etwas zu essen.« Sie nahm Iliskas Hand und zog sie mit sich zur Küche hinüber. Während sie den Vorratsschrank inspizierte, nahm sie das ursprüngliche Thema wieder auf. »Ich glaube nicht, daß Jenaya uns belogen hat. Margia hat die Mardaner ganz schön eingeschüchtert.«

Iliska nahm den Laib Brot, den Shiree ihr reichte, und schnitt nachdenklich zwei Scheiben davon ab. »Bleibt zu überlegen, ob das irgend etwas für uns ändert«, stellte sie fest. Sie fühlte, wie sich Shirees Arme von hinten um sie legten, und lehnte sich ein wenig zurück, so daß sie die Wärme ihres Körpers spüren konnte.

»Sollen wir die Stadt verlassen, Liebste?« fragte Shiree. »Noch können wir einfach gehen.«

Iliska legte das Brotmesser beiseite, drehte sich in Shirees Armen um und sah ihre Geliebte an. »Aber wir haben doch versprochen zu helfen«, gab sie zu bedenken.

»Da kannten wir aber noch nicht alle Einzelheiten«, hielt Shiree dagegen. »Und sie haben uns ganz bewußt die Geschichte mit Santea verschwiegen. Ich halte meine Versprechen in der Regel auch, aber unter solchen Voraussetzungen ...«

»Immerhin war Jenaya ehrlich zu uns«, sagte Iliska. »Und wenn wir jetzt gehen, dann wird auch sie weiter dieser Margia ausgeliefert sein. Und das möchte ich nicht. Ich mag Jenaya.«

Shiree zog die Augenbrauen hoch. »Oh, du magst sie«, sagte sie gedehnt. »Muß ich etwa eifersüchtig sein?«

Iliska lächelte. »Nicht im mindesten«, sagte sie, und dann küßte sie Shiree lange und ausgiebig. »Überzeugt dich das?« fragte sie in einer kleinen Atempause.

»Noch nicht ganz«, sagte Shiree mit einem wohligen Seufzer, »auch wenn deine Argumente nicht zu verachten sind.«

»Na, wenn das so ist«, sagte Iliska gedehnt, »hätte ich da noch ein paar ganz spezielle auf Lager. Aber die kann ich dir schlecht hier in der Küche zeigen.«

»Irgendwie habe ich plötzlich so gar keinen Hunger mehr«, sagte Shiree, vergrub ihr Gesicht in Iliskas Halsbeuge und begann, sich mit zärtlichen Küssen zu ihrem Brustansatz vorzuarbeiten.

Iliska stöhnte leise, als auch Shirees Hände zu wandern begannen, leicht über ihren Bauch strichen und dann zu ihren Hüften hinunterglitten. »Warte«, bat sie mit letzter Kraft, als sie die Hitze fühlte, die in ihr aufstieg. Wenn sie zuließ, daß Shiree jetzt weitermachte, dann konnte es durchaus sein, daß Jenaya mitten in der Nacht erwachte und entdecken mußte, daß ihre Küche zweckentfremdet wurde.

Shiree hielt inne, sah zu Iliska auf und grinste. »Hast du Angst, daß Jenaya uns erwischt?«

»Na ja«, begann Iliska leicht verlegen, »ich meine ja nur . . .«

»Keine Sorge, Liebste«, sagte Shiree und legte ihr sanft einen Finger auf die Lippen. »Ich würde dich niemals in eine peinliche Situation bringen. Aber laß uns jetzt ganz schnell in unser Zimmer gehen, sonst kann ich für nichts garantieren.«

»Dein Wunsch ist mir Befehl«, sagte Iliska, nahm Shirees Hand und zog sie mit sich.

Sie schafften es gerade noch, ihr Zimmer zu erreichen und die Tür fest hinter sich zu verschließen, bevor sie sich auf das Bett sinken ließen, um für den Rest der Nacht Mardan und die Gefahr, die sie erwartete, vollständig zu vergessen.

Shiree und Iliska kamen am nächsten Morgen überein, in der Stadt zu bleiben und ihr Versprechen zu erfüllen. Selbst wenn es zum Schlimmsten kam und die Mardaner sich tatsächlich als die Feiglinge entpuppen würden, für die Jenaya sie hielt, so waren sie immer noch zu zweit und konnten auf ihre eigenen Fähigkeiten ebenso vertrauen, wie sie sich aufeinander verlassen konnten. Abgesehen davon sahen sie die Chance, daß sie das Selbstvertrauen der Stadtbewohner während des gemeinsamen Trainings soweit aufbauen konnten, daß die Männer und Frauen von Mardan diesmal nicht aufgeben würden.

Doch schon bald mußten sie einsehen, daß sie wohl zuviel von den Mardanern erwartet hatten. Zwar stellte sich die ausgewählte Gruppe nicht allzu ungeschickt an, die schlechte Stimmung, die von Anfang an herrschte, war jedoch nicht einmal mit Shirees beständiger guter Laune zu durchbrechen.

Die Tage vergingen, und die Kämpfer machten unter Shirees und Iliskas fachkundiger Leitung gute Fortschritte. Nur die Stimmung blieb nach wie vor gespannt. Als Margias voraussichtliche Ankunft immer näher rückte, beschäftigte Shiree sich weiter mit der Ausbildung ihres kleinen Kampftrupps, während Iliska von den

Stadtbewohnern, die nicht zum Kämpfen taugten, Barrikaden errichten ließ. Doch auch hier war der allgemeine Pessimismus zu spüren.

»Die Barrikaden sind viel zu tief«, sagte Keenan, der zwar selbst keinen Finger rührte, es sich aber nicht nehmen ließ, die Bemühungen der übrigen Stadtbewohner ständig zu kritisieren. »Da springen sie mit ihren Pferden doch mit Leichtigkeit drüber.«

»Genau das sollen sie ja auch«, entgegnete Iliska ungerührt, »und wenn sie erst einmal drin sind, lassen wir die Barrikaden in Flammen aufgehen, und sie sitzen in der Falle. Und dann kommen die Bogenschützen zum Zuge.«

»Sitzen in der Falle!« echote Keenan in leicht verächtlichem Ton. »Wenn hier jemand in der Falle sitzen wird, dann wir.«

Iliska schloß für einen Moment die Augen und zählte im Geiste langsam bis zehn. Es fiel ihr zunehmend schwerer Keenans ständige Kritik zu ertragen, zumal sie nicht ohne Wirkung auf die übrigen Mardaner blieb.

In den vergangenen fünf Tagen hatten sie und Shiree Schwerstarbeit geleistet. Sie hatten es geschafft, aus der kleinen ungeübten Kampftruppe eine recht schlagkräftige Gruppe zu machen, die sie zumindest unterstützen konnte. Als das Schwierigste von allem erwies es sich jedoch, den Kampfwillen der Mardaner aufrechtzuerhalten, und Keenan wurde allmählich zu einem echten Problem.

Ilenas Lieferung war inzwischen eingetroffen, doch mußte das geschehen sein, als Shiree und Iliska mit ihren Leuten auf dem Übungsplatz gewesen waren, denn sie hatten das Kommen und Gehen der Fuhrleute nicht einmal bemerkt.

Als Shiree am späten Nachmittag mit den Leuten des Kampftrupps vom Plateau herunterkam, war Iliska mit ihrer Geduld am Ende.

»Alles in Ordnung, Liebste?« fragte Shiree, als sie Iliskas finsteren Gesichtsausdruck sah. »Ihr seid ja fertig geworden mit den Barrikaden«, setzte sie anerkennend hinzu und ließ ihren Blick über die gut plazierten Hindernisse gleiten.

»Ja und Keenan kann von Glück sagen, daß er es überlebt hat«, knurrte Iliska. »Noch ein Wort von diesem Wicht, und ich vergesse mich. Die Mardaner lassen sich von ihm nur zu gern entmutigen. Hoffentlich taucht Margia bald hier auf. Ich glaube nicht, daß ich diesen Haufen von selbstmitleidigen Schwachköpfen noch lange ertragen kann.«

»Ich hätte auch nichts dagegen«, sagte Shiree, die sich von dem beständigen Gejammer und Genörgel auf dem Trainingsplatz nicht weniger genervt fühlte.

Wie auf Bestellung tauchte in diesem Augenblick Royan hinter der nördlichen Barrikade auf, kletterte geschickt hinüber und rief dabei: »Sie kommen! Sie kommen!«

Shiree und Iliska handelten sofort. Es dauerte nicht lange, und alles war bereit. Die Bogenschützen waren auf den Dächern und in den oberen Etagen der zweistöckigen Häuser plaziert, die Fackeln für die Barrikaden wurden bereitgehalten, und die Kämpfer hatten sich auf der Straße verteilt, die Schwerter wohl verborgen unter ihren Mänteln.

Genau wie Ilena gesagt hatte, näherte sich Margia mit ihrer Bande von Norden. Es waren insgesamt achtundzwanzig Männer und Frauen, die mit Schwertern und Äxten bewaffnet waren.

Margia selbst ritt vorneweg, eine grimmig aussehende Frau in mittleren Jahren, mit an den Seiten bereits leicht ergrautem Haar. Als sie die Barrikade sah, die den Weg in die Stadt versperrte, zügelte sie ihr Pferd und gab ihren Leuten ein Zeichen anzuhalten. »Was soll das?« herrschte sie die Bürger von Mardan an. »Wer ist für diesen Unsinn verantwortlich?«

»Wir!« sagte Shiree und sprang gefolgt von Iliska auf die Barrikade.

Margia musterte die beiden mit hochgezogenen Augenbrauen. »Und ihr seid?« fragte sie.

»Zwei, die dafür sorgen werden, daß du Mardan nie wieder betrittst«, entgegnete Shiree. »Die Bürger sind es leid, sich von euch terrorisieren zu lassen.«

»Ach?« sagte Margia spöttisch. »Und das können sie uns nicht selbst sagen, sondern beauftragen dafür zwei halbe Portionen wie euch?«

Shiree lächelte süß. »Das Aussehen täuscht oft«, sagte sie im Plauderton. »Du, zum Beispiel, siehst aus wie ein alter Bauerntrampel, aber ich hab mir sagen lassen, daß du zu kämpfen verstehst, zumindest wenn du eine Horde Schläger im Rücken hast.«

Margia wurde bleich vor Wut bei dieser Beleidigung, und ihre Hand fuhr zu ihrem Schwert. Im nächsten Moment war das beinah simultane Geräusch von zwei Klingen zu hören, die aus den Halftern fuhren, und gleich darauf zeigten die Spitzen von Iliskas und Shirees Waffen auf Margias Brust, bevor sie ihr Schwert auch nur berührt hatte.

Margias Leute griffen ebenfalls zu ihren Waffen, doch als sie die

Hand hob, verharrten sie in der Bewegung. »Es scheint euch ja wirklich ernst zu sein!« rief sie den Mardanern zu. »Wir werden noch sehen, wie lange euer fester Entschluß anhält. Für dieses Mal habt ihr gewonnen, wir ziehen uns zurück. Aber so leicht werdet ihr uns nicht los. Wir kommen wieder, nicht heute und auch nicht morgen, aber schon sehr bald, und dann werdet ihr diese Barrikaden für uns einreißen, oder jeder einzelne Bürger von Mardan wird es mit seinem Leben bezahlen!« Ohne eine Antwort abzuwarten, zog sie heftig am Zügel ihres Pferdes und ritt mit ihren Leuten den Weg zurück, den sie gekommen waren.

Royan, der aus einem Versteck alles beobachtet hatte, schloß die Augen und seufzte.

Iliska und Shiree sahen der Bande beunruhigt nach. Mit einer solchen Reaktion hatten sie nicht gerechnet, doch es war offensichtlich, was Margia damit bezweckte. Natürlich kannte sie die Bürger von Mardan gut genug, um zu wissen, daß es nur eine Frage der Zeit war, bis ihre Feigheit wieder die Oberhand gewinnen würde.

Unter den Stadtbewohnern erhob sich bereits lautes Gemurmel.

»Da habt ihr es!« trumpfte Keenan auf. »Ich habe doch gleich gesagt, daß dieses ganze Vorhaben unsinnig ist. Am besten, ihr holt Margia sofort zurück, und dann reißen wir die Barrikaden ein. Sie wird wütend sein, aber wenigstens bleiben wir dann am Leben!« Zur Bekräftigung trat er vor und machte sich daran ein Brett aus der Barrikade zu zerren.

Iliska packte seinen Arm, ihre Faust schoß vor, und im nächsten Moment flog Keenan die Straße hinunter. »Es reicht!« brüllte sie. »Begreift ihr denn nicht, was Margia bezweckt? Sie ist fortgeritten, weil sie gemerkt hat, daß es euch ernst war. Und jetzt versucht sie, eure Angst gegen euch auszuspielen, weil sie sich anders nicht zu helfen weiß. Wenn ihr jetzt durchhaltet, dann haben wir eine Chance, sie zu besiegen, wenn sie zurückkommt.«

»Und was ist bis dahin?« fragte Daries mit zweifelnder Stimme. »Sollen wir etwa rund um die Uhr wach bleiben? Sie ist doch jetzt gewarnt und kann uns jederzeit angreifen.«

»Wir richten einen Wachdienst ein«, rief Shiree. »Margia braucht die Vorräte, die ihr hier habt, sie kann es sich nicht leisten, lange zu warten. Oder aber sie überlegt es sich anders und geht gleich dorthin, wo sie weniger Widerstand zu erwarten hat.« Das wagte sie zwar zu bezweifeln, doch es konnte nicht schaden, den Mardanern ein wenig Hoffnung zu machen.

Die Menge löste sich schließlich auf, doch ein Teil der Stadtbewohner, unter ihnen auch der Kampftrupp, folgte Keenan in die Schenke.

»Na, wunderbar«, sagte Shiree grimmig. »Da werden sie dann sitzen und trinken und sich von ihm einlullen lassen.«

»Komm, laß uns zu Jenaya gehen«, bat Iliska. »Wir sollten ihr sagen, was geschehen ist.«

Jenaya saß im Wohnzimmer ihres Hauses und wartete auf ihre Gäste. Sie hatte sich zwar kategorisch geweigert, an der Verteidigung der Stadt teilzunehmen, doch an ihrem freundschaftlichen Verhältnis zu den beiden hatte das nichts geändert.

Als sie Royans Ruf gehört hatte, war ihre Neugier letztendlich stärker gewesen, und sie hatte von ihrer Veranda aus alles mit angesehen. Natürlich war auch ihr klar, warum Margia darauf verzichtet hatte, die Stadt zu stürmen. Sie war leise zurück ins Haus gegangen und hatte nachgedacht, und als sie Iliska und Shiree kommen hörte, war ihr Plan gefaßt. »Es lief nicht so gut, nicht wahr?« sagte sie, als die beiden eintraten, und es lag diesmal keinerlei Spott in ihrer Stimme.

»Nicht wirklich«, sagte Iliska seufzend und ließ sich auf eine kleine gepolsterte Liege fallen.

Shiree setzte sich neben sie und legte ihr den Arm um die Schultern. »Es sind achtundzwanzig Leute, und sie sind recht gut bewaffnet«, sagte sie. »Es wird nicht leicht sein, aber vielleicht schaffen wir es, allein mit ihnen fertig zu werden. Wenn wir innerhalb der Stadt ein paar Fallen anlegen, könnten wir sie vielleicht –«

»Nein«, unterbrach Jenaya. »Ich habe einen besseren Vorschlag. Ilena besitzt zwei Pferde; die hole ich euch, und ihr verschwindet aus der Stadt. Und dann können diese Feiglinge die Barrikaden einreißen und Margia in den Hintern kriechen. Früher oder später werden sie es ohnehin tun, und so bleibt ihr wenigstens am Leben. Bitte, ich möchte nicht mit ansehen müssen, wie sie euch töten«, flehte sie mit Tränen in den Augen.

»Das können wir nicht, Jenaya«, sagte Iliska. »Wir haben es angefangen, und wir bringen es zu Ende. Auch wenn die anderen es vielleicht nicht wert sind, du bist es auf jeden Fall.«

Doch Jenaya schüttelte den Kopf. »Wenn euch wirklich etwas an mir liegt, dann flieht aus der Stadt«, bat sie. »Ihr wißt ja nicht, wozu Margia fähig ist.« Sie blickte verzweifelt von Iliska zu Shiree. »Margia ließ Santea ans Kreuz schlagen«, flüsterte sie. »Es dauerte drei Tage, bis sie starb, und diese Schweine haben nicht einmal zugelassen, daß ich ihr Wasser gab. Sie haben nur danebengestanden und gelacht.« Sie konnte die Tränen nicht mehr zurückhalten, die Erinnerung an das schreckliche Geschehen war einfach zuviel für sie.

Iliska stand auf, setzte sich neben sie und nahm sie tröstend in den Arm.

Shiree erhob sich ebenfalls. »Ich muß den Wachdienst für heute nacht noch einteilen«, sagte sie leise zu Iliska, »bevor sie alle zu betrunken sind. Ich würde das ja gern auf Morgen verschieben, aber wer weiß, ob Margia nicht doch noch heute nacht zurückkommt. Kümmerst du dich um Jenaya?«

Iliska nickte. »Geh nur«, sagte sie. »Ich bleibe bei ihr.«

Als Shiree von der Schenke zurückkam, kochte sie vor Wut. Es hatte nicht viel gefehlt und sie hätte Keenan mit ihrem Schwert Manieren beigebracht. Sie hatte den Wachdienst für diese Nacht organisiert, auch wenn sie sich nicht sicher war, ob die Männer und Frauen, die sie dafür eingeteilt hatte, nicht eher die Barrikaden einreißen würden, als sie zu bewachen. Der Stimmungsumschwung war deutlich zu spüren gewesen, und für einen Augenblick der Schwäche dachte Shiree tatsächlich daran, Jenayas Angebot anzunehmen, und sich und Iliska mit Ilenas Pferden in Sicherheit zu bringen. Vor allem der Gedanke an Iliska ließ dieses Vorhaben verlockend erscheinen. Sie liebte sie und wollte ihr Leben mit ihr verbringen. Waren es die feigen Bürger von Mardan wirklich wert, ihre gemeinsame Zukunft für sie zu riskieren?

Shiree blieb stehen und sog für ein paar Augenblicke tief die kühle Abendluft ein. Sie sehnte sich nach Iliskas Nähe. Hoffentlich war es ihrer Gefährtin gelungen, Jenaya etwas zu beruhigen. Der Gedanke an die Heilerin brachte ihr wieder in Erinnerung, warum sie in der Stadt blieben und sich diesem beinah aussichtslosen Kampf stellten.

Und außerdem war da noch jemand, dem sie helfen wollte. Shiree fragte sich, warum Royan sie in den letzten Tagen so konsequent gemieden hatte. Hatte er solche Angst vor seiner Mutter, daß er sich strikt an ihr Verbot hielt? Shiree lächelte, als sie sich an ihre eigene Kindheit erinnerte, in der Gehorsam eine eher untergeordnete Rolle gespielt hatte.

Eine Hand berührte ihre Schulter und riß sie aus ihren Gedanken. Blitzschnell fuhr Shiree herum, erkannte aber gerade noch rechtzeitig, wer da hinter ihr stand. »Royan«, rief sie überrascht. »Warum schleichst du dich so an? Ich hätte dich verletzen können! Mach das nie wieder!«

Royan lächelte. »Es tut mir leid«, sagte er.

»Schon gut«, sagte Shiree und erwiderte das Lächeln. »Es freut mich, dich zu sehen. Hat Ilena ihr Verbot endlich aufgehoben?«

»Nein«, erwiderte Royan. »Aber das ist ohne Bedeutung. Ich muß mit dir reden.«

Shiree runzelte die Stirn. Sie fand, daß seine Stimme auf einmal viel reifer und erwachsener klang, so daß sie plötzlich das Gefühl hatte, einen Gleichaltrigen vor sich zu haben. »Wenn du willst«, sagte sie. »Laß uns zu Jenaya hinüber-«

»Nein«, fiel Royan ihr ins Wort. »Ich muß dir auch etwas zeigen, damit du mir glaubst. Komm einfach mit mir. Es gibt einiges, das du wissen mußt.«

Als sie die Straße zum Plateau hinaufschlenderten, fragte Shiree: »Was wolltest du mir sagen, Royan?«

»Erst einmal möchte ich dich bitten, mir zu vertrauen«, entgegnete Royan. »Das ist sehr wichtig.«

Shiree nickte. »Einverstanden.«

»Und hör mir einfach nur zu, und unterbrich mich nicht, auch wenn das, was ich dir sagen werde, seltsam klingen wird«, bat der Junge.

Shiree versprach auch das.

»Gut«, sagte Royan. »Du und Iliska, ihr könnt Margia und ihre Leute nicht besiegen.«

Shiree blieb stehen. Ihr Kopf fuhr mit einem Ruck zu Royan herum. Sie wollte etwas sagen, dachte dann jedoch an ihr Versprechen und schwieg.

»Jenaya hat euch von Santea erzählt«, begann er wieder zu sprechen, während sie ihren Weg fortsetzten. »Sie war nicht die einzige die durch die Feigheit der Bürger von Mardan sterben mußte. Ihre Schwester Miriam wurde ebenfalls gekreuzigt. Kurz bevor sie starb, rief Miriam ihren Gott Iliardus an, Gerechtigkeit walten zu lassen und die Mardaner für ihren Verrat zu bestrafen. Iliardus erhörte sie. Er bannte die Stadt Mardan und Margias Räuberbande in eine andere Dimension, ein Gefängnis jenseits von Zeit und Raum, das sie nicht verlassen können. Dort sind sie dazu verurteilt, wieder und wieder den Verrat zu durchleben, bis jemand kommen wird, der sie von diesem Fluch erlösen kann. Rings um sein Heiligtum Ardopolis schuf Iliardus Dimensionsfallen. Für die meisten der Pilger und Reisenden, die dorthin kommen, sind sie harmlos, doch wenn Krieger dort hineingeraten, teleportiert es sie direkt hierher. Früher waren es viele, aber in der letzten Zeit kommen nur noch sehr wenige.«

Shiree horchte auf. Die Tempelanlage von Ardopolis war doch schon seit langem zerstört. Wußte Royan das nicht? Doch sie schluckte die Frage hinunter und ließ den Jungen weiterreden.

»Jedes Mal, wenn sich wieder ein Krieger in eine solche Falle verirrt hat und nach Mardan kommt, spielt sich das gleiche ab«, berichtete Royan weiter. »Die Bürger bitten um Hilfe, die Krieger erklären sich bereit, und wenn es darauf ankommt, lassen die Mardaner sie im Stich, und sie werden von Margia gekreuzigt. Es spielt dabei keine Rolle, wie mächtig die Krieger sind oder wie gut sie zu kämpfen verstehen, denn sie können Margias Leute nicht töten, solange nicht wenigstens einer der Mardaner an ihrer Seite kämpft. Und das ist bis jetzt noch niemals geschehen. Die Mardaner wissen nichts von dem Fluch, sie wissen nichts davon, daß sie in einer ewigen Wiederholung der Tage von damals leben, und sie vergessen jeden dieser gescheiterten Krieger in dem Moment, in der er stirbt. Nur der erste Verrat, den sie an Santea und ihrer Schwester begingen, ist ihnen im Gedächtnis geblieben. Und sie haben auch keine Ahnung, daß seither mehr als sechshundert Jahre vergangen sind.«

Shiree war sprachlos.

»Das war es, was ich dir erklären mußte«, sagte Royan. »Wenn du Fragen hast, dann kannst du sie jetzt stellen.«

»Warum erinnerst du dich an alles? Wenn keiner der anderen es mehr weiß?«

»Ich war das einzige Kind, das damals noch in Mardan lebte, nachdem so viele Bürger fortgezogen waren«, sagte Royan. »In den Augen von Iliardus sind Kinder unschuldige Wesen, deshalb traf mich der Fluch nur bedingt. Ich bin der einzige in Mardan, der sich an alles erinnert. Doch für mich ist das eine schwerere Bürde, als der stetige Kreislauf des Vergessens für die Mardaner. Und es fällt nicht leicht, noch immer für alle das Kind zu spielen, denn körperlich habe ich mich ebenso wenig verändert, wie die anderen.«

Sie hatten inzwischen das Plateau erreicht und betraten einen kleinen, zwischen den Felsen verborgenen Pfad, der weiter bergauf führte.

»Das ist wirklich keine Geschichte die einfach zu glauben ist«, sagte Shiree. »Aber gesetzt den Fall, du sagst die Wahrheit. Warum erzählst du sie mir? Hast du die anderen Krieger auch gewarnt? Und hast du nie versucht, deinen Leuten alles zu erzählen und ihnen zu sagen, daß sie selbst es in der Hand haben, den Fluch zu brechen?«

Royan seufzte.

»Natürlich habe ich das«, erklärte er. »Doch es hat mir niemand zugehört, geschweige denn geglaubt. Nicht einmal meine Mutter. Und bei den Kriegern, die uns helfen wollten, war es genauso. Keiner hat mich ernst genommen, keiner wollte mich auch nur anhören. Mit der Zeit kam mir der Gedanke, daß auch dies ein Teil des Fluches war, denn sonst wäre es für uns ja nur allzuleicht gewesen, uns von ihm zu befreien. Jeden Tag flehte ich Iliardus an, uns zu vergeben und den Fluch von uns zu nehmen. Lange Zeit antwortete er mir nicht, doch dann erhielt ich endlich ein Zeichen.«

»Und das hatte mit Iliska und mir zu tun?« mutmaßte Shiree.

»In gewisser Weise schon, wie ich jetzt weiß«, entgegnete Royan. »Als ich vor einigen Tagen vom Brunnen Wasser holte, sah ich auf einmal das Bild eines seltsam geformten Schwertes auf der Wasseroberfläche. Die Erscheinung war nur kurz, doch sie prägte sich mir dennoch ein. Erst konnte ich damit nichts anfangen, doch dann kamt ihr beide in unseren Laden, und ich erkannte in deiner Waffe jenes Schwert wieder. Da wußte ich, daß Iliardus mich endlich erhört hatte.«

»Ja, das hat er wohl«, sagte Shiree. »Denn ich höre dir nicht nur zu, ich glaube dir auch.«

Royan schenkte ihr ein kleines Lächeln.

Inzwischen hatten sie das Ende des Pfades erreicht und standen vor einem Höhleneingang. Als sie die Dunkelheit dahinter betraten, begann die Gestalt des Jungen zu leuchten und den Gang vor ihnen zu erhellen.

»Bist du ein Geist?« fragte Shiree erstaunt.

»Ja und nein«, entgegnete Royan. »Wir alle besitzen hier nicht mehr unsere normalen Körper. Der Unterschied ist, daß die anderen Mardaner das nicht wissen und ihre Körper daher auch nicht beeinflussen können, so wie ich es tue.«

Shiree bemerkte, daß es kälter wurde; die Wände des Ganges

glitzerten von Reif und schließlich war es Eis, das sie unter ihren Füßen spürte. Von weitem sah sie ein Schimmern, das heller wurde, je näher sie ihm kamen. Schließlich standen sie vor dem Eingang zu einer weiteren Höhle, und als sie sie betraten, stockte ihr beinah der Atem. Die Höhle war riesig, und in ihr standen, aufgereiht wie Soldaten, unzählige mannshohe Eisblöcke. »Was ist das?« fragte sie.

»In diesen Eisblöcken sind die Seelen der Krieger eingeschlossen, die versagten«, erklärte Royan. »Dort müssen sie in ewiger Kälte und Finsternis ausharren, bis jemand es schafft, den Fluch zu brechen.«

Shiree spürte, wie ein Schauder über ihren Körper lief, und das nicht nur von der Kälte. Sie trat näher an den ersten Eisblock heran und erkannte die Gestalt einer hochgewachsenen, blonden Frau, die mit geschlossenen Augen reglos inmitten des Eises stand.

»Das ist Santea«, sagte Royan. »Die erste, die versagte, und die erste, die der Fluch traf.«

Shiree warf noch einen Blick auf einige der anderen Eisblöcke und die leblosen Gestalten in ihnen, doch dann wurde ihr bewußt, daß sie hier vielleicht ihr eigenes Schicksal vor sich hatte und wandte sich ab.

»Es tut mir leid, daß ich dir das nicht ersparen konnte«, sagte Royan verständnisvoll. »Aber ich mußte sichergehen, daß du mir glaubst.«

Shiree seufzte. »Was können wir tun?« fragte sie mutlos. »Wenn so viele schon versagten, wie können wir dann diese Feiglinge zum Kampf bewegen?«

»Es genügt ein einziger«, sagte der Junge. »Und es gibt einen Weg, doch keiner der anderen vor euch konnte ihn sehen. Aber du und Iliska, ihr seid anders. Ihr werdet es herausfinden.«

»Was ist mit dir?« fragte Shiree. »Du könntest doch mit uns kämpfen?«

Doch Royan schüttelte traurig den Kopf. »Ich bin zu jung und noch zu schwach. Ein Schwert könnte ich kaum halten, geschweige denn führen.« Er nahm Shirees Hand, und einen Augenblick später befanden sie sich wieder in Mardan. »Geh jetzt zu Iliska, und sprich mit ihr«, bat er. »Und dann tut das Richtige. Sechshundert Jahre sind eine lange Zeit. Wir alle sind müde ...« Mit diesen Worten drehte er sich um und ging zurück zum Laden seiner Mutter.

Als Shiree Jenayas Haus betrat, saß Iliska allein im Wohnzimmer und wartete auf sie. Noch ganz unter dem Einfluß dessen, was sie gerade gehört und gesehen hatte, ging Shiree auf ihre Gefährtin zu und schloß sie fest in die Arme.

»Alles in Ordnung, Liebste?« fragte Iliska, als Shiree keine Anstalten machte, sie loszulassen.

Shiree löste sich widerstrebend ein Stück von ihrer Geliebten. »Wie geht es Jenaya? Hat sie sich wieder beruhigt?«

Iliska nickte. »Ja, sie schläft jetzt. Es ist wirklich eine traurige Geschichte. Weißt du, Jenaya und Santea waren ein Paar. Sie verliebten sich ineinander, und Jenaya wollte mit Santea und Miriam die Stadt verlassen. Aber sie hatte ein schlechtes Gewissen, weil sie die anderen in der Gefahr zurücklassen würde. Also erklärte sich Santea ihr zuliebe bereit, den Mardanern im Kampf gegen Margia zu helfen. Deshalb haßt Jenaya die Stadtbewohner so sehr; sie sind für den Tod ihrer Geliebten verantwortlich. Aber sie macht sich auch selbst Vorwürfe, weil sie nicht einfach mit Santea fortgegangen ist.«

Shiree nickte nachdenklich. Ihr war inzwischen auch klargeworden, weshalb Jenaya sich so merkwürdig verhielt. »Die Feigheit der Mardaner ist für weitaus mehr verantwortlich«, sagte sie.

»Wie meinst du das?« fragte Iliska.

»Ich habe Royan auf dem Rückweg hierher getroffen«, sagte Shiree. »Und er hat mir das Geheimnis dieser Stadt offenbart. Die Dinge sind hier nicht so wie sie scheinen.« Shiree berichtete ihrer Gefährtin alles, was sie von Royan erfahren hatte.

Bestürzt lauschte Iliska. Als Shiree geendet hatte, schwiegen die beiden eine ganze Weile.

»Ich habe ja geahnt, daß hier irgend etwas Merkwürdiges vor sich geht, aber damit habe ich nicht gerechnet«, sagte Iliska schließlich. »Und diese Eisblöcke enthielten tatsächlich die gefangenen Krieger?«

Shiree nickte. »Es waren unzählige. In sechshundert Jahren kommt einiges zusammen.«

»Und wir könnten bald ein Teil dieser Sammlung sein«, stellte Iliska düster fest.

Shiree ließ ihren Kopf an Iliskas Schulter sinken. »Ich hätte nichts dagegen, die Ewigkeit mit dir zu verbringen«, flüsterte sie.

»Aber ein bißchen anders hätte ich mir das schon vorgestellt.«

Trotz ihrer Besorgnis mußte Iliska lächeln. »Du verlierst deinen Humor wohl nie?« fragte sie.

Shiree erwiderte das Lächeln liebevoll. »Wenn ich das jemals tue, dann kannst du dir ernsthafte Sorgen machen.«

»Und wie lösen wir jetzt das Problem?« fragte Iliska.

»Ich fürchte, die Mardaner können wir vergessen«, sagte Shiree. »Hätte Margia sofort angegriffen, hätten wir vielleicht eine Chance gehabt, aber dieses Miststück wußte ganz genau was sie tat, als sie sich erstmal zurückzog. Die Hälfte der Stadtbewohner sitzt jetzt drüben in Keenans Schenke und besäuft sich, während die andere Hälfte zitternd in ihren Häusern hockt. Selbst wenn Margia jetzt sofort zurückkommen würde, hätte sie schon leichtes Spiel, geschweige denn in ein paar Tagen. Aber Royan sprach von –«

Von draußen erhob sich plötzlich Lärm. Es waren krachende und scheppernde Geräusche, dazwischen laute Rufe und Gebrüll.

Shiree sprang auf. »Es geht schon los. Komm, rasch!«

Sie liefen auf die Straße hinaus und erkannten schon von weitem, was geschehen war. Eine ganze Horde Mardaner stand vor der nördlichen Barrikade und war dabei, sie unter Keenans Führung einzureißen.

»He! Seid ihr verrückt geworden?« schrie Iliska. »Was soll denn das?«

»Was das soll?« rief Keenan und lief den beiden heranstürmenden Kriegerinnen ein Stück entgegen. »Wir machen dieses Spiel nicht länger mit! Es war von Anfang an eine dumme Idee, Margia herauszufordern, und wir werden nicht warten, bis sie zurückkommt und uns alle umbringt!«

Shiree sah zu der Menge hinüber, die in ihren Bemühungen, die Barrikade zu zerstören, innegehalten hatte und den Wortwechsel verfolgte. Auf den Gesichtern der Menschen lag ein ängstlicher, gespannter Ausdruck, aller Mut schien sie verlassen zu haben. »Daries?« rief sie, als sie auch den Bürgermeister unter ihnen erkannte. »Du auch?«

Daries fuhr sich mit einer Hand verlegen durch den Bart. Er konnte den beiden Kriegerinnen nicht in die Augen sehen, als er jetzt sprach. »Keenan hat recht«, sagte er so leise, daß Shiree und Iliska ihn kaum verstehen konnten. »Wir haben keine Chance gegen Margia. Es ist sinnlos, sich ihr zu widersetzen.«

»Na, das fällt euch ja verdammt früh ein!« rief Iliska. »Dann wollt ihr euch also für alle Ewigkeit von ihr versklaven lassen?«

Daries wandte den Blick ab. Er packte einen Stuhl, zerrte ihn aus der Barrikade und schmetterte ihn zur Seite. »Wir haben keine Wahl!« brüllte er.

Zustimmendes Gemurmel von allen Seiten erhob sich.

»Genau das habe ich vorausgesehen.« Jenaya war von dem Lärm wachgeworden und unbemerkt herangekommen. Ihr Gesicht war eine Mischung aus Verachtung und Triumph.

Shiree betrachtete die Heilerin nachdenklich. Sie dachte an das, was Royan ihr gezeigt und was Iliska ihr kurz zuvor noch erzählt hatte, und plötzlich kam ihr ein Gedanke. »Iliska«, flüsterte sie Iliska zu. »Was auch immer ich jetzt tun werde, bitte vertrau mir.«

Überrascht sah Iliska ihre Geliebte an, doch Shiree war bereits auf Jenaya zugegangen und blieb dicht vor ihr stehen. »Du hast es nötig«, fauchte sie sie an. »Für wen hat Santea denn das alles getan?«

Sprachlos starrte die Heilerin Shiree an. Dann verschwand die Verachtung aus ihrem Gesicht und machte einem so schmerzlichen Ausdruck Platz, daß Shiree wußte, daß sie mit ihrer Bemerkung ins Schwarze getroffen hatte. »Du hast es dir nie verziehen, nicht wahr?« fuhr Shiree etwas sanfter fort. »Nicht, daß du Santea nicht helfen konntest, sondern daß du sie überredet hast, hierzubleiben und den Bewohnern von Mardan zu helfen. Du gibst dir selbst die Schuld an allem was passiert ist.«

Jenaya sank in sich zusammen. »Ich habe sie so sehr geliebt«, flüsterte sie. »Nur meinetwegen hat sie sich auf diesen Kampf eingelassen. Ich allein bin schuld an ihrem Tod. Und ich war nicht einmal an ihrer Seite.« Tränen strömten über das Gesicht der Heilerin.

»Du haßt jeden einzelnen hier für das, was damals geschehen ist«, sagte Shiree. »Aber am meisten haßt du dich selbst.«

Von ihren Schuldgefühlen überwältigt, konnte Jenaya nur nicken. »Und jetzt wiederholt sich alles«, murmelte sie. »Margia wird kommen, und wieder werden Menschen sterben, an denen mir etwas liegt. Und ich kann nichts dagegen tun.«

»Nein, diesmal wird es anders sein«, erklärte Shiree. »Iliska und ich werden nicht warten, bis Margia zurückkommt und wir wie Ratten in der Falle sitzen. Wir werden ihr Lager vor der Stadt angreifen.«

Die Mardaner, die bis zu diesem Moment schweigend zugehört hatten, begannen wild durcheinanderzureden, doch weder Shiree noch Jenaya achteten darauf.

Entsetzt sah die Heilerin Shiree an. »Aber das wäre euer sicherer Tod.«

»Dann komm mit uns«, beschwor Shiree sie und wandte sich dann an die Mardaner ringsum. »Kommt alle mit uns! Wenn wir Margia jetzt angreifen, haben wir eine gute Chance, sie zu besiegen, denn das ist das letzte, was sie von euch erwartet.« Dann sah sie noch einmal Jenaya an. »Und vielleicht kannst du dir dann endlich selbst vergeben. Meinst du nicht, daß Santea sich das wünschen würde, wo immer sie jetzt auch ist?« Shiree sah, daß ihre Worte auf Jenaya nicht ohne Wirkung blieben. Mit einem letzten beschwörenden Blick auf die Heilerin wandte sie sich ab und ging auf das Loch in der Barrikade zu.

Iliska war sofort an ihrer Seite. »Jetzt können wir nur noch hoffen, daß sie uns folgen«, flüsterte sie Shiree zu. »Sonst finden wir uns gleich in einem Eisblock wieder.«

Sie passierten die Barrikade und gingen langsam weiter, ohne sich auch nur einmal umzudrehen. Schweigend sahen die Stadtbewohner ihnen nach.

Margias Lager war nicht allzuweit von der Stadt entfernt. Es lag in einem kleinen Talkessel, in den nur ein schmaler Weg hineinführte.

Vorsichtig schlichen die beiden Gefährtinnen näher, gingen schließlich hinter einem Felsen in Deckung und sondierten die Lage.

Margias Leute saßen und standen herum, einige schärften ihre Waffen, unterhielten sich oder tranken Wein aus den Schläuchen an ihren Satteltaschen, die neben ihnen im Gras lagen. Die Pferde waren nirgendwo zu sehen. Margia selbst hatte es sich mit gekreuzten Beinen auf einem kleinen Felsblock bequem gemacht und musterte ihre Umgebung mit finsterer Miene.

»Irgendeinen Plan?« flüsterte Iliska.

Shiree zuckte die Schultern. »Da wir sie ohnehin nicht töten können, versuchen wir am besten nur, so lange wie möglich am Leben zu bleiben. Vielleicht tauchen die Mardaner ja doch noch auf.« Ihre Stimme klang resigniert.

Iliska konnte es ihr nicht verdenken. Als sie gemerkt hatten, daß die Stadtbewohner ihnen nicht folgten, war auch ihr Mut gesunken. »Ja, vielleicht«, sagte sie. Sie beugte sich zu Shiree hinüber, und noch einmal küßten die beiden einander leidenschaftlich, wohl wissend, daß es vielleicht das letzte Mal sein würde.

»Ganz egal, wie das hier endet«, sagte Shiree, als sie sich voneinander lösten. »Ich werde dich immer lieben.«

»Du bist das Beste, das mir je passiert ist, Shiree«, erwiderte Iliska. »Ich wünschte nur, wir hätten mehr Zeit füreinander gehabt.«

Sie erhoben sich und zogen gleichzeitig ihre Waffen.

»Hallo, Margia!« rief Shiree. »Langweilst du dich etwa?«

Margia fuhr hoch, wie von der Tarantel gestochen, und noch während ihre Leute hektisch nach ihren Waffen griffen, stieß Shiree sich vom Boden ab, überschlug sich einmal in der Luft und landete dicht vor Margia, die gerade noch rechtzeitig nach ihrem Schwert greifen konnte, um Shirees Klinge abzufangen.

Schon stürmten Margias Leute mit gezogenen Waffen heran, und im nächsten Moment hatten Iliska und Shiree alle Hände voll zu tun.

»Ihr konntet es wohl nicht abwarten?« brüllte Margia, während sie ihre Klinge auf Shiree niedersausen ließ.

»Geduld war noch nie unsere Stärke«, rief Shiree und parierte den Angriff geschickt.

Sie versetzte einem der Männer, der seitlich auf sie einstürmte, einen Tritt in den Unterleib, der ihn sich zusammenkrümmen ließ, drehte sich dann einmal um sich selbst, schwang ihr Schwert und hieb ihm den Kopf von den Schultern. Zumindest war das ihre Absicht, doch als die Schneide des Schwertes den Hals des Mannes berührte, mußte Shiree erkennen, daß Royan tatsächlich die Wahrheit gesagt hatte, denn die Klinge fuhr durch den Körper des Banditen wie durch Luft. Mit einem gehässigen Grinsen sah er Shiree an. Shiree hieb ihm die Faust ins Gesicht und stellte mit Genugtuung fest, daß man die Banditen zwar nicht töten, wohl aber verletzen konnte. Zumindest würde ihr Ende nicht ganz so unrühmlich sein.

Margia ließ ihr jedoch keine Zeit für weitere Überlegungen; sie griff an und der Kampf ging weiter.

Iliska wich geschickt den Hieben einer Axt aus, tauchte unter einem Schwertstreich weg und brachte ihre Gegner mit Tritten und Schlägen zu Fall. Ihre Schnelligkeit war dabei ihre wirksamste Waffe. Eine Frau mit einem Schwert stürmte heran, Iliska parierte den Angriff, entwaffnete ihre Gegnerin mit einer geschickten Drehung, doch anstatt ihr das Schwert in die Brust zu stoßen, was ohnehin sinnlos gewesen wäre, versetzte Iliska ihr einen so heftigen Tritt, das sie rückwärts taumelte und drei weitere Gegner mit sich zu Boden riß. Ein Speer sauste auf Iliska zu, sie sprang, schlug einen Salto rückwärts, während der Speer unter ihr wegzischte, und landete auf einem Felsen, genau hinter zwei mit Äxten bewaffneten Männern, die sofort zu ihr herumfuhren. Iliska trat blitzschnell zu, traf beide in kurzer Folge am Kinn, so daß sie benommen zu Boden stürzten.

Margia lieferte sich inzwischen ein heftiges Gefecht mit Shiree. Sie war eine ausgezeichnete und sehr erfahrene Kämpferin, und Shiree mußte sich darüber hinaus auch noch gegen Margias Leute zur Wehr setzen, die immer wieder versuchten, ihrer Anführerin zu Hilfe zu kommen.

Shiree und Iliska schlugen sich tapfer, doch da sie ihre Gegner nicht töten konnten, wurde die Übermacht bald zu groß. Immer wieder schickten sie ihre Angreifer zu Boden, doch egal, wie schwer die Banditen verletzt waren, die Wunden schlossen sich sofort wieder, und sie kämpften mit frischer Kraft weiter.

Allmählich spürten Iliska und Shiree die Erschöpfung in ihren Gliedern. Der harte Kampf forderte seinen Tribut. Es war nur noch eine Frage der Zeit, wann sie unaufmerksam werden und einer ihrer Gegner das ausnutzen würde.

Shiree rammte einem Gegner den Ellbogen ins Gesicht, traf gleich darauf einen weiteren Angreifer mit einem Drehtritt. Sie strauchelte, als sie wieder auf dem Boden landete, und brach in die Knie. Margia war sofort zur Stelle, ließ ihr Schwert auf Shiree herabsausen. Shiree riß ihre eigene Waffe hoch, um den Schlag abzufangen, doch sie war zu langsam.

»Nein!« brüllte Iliska, die das hilflos mit ansehen mußte, da sie zu weit weg stand, um einzugreifen.

Doch nur Augenblicke bevor die Klinge Shirees Leben ein Ende setzen konnte, sirrte etwas durch die Luft und traf Margia in den Rücken. Im selben Augenblick fuhr ihr Schwert durch Shirees Körper, ohne auch nur die geringste Verletzung zu hinterlassen. Es war, als hätte man die Zeit angehalten.

Margia schwankte noch ein wenig, dann stürzte sie vornüber auf den Boden und regte sich nicht mehr. Ein Pfeil ragte aus ihrem Rücken. Die Banditen hielten im Kampf inne und sahen sich erschrocken um. Shiree hob den Kopf, schaute in die Richtung, aus der

der Pfeil gekommen war, und sah Jenaya auf einem der Felsen rund um das Lager stehen, den Bogen noch erhoben. Schon legte die Heilerin einen weiteren Pfeil auf, doch das war gar nicht mehr nötig. Die Leiche Margias zu Shirees Füßen verpuffte zu einer Wolke aus Asche, und das gleiche geschah blitzschnell mit ihren Leuten.

Iliska eilte an Shirees Seite, und die beiden schlossen einander in die Arme.

»Nur eine von ihnen«, sagte Shiree leise. »Royan hatte recht.«

Sie hörten ein Grollen hinter sich und sahen, daß der Berg bebte. Im nächsten Moment brach der Felsen auf, ein riesiger Spalt entstand, während Steine und Geröll in alle Richtungen davongeschleudert wurden. Fast sofort stieg ein Wirbel aus Licht aus dem Spalt hervor.

Als Shiree und Iliska genauer hinsahen, erkannten sie flüchtig die Konturen von Menschen darin, die innerhalb des Wirbels immer weiter aufstiegen und schließlich durch ein Loch im Himmel verschwanden, aus dem gleißendes Licht hervorstrahlte.

Jenaya war inzwischen von dem Felsen heruntergeklettert und zu den beiden Gefährtinnen getreten. Zusammen verfolgten sie staunend das Schauspiel, das sich ihnen bot.

»Was ist das?« flüsterte Jenaya.

»Die Seelen derer, die dort gefangen waren«, sagte Shiree. »Dein Mut hat sie befreit und unser Leben gerettet.«

»Danke, Jenaya«, sagte Iliska. »Du kamst buchstäblich im letzten Augenblick.«

»Ich verstehe das alles nicht«, stammelte die Heilerin und sah auf das herab, was von den Banditen übriggeblieben war. »Ich wollte euch helfen, wollte meinen Fehler von damals wiedergutmachen, und ich war bereit, dafür zu sterben. Aber das hier . . .«

»Du hast uns auch geholfen, Jenaya«, hörten sie da eine vertraute Stimme »Uns allen.«

Als sie sich umwandten, stand Royan hinter ihnen, zusammen mit der hochgewachsenen blonden Kriegerin, die Shiree in dem ersten Eisblock in der Felsenhalle gesehen hatte.

Jenaya hielt den Atem an, als sie die Frau neben dem Jungen erkannte. »Santea«, flüsterte sie.

Santea breitete die Arme aus, und Jenaya schmiegte sich hinein. »Jetzt ist alles gut, Jen«, sagte Santea und streichelte ihre Gefährtin liebevoll. »Wir gehen nach Hause.« Im selben Moment begannen die Konturen der beiden sich aufzulösen, als sie sich in einen Strahl reinen Lichtes verwandelten, der blitzschnell zum Himmel aufstieg.

Royan wandte sich an Shiree und Iliska. »Danke«, sagte er. »Ihr habt uns allen einen großen Dienst erwiesen.«

»Gern geschehen«, sagte Shiree und lächelte. »Aber wie kommen wir jetzt von hier fort?«

Royan grinste. »Das ist leicht«, sagte er. »Die von Iliardus geschaffene Dimension wird sich auflösen, sobald der Letzte von uns fort ist, und dann landet ihr wieder dort, woher ihr gekommen seid, wo immer das auch ist.«

»Dann wird es jetzt Zeit, Lebewohl zu sagen?« fragte Shiree, und ihre Stimme klang leicht belegt. Sie hatte Royan zwar nicht lange gekannt, aber sie mochte den Jungen.

Royan nickte. Er lächelte Shiree und Iliska noch einmal zu und verwandelte sich dann ebenfalls in einen Strahl aus Licht, der sich den anderen auf ihrem Weg anschloß.

Shiree und Iliska spürten im gleichen Moment, wie sich ein Wirbel um sie erhob; die Landschaft um sie herum zerfloß vor ihren Augen, formte sich neu, und im nächsten Moment standen sie wieder auf dem Wüstenboden, der die Ruinen von Ardopolis umgab. Die Wunden, die sie bei dem Kampf gegen Margias Leute davongetragen hatten, waren verschwunden, und sie fühlten sich wieder frisch und ausgeruht. Der leichte Wüstenwind trug das Wiehern ihrer Pferde zu ihnen herüber.

Shiree legte Iliska einen Arm um die Schultern. »Wohin willst du jetzt gehen, Liebste?« fragte sie.

Iliska lächelte. Nach allem, was sie in den letzten Tagen erlebt hatten, schien ihr das, was sie in Ardopolis erfahren hatte, in einem gänzlich anderen Licht. Was ihr und ihrer Familie geschehen war, war schlimm, doch es gab Schicksale, die noch weitaus schrecklicher waren. »Ich will mit Beth reden. Ich will hören, warum sie meiner Familie das angetan hat. Und danach entscheide ich, was ich tun werde. Bringst du mich zu dieser Insel?«

Shiree nickte. »Natürlich«, sagte sie. »Und ganz egal was wir dort finden werden, ich bin und bleibe an deiner Seite.«

Mit ungeheurer Erleichterung hatte sie beobachtet, wie Iliska und Shiree wie aus dem Nichts in der Wüste vor Ardopolis wieder auftauchten. Nun blieb es ihr zum Glück erspart, Altea berichten zu müssen, daß die beiden verschwunden waren und sie das nicht hatte verhindern können.

Geschützt durch den Unsichtbarkeitszauber, den Alteas Ring bewirkte, schlich sie sich näher an die beiden heran und hörte befriedigt, daß der Plan aufging. Altea würde zufrieden sein.

Sie mußte jetzt nur noch auf Bethany und ihre Gefährten warten und sehen, ob auch dieser Teil des Planes ihrer Herrin nach Wunsch verlief. Und dann konnte auch sie endlich diesen heißen, staubigen Ort verlassen und etwas für ihre trockene Kehle tun.

Sie sah zu, wie Iliska und Shiree ihre Pferde holten und dann mit Hilfe des Portalsteines verschwanden. Kurze Zeit später flimmerte die Luft erneut, und drei Frauen auf Pferden erschienen in der Wüste.

Das war knapp, dachte sie, und dann zog sie sich rasch zurück, denn sie wußte, daß die kleine, blonde Frau in Bethanys und Karimahs Begleitung Magie erspüren konnte. Sie wagte nicht einmal ansatzweise, sich vorzustellen, was Altea mit ihr machen würde, wenn sie sich durch Unvorsichtigkeit verriet. Am besten verbarg sie sich in einer der Ruinen, die etwas weiter vom Tempel entfernt lagen und ihr trotzdem noch einen guten Blick auf alles boten, was dort geschah.

Jetzt würde es nicht mehr lange dauern.

»Also das ist Ardopolis«, stellte Bethany leicht angewidert fest. »Was für ein Dreckloch.«

»Zugegeben«, sagte Tanya, »aber einen gewissen morbiden Charme kann man ihm doch nicht absprechen, oder?«

Bethany sah sie etwas konsterniert an.

»Kleiner Scherz«, sagte Tanya und grinste. »Du hast recht, Ardopolis hat seine besten Jahre schon seit langem hinter sich.«

Sie ritten langsam in die Tempelanlage hinein. Bis auf einen leichten Wind, der den Sand zu ihren Füßen ab und zu aufwirbelte, war alles vollkommen ruhig.

»Denkst du wirklich, daß damals alle umgekommen sind, die zu eurer Expedition gehörten?« fragte Karimah.

»Das haben wir uns auch gefragt«, sagte Tanya. »Aber begreiflicherweise wollten wir auch nicht hierher zurückkehren, um nachzuschauen. Immerhin sind Shiree und ich nur mit knapper Not dieser verrückten Bande entkommen.« Ihre Miene verfinsterte sich, als die Erinnerung an die Geschehnisse von damals wieder vor ihrem geistigen Auge aufstieg. »Es war schon merkwürdig«, fuhr sie fort. »Gillian war zwar nicht gerade zimperlich, was ihre Methoden betraf, und die Leute, die sie für die Expedition angeheuert hatte, ebensowenig, aber dieser Haß, mit dem sie auf Shiree und mich losgingen, war schon extrem.«

Beth zuckte die Schultern. »Habgier kann die schlechtesten Seiten in den Menschen zum Vorschein bringen.«

»Das schon«, sagte Tanya. »Aber trotzdem glaube ich, daß es irgendein düsterer Einfluß im Tempel war, wo wir die Nacht verbrachten.«

»Und von dem du und Shiree verschont bliebt?« fragte Karimah skeptisch. »Bei dir könnte ich mir das ja noch vorstellen, du trägst Magie in dir, die dich vielleicht geschützt hat, aber deine Freundin?«

Tanya lächelte ein wenig wehmütig. »Sie war etwas mehr als eine Freundin«, sagte sie.

»Du meinst, ihr wart ein Paar? So richtig mit allem drum und dran? Und das hat Shiree geschützt?« fragte Karimah eifrig.

»Allerdings«, erklärte Tanya. »Es ist zwar nicht unbedingt einfach, sich zu lieben, wenn man mit einer ganzen Horde unterwegs ist, aber wir haben es dennoch geschafft, auch wenn ich befürchte, daß unsere nächtlichen Aktivitäten trotz aller Vorsicht nicht ganz unbemerkt geblieben sind. Shiree ist nämlich –«

»Also, so detailliert brauche ich es nicht«, fiel ihr Bethany rasch ins Wort.

»Wie du meinst«, sagte Tanya grinsend, während Karimah einen leicht enttäuschten Eindruck machte. »Auf jeden Fall können unsere intensiven körperlichen Vereinigungen durchaus dafür gesorgt haben, daß Shiree sozusagen vorübergehend unter meinem Schutz stand.«

»Die müssen ja sehr intensiv gewesen sein«, bemerkte Karimah.

Tanya verzog den Mund zu einem genießerischen Lächeln. »Du

machst dir keinen Begriff. Shiree war einfach wundervoll. Ich habe noch nie jemanden getroffen, der so leidenschaftlich und gleichzeitig so einfühlsam war. Einmal hat sie –«

»Ich glaube, da vorn ist der Tempel!« rief Bethany und wies auf das große, von Säulen umrahmte Gebäude, das hinter der Wegbiegung am Ende der Straße vor ihnen aufgetaucht war.

Karimah verdrehte die Augen. Bethany konnte manchmal eine richtige Spielverderberin sein.

Tanyas Aufmerksamkeit wandte sich Bethany zu. »Ja, das ist er. Und direkt gegenüber liegt das Orakel. Es war so groß, daß es nicht im Tempel selbst untergebracht werden konnte.«

Sie zügelten ihre Pferde, stiegen ab und legten den Rest des Weges zu Fuß zurück.

»So«, sagte Bethany als sie vor dem Eingang der Orakelhalle angekommen waren, »dann bringe ich es mal hinter mich.«

»Soll ich mitkommen?« fragte Karimah.

Bethany lächelte. »Nein, das schaffe ich schon allein. Warum seht ihr beide euch nicht ein wenig im Tempel um? Vielleicht entdeckt ihr ja noch Spuren von der Expedition. Aber seid vorsichtig.«

»Du auch«, entgegnete Karimah.

Unschlüssig standen die zwei einander gegenüber.

Tanya sah von einer zur anderen und mußte innerlich grinsen. Die Anziehung zwischen den beiden war so deutlich zu spüren, daß man sie fast mit Händen greifen konnte, aber, wie so oft in einer solchen Situation, traute sich mal wieder keine, den Anfang zu machen. »Jetzt umarmt euch schon«, sagte sie. »Sonst stehen wir morgen früh noch hier.«

Karimah und Bethany wandten sich gleichzeitig zu ihr um. »Halt die Klappe, Tanya«, sagten sie wie aus einem Mund.

Die Heilerin lachte nur, drehte sich um, ging zum Tempel hinüber und betrat den Säulengang, der um das ganze Gebäude herumführte.

Kopfschüttelnd sahen die beiden Kriegerinnen ihr nach.

»Sie ist unmöglich, nicht wahr?« sagte Karimah grinsend. »Aber irgendwie mag ich sie.« Bevor Bethany einen Kommentar dazu abgeben konnte, schloß sie sie kurz und fest in die Arme. »Viel Glück«, flüsterte sie. Dann löste sie sich rasch aus der Umarmung. »Ich passe inzwischen auf, daß Tanya keinen Unsinn macht«, verkündete sie, wandte sich um und folgte der Heilerin die Stufen zum Tempel hinauf.

Die Finsternis, die Bethany umgab, als sie aus der gleißenden Sonne in die Orakelhalle trat, wich einem dämmrigen Licht, als sich ihre Augen an die Dunkelheit gewöhnten. Zu ihrem Erstaunen erkannte sie, daß das Innere der Halle vollkommen leer war. Keine Bildnisse hingen an den Wänden, keine Statuen waren aufgestellt, nur ein kahler runder Raum mit einem Boden aus schwarzem Marmor und einer Kuppel aus dunkel getöntem Vulkanglas, das die Strahlen der Sonne kaum durchdringen konnten.

Etwas enttäuscht sah sie sich um. Sie wußte zwar nicht genau, was sie erwartet hatte, aber ganz sicher nicht diesen fast schon sterilen Raum. Sie ging noch ein paar Schritte weiter, bis sie genau in der Mitte der runden Halle stand. Ihr fiel auf, daß kein einziges Körnchen des ansonsten allgegenwärtigen Sandes unter ihren Stiefeln knirschte.

Bethany überlegte, was sie tun sollte. Tanya hatte ihr gesagt, daß die Suchenden sich auf ihre Frage konzentrieren mußten, um die entsprechende Antwort zu erhalten. Bethany hatte eine ganze Menge Fragen, und während sie noch darüber nachdachte, welche sie zuerst stellen sollte, veränderte sich plötzlich übergangslos der Raum um sie herum. So schnell, daß Bethany keine Zeit blieb, sich darauf einzustellen, stand sie plötzlich in einem prächtig eingerichteten Zimmer, das von einem großen Schreibtisch aus Ebenholz dominiert wurde. Farbenfrohe Gemälde und kostbare Wandteppiche schmückten die Wände, mehrere gepolsterte Stühle standen vor dem Schreibtisch, der mit Papieren und Schreibgerät fast vollständig bedeckt war. Hinter dem Schreibtisch erhob sich ein großer, stabiler Lehnstuhl, und in dem Stuhl saß ein Mann im fortgeschrittenen Alter, mit einem sehr gepflegten, grauen Vollbart.

Bethany hielt den Atem an, als sie Kaiser Alethus erkannte. Gleich darauf wußte sie auch, wo sie sich befand. Sie war im Arbeitszimmer des Kaisers in seinem Palast in Yartar. Bethany schluckte bei der Erinnerung. Hier hatte sie Alethus zum letzten Mal gesehen, in jener Nacht, als der Kaiser sie für immer aus Estargon verbannte. Gehetzt sah sie sich nach einem Versteck um. Alethus konnte jeden Augenblick von seinen Papieren aufschauen und würde sie entdecken. Doch dann fiel ihr wieder ein, daß alles, was sie hier sah, nicht wirklich war. Es waren nur Bilder, täuschend echte Bilder, die das Orakel ihr zeigte. Aber konnte sie da auch ganz sicher sein? Vorsichtig streckte Bethany die Hand nach einer Statue aus, die in ihrer Nähe stand, und stellte mit Erleichterung fest, daß ihre Finger einfach durch den Marmor hindurchfuhren. Auch wenn alles genauso war, wie sie es in Erinnerung hatte, so war sie doch nicht wirklich in Yartar.

Doch was sollten diese Bilder? Bethanys Fragen galten der Erinnerung, die sie verloren hatte, nicht der, die sie noch besaß.

Doch sie kam nicht dazu, noch weiter darüber nachzudenken, denn in diesem Moment wurde hinter ihr eine Tür aufgerissen, und eine junge Frau mit kurzen, hellbraunen Haaren stürmte in den Raum. »Ich muß mit dir sprechen«, rief sie, und bevor Bethany ihr ausweichen konnte, ging die Frau mitten durch sie hindurch, als wäre Bethany ein Geist.

»Iliska!« Kaiser Alethus erhob sich von seinem Platz und sah die junge Frau streng an, die vor dem Schreibtisch stehenblieb, sich mit beiden Händen daraufstützte und den Herrscher über Estargon herausfordernd ansah. »Das ist kein angemessenes Benehmen für eine Baroneß von Dunchester!«

Bethany zuckte beim Klang dieses Namens zusammen, den auch Derryl, der Mörder ihrer Geliebten, getragen hatte, und den sie so oft verflucht hatte.

»Mein Benehmen ist wohl das kleinste Problem«, stellte Iliska fest. »Ich will endlich wissen, wer für den Tod meines Vaters und meines Bruders verantwortlich ist. Warum will niemand mit mir darüber reden? Ich habe ein Recht, das zu erfahren!«

Kaiser Alethus sah die zornige junge Baroneß mit einer Mischung aus Zuneigung und Besorgnis an, dann schüttelte er langsam den Kopf und wies mit der Hand auf einen der Stühle. »Setz dich, Iliska. Dann können wir reden.«

Bethany konnte es kaum glauben. Diese junge Frau dort war Iliska von Dunchester, von der sie bis zu diesem Moment geglaubt hatte, sie wäre ebenso wie ihr Vater in den Flammen umgekommen. Bethany war der Baroneß in Yartar nie begegnet, sie hatte nur gewußt, daß Iliska von ihrem Vater in ein weit entferntes Land geschickt worden war. Doch Alethus hatte ihr erzählt, daß Iliska einige Tage vor dem Brand zu Besuch nach Yartar gekommen war; ein tragischer Zufall, der die Baroneß das Leben gekostet hatte. Aber warum nur hatte er sie so belogen? Hatte er gefürchtet, daß Diella in ihrem Zorn über den Tod ihrer Geliebten auch Iliska töten würde, um sich an der gesamten Familie zu rächen?

Die Baroneß hatte sich inzwischen widerwillig hingesetzt. »Du hast mir gesagt, es wäre ein Unfall gewesen«, erhob sie erneut ihre vorwurfsvolle Stimme. »Aber ich habe etwas anderes gehört. Einer der Diener, der das Feuer überlebt hat, sah jemanden davonlaufen, der kurz zuvor aus einem der Fenster unseres Hauses geklettert war. Im Schein der Flammen erkannte er deutlich die Gestalt einer Frau. Wer ist sie? Hat sie das Feuer gelegt?«

Alethus sah Iliska lange an. Man konnte förmlich sehen, wie es hinter seiner Stirn arbeitete. »Der Mann muß sich geirrt haben. Oder vielleicht war es auch nur eines der Dienstmädchen, das sich vor dem Feuer in Sicherheit bringen konnte. Ich versichere dir, Iliska, der Brand eures Hauses war ein bedauerlicher Unfall.«

Iliska schlug mit der Faust auf das dunkle Holz des Schreibtisches. »Das glaube ich aber nicht!« schrie sie.

Alethus erhob sich. »Das reicht jetzt!« brüllte er. »Du wagst es, meine Worte anzuzweifeln? Wer glaubst du zu sein?«

»Eine, die nichts mehr zu verlieren hat«, gab Iliska zurück, »denn sie hat bereits alles verloren.«

Alethus seufzte. »Ach, Iliska«, sagte er mit wesentlich ruhigerer Stimme. »Du hast nicht alles verloren. Dein Vater übertrug dir den Titel, bevor er dich nach T'Mar sandte, das ist eingetragen und von mir bestätigt. Und von eurem Besitz ist auch nicht alles vernichtet worden, da gibt es immer noch euer Landhaus und die dazugehörigen Ländereien. Du kannst mit dem, was dir geblieben ist, ein neues Leben beginnen, und ich werde dir dabei helfen. Ich biete dir den Sitz deines Vaters im Hohen Rat an, aber bitte hör endlich auf, einem Hirngespinst hinterherzujagen.«

Die Baroneß hatte scheinbar ruhig zugehört. »Versuchst du jetzt sogar, mich zu bestechen?« fragte sie leise. »Wen schützt du?«

Alethus schloß die Augen und zählte langsam bis zehn. »Ich werde dir jetzt meine Hand entgegenstrecken, und wenn du sie nimmst, dann wird alles so geschehen, wie ich es gesagt habe, und du akzeptierst endlich, daß der Brand eures Hauses ein Unfall war. Nimmst du sie aber nicht, dann werde ich dich für immer aus Estargon verbannen. Entscheide dich.« Alethus streckte seine Hand über den Schreibtisch hinweg aus. In seinen Augen lag eine stumme Bitte.

Iliska erwiderte seinen Blick, in ihrem Gesicht arbeitete es. Zögernd hob sie schließlich die Hand, zog sie dann aber zurück und schüttelte den Kopf. »Ich kann nicht.«

Alethus nickte traurig. »Das tut mir leid«, sagte er und ließ seine Hand sinken. »Ich verbanne dich aus Estargon, Iliska von Dunchester. Du hast zwei Tage Zeit, Yartar zu verlassen.«

»Gut, ich gehe«, sagte die Baroneß hart. »Aber irgendwann werde ich die Wahrheit erfahren. Und dann wird der Mörder meiner Familie für seine Tat bezahlen.« Iliska erhob sich und verließ grußlos den Raum.

Kaiser Alethus ließ seinen Kopf in beide Hände sinken. »Verzeih mir, Iliska«, sagte er leise. »Aber ich kann nicht zulassen, daß du Diella verfolgst. Sie weiß nicht einmal, daß du noch lebst, und so soll es auch bleiben. Ich will nicht, daß ihr euch aus Rache gegenseitig umbringt. Es hat schon genug sinnlosen Tod gegeben.«

Das Bild verschwand, der Raum löste sich auf, und Bethany stand wieder in der leeren Arena. Sie überlegte, weshalb das Orakel ihr diese Szene gezeigt hatte. War vielleicht Iliska von Dunchester für den Anschlag auf sie verantwortlich? Hatte die Baroneß letzten Endes doch herausgefunden, wer für den Tod ihrer Familie verantwortlich war und versucht sich an ihr zu rächen? Doch dann dachte Bethany daran, daß sie buchstäblich vom Himmel gefallen war und sich dabei kaum verletzt hatte. Und Tanya hatte ganz klar gesagt, daß hier schwarze Magie im Spiel war. Konnte Iliska solche Macht besitzen? Aber ebensogut konnte sie sich diese Hilfe auch erkauft haben.

»Wo ist sie jetzt?«

Bethany wurde klar, daß sie ihre Frage laut ausgesprochen hatte, und das Orakel reagierte sofort darauf. Diesmal flimmerte die Luft vor ihren Augen, eine Art Fenster öffnete sich im Nichts und gab das Bild eines Sees frei, in dessen Mitte eine große Insel lag, die fast vollständig von einer Nebelbank eingehüllt war. Das Bild wurde größer, die Insel kam näher, und schließlich sah Bethany zwei Gestalten, die am Ufer standen und miteinander redeten. Als sie genauer hinsah, stockte ihr beinah der Atem. Die eine der beiden Frauen war eindeutig Iliska, die andere jedoch war Bethany wie aus dem Gesicht geschnitten.

Das muß Diella sein, dachte Bethany. *Karimah hatte recht, sie gleicht mir wie ein Ei dem anderen.*

»Wo ist diese Insel?« rief sie.

Das Bild begann erneut zu flimmern, und dann sah sie eine Stadt am Ufer des Azulsees, die sie kannte, weil sie schon einmal dort gewesen war, auch wenn sie nicht mehr genau sagen konnte, wie lange das her war. Von der Stadt aus wanderte das Bild erst langsam, dann immer schneller über den See, bis in seiner Mitte die Insel in Sicht kam; dann erst löste sich das Bild vor ihren Augen auf und verschwand.

Bethany versuchte es noch mit einigen weiteren Fragen, doch das Orakel blieb still. Als ihr klar wurde, daß sie keine Antworten mehr erhalten würde, wandte sie sich langsam um und trat durch den kleinen Tunnel vor dem Eingang wieder zurück in das helle Sonnenlicht, die Hand schützend vor ihre Augen haltend.

Wir müssen zum Azulsee, dachte Bethany. *Ich kenne die Stadt an seinem Ufer. Und wenn Tanya uns wirklich weiter helfen will, dann hat sie jetzt die Gelegenheit dazu. Hoffentlich hat sie noch mehr von diesen Portalsteinen.*

Der Platz vor der Arena war leer. Bethany sah sich nach Karimah und Tanya um, doch die beiden waren nirgendwo zu sehen. *Wahrscheinlich sind sie im Tempel*, dachte sie, überquerte die Straße und stieg die Treppen zum Säulengang empor. Das Innere des Tempels war verlassen, sie sah nur die verstaubten Reste von Gillians Lager, die verstreut herumlagen. »Karimah?« rief sie, doch nur Schweigen antwortete ihr.

Sie suchte den sandigen Boden ab und entdeckte schließlich Stiefelabdrücke, die weiter in den Tempel hineinführten. Sie spürte mit einem Mal ein Kribbeln auf der Haut, ein ungutes Gefühl beschlich sie. Langsam griff sie hinter sich und zog so leise wie möglich ihr Schwert. Dann folgte sie den Spuren.

Sie war noch keine drei Schritte gegangen, als plötzlich ein fürchterlicher Schrei die Stille zerriß. Sie erstarrte, aber nur für einen kurzen Moment, dann orientierte sie sich, bestimmte die Richtung, aus der der Schrei gekommen war, und spurtete los. Und während sie lief, schickte sie ein Stoßgebet an den Gott dieses Tempels mit der stummen Bitte, daß sie nicht zu spät kommen würde.

Karimah drehte sich an den verrotteten Türflügeln des Tempels noch einmal um und sah gerade noch, wie Bethany in der Halle des Orakels verschwand.

»He, sie kommt ja wieder«, sagte Tanya und gab Karimah einen freundschaftlichen Klaps auf die Schulter.

»Das hoffe ich«, knurrte Karimah. »Sonst nehme ich diesen Schuppen da Stein für Stein auseinander.«

»Sie scheint dir ja wirklich wichtig zu sein«, sagte Tanya. »Das ist mir schon in Kartania aufgefallen.«

Karimah nickte. »Ja, da hast du völlig recht. Dabei kennen wir uns doch noch gar nicht so lange.«

»Ach, das heißt nichts«, entgegnete Tanya. »Es kommt nicht darauf an, wie lange man sich kennt, sondern wie gut man sich versteht. Und manchmal sind es auch einfach nur die Hormone«, setzte sie grinsend hinzu.

»So wie bei dir und Shiree?« fragte Karimah.

Das Grinsen auf Tanyas Gesicht verschwand. »Nein, das war mehr, zumindest was mich betraf. Aber ich glaube, Shiree dachte da anders drüber. Sie ging fort aus Kartania und versprach zurückzukehren. Das ist jetzt ein knappes Jahr her.«

»Hast du etwa die ganze Zeit auf sie gewartet?« fragte Karimah erstaunt.

Tanya zuckte die Schultern und sah Karimah etwas verlegen an. »Na ja, nicht nur. Ich habe hier in Ardopolis etwas zurücklassen müssen, das ich holen wollte, sobald ich ein paar vertrauenswürdige Krieger finde, die mich hierher begleiten. Aber die Worte ›Krieger‹ und ›vertrauenswürdig‹ schließen sich bei den meisten leider aus.«

»Warum hast du denn nicht einfach die Portalsteine benutzt?« fragte Karimah. »Damit wärst du doch im Handumdrehen hier und wieder fort gewesen.«

»Das stimmt«, entgegnete Tanya. »Aber ich konnte ja nicht wissen, was mich hier erwartet. Ich wollte lieber warten, bis ich Hilfe fand, und inzwischen wieder als Heilerin arbeiten. Ich liebe diese Aufgabe, weißt du.«

Während sie redeten, hatte Tanya Karimah durch den Säulengang geführt, der den Tempel umgab. Vor einer zerbrochenen Statue blieb sie stehen. Sie griff in eine Ritze des zerschmetterten Sockels, tastete ein wenig herum, bis plötzlich ein Lächeln auf ihrem Gesicht erschien. »Es ist noch da«, sagte sie, und dann zog sie langsam und vorsichtig ein Kästchen aus dunklem Holz hervor.

»Was ist das?« fragte Karimah.

»Etwas ganz Besonderes«, sagte Tanya beinah ehrfürchtig. »Ich habe es in einem Teil der Anlage gefunden, der wohl eine Art magische Schmiede gewesen sein muß. Das Kästchen lag auf dem Boden und war von Schutt fast völlig bedeckt. Es war purer Zufall, daß ich es entdeckte.« Sie löste den metallenen Verschluß des kleinen Kastens und öffnete ihn. Zum Vorschein kamen zehn schmale

Goldringe, die in zwei Reihen zu je fünfen in einer samtenen Unterlage steckten. Jeder der Ringe war mit einem kleinen Edel- oder Halbedelstein versehen. Als das Licht der Sonne die Steine traf, begannen sie zu glitzern und zu leuchten.

»Zugegeben, sie sind schön«, sagte Karimah. »Aber was ist an ihnen so wertvoll, daß du unbedingt hierher zurück wolltest?«

Tanya lächelte. »Du weißt doch, daß ich ein Gespür für Magie habe. In diesen Ringen ist sie sehr stark. Es wurden Zauber in den Steinen eingeschlossen, Zauber der alten Magie. Jeder Magier in Quelthir würde mir ein Vermögen für dieses Kästchen und seinen Inhalt bezahlen. Aber ich werde es nicht verkaufen, um keinen Preis der Welt. Die Steine können mir vielleicht für meine Arbeit nützlich sein, sobald ich die Art der Zauber herausgefunden habe.«

Sie gingen gemeinsam zu den Pferden zurück.

Tanya verstaute das Kästchen in ihrer Satteltasche, und ihr Blick wanderte dabei zum Eingang des Tempels. »Ich möchte wissen, was damals geschehen ist«, sagte sie nachdenklich. »Und ob wirklich alle umgekommen sind.«

»Sagtest du nicht, ihr hattet euer Lager in der Tempelhalle aufgeschlagen?« fragte Karimah. »Sehen wir doch einfach mal nach.«

»Warum nicht?« sagte Tanya. »Es dauert sicher noch eine Weile, bis Bethany zurückkommt.«

Sie stiegen gemeinsam die Treppe hinauf und traten durch die halboffen stehenden, geborstenen Türflügel ins Innere des Tempels. Tanya sah sich um und entdeckte fast sofort die Reste ihres damaligen Lagers. »Sieht nicht aus, als ob es jemand geschafft hat, von hier zu entkommen«, stellte sie fest, nachdem sie die Sachen inspiziert hatte. »Die Ausrüstung ist zum größten Teil noch da. Den Rest hatten sie wahrscheinlich mit in die Gewölbe genommen.«

»Deine Freundin Shiree hatte demnach recht«, sagte Karimah. »Da unten lauert irgendeine Gefahr.«

Tanya wiegte skeptisch den Kopf hin und her. »Oder sie haben sich schlicht und einfach gegenseitig umgebracht«, sagte sie. »So haßerfüllt und gierig, wie die waren, würde mich das nicht wundern.«

»Aber Shiree hat doch in der Orakelhalle gesehen –« begann Karimah.

Tanya unterbrach sie. »Shiree hat kaum etwas gesehen. Dazu war es zu dunkel. Sie hörte Schreie und sah einige von unserer Gruppe in Panik davonlaufen. Wenn du mich fragst, muß das nicht unbedingt heißen, daß sie von irgend etwas Fremden angegriffen wurden. Aber trotzdem möchte ich nicht da hinuntersteigen und nachschauen.«

Karimah hob plötzlich den Kopf und sah sich um. Ihr Gesicht hatte einen wachsamen Ausdruck angenommen. »Hörst du das?«

Tanya, die auf dem Boden gekniet hatte, stand auf. »Hören? Was denn?«

»Da war so eine Art Flüstern –« begann Karimah, brach dann ab, lauschte einen Moment und rief: »Da ist es wieder. Hörst du es denn nicht?«

Tanya strengte sich an und vernahm schließlich ein Wispern wie das leise Rauschen des Windes in den Wipfeln der Bäume. »Was ist das?« fragte sie.

»Es kommt aus dieser Richtung«, sagte Karimah und wies in den hinteren Teil der Tempelhalle.

»Dort liegt der Zugang zu den Gewölben«, sagte Tanya mit belegter Stimme.

Wieder erklang das Wispern, und diesmal hörten sie es beide. Es war, als riefe jemand aus sehr weiter Ferne.

»Halt mich nicht für verrückt, Tanya«, sagte Karimah, »aber könnte es sein, daß da unten noch jemand am Leben ist?«

»Nach so langer Zeit?« entgegnete Tanya verblüfft. »Das ist ausgeschlossen.«

Karimah zog ihr Schwert und ging auf den rückwärtigen Teil der Halle zu.

Tanya war mit zwei Schritten an ihrer Seite und hielt sie fest. »Was hast du vor?«

»Ich sehe nach, was das ist.«

»Bist du wahnsinnig?«

»Tanya, da unten braucht vielleicht jemand Hilfe«, sagte Karimah. »Ich kann das doch nicht einfach ignorieren.«

Tanya holte tief Luft und stemmte die Hände in die Hüften. »Und auf die Idee, daß da vielleicht etwas ist, was uns hinunterlocken will, kommst du gar nicht?«

In die darauffolgende Stille hinein, erklang wieder das Wispern und diesmal glaubte Karimah tatsächlich so etwas wie einen Hilferuf herauszuhören. Energisch schob sie Tanya beiseite. »Warte hier, ich bin gleich zurück.«

Tanya verdrehte die Augen. »Ach, typisch Kaypiar«, schnaubte sie ärgerlich, griff nach einem Bündel Fackeln und nahm zwei heraus. »Über ihren Edelmut vergessen sie immer das Praktische.«

Im hinteren Teil der Halle lag eine breite Treppe, deren wenige Stufen bis vor den Eingang zu den Kellergewölben führten. Eine schwere Eisentüre war davor angebracht, die jedoch einen Spaltbreit offen stand.

Karimah stellte einen Fuß in den Spalt und stemmte sich mit ihrer linken Schulter gegen die Tür, die mit einem quietschenden Geräusch langsam aufschwang. In dem wenigen Licht, das von der Tempelhalle durch die Tür drang, konnte sie einen von einem halbhohen, steinernen Geländer gesäumten Schacht erkennen, um den sich ein schmaler Gang wand, der nach unten führte. Sie zögerte einen Moment, als sie sah, wie finster es dort drinnen war.

In diesem Moment stand auch schon Tanya neben ihr und drückte ihr eine bereits entzündete Fackel in die Hand. »Hier, die werden wir brauchen.«

»Wir?«

»Glaubst du, ich lasse dich da allein reingehen?«

»Aber, das ist doch –« begann Karimah.

»Jetzt komm schon«, fiel ihr Tanya genervt ins Wort. »Bevor sich dein Notfall noch von selbst erledigt hat.«

»Also gut«, sagte Karimah. »Aber ich gehe voran. Und du bleibst dicht hinter mir.«

»Ja, Mami«, knurrte Tanya.

Die Fackeln erhellten die Finsternis um sie herum gerade so weit, daß sie den Gang vor sich erkennen konnten. Karimah leuchtete in den Schacht hinein, der sich wie ein Brunnen in die Tiefe zog. Das Licht der Fackel verlor sich in der Dunkelheit; der Boden des Schachtes war nicht zu erkennen. Das Geländer und die Wände waren von einer schwach grünlich schimmernden, flechtenartigen Substanz überzogen. Die Luft war klamm, modrig und abgestanden.

Karimah hob einen kleinen Stein vom Boden auf und wollte ihn in den Schacht fallenlassen.

Tanya fiel ihr in den Arm. »Nicht! Wer weiß, was wir damit aufschrecken?«

Karimah nickte. Daran hätte sie auch selbst denken können. Vorsichtig legte sie den Stein wieder zurück auf den Boden.

Sie lauschten beide in die Finsternis vor ihnen. Und dann hörten sie wieder das Wispern, ein wenig lauter jetzt und deutlicher:

». . . unten . . . Schmerz . . . helft . . .«

»Da scheint ja wirklich jemand zu sein«, flüsterte Tanya.

»Sag' ich doch«, entgegnete Karimah. »Komm, beeilen wir uns.«

Sie folgten dem Gang eine Weile in die Tiefe und gelangten schließlich zu einer kreisrunden Öffnung in der Felswand. Sie blieben stehen, leuchteten hinein und entdeckten dahinter ein labyrinthartiges System aus Räumen und Gängen, das so unübersichtlich war, daß Tanya und Karimah zögerten, es zu betreten.

»Da drin verläuft man sich ja sofort«, stellte Tanya fest. »Glaubst du, das Flüstern kam von dort?«

Wie aufs Stichwort erhob es sich in diesem Moment wieder, gepaart jetzt mit einem leisen Stöhnen und Ächzen. Es kam direkt aus dem Gewölbe vor ihnen. Die Fackel in der einen Hand, das Schwert wachsam erhoben in der anderen betrat Karimah die Halle. Tanya nahm all ihren Mut zusammen und folgte ihr.

Sie gingen den Hauptgang bis zur ersten Verzweigung hinunter, blieben dann wieder stehen und lauschten. Schon nach wenigen Augenblicken hörten sie wieder das Stöhnen.

»Es kommt von rechts«, flüsterte Karimah.

Sie markierten den Weg mit dem Ruß der Fackel und bogen dann nach rechts in den Gang ab. Noch zwei weitere Abzweigungen folgten, dann wurde das Stöhnen kurz lauter und brach abrupt ab. Vor ihnen lag im Halbdunklen eine Nische.

Als Karimah genauer hinsah, erkannte sie zwei Beine, die aus der Nische herausragten. »Da«, sagte sie. »Wir haben ihn gefunden.« Sie machte Anstalten, auf den Körper zuzugehen.

Tanya hielt sie zurück. »Sei vorsichtig. Ich bin immer noch nicht sicher, ob das da wirklich ein Mensch ist.«

Karimah nickte.

Sie näherten sich langsam der Nische, und Karimah leuchtete hinein: Ein Mann lehnte in einer sitzenden Position an der hinteren Wand, seine Hände waren um einen Beutel gekrallt, den er auf dem Schoß hielt, um seinen Hals hing an einer Kette aus dünnen Eisengliedern ein kleiner Anhänger in Form von zwei gekreuzten Schwertern.

»Tirrus«, flüsterte Tanya bestürzt.

»Du weißt, wer das ist?« fragte Karimah.

»Ja, er gehörte zu unserer Gruppe«, sagte Tanya. »Ich erkenne den Anhänger.«

Kopf und Hals des Mannes lagen noch im Schatten der Nische,

und so hielt Karimah die Fackel ein wenig höher. Was sie sahen, ließ sie beide vor Schreck den Atem anhalten.

»Was . . . was ist das?« stammelte Karimah.

Tirrus' Kopf war zur Hälfte von etwas bedeckt, das auf den ersten Blick wie ein dicker, ledriger Sack aussah, der entfernt an einen Turban erinnerte. Er reichte ihm bis über die Augen; nur ein Teil der Nase und der Mund waren freigeblieben.

»Keine Ahnung«, murmelte Tanya. »Aber ich möchte es ehrlich gesagt auch gar nicht wissen.«

Karimah stieß die Füße des Mannes leicht mit dem Stiefel an. »Das Stöhnen kam aus dieser Nische. Ich bin mir ganz sicher.«

»Dann sollten wir schleunigst von hier verschwinden«, sagte Tanya. »Denn dieser Mann da lebt ganz sicher nicht mehr.«

Sie hatte kaum ausgesprochen, da begann die bis zu diesem Moment reglose Gestalt plötzlich zu zittern.

Entsetzt sahen Karimah und Tanya, wie die Glieder des Mannes immer heftiger zuckten, bis der Kopf sich schließlich ein Stück hob, der Mund sich öffnete und ein lautes, schmerzvolles Stöhnen über die blutleeren Lippen kam.

»Deidra möge uns beistehen«, ächzte Karimah.

»Komm, weg hier!« rief Tanya.

In diesem Augenblick löste sich der lederartige Turban von Tirrus' Kopf und sauste auf Karimah zu, die blitzschnell reagierte. Ihr Schwert zischte durch die Luft, traf sein Ziel, und das quallenartige Ding stürzte klatschend zu Boden. Im Fallen drehte es sich und gab an seiner Unterseite eine Reihe winziger Saugnäpfe frei, aus denen wurmartige Tentakel wucherten, die sich im Todeskampf wanden. Hinter ihr gab Tanya einen erstickten Laut von sich.

Karimah riß sich von dem ekelhaften Anblick des Monstrums vor ihren Füßen los und wandte sich Tanya zu, deren Blick jedoch nicht auf das Wesen am Boden, sondern auf Tirrus gerichtet war. Und gleich darauf sah sie auch, was Tanya so entsetzte: Tirrus' Kopf war dort, wo das Wesen ihn bedeckt hatte, durchlöchert und teilweise aufgelöst worden; das Gehirn lag halbverzehrt in den Resten des Schädels. Offensichtlich war das einzig Lebendige an Tirrus nur noch das Monstrum gewesen, das ihn als Wirt benutzt hatte.

In diesem Moment erhob sich ein Zischeln und Rascheln aus der Dunkelheit, und Tanya und Karimah erschraken.

»Oh, nein«, stöhnte Tanya. »Da sind noch mehr.«

Karimah packte Tanya an der Schulter. »Worauf wartest du

noch? Raus hier!«

Obwohl das Rascheln hinter ihnen näherkam, zwangen sich die beiden, ruhig zu bleiben und nicht kopflos davonzurennen. Sie wußten, wenn sie jetzt den Rückweg verfehlten und sich in dem Labyrinth aus Gängen verliefen, waren sie verloren.

»Das also ist Gillian und ihren Leuten passiert«, keuchte Tanya. »Shiree hatte recht, sie sind alle tot.«

Karimah hielt nach den Markierungen Ausschau, die ihnen den Weg nach draußen wiesen. Zum Glück waren sie noch deutlich an den Wänden zu erkennen. Sie hasteten weiter durch die Gänge, bogen schließlich zum letzten Mal ab und erkannten in einiger Entfernung endlich die Öffnung, durch die sie gekommen waren. Das Zischeln, Rascheln und Wispern hinter ihnen war inzwischen lauter geworden, so laut, daß die unheimlichen Wesen, die sie verfolgten, schon recht nahe sein mußten.

»Deidra sei Dank!« rief Karimah. »Da ist der Ausgang.«

Tanya sah zur Decke und schrie entsetzt auf. »Karimah, Vorsicht!«

Doch es war bereits zu spät. Eines dieser unheimlichen Wesen ließ sich von der Decke auf Karimah fallen und landete auf der Hand, die die Fackel hielt; sofort fühlte sie einen brennenden Schmerz durch ihr Handgelenk schießen. Mit einem Aufschrei ließ sie die Fackel fallen und versuchte das Wesen mit der anderen Hand abzustreifen.

Tanya sah, wie sich ein weiterer Schatten von der Decke löste und diesmal Karimahs Kopf anvisierte. Sie griff nach einem ihrer beiden Dolche und warf ihn. Die Klinge bohrte sich tief in die weiche Haut des Monstrums; der Schwung des Dolches ließ es an die Wand klatschen, wo es zerplatzte.

Sofort stürzte sie zu Karimah, fischte den Dolch aus den Überresten der Kreatur und begann das Wesen, das noch immer die Hand umschlossen hielt, von ihr herunterzuschneiden. Tanya würgte dabei vor Ekel, schnitt jedoch schnell und methodisch Stück für Stück ab, bis sich der Rest des Wesens von selbst von der Hand löste und wie ein Stück rohe Leber auf den Steinboden schlug.

»Danke, Tanya«, murmelte Karimah.

Die beiden sahen auf und erkannten, daß die Dunkelheit des Ganges hinter ihnen lebendig geworden zu sein schien. Tanya packte Karimah, stieß sie durch die Öffnung. Etwas kam angeflogen, sie riß die Fackel hoch und schlug danach. Sofort ging das Wesen in Flammen auf, verbrannte innerhalb weniger Augenblicke vollständig zu Asche.

Sie hob rasch Karimahs Fackel auf, holte aus und schleuderte sie in die Dunkelheit vor ihr. In der plötzlichen Helligkeit sah sie eine Masse von kleinen, übereinanderquellenden, dunklen Leibern, die sich wie eine riesige lebende Woge auf sie zu wälzten. Die Fackel entzündete einige von ihnen, doch es waren zu viele; die anderen rollten einfach über die Asche hinweg, löschten das Feuer aus, bevor es wirklich Schaden anrichten konnte.

Tanya sah nicht länger hin, sie stürzte auf den Gang hinaus, zog Karimah mit sich, und sie hasteten hinauf. Der Gang schien kein Ende zu nehmen, hinter sich hörten sie die Geräusche der Verfolger, doch keine von ihnen wagte sich umzudrehen.

Karimah fühlte, wie ihre Hand brannte und sich der Schmerz durch den ganzen Arm zog. Schwäche überkam sie, und das Laufen fiel ihr immer schwerer. »Ich kann nicht mehr, Tanya«, keuchte sie. »Bring du dich in Sicherheit.«

Doch bevor Tanya antworten konnte, hörten sie Schritte, und im nächsten Moment stand Bethany vor ihnen.

Ohne ein Wort packte Bethany Karimah und stieß Tanya vor sich her in Richtung des rettenden Ausganges. Im letzten Augenblick erreichten sie ihn, hasteten hindurch, und dann warf sich Bethany gegen die schwere Eisentüre, die sich langsam schloß.

Karimah und Tanya nahmen ihre letzte Kraft zusammen und halfen ihrer Freundin, den eisernen Riegel vorzuschieben. Im selben Moment als er einrastete, brandete etwas mit solcher Gewalt von innen gegen die Tür, das sie sich ein Stück durchbog. Die drei Freundinnen sprangen zurück, Bethany hob ihre Waffe, doch die Tür hielt. Noch einmal wurde heftig dagegengeschlagen, dann herrschte Stille.

Es dauerte eine kleine Weile, bis die drei wieder in der Lage waren, zu sprechen, doch dann wandte sich Bethany zu Tanya und Karimah um. »Sagt mal, seid ihr verrückt geworden? Was habt ihr euch dabei gedacht?«

Karimah wollte etwas sagen, doch da verschwamm alles vor ihren Augen; sie taumelte und wäre gestürzt, wenn Bethany nicht sofort bei ihr gewesen wäre und sie aufgefangen hätte.

Augenblicklich verschwand Bethanys Ärger, machte tiefster Besorgnis Platz. »Was ... was ist mit ihr?« stammelte sie und sah Tanya hilfesuchend an.

»Leg sie auf eine der Decken dort vorn«, sagte Tanya. »Karimah ist von einem dieser Wesen angegriffen worden.«

Bethany brachte die bewußtlose Karimah zu dem alten Lager der Expedition hinüber.

»Kümmere dich um sie, ich bin gleich wieder da«, bat Tanya und eilte hinaus, um ihre Tasche zu holen.

Bethany streichelte Karimahs totenblasses Gesicht. Sie fühlte nach dem Puls und erkannte mit Schrecken, daß er nur noch ganz schwach war. »Tu mir das nicht an, Karimah«, flehte sie. »Bitte, du darfst mich nicht verlassen.«

Doch Karimah antwortete ihr nicht.

Bethany vergaß vollkommen, das sie und Karimah sich erst vor wenigen Tagen das erste Mal begegnet waren. Das Gefühl, Karimah schon seit langem zu kennen, wurde plötzlich übermächtig, und sie erinnerte sich an Karimahs Worte in der kleinen Herberge in Kartania: ›Etwas verbindet uns Beth, und erzähl mir nicht, daß du das nicht auch fühlst.‹ »Ja, ich fühle es auch, Kari«, sagte sie leise. »Bitte, gib uns Zeit, das zu ergründen.«

Eine Hand legte sich sanft auf ihre Schulter. »Laß sie mich untersuchen«, sagte Tanya leise.

Sofort erhob sich Bethany und machte der Heilerin Platz, die Karimahs Hand nahm und sich konzentrierte.

Es verging nur kurze Zeit, doch für Bethany schien es eine Ewigkeit zu dauern, bis Tanya endlich die Augen öffnete und sie mit einem Lächeln ansah. »Es sieht schlimmer aus, als es ist.«

»Was hat sie denn?« fragte Bethany mit leicht zitternder Stimme. »Wurde sie vergiftet?«

»Es ist kein Gift im eigentlichen Sinne«, sagte Tanya, griff nach ihrer Tasche und kramte darin herum. »Nur eine Art Beruhigungsmittel, das wohl den Widerstandswillen des Opfers lähmen soll. Aber dagegen kann ich etwas tun.« Sie zog ein Fläschchen hervor, öffnete es und ließ drei Tropfen auf ihren Finger fallen. Dann rieb sie die Flüssigkeit vorsichtig auf Karimahs Lippen.

Es dauerte eine kleine Weile und Bethany wurde schon nervös, doch dann begannen Karimahs Augenlider zu flattern und öffneten sich schließlich. Ein wenig desorientiert sah sie sich um. »Was ist . . . Wo sind . . .« stammelte sie. Dann fiel ihr wieder ein, was sie gerade eben erlebt hatten, und sie wollte aufspringen.

Bethanys Hände legten sich auf ihre Schultern und drückten sie sanft zurück auf die Decke. »Ganz ruhig, Karimah. Es ist alles vorbei«, sagte sie erleichtert.

Karimah senkte den Blick und biß sich verlegen auf die Unterlippe. Ihr Gesicht nahm einen schuldbewußten Ausdruck an.

»Du . . . du Dummkopf, du verdammter Dummkopf«, stammelte Bethany. »Wie konntest du dich so in Gefahr bringen? Ich hätte dich fast verloren –« Ihre Stimme versagte.

Karimah sah erschrocken, daß Tränen in Bethanys Augen traten. »Nein, Beth, bitte nicht«, sagte sie, richtete sich halb auf und nahm sie in die Arme. »Es tut mir so leid. Das wollte ich nicht.«

»Schon gut«, sagte Bethany und streichelte ihren Rücken. »Es ist ja gut gegangen. Aber könnt ihr beide mir jetzt vielleicht mal erklären, was um alles in der Welt euch veranlaßt hat, dieses Gewölbe zu betreten?«

»Wir dachten, da unten wäre jemand in Not«, antwortete Tanya.

»Nein, das stimmt nicht ganz«, sagte Karimah ein wenig kleinlaut. »Ich habe das gedacht, Tanya wollte mich zurückhalten.«

Dann erzählten beide abwechselnd, was sie in dem Gewölbe gefunden und was sich dort ereignet hatte.

»Ich habe nicht nachgedacht«, schloß Karimah ihre Erzählung. »Natürlich war es völlig unlogisch, daß da unten irgendwer noch am Leben sein könnte. Und noch dazu habe ich Tanya in Gefahr gebracht.« Schuldbewußt sah sie Tanya an. »Danke übrigens für deine Hilfe. Die hier und die da unten. Du bist mutiger, als du aussiehst.«

»Na, das ist ja ein tolles Kompliment«, sagte Tanya gespielt beleidigt, doch mit einem Lächeln.

»Wie fühlst du dich?« fragte Bethany.

»Noch ein bißchen schwach, aber um einiges besser als vorhin«, entgegnete Karimah. »Was ist denn mit dir? Hat das Orakel Antwort auf deine Fragen gegeben?«

Bethany zögerte und warf einen kurzen Blick auf Tanya.

»Oh«, sagte Tanya, »ich verstehe. Ist nicht für meine Ohren bestimmt, nicht wahr? Ich gehe dann mal nach den Pferden sehen.« Sie drehte sich auf dem Absatz um und ging hinüber zum Ausgang des Tempels.

»Beth«, wandte sich Karimah sofort an ihre Freundin. »Ich weiß, es ist deine Entscheidung, aber können wir Tanya nicht einweihen, zumindest in einen Teil der Geschichte? Sie hat gesagt, daß sie uns auch weiter begleiten will, wenn wir das möchten, und eine so gute Heilerin wie sie können wir gut gebrauchen. Außerdem hat sie mir das Leben gerettet. Wenn sie dieses Ding nicht von meiner Hand geschnitten hätte, dann wäre ich da bestimmt nicht mehr rausgekommen.«

Bethany seufzte. Sie war Tanya in mehr als einer Hinsicht zu Dank verpflichtet, und Tanya hatte gezeigt, daß sie bereit war, ihr eigenes Leben für jemanden zu riskieren, den sie kaum kannte. Aber außer mit Karimah hatte sie noch mit keinem anderen Menschen über ihre Vergangenheit gesprochen, seit sie Estargon verlassen hatte.

»Wäre es denn wirklich so schlimm?« fragte Karimah.

Bethany hob den Kopf. Mit sehr ernstem Blick sah sie Karimah an. »Kannst du dir vielleicht vorstellen, daß es für mich kein Vergnügen ist, über meine Vergangenheit zu sprechen? Es tut mir zwar nicht leid, daß ich den Mord an meiner Geliebten gerächt habe, das würde ich jederzeit wieder tun. Aber die Menschen, die dabei starben, weil ich mich nicht unter Kontrolle hatte – das wird mich auf ewig verfolgen. Willst du wirklich, daß ich Tanya das erzähle? Sie ist ein anständiger Mensch und würde mich sicher dafür verachten.«

»Also, ich habe nicht das Gefühl, daß Tanya mit Verachtung so schnell bei der Hand ist«, sagte Karimah. »Du mußt ja nicht jedes Detail erzählen.«

»Was soll ich denn weglassen? Die Feuersbrunst oder den Tod von Derryls Vater?« fragte Bethany ironisch. »Oder die Tatsache, daß seine Schwester damals gar nicht im Haus war und immer noch lebt? Und vielleicht längst weiß, wer und wo ich bin und nun dabei ist, sich an mir zu rächen«, setzte sie bitter hinzu.

Karimah sah Bethany verblüfft an. »Was?«

Bethany seufzte, dann traf sie eine Entscheidung. »Warte einen Moment, ich hole Tanya. Wir werden tatsächlich ihre Hilfe brauchen, und wenn sie weiter mit uns kommt, hat sie ein Recht darauf, die Wahrheit zu kennen. Abgesehen davon: Wenn Iliska wirklich hinter mir her ist, dann ist jeder in Gefahr, der in meiner Nähe war und ist.«

Sie hatte die Gelegenheit genutzt, als sie Bethany aus der Orakelhalle kommen sah. Karimah und Tanya waren schon einige Zeit vorher im Tempel verschwunden. Wenn sie sich jetzt beeilte, konnte sie den Stein holen und dann zu Altea zurückkehren.

Sie schlich langsam näher und sah, das Bethany ebenfalls zum Tempel lief. Kaum hatte Bethany ihn betreten, stürzte sie zum Orakel hinüber, rannte hinein und nahm den kleinen Stein aus Onyx, den sie in der Arena verborgen hatte. Vorsichtig spähte sie hinaus, doch keine der drei war draußen zu sehen. Rasch entfernte sie sich von der Orakelhalle und nahm dann den Kristall aus ihrer Tasche, mit dem sie zu Altea Verbindung hielt und der sie auch wieder zu ihrer Herrin zurückbringen würde.

Sie konzentrierte sich ganz auf ihr Ziel, und im nächsten Moment begann der Kristall sanft zu schimmern. Die Leuchtkraft nahm rapide zu, dann blitzte es einmal kurz auf, und sie war verschwunden. Den Lärm, der kurz danach aus dem Tempel drang, hörte sie nicht mehr.

Der Azulsee war ein viele Quadratmeilen großes Gewässer im Norden von Thindam und zog sich an der Grenze zu Tarbis entlang. Da nordöstlich des Sees die Chaos-Ebenen begannen, gab es in diesem Gebiet sowohl auf tarbischer als auch auf thindamischer Seite nur sehr wenige Ansiedlungen. Die größte davon war die tarbische Stadt Tandor, die einen kleinen Hafen besaß und deren Bewohner einerseits vom Fang und Handel mit Fischen und andererseits vom Transport von Reisenden lebten, die von Tarbis über den See nach Thindam wollten und keine Lust hatten, den längeren und weitaus gefährlicheren Landweg um den See herum zu nehmen. Die Schiffsleute achteten stets darauf, nicht zu weit auf den See hinauszugeraten, denn in seiner Mitte sollte es nicht ganz geheuer sein. Tatsächlich berichteten Fischer, daß dort eine Insel lag, die jedoch von einer riesigen Nebelbank umgeben war, was so unheimlich wirkte, daß keiner der abergläubischen Fischer dort an Land zu gehen wagte.

Shiree hatte sich und Iliska in die kleine Hafenstadt gebracht, denn hier hatten sich Bethany und Iliska seinerzeit eingeschifft, um nach Thindam zu gelangen. Der Ort war Iliska noch gut im Gedächtnis geblieben, und daher hatten sie die Portalsteine nutzen können, um schnell dorthin zu reisen. Es erwies sich aber als bedeutend schwieriger, ein Boot zu finden, daß sie zur Nebelinsel – wie die geheimnisvolle Insel überall in Tandor genannt wurde –

bringen würde. Sicher gab es Boote zu vermieten, aber sobald die Besitzer hörten, welches Ziel die beiden Frauen hatten, schlugen sie ihnen die Tür vor der Nase zu.

Sie waren am Morgen in Tandor angekommen, und am späten Nachmittag hatten sie alle Möglichkeiten ein Boot zu mieten ausgeschöpft.

»Also mir reicht es jetzt«, erklärte Shiree. »Alles hat seinen Preis, und wenn wir kein Boot mieten können, dann kaufe ich eben eins.«

»Auf gar keinen Fall«, widersprach Iliska sofort. »Du gibst schon viel zuviel Geld für mich aus.«

Shiree verdrehte die Augen. »Bis jetzt habe ich noch nicht mal damit angefangen. Es sei denn, du hältst das Mittagessen von vorhin, das – nebenbei bemerkt – ausgesprochen mittelmäßig war, schon für eine unzumutbare Ausgabe.«

»Aber Shiree, du weißt doch –«

»Nein, ich weiß nicht«, unterbrach Shiree leicht genervt. »Wir teilen unser Leben, unsere Körper, unsere Liebe miteinander, aber ausgerechnet bei etwas so Unwichtigem wie Geld hast du ein Problem.«

»Unwichtig?« entgegnete Iliska ein wenig ärgerlich. »Das kann auch nur jemand sagen, der immer welches hatte.«

»Zugegeben«, sagte Shiree. »Aber das heißt nicht, daß ich das, was ich besitze, verschwende. Und könnte es etwas Schöneres geben, als die Frau, die man liebt, zu verwöhnen? Und hier geht es nicht einmal darum. Es geht darum, daß du auf diese Insel mußt und ich dir das ermöglichen kann. Bitte, Iliska, laß uns doch nicht immer wieder dieselbe Diskussion führen.« Sie sah Iliska mit ihren sanften braunen Augen traurig an.

Diesem Blick, der an einen kleinen Welpen erinnerte, konnte Iliska einfach nicht widerstehen. Sie seufzte und nahm ihre Geliebte in die Arme. »Das möchte ich ja gar nicht, und ich verstehe durchaus deine Beweggründe. Aber du mußt mich auch verstehen.«

»Wie rührend«, hörten sie in diesem Moment eine spöttische Stimme. »Streit und Versöhnung unter Liebenden, welch wunderbar dramatisches Schauspiel. Und da sagen die Leute, daß man in Tandor nichts geboten kriegt.«

Shiree wurde bleich, als sie die Stimme erkannte. Sie ließ Iliska los und fuhr herum. »Du? Das glaube ich einfach nicht!« Sie hatte den Satz kaum ausgesprochen, als sie auch schon ihr Schwert in der

Hand hielt und auf die Frau losging.

Die sprang sofort zurück und hob beide Hände. »He, sachte, ich bin nicht hier, um mit dir zu kämpfen.«

»Das glaube ich«, knurrte Shiree.

Iliska hatte verblüfft den kurzen Wortwechsel mit angehört. »Shiree, wer ist das?«

»Jemand, der längst tot und verrottet sein sollte«, zischte Shiree. »Gillian.«

Überrascht sah Iliska die Frau an, von der sie schon soviel Schlechtes gehört hatte. Gillian hatte kurze, rote Haare und dunkelgrüne Augen. Ihr Gesicht hatte durchaus ansprechende Züge, doch eine gewisse Härte lag darin, und sie hatte einen verschlagenen Zug um den Mund. Bewaffnet war sie mit einem Beil und einem langen Schiffsmesser, die sie an einem Gürtel um die Hüften trug.

»Bist du wegen dieser dummen Geschichte in Ardopolis etwa immer noch böse auf mich, Shiree?« sagte Gillian. »Glaub mir, es war nichts Persönliches.«

Shiree ging auf den versöhnlichen Ton nicht ein. »Du wolltest mich und Tanya töten! Was ist daran nicht persönlich?«

Gillian machte eine wegwerfende Geste. »Ach, da ging es ums Geschäft. Außerdem war das nicht meine Idee. Die Leute waren eben aufgebracht, weil sie dachten, du hättest dir diese Geschichte nur ausgedacht, um den Schatz für dich allein behalten zu können. Ich konnte sie einfach nicht zurückhalten.«

»Als ob du es überhaupt versucht hättest.«

Gillians Gesicht nahm einen gekränkten Ausdruck an. »Schade, daß du so schlecht von mir denkst. Aber wie dem auch sei, ich bin dir zu Dank verpflichtet. Immerhin hast du mir das Leben gerettet.«

Shiree sah sie fragend an.

»Ich war mir erst auch nicht sicher, ob du diese angebliche Vision in der Orakelhalle nicht frei erfunden hattest«, fuhr die Archäologin erklärend fort. »Doch ich hätte nicht so lange in meinem Geschäft überlebt, wenn ich irgend etwas dem Zufall überließe.«

Bei dem Wort ›Geschäft‹ schnaubte Shiree verächtlich.

»Ich bin also als Letzte in die Gewölbe gestiegen.« Gillian ließ sich nicht beirren. »Und ich war sehr vorsichtig. Am Eingang zur ersten Ebene ließ ich die anderen allein weitergehen und wartete. Als ich ihre Schreie hörte, wußte ich, daß du recht gehabt hattest. Und dann brandete etwas aus der Dunkelheit auf mich zu. Ich habe es knapp geschafft, aus dem Gewölbe zu entkommen, habe mich auf mein Pferd gesetzt und bin davon geritten. Nicht einmal etwas mitnehmen konnte ich«, fügte sie bedauernd hinzu.

Shiree spuckte verächtlich vor ihr auf den Boden. »Und das tut dir sicher am meisten leid.«

»Oh, nein«, widersprach Gillian mit einem süffisanten Lächeln. »Das ist das einzige, das mir leid tut.«

»Sie ist tatsächlich so ein skrupelloses Miststück, wie du gesagt hast«, ließ sich da Iliska vernehmen.

Gillian grinste nur. »Das mag sein. Aber ich bin ein skrupelloses Miststück mit einem Boot, das euch zur Nebelinsel bringen kann.«

Stille breitete sich aus.

»Du hast was?« fragte Shiree. »Und woher weißt du überhaupt, daß wir zu der Insel wollen?«

Gillian breitete grinsend die Arme aus. »Welche Frage soll ich zuerst beantworten?«

»Das ist mir vollkommen egal«, erklärte Shiree, doch sie steckte ihr Schwert zurück und sah Gillian erwartungsvoll an.

»In Ardopolis war nichts zu holen«, sagte Gillian. »Deshalb wandte ich mich schnell neuen Projekten zu. Die Welt ist voller Schätze, wenn man weiß, wo sie zu suchen sind.«

»Und so was nennt sich Archäologin«, schnaubte Iliska.

»Von hehren Idealen kann niemand leben«, erklärte Gillian wegwerfend. »Und von dem, was die Universität in Yartar mir gezahlt hat, auch nicht. Abgesehen davon wußten sie mein Talent ohnehin nicht zu schätzen, sonst hätten sie mich nicht rausgeworfen.«

»Sie haben dich rausgeworfen, weil du zuviel gesoffen hast«, sagte Shiree.

Die Archäologin zuckte die Schultern und zog einen kleinen silbernen Flachmann aus ihrer Brusttasche. »Darauf trinke ich«, sagte sie und nahm einen tiefen Zug.

Angewidert sahen Iliska und Shiree sie an.

Gillian zeigte sich nicht im mindesten beeindruckt. »Ich wandte mich also neuen Projekten zu«, sagte sie und steckte den Flachmann in die Tasche zurück. »Es war nicht viel Lohnendes dabei, genügte gerade zum Leben. Doch vor einigen Wochen hörte ich von der Nebelinsel und daß auf ihr ein alter Tempel der Shankul stehen soll. Und wo alte Tempel sind, da sind oft auch Schätze.«

»Ein Tempel der Shankul?« Shiree runzelte die Stirn. Shankul war die Göttin der Selbstsucht, der Zerstörung und der schwarzen Magie.

Gillian grinste. »Ich weiß, das klingt nicht gerade ungefährlich, aber der Tempel soll schon vor langer Zeit verlassen worden sein. Und als ich zufällig mitbekam, daß ihr auch zur Insel wollt, da dachte ich, ich begleiche meine alte Schuld. Aber wenn ihr Angst habt, dann könnt ihr gern hierbleiben.«

»Wie bist du überhaupt an ein Boot gekommen?« fragte Shiree. »Die machen sich doch alle in die Hosen, wenn man die Insel auch nur erwähnt.«

»Sehr einfach, ich habe eins gekauft«, erklärte Gillian. »Du weißt doch, daß alles seinen Preis hat.«

Shiree warf Iliska einen kurzen aber vielsagenden Blick zu.

»Ich will kein Wort hören«, zischte Iliska.

»Und was willst du dafür haben, daß du uns auf die Insel mitnimmst?« fragte Shiree.

»Gar nichts«, erklärte Gillian. »Zum einen schulde ich dir noch etwas, immerhin habe ich es dir zu verdanken, daß ich heute überhaupt hier stehe, und zum anderen habe ich sonst niemanden gefunden, der mit mir rüberfährt. Und ein wenig Hilfe kann ich gebrauchen.«

Shiree sah sie mißtrauisch an. »Ich muß das erst mit meiner Gefährtin besprechen.«

Gillian zuckte die Schultern. »Tu das, aber laßt euch nicht zuviel Zeit. Ich muß noch meine Ausrüstung ins Boot laden und es seeklar machen. Wenn ich damit fertig bin, breche ich auf, ob mit oder ohne euch. Kommt zum Hafen, wenn ihr es euch überlegt habt. Das Boot heißt Seeteufel.«

»Wie passend«, knurrte Iliska.

Gillian lachte nur. Dann wandte sie sich um und schlenderte davon.

»Ausgerechnet Gillian«, sagte Iliska, als sie kurze Zeit später zum Hafen unterwegs waren. »Daß wir ausgerechnet auf die Hilfe dieser hinterhältigen Person angewiesen sein könnten, hätte ich nicht gedacht.«

Sie hatten ihre Pferde in einem Mietstall untergestellt und nur das Notwendigste mitgenommen, denn sie gedachten keinesfalls, lange auf der Insel zu bleiben.

»Ich traue ihr auch nicht«, sagte Shiree. »Aber ich sehe keine andere Möglichkeit, auf die Insel zu kommen. Und da du ja nicht willst, daß ich ein Boot kaufe –«

»Jetzt fang nicht wieder damit an«, fiel Iliska ihr ins Wort. »Gillian ist in erster Linie gierig, und während sie in dem alten Tempel herumsucht, haben wir Zeit, uns nach Beth umzuschauen.«

»Ich traue ihr zu, daß sie einfach ohne uns zurückfährt, wenn sie gefunden hat, was sie sucht«, knurrte Shiree.

»Und warum sollte sie das?« fragte Iliska. »Sie braucht schließlich nicht mit uns zu teilen.«

»Weil sie ein gehässiges Biest ist«, entgegnete Shiree. »Und weil sie mich nicht leiden kann.«

Sie waren inzwischen am Hafen angelangt und gingen den Landungssteg hinunter. Die *Seeteufel* lag ganz am Ende. Es war ein kleines Fischerboot mit einem einzigen Segel, gerade groß genug, um noch von einer einzigen Person gesteuert werden zu können.

»Da seid ihr ja!« rief Gillian und tat überrascht. »Habt ihr euch doch entschlossen, mir zu vertrauen?«

»Davon träumst du«, knurrte Shiree und sprang an Bord. »Und versuch ja nicht, uns reinzulegen. Ich behalte dich im Auge.«

Gillian seufzte und verdrehte in einer gespielt tragischen Geste die Augen. »Warum verkennen mich nur alle so?«

»Willst du das wirklich wissen?« antwortete Shiree. »Dann hätten wir von hier bis zur Insel zumindest ein Gesprächsthema. Ich bezweifle allerdings, daß wir damit durch sind, bis wir ankommen.«

Gillian schnaubte verächtlich.

Kurze Zeit später befanden sie sich auf dem Weg zur Insel. Gillian schien die Richtung genau zu kennen, denn sie steuerte das Boot zielsicher nach Nordwesten. Nach etwa einer Stunde sahen sie in der Ferne einen Punkt, der langsam größer wurde. Schließlich erkannten sie die Umrisse einer Insel, deren Ufer fast völlig in Nebel getaucht war. Nach einer weiteren Stunde waren sie nahe genug, um nach einem geeigneten Landeplatz Ausschau halten zu können. Dies erwies sich als schwierig, denn die Insel war ringsherum von hohen Felsen umgeben, die eine Landung unmöglich machten. Sie entdeckten schließlich eine kleine Bucht und steuerten vorsichtig hinein. Als sie den Rumpf des Bootes über den Sand knirschen hörten, sprangen sie hinaus und zogen das Boot auf den Strand. Der Nebel war hier weniger dicht, und die drei erkannten, daß sich die Felsen an dieser Stelle öffneten und den Weg ins Innere der Insel freigaben. Dichte Vegetation empfing sie, und der Pfad, auf dem sie gingen, war kaum zu erkennen.

»Weißt du wo genau der Tempel sein soll?« fragte Iliska.

»In der Mitte der Insel«, entgegnete Gillian.

»Geht es auch etwas detaillierter?« kam es genervt von Shiree.

»Es gibt einen Weg«, sagte Gillian. »Und Statuen der Shankul weisen ihn uns. Wir müssen nur die erste finden, dann sehen wir an der Richtung, in die ihre Hand weist, wo die nächste liegt. So gelangen wir schließlich zum Tempel.«

»Woher weißt du das eigentlich alles?« fragte Iliska mißtrauisch. »Du hast nicht mal eine Karte gebraucht, um die Insel zu finden.«

»Ich habe mich in Tandor etwas umgehört«, entgegnete Gillian ausweichend. »Meine Expeditionen bereite ich in der Regel so gut wie möglich vor.«

»Ja, das hat man gesehen«, knurrte Shiree.

Sie suchten die Umgebung ab und fanden schließlich ein steinernes Abbild der gefürchteten Göttin. Es war beinah doppelt so groß wie Iliska und in erstaunlich gutem Zustand. Drei der Arme der Göttin waren gesenkt, doch der vierte wies in eine bestimmte Richtung weiter ins Innere der Insel.

»Na also, was habe ich euch gesagt?« rief Gillian triumphierend. »Na, kommt schon, beeilen wir uns.«

Die Statuen waren in einem bestimmten Muster auf der Insel angeordnet und führten die drei schließlich zu einem gewaltigen Felsentor, das die Form eines mit spitzen Zähnen besetzten, weit aufgerissenen Maules hatte.

»Sieht einladend aus«, sagte Shiree. »Das erinnert mich daran, daß es seit dem Mittagessen schon eine Weile her ist.«

Sie durchquerten das Tor und betraten den Tempel. Das Innere bestand aus mehreren Ebenen, die terrassenförmig angeordnet und untereinander durch Leitern und kleine Treppen verbunden waren. Auf jeder Terrasse gab es eine Vielzahl von Kammern.

Die oberste Ebene zierte eine riesige Statue von Shankul: der Oberkörper der Göttin war eine Schlange, der Unterleib teilte sich in drei stachelbesetzte Skorpionschwänze; der Kopf war menschlich, doch statt Haare hatte sie ein dichtes Schlangenknäuel auf dem Haupt; jeder ihrer vier Arme hielt jeweils einen Krummdolch in der Hand.

»Dort oben ist die Opferhalle«, sagte Gillian, die sich recht gut auskannte, was den Kult um Shankul betraf. »Die Räume auf den Terrassen darunter dienten den Priestern als Quartiere, abgestuft nach ihrem Rang. Die Novizen fingen in der untersten Ebene an und konnten sich dann in der Hierarchie weiter hinaufarbeiten. Die Opferhalle durften nur die ranghöchsten Priester betreten, außer am Tag des Schwarzen Blutes, an dem den ganzen Tag lang Menschenopfer für Shankul gebracht wurden und alle feierten und sich mit einem speziellen Getränk berauschten, das eigens für diesen Tag hergestellt wurde. Es hieß, daß es selbst den niedrigsten Novizen für einen Tag seiner Göttin näherbringen konnte. Manchmal allerdings auch zu nah«, setzte Gillian grinsend hinzu, »denn Shankul zeigte sich am Tag des Schwarzen Blutes auch oft ihren Anbetern und suchte sich einen von ihnen aus, den sie in ihren ... hmm ... persönlichen Kreis aufnahm.«

Shiree betrachtete die riesige Halle, und ihr Blick wanderte schließlich zu der Statue hinauf. »Sieht Shankul eigentlich wirklich so aus?« fragte sie angewidert.

»Woher soll ich das wissen?« entgegnete Gillian. »Ich bin ihr noch nie begegnet.«

»Sieht nicht aus, als würdest du hier viele Schätze finden«, sagte Shiree.

»Abwarten«, sagte Gillian. »Klettern wir erst einmal zur Opferhalle hinauf, da werden wir weitersehen.«

Iliska hatte dem kurzen Gespräch der beiden kaum Aufmerksamkeit geschenkt. Sie fragte sich, wie sie auf dieser doch ziemlich großen Insel Bethany finden sollten. Und außerdem: Sie hatte in der Vision Bethany am Strand der Insel gesehen. Doch woher wollte sie wissen, wie weit in der Vergangenheit die Szene gelegen hatte? War es nicht viel wahrscheinlicher, daß sie inzwischen gar nicht mehr am Strand war, sondern sich vielmehr im Inneren der Insel befand, vielleicht sogar hier im Tempel? Iliska beschloß, sehr wachsam zu sein.

Sie stiegen die Leitern hinauf, warfen einen Blick in einige der Räume der verschiedenen Ebenen, die allesamt leer und verlassen waren, wenn auch in verhältnismäßig gutem Zustand. Es schien fast so, als hätte hier vor nicht allzulanger Zeit noch Leben geherrscht, und die noch überall herumstehenden Dinge des täglichen Gebrauchs verstärkten diesen Eindruck. Es war jedoch nichts Wertvolles dabei, und so erregte auch nichts davon Gillians Aufmerksamkeit.

Als sie die oberste Ebene erreichten, fanden sie sich auf einem Plateau wieder, das gerade genug Platz für die Statue der Göttin bot. Dahinter ragte eine Felswand auf, in deren Mitte sich eine mannshohe Öffnung befand, die in einen Tunnel führte. Die drei Frauen gingen hindurch und fanden sich am anderen Ende in einer weiteren großen Halle wieder, die jedoch kreisrund war, und in deren Mitte ein hoher, pyramidenförmiger Altar aufragte. Ringsherum standen in Nischen an den Wänden kleinere Statuen, die alle Shankul zeigten.

»Nicht sehr einfallsreich, die hiesigen Bildhauer«, kommentierte Shiree.

»Was hätten sie in einem Tempel der Shankul denn sonst abbilden sollen? Deidra vielleicht?« sagte Gillian trocken.

Auch auf dem Altar stand eine Statue von Shankul in der gleichen Pose wie die anderen, mit hoch aufgerichtetem Oberkörper und ausgebreiteten Armen. Vor ihr war eine Art Wanne angebracht, aus der eine schmale Rinne den Altar hinunter führte, die sich an seinem Fuße in zwei weitere Rinnen verzweigte, die links und rechts um ihn herum führten.

»Dort oben wurden die Menschenopfer gebracht«, erklärte Gillian. »Dazu dienten in der Regel Gefangene, die auf dem Festland gemacht wurden, aber auch Priester oder Novizen, die in Ungnade gefallen waren. Dem Opfer wurde die Kehle durchgeschnitten, so daß das Blut in die Wanne und von dort aus durch die Rinnen um den Altar fließen konnte.«

In diesem Augenblick fiel ein Lichtstrahl durch eine kreisrunde Öffnung an der Decke und traf direkt auf die Statue der Göttin. Sofort begannen die Augen zu strahlen und zu leuchten, als wären sie zu einem unwirklichen Leben erwacht.

Gillian kletterte sofort die Stufen der Pyramide hinauf und besah sich die Sache aus der Nähe. »Dachte ich es mir doch, die Augen bestehen aus Diamanten!« rief sie zu Shiree und Iliska herunter, während sie ihr Messer zog. »Kannst du mir mal helfen, Shiree?«

Besorgt legte Iliska eine Hand auf Shirees Schulter. »Halt sie lieber davon ab. Ich weiß nicht, ob das klug ist.«

Shiree lächelte. »Ich mach das schon. Sieh du dich doch mal um, ob es hier irgendeine Spur gibt, daß vor kurzem jemand hiergewesen ist.«

Iliska seufzte leise. »Du meinst, ob Beth hier war? Oder immer noch ist? Daran habe ich auch schon gedacht.«

Shiree küßte Iliska auf die Wange und stieg dann auf den Altar hinauf, wo Gillian bereits damit begonnen hatte, mit dem Messer einen der beiden Diamanten aus der Augenhöhle der Statue herauszustechen.

Shiree fiel ihr in den Arm. »Laß das!«

»Machst du dir etwa Sorgen um eine dumme Statue?« fragte Gillian spöttisch.

»Nein, aber es wäre doch immerhin möglich, daß der Altar besonders geschützt wurde. Und wer weiß, was du auslöst, wenn du den Diamanten da rausholst?«

Gillian sah Shiree nachdenklich an. »Vielleicht hast du recht.« Sie ließ das Messer sinken.

Dann geschah alles blitzschnell. Gillians Arm zuckte nach vorn, das Messer blitzte auf. Shiree sprang zurück, konnte der Klinge gerade noch ausweichen. Sie wollte nach ihrem Schwert greifen, doch da legte sich ein Arm wie ein Schraubstock um ihren Hals, während gleichzeitig ihr Schwertarm gepackt und festgehalten wurde.

»Herzlich willkommen in meinem Alptraum«, zischte eine gehässige Stimme.

Iliska hörte den Lärm und sah zum Altar hoch. Was sie erblickte, ließ sie vor Schreck den Atem anhalten. Gillian bedrohte Shiree mit einem Messer, während Shiree von jemandem, der hinter ihr stand, in einem Würgegriff gehalten wurde.

Iliska griff nach ihrer Waffe und wollte die Treppen hinaufstürmen, doch da rief eine Stimme: »Bleib, wo du bist, Iliska von Dunchester, oder Shiree stirbt auf der Stelle. Habt ihr wirklich gedacht, ihr beide könntet mich hier überraschen? Glaubt ihr, ich wüßte nicht, daß ihr mich töten wollt? Aber ich werde euch zuvorkommen.«

Iliska erstarrte, als sie die Stimme erkannte. »Bethany!« rief sie. »Was soll das? Laß Shiree sofort los, wir wollen doch nur mit dir reden!«

»Und das soll ich dir glauben?« entgegnete Bethany. »Du verfolgst mich doch schon, seit du erfahren hast, wer deine Familie getötet hat. Zum Glück hat Gillian mich gewarnt.«

»Verräterin«, zischte Shiree in Gillians Richtung, doch sofort wurde der Druck an ihrem Hals verstärkt, und Shiree rang verzweifelt nach Luft.

»Sei still«, zischte Bethany ihr ins Ohr. »Du hast dich mit Iliska verbündet, und deshalb wirst du jetzt auch mit ihr sterben.« Sie machte Anstalten, ihre Kehle zuzudrücken. Shiree versuchte sich zu wehren, doch die Frau schien übermenschliche Kräfte zu besitzen.

»Nein!« schrie Iliska. »Nein, bitte, das ist doch alles nicht wahr! Ich bin hier, um mit dir zu reden, wirklich. Bitte, du darfst Shiree nicht töten. Ich tue alles, was du willst!«

Der Griff lockerte sich wieder ein wenig, und Shiree sog hastig Luft in ihre Lungen.

»Du willst mir also erzählen, du wärst nur zum Reden gekommen!« rief Bethany Iliska zu. »Und weshalb hast du das dann nicht schon längst getan? Erzähl mir nicht, daß du nicht schon wußtest, wer ich war, als wir uns damals kennenlernten. Monatelang haben wir in T'Mar zusammen trainiert, und du hast kein Wort gesagt. Und jetzt willst du auf einmal reden?«

»Ich wußte nicht, wer du warst, Beth!« beteuerte Iliska. »Ich habe es erst vor kurzem erfahren. Ja, und du hast recht, ich war zornig auf dich, und ich habe mit dem Gedanken gespielt, meine Familie zu rächen, aber dann wurde mir klar, daß das keine Lösung ist.«

Bethany lachte höhnisch. »Wie edel. Und das soll ich dir glauben?«

Iliska holte tief Luft und zwang sich dazu, ruhig zu bleiben. »Beth«, begann sie, »das hier ist eine Sache zwischen dir und mir. Weder Shiree noch Gillian haben damit zu tun. Also tragen wir es auch unter uns aus, ob mit Worten oder Waffen überlasse ich dir.«

Für einen Augenblick schien es, als hätten diese Worte auf Bethany Eindruck gemacht. Doch dann legte sie den Kopf in den Nacken und lachte. »Hältst du mich für so dumm?« rief sie. »Ich gehe niemals ein Risiko ein. Das habe ich bei deiner Familie so gehalten, und so halte ich es jetzt. Sieh dir deine Freundin noch einmal an, gleich ist sie tot.«

»Laß mich das tun«, bat Gillian. »Darauf freue ich mich schon lange.«

»Na, schön«, sagte Bethany.

Gillian grinste und näherte sich Shiree, das Messer stichbereit in der Hand. Als sie nah genug war, trat Shiree blitzschnell zu. Sie traf Gillians Handgelenk, und die Klinge wirbelte davon. Ein zweiter Tritt ließ sie zurück gegen die Statue prallen.

Iliska nutzte die Ablenkung, zog ihre Waffe und rannte die Stufen hinauf, in dem verzweifelten Versuch, Shiree rechtzeitig zu erreichen, bevor Bethany sie töten konnte.

»Netter Versuch«, zischte Bethany und schickte sich an, Shiree die Kehle zuzudrücken, doch da legte sich plötzlich eine Hand von hinten um ihr Handgelenk, drehte es mit einem kurzen, heftigen Hebel herum, so daß sie ihren Griff lösen mußte.

Sofort wand sich Shiree heraus, taumelte auf Iliska zu und brach keuchend in die Knie. Iliska fing sie auf und schloß sie in die Arme. Dann sahen beide auf, um zu sehen, wem sie Shirees Rettung verdankten – und erstarrten.

»Pech gehabt, Diella«, zischte die echte Bethany. »Euer Plan hat nicht funktioniert.«

Diella wirkte für einen Moment verwirrt, doch dann fing sie sich rasch wieder, wich ein paar Schritte zurück und zog ihr Schwert. »Du bist ein wenig früh dran, Beth«, sagte sie.

Hinter Bethany tauchten Tanya und Karimah auf.

Tanya erstarrte, als sie Shiree in Iliskas Armen sah.

Shiree war ebenfalls verblüfft, ausgerechnet ihre ehemalige Geliebte hier zu sehen. »Tanya? Was machst du denn hier?«

»Das gleiche könnte ich dich fragen«, entgegnete Tanya trocken.

Iliska schaute inzwischen völlig entgeistert von Bethany zu Diella. »Wieso . . . wieso gibt es dich zweimal?« stotterte sie.

»Das würde ich auch gern wissen«, knurrte Bethany.

Diella fletschte die Zähne. Haßerfüllt sah sie die Frauen an. »Ich bin ein Teil von dir«, schleuderte sie Bethany entgegen. »Geschaffen aus den dunklen Elementen deiner Seele, den Elementen, auf die du früher so stolz warst und derer du dich jetzt schämst, sie versteckst und verleugnest. Aber nun bin ich endlich frei von dir!«

Bethany starrte Diella verblüfft an. »Du bist was? Aber wie ist so etwas möglich? Wer hat das getan?«

Schmerz und Verbitterung, aber auch eine Spur von Triumph spiegelten sich auf Diellas Gesicht. »Eine, die mich akzeptiert, so wie ich bin.« Ihre Hand umklammerte einen tiefblauen Saphir, den sie in einer goldenen Fassung um den Hals trug. »Hilf mir, Herrin!« rief sie. »Ich brauche dich!«

Augenblicklich ging ein so intensives, blaues Leuchten von dem Saphir aus, daß Bethany und die anderen die Augen schließen mußten. Als sie sie wieder öffnen konnten, war Diella verschwunden.

Iliska ging zu Bethany hinüber. »Wenn ich es nicht mit eigenen Augen gesehen hätte, ich würde es nicht glauben.«

Bethany betrachtete Iliskas Gesicht. Es kam ihr bekannt vor, und gleich darauf wußte sie auch, wer das war. Sie hatte diese junge

Frau in der Vision des Orakels gesehen. »Du bist Iliska von Dunchester«, sagte sie, und ihre Stimme klang erstaunt und erschrocken zugleich.

»Du kennst meinen vollen Namen?« entgegnete Iliska verblüfft. »Aber den habe ich dir doch nie genannt. Hast du etwa die ganze Zeit gewußt, wer ich bin?«

»Einen Moment mal«, mischte sich Karimah ein. »Ich glaube, wir sollten ein paar Dinge vorab klären.«

Tanya näherte sich indessen Shiree. »Schön, dich wiederzusehen«, sagte sie leise. »Und in so angenehmer Gesellschaft«, fügte sie mit einem vielsagenden Blick auf Iliska hinzu.

»Ich erklär dir das später«, flüsterte Shiree zurück.

»Na, da bin ich aber sehr neugierig«, entgegnete Tanya trocken.

Die beiden wandten ihre Aufmerksamkeit wieder Karimah, Iliska und Bethany zu.

»Mein Name ist Karimah«, sagte Karimah. »Vor ein paar Tagen fand ich Bethany nahe der Stadt Kartania in Thindam. Sie fiel mir förmlich aus dem Himmel vor die Füße, und obwohl sie unverletzt war, fehlte ihr ein Teil ihrer Erinnerungen. Tanya hier stellte fest, daß diese Beth durch schwarze Magie geraubt worden waren. Sie riet uns, nach Ardopolis zu gehen, um das Orakel zu befragen.«

»In Ardopolis waren wir auch«, unterbrach Shiree. »Weil Iliska Bethany suchen wollte, die auf einer Fahrt über den Azulsee von einer unbekannten Macht entführt worden war.«

»Was ihr aber nicht wißt, ist, daß das Orakel durch Magie beeinflußt wurde«, mischte sich nun Tanya ein. »Während Bethany und Karimah noch im Tempel von Ardopolis miteinander sprachen, habe ich das Orakel ebenfalls aufgesucht, weil auch ich eine Frage hatte.« Sie schaute kurz in Shirees Richtung, bevor sie fortfuhr. »Doch kaum hatte ich die Orakelhalle betreten, da spürte ich den Einfluß schwarzer. Magie, die erst vor kurzem dort ausgeübt worden sein mußte. Das Orakel zeigte mir dann diese Insel und den Tempel, und ich sah Shiree, die von einer Person angegriffen wurde, die aussah wie Bethany. Das Bild dieser Halle prägte sich mir so deutlich ein, daß ich mit Karimah und Bethany rasch hierherreisen konnte, um das Schlimmste zu verhindern.«

»Und das war wirklich im letzten Augenblick«, stellte Iliska fest. Sie war hin und her gerissen. Bethany hatte zwar Shiree das Leben gerettet, aber sie war auch noch immer die Mörderin ihrer Familie. Doch hatte Tanya nicht gerade gesagt, das Orakel wäre durch Magie beeinflußt worden. Was, wenn das, was sie gesehen hatte, gar nicht stimmte?

In diesem Moment hörten sie ein Stöhnen. Gillian kam wieder zu sich, setzte sich langsam auf, blickte hoch und sah in fünf Augenpaare, die sie nicht gerade freundlich anschauten. Drei davon kannte sie sogar recht gut. »Oha«, stammelte sie.

Shiree packte Gillian an ihrer Weste, zog sie hoch und gab ihr zwei Ohrfeigen. »Rede, du Miststück. Bevor ich mich vergesse.«

Keine der anderen machte Anstalten, Shiree zurückzuhalten.

Gillian beschloß, nicht darauf zu warten, daß Shiree ihren Fragen mit weiteren Handgreiflichkeiten Nachdruck verlieh. »Es war nicht meine Idee«, sagte sie hastig. »Altea wollte, daß ich den Stein im Orakel verberge, damit sie das beeinflussen kann, was ihr dort erfahrt. Sie wollte, daß Iliska sieht, wie Diella Shiree tötet und Bethany dafür noch mehr haßt und sie sich –«

»Oh, du verdammtes ...« unterbrach Shiree, außer sich vor Zorn. Sie zog Gillian ein Stück heran und hob wieder ihre Hand.

In diesem Augenblick ging ein Ruck durch Gillians Körper. Erstaunt blickte sie an sich herab und sah die Spitze eines Dolches, der aus ihrer Brust ragte. Es gab ein knirschendes Geräusch, als der Dolch wieder aus ihrem Körper gezogen wurde. Gillian sank in sich zusammen, doch keine der fünf Frauen achtete darauf, ihre Aufmerksamkeit war auf das Wesen gerichtet, das die Klinge in Gillians Rücken gestoßen hatte. Es war die Statue der Shankul, die zu unheilvollem Leben erwacht war. Das Ungeheuer wandte den Kopf und sah die fünf an. Ihre Augen leuchteten in einem unheimlichen Grüngelb. Die Schlangen auf ihrem Kopf begannen sich zu winden, die drei stachelbewehrten Schwänze peitschten den Boden.

»Zurück!« rief Bethany. »Runter vom Altar!«

Die Frauen stürzten die Treppe hinunter.

Karimah nahm Tanyas Arm und zog sie zu sich heran. »Versteck dich in einer der Nischen. Und misch dich auf keinen Fall ein.«

»Aber –«

»Kein ›aber‹«, unterbrach Karimah. »Überlaß das uns.«

Die lebendig gewordene Statue glitt auf ihrem Schlangenleib die Altarstufen hinunter. In ihren Händen schwang sie die Krummdolche, die, bedachte man die Größe der Statue, die Länge von Kurzschwertern hatten.

»Verteilt euch!« schrie Bethany.

Der Kopf der Statue bewegte sich langsam hin und her, als könne sich das Monstrum nicht entscheiden, wen es zuerst angreifen sollte. Doch dann verharrte ihr Blick auf Bethany, und sie glitt auf sie zu.

Bethany parierte die ersten Streiche, wurde dann jedoch zurückgeschleudert und prallte gegen eine Säule.

Die Statue wollte nachsetzen, doch da griff Karimah ein, und einer der stachelbesetzten Schwänze schlug nach ihr. Shiree sprang ihm in den Weg, ihr Schwert zischte durch die Luft und trennte den Stachel ab. Die Statue schien es nicht zu bemerken. Sie schlug auf Karimah ein, versuchte an ihr vorbei zu Bethany zu gelangen.

Bethany hatte sich inzwischen wieder erholt und eilte Karimah zu Hilfe, zusammen mit Iliska und Shiree. Zu viert hatten sie leichteres Spiel. Gemeinsam wehrten sie die wuchtigen Streiche ab, trennten einen Arm nach dem anderen vom Körper der Statue, bis Karimah ihr das Schwert in die Brust stieß und das Monstrum zuckend zusammenbrach.

Doch die Frauen mußten rasch feststellen, daß die Gefahr noch nicht vorbei war, denn mit einem Mal waren die Nischen erfüllt von blauem Licht, und nun erwachten auch die kleineren Statuen eine nach der anderen zum Leben und griffen sofort an.

Eine davon ging auf Tanya los, die sich in einer der Nischen in Sicherheit geglaubt hatte. Sie warf sich zur Seite, rollte sich blitzschnell herum, als eine Klinge dicht neben ihr funkensprühend auf den Steinboden traf. Sie sah entsetzt auf die vier spitzen Dolche, die auf sie gerichtet waren und hob schützend den Arm vor ihr Gesicht. Kurz darauf fühlte sie sich von hinten gepackt und aus der Gefahrenzone gezogen, ein Schwert zuckte vor, hieb die Dolche zur Seite und bohrte sich dann in die Brust des Ungeheuers.

Tanya blickte auf und sah Shiree über sich. »Nett, daß du nicht immer zu spät kommst«, knurrte sie

»Darüber reden wir noch«, zischte Shiree, half Tanya auf die Beine und stieß sie in Richtung des Altars. »Geh dort hinauf, da bist du in Sicherheit.«

»Tanya tu dies, Tanya tu das«, murrte die Heilerin, während sie die Stufen hinaufhastete. »Vielleicht sollte ich doch lernen, wie man ein Schwert führt.«

Inzwischen war die Opferhalle erfüllt vom Geklirr der Waffen. Iliska, Shiree, Karimah und Bethany schlugen sich tapfer, aber die Zahl der Angreifer war groß.

Tanya hörte ein leises Stöhnen und sah zu Gillians regloser Gestalt, die halb in der steinernen Wanne lag. Sie kniete sich neben sie und entdeckte zu ihrer Überraschung, daß Gillian noch lebte.

»Hilf . . . mir«, flüsterte die Verwundete.

Tanya zögerte einen Moment. Gillian hatte so viel verschuldet. Sollte sie doch sterben, sie hatte den Tod verdient. Und vielleicht würde ja eine ihrer Freundinnen schon bald Tanyas Hilfe brauchen. Warum dann ihre Kräfte an diese wertlose Verräterin verschwenden? Demonstrativ wandte sie sich ab und schaute in die Halle hinunter.

Sie sah, daß zwei der Statuen auf Karimah eindrängten, die die Dolche der einen Statue mit einem heftigen Streich abwehrte, und so unter den Hieben der anderen hinwegtauchte, daß deren Waffen sie verfehlten und sich statt dessen tief in den Körper der ersten Angreiferin bohrten. Karimah holte aus und köpfte beide Statuen mit einem einzigen mächtigen Schlag, dann sprang sie über die zusammenbrechenden Gestalten und stürzte sich auf die nächste Gegnerin.

Iliskas und Shirees Schwerter trennten Gliedmaßen und Köpfe ab, während sie den Stacheln der wild peitschenden Schwänze auswichen. Die beiden kämpften Rücken an Rücken wie ein eingespieltes Team. Tanya versetzte es einen Stich als sie das sah.

»Tanya . . .« hörte sie da Gillian erneut flüstern. »Bitte . . .«

Tanya seufzte. Als sie vor vielen Jahren die Entscheidung traf, die Magie, die sie in sich trug nur für ihre Heilkunst anzuwenden, hatte sie gleichzeitig geschworen, niemals eine Bitte um Heilung abzulehnen. Seit damals war sie viel herumgekommen, hatte von allen gelernt, von denen es etwas für sie zu lernen gab, und hatte auf ihren Reisen menschliche Abgründe gesehen, die sie sich damals in ihrem kleinen Heimatdorf in den Bergen von Traskel niemals hätte träumen lassen. Doch sie war sich selbst immer treu geblieben, und auch wenn ihr Umgangston rauher und ihr Fell dicker geworden war, so hatte sie doch den Schwur immer gehalten, den sie als junges Mädchen mit hohen Idealen vor sich selbst abgelegt hatte. Gillian mochte es vielleicht nicht wert sein, daß sie ihr half, aber noch viel weniger war sie es wert, daß sie ihretwegen zum ersten Mal ihren Schwur brach. Sie kniete neben der verletzten Frau, zog sie hoch, bis sie aus der Opferwanne rutschte und davor sitzenblieb.

»Danke . . . Tanya . . .« murmelte Gillian.

»Warum hast du uns das angetan?« knurrte die Heilerin.

Gillian stöhnte nur.

Tanya versuchte den Lärm um sich herum auszublenden und konzentrierte sich auf die Wunde. Ihr Geist drang in den verletzten Körper ein, und es dauerte nur einen Moment, bis sie feststellte, daß Gillian unglaubliches Glück gehabt hatte. Der Stich hatte Herz und Lunge verfehlt und nur eine tiefe Fleischwunde hinterlassen. Es schien Ironie des Schicksals zu sein, denn Gillian verdankte ihr Leben nur der Tatsache, daß Shiree sie im selben Moment, als der Dolch zustieß, zu sich herangezogen hatte, um sie zu ohrfeigen.

Tanya mußte schnell die Blutung stillen und den Heilungsprozeß in Gang setzen. Sie riß ein Stück aus ihrem Gewand und preßte es auf die Wunde. Dann versank sie ein weiteres Mal in Konzentration, legte ein schützendes und zugleich heilendes magisches Feld um das zerstörte Gewebe. Sie nutzte ihre Kräfte selten auf diese Weise, weil es sie zu sehr erschöpfte, doch hier war Eile geboten, wenn sie Gillians Leben retten wollte. Sie hoffte nur, daß es noch nicht zu spät war und sie nicht schon zuviel Blut verloren hatte.

Die vier Kämpfenden unten in der Opferhalle, die von all dem nichts bemerkten, gewannen allmählich die Oberhand. Grünliches Blut bedeckte überall den steinernen Boden.

Bethany parierte mehrere Dolchhiebe, bevor es ihr gelang, ihren Gegner zu enthaupten. Die drei Schwänze zuckten im Todeskampf nach vorn, um sie mit den Stacheln zu durchbohren, doch sie wich im letzten Augenblick zurück. Die Stacheln schlugen auf den Steinboden, zuckten noch einmal und lagen dann still.

Oben auf dem Altar löste Tanya ihren Geist von Gillian. Sie fühlte sich schrecklich müde, ignorierte es aber, nahm vorsichtig das Tuch von der Wunde und entdeckte zu ihrer Erleichterung, daß sie zu bluten aufgehört und bereits zu heilen begonnen hatte. »Du wirst leben«, sagte sie erschöpft.

Gillian sah die Heilerin fassungslos an. Sie konnte einfach nicht glauben, daß sie das für sie getan hatte. Ihre ganze Kraft zusammennehmend richtete sie sich ein Stück auf und ergriff in einem plötzlichen Anfall von Dankbarkeit mit einer Hand ihre Schulter. »Tanya, du mußt Karimah warnen, Altea will sie –«

Doch es war bereits zu spät. Bethany hatte gerade dem letzten Gegner das Schwert in die Brust gerammt, als ein Donnerschlag die Halle erzittern ließ. Augenblicklich erloschen an den Wänden sämtliche Fackeln und tauchten die Opferhalle von einem Moment zum anderen in Finsternis.

»Karimah!« schrie Tanya. »Karimah, paß auf!«

Stille.

»Bethany, du mußt Karimah schützen!« rief Tanya. »Sie ist in

Gefahr!«

Bethany streckte den Arm aus und tastete um sich. Karimah war doch eben noch neben ihr gewesen. »Karimah!« rief sie. »Karimah, wo bist du?« Doch sie erhielt keine Antwort. »Shiree, Iliska, ist Karimah bei euch?«

Im selben Moment flackerten die Fackeln wieder auf. Alle sahen sich sofort nach Karimah um, konnten sie aber nirgends entdecken. Nur die toten Körper der monströsen Statuen lagen reglos auf dem Boden der Halle.

»Tanya, kannst du Karimah von da oben sehen?« rief Bethany.

Mit wild klopfendem Herzen sah Tanya sich um. Sie fühlte Gillians Hand an ihrem Arm.

»Es ist zu spät«, sagte Gillian mit leiser Stimme. »Altea hat sie. Das war von Anfang an ihr Plan.« Dann fiel ihr Kopf zur Seite, als sie erschöpft das Bewußtsein verlor.

Auch Tanya kämpfte gegen die Erschöpfung, doch sie erhob sich taumelnd und stolperte die Treppen des Altares hinunter.

Shiree lief ihr entgegen und stützte sie, bevor sie die Stufen herunterfallen konnte.

Bethany rannte derweil halb wahnsinnig vor Angst durch die Opferhalle und rief wieder und wieder Karimahs Namen.

Iliska stellte sich ihr in den Weg. »Sie ist fort, Beth. Sie wurde entführt.«

»Nein, du lügst!« schrie Bethany »Das kann nicht sein, sie war doch in meiner Nähe, wie kann sie da jemand entführt haben?« Sie wollte sich abwenden.

Iliska hielt sie fest. »Beth, bitte verlier jetzt nicht den Kopf.«

Bethany packte sie mit beiden Händen an den Schultern und schüttelte sie.

Iliska widerstand dem Impuls, sich zu wehren; Angst und Schmerz in Bethanys Augen berührten sie. »Beth, du mußt dich beruhigen«, sagte sie beschwörend. »Wir können Karimah nicht helfen, wenn du jetzt durchdrehst.«

Bethany starrte Iliska finster an, doch die hielt ihrem Blick stand. Da endlich beruhigte sie sich ein wenig. »Wir?«

Iliska nickte. »Es gibt zwar noch einiges zwischen uns zu klären, aber offenbar hat jemand alles daran gesetzt, uns gegeneinander aufzuhetzen. Wir sollten herausfinden, warum das geschah und wer dahintersteckt. Dann finden wir sicher auch Karimah.«

Eine Ewigkeit schien zu vergehen, bevor Beth nickte. »Du hast recht. Wir müssen es herausfinden. Aber wenn Karimah etwas geschehen ist, dann wird es keinen Platz auf Quelthir geben, an dem ihr Mörder vor mir sicher ist.«

»Schläft sie noch?« fragte Bethany.

Iliska nickte. »Ja, aber es geht ihr soweit gut. Sie hat sich nur ziemlich verausgabt.«

»Weil sie diesem Miststück geholfen hat«, knurrte Shiree. »Wie konnte sie nur ihr Leben für eine wie Gillian riskieren?«

»Weil sie Heilerin ist?« bot Bethany trocken an. »Ich bin froh, daß sie es getan hat. Ohne Gillian hätten wir gar keine Möglichkeit, herauszufinden, was mit Karimah geschehen ist.«

Sie hatten Tanya und Gillian in zwei der noch gut erhaltenen Räume auf der oberen Ebene des Tempels gebracht und sie dort auf die vorhandenen Betten gelegt. Da ihnen nur Gillian weiterhelfen konnte, sahen Bethany, Iliska und Shiree sich zum Warten gezwungen, bis sie die Bewußtlose wieder zu sich kam.

Bethany hätte zwar aus Sorge um Karimah am liebsten mit Ohrfeigen und heftigem Schütteln nachgeholfen, aber eingedenk Iliskas eindringlichem Rat, ruhig zu bleiben, beherrschte sie sich; sie wollte vermeiden, sich ihr gegenüber als die rücksichtslose Berserkerin zu präsentieren, für die sie sie vielleicht immer noch hielt.

»Da wir jetzt etwas Zeit haben, könnten wir die Gelegenheit nutzen, ein paar Dinge zwischen uns zu klären«, sagte Iliska und setzte sich Bethany gegenüber.

»Soll ich euch allein lassen?« fragte Shiree.

Iliska schenkte ihr ein liebevolles Lächeln. »Nein, das brauchst du nicht. Ich habe keine Geheimnisse vor dir.«

Bethany betrachtete die beiden. Sie dachte an Iliskas Gesicht, als sie hilflos unten am Rand des Altars gestanden hatte und zusehen mußte, wie ihre Geliebte beinah getötet worden wäre. Sie mußte Shiree sehr lieben. Da Bethany die letzten Jahre ihrer Erinnerung fehlten, war es für sie jetzt so, als begegneten sie sich zum ersten Mal. Es erleichterte ein wenig ihr schlechtes Gewissen, Iliska unversehrt vor sich zu sehen. Doch der Gedanke, daß sie vielleicht auf ihrer Rache bestehen würde, beunruhigte sie. Sie wollte nicht gegen Iliska kämpfen, da sie genau wußte, daß sie sie niemals würde töten können. Vielleicht war es ja möglich zu einer Ebene zu gelangen, auf der sie sich miteinander verständigen konnten.

»Das Orakel hat mir gezeigt, daß du meinen Bruder getötet hast«, sagte Iliska, »und daß der Brand im Villenviertel, bei dem mein Vater und viele andere umkamen, auch deine Schuld war. Ist das wahr, Beth?«

Bethany nahm all ihre Entschlossenheit zusammen. »Ja, es ist wahr.«

Iliska schloß gequält die Augen.

Shiree nahm ihre Hand und hielt sie fest. »Sagst du uns auch, warum du das getan hast?« fragte sie.

Bethany schluckte schwer. Dann sah sie Iliska offen in die Augen und begann mit ihrem Bericht. Sie erzählte von ihrem Feldzug im Norden von Estargon, von ihrer Geliebten Silvia, mit der sie ihr Leben teilen wollte und von ihrem Plan, den Kaiser günstig zu stimmen ihre Verbindung zuzulassen, indem sie ihm Gelegenheit gab, Silvia zunächst allein kennenzulernen.

Iliska wollte schon unwillig unterbrechen, um zu fragen, was das alles mit dem Mord an ihrer Familie zu tun hatte, doch Shiree legte ihr eine Hand auf den Arm und bat sie stumm, Bethany sprechen zu lassen.

Bethany kam rasch zur Sache. Sie redete sich immer mehr in Rage, als sie erzählte, wie ihr bei ihrer Rückkehr berichtet wurde, daß ihre Geliebte von Derryl von Dunchester ermordet worden war.

Iliska verschlug es die Sprache, sie konnte Bethany nur stumm und entsetzt anstarren.

Bethany bemerkte es nicht. Den Blick in die Ferne gerichtet, als spiele sich das damalige Geschehen noch einmal vor ihrem inneren Auge ab, redete sie weiter, und ihre Stimme klang mit jedem Wort gequälter. Sie sprach von ihrem Wunsch nach Gerechtigkeit, der in einem einzigen Augenblick in das brennende Verlangen nach Rache umgeschlagen war, als Derryl, der auf seine Tat auch noch stolz zu sein schien, ihr ins Gesicht gelacht und höhnisch erklärt hatte, er hätte schon bessere Huren im Armenviertel der Stadt gehabt. Als Bethany zu dem Brand kam, den sie gelegt hatte, lösten Trauer und Scham den Schmerz und den Zorn in ihrer Stimme ab.

Nachdem sie ihre Beichte beendet hatte, breitete sich Stille im Raum aus.

Iliska saß reglos da. Eine einzelne Träne lief über ihre Wange, während sich auf ihrem Gesicht die unterschiedlichsten Gefühle widerspiegelten. Shiree saß vollkommen erschüttert neben ihr, hatte den Arm um sie gelegt und wußte nicht, was sie zu all dem sagen sollte.

»Ich kann nicht erwarten, daß du mir glaubst«, sagte Bethany. »Aber es ist die Wahrheit.«

Iliska dachte an die Worte ihres Vaters, kurz vor ihrer Abreise nach T'Mar. Er war nie ein Mensch gewesen, der um den heißen Brei herumredete, und er hatte es für wichtig erachtet, daß seine Tochter wußte, weshalb er sie für so lange Zeit von zu Hause fortschickte. Derryl hatte ihr nach dem Leben getrachtet und er selbst hatte sich auch vor ihm gefürchtet. Oh ja, sie konnte sich nur zu gut vorstellen, daß ihr Bruder genau dessen schuldig war, was Bethany gerade berichtet hatte. »Doch, ich glaube dir«, sagte sie. »Auch wenn dich das vielleicht überrascht. Mein Bruder war ein verkommenes Schwein, deshalb übertrug mein Vater auch das Recht auf den Titel der Dunchesters auf mich. Und weil er fürchtete, daß Derryl mir deshalb etwas antun könnte, schickte er mich nach Tarbis, weit fort von Estargon. Ich traue Derryl durchaus zu, daß er das getan hat, wessen du ihn beschuldigst, und ich kann dich für deine Rache nicht verurteilen. Aber warum mußten noch so viele andere sterben?«

Bethany senkte schuldbewußt den Kopf. »Weil ich außer mir war vor Zorn«, sagte sie leise. »Derryl zeigte nicht die geringste Reue, im Gegenteil, er verhöhnte meine Geliebte noch über ihren Tod hinaus. Da konnte ich mich einfach nicht mehr beherrschen. Doch sein Tod befriedigte meinen Wunsch nach Rache noch nicht. Mir war alles egal in diesem Moment, ich wollte nur diesen furchtbaren Schmerz auslöschen, der in mir tobte, und die einzige Möglichkeit, die ich sah, war die Zerstörung von allem, was ein Teil von Derryl gewesen war. Ich war nicht mehr ich selbst in diesem Augenblick, oder ich war es zu sehr. Aber wie auch immer, ich werde mir niemals verzeihen, daß Unschuldige meinetwegen sterben mußten. Es tut mir so leid, Iliska, es tut mir so schrecklich leid.«

Bei diesen in so tiefer Reue gesprochenen Worten spürte Iliska tiefes Mitgefühl für Bethany, die so viel Leid verursacht, aber auch erfahren hatte. Sie dachte an die Demütigungen und Hänseleien, die sie in ihrer Kindheit durch ihren Bruder Derryl hatte ertragen müssen, bevor sie in T'Mar zu Kraft und Selbstvertrauen fand. Sie dachte daran, was sie selbst tun würde, wenn jemand Shiree etwas antäte und wußte im gleichen Moment, daß sie außerstande war, Bethany für das, was sie getan hatte, zu hassen. Sie war sich nicht sicher, ob sie ihr jemals wirklich würde vergeben können, aber sie konnte sie auch nicht verurteilen. Sie erhob sich und ging zu Bethany hinüber, die mit gesenktem Kopf auf ihrem Stuhl saß. Sie blieb vor ihr stehen und legte ihr eine Hand auf die Schulter.

Bethany blickte auf. Eine Spur Hoffnung lag in ihrem Blick.

»Ich kann dir nicht so einfach verzeihen, was du getan hast, auch wenn ich es verstehen kann, zumindest was meinen Bruder betrifft«, sagte Iliska ehrlich. »Aber vielleicht heilt die Zeit diese Wunde und wir können irgendwann wieder die Freunde sein, die wir waren. Im Augenblick sollst du nur wissen, daß ich keine Rachegefühle gegen dich hege und du von mir nichts zu befürchten hast. Und wenn ich dir helfen kann, Karimah zu finden, dann tue ich das, wenn du es willst.«

Bethany sah sie dankbar an und lächelte zaghaft. »Das ist sehr großzügig von dir. Und vielleicht können wir wirklich irgendwann . . .« Sie ließ den Satz unvollendet.

Iliska nickte ihr zu, drehte sich um und ging zu Shiree zurück, die sie in die Arme schloß.

»Was führt ihr denn hier auf, ›Die Rückkehr der verlorenen Tochter‹?« ertönte in diesem Augenblick eine spöttische Stimme von der Tür her. »Ihr seid ja schlimmer als ein Provinztheater. Übrigens, Shiree, irre ich mich oder warst du nicht das letzte Mal, als ich dich sah, mit der kleinen Heilerin zusammen? Na, das wird ja ein ziemlicher Schlag für Tanya sein.« Gillian stand im Türrahmen, noch ein wenig schwach auf den Beinen und mit einem frischen Verband um die Brust, aber doch schon wieder bereit, sich unbeliebt zu machen. Und wie immer benötigte sie nur wenige Worte, um alle gegen sich aufzubringen.

Shiree spürte, wie Iliska in ihren Armen erstarrte. *Oh, nein*, dachte sie. *Gillian, du elendes Miststück.*

Bethany stand auf und machte einen drohenden Schritt auf Gillian zu. »Überleg dir gut, was du hier von dir gibst, Gillian«, knurrte sie. »Nur weil Tanya dich geheilt hat, heißt das noch nicht, daß wir diesen Zustand nicht rückgängig machen können, wenn du uns auf die Nerven gehst.«

Gillian grinste süffisant. »Hoppla«, sagte sie und tat bestürzt. »Soll das etwa heißen, daß Shirees neueste Flamme noch gar nichts von ihrer heißen Affäre mit Tanya weiß? Wie konnte ich mich nur so verplappern?«

Shiree schoß von der Bank hoch, auf der sie gesessen hatte, und wollte auf Gillian losgehen.

Bethany hielt sie fest. »Nein, Shiree, das bringt doch nichts.«

»Oh, mir schon«, grollte Shiree.

»Shiree? Kann ich dich bitte mal unter vier Augen sprechen?« hörte sie da Iliskas ernste Stimme hinter sich.

Shiree schloß ergeben die Augen. Das würde jetzt wohl etwas unangenehm werden.

»Na los, husch, husch«, kommentierte Gillian. »Laß deine Gespielin nicht warten.«

Shiree knirschte mit den Zähnen. »Wir sprechen uns noch«, knurrte sie.

»Dieses zweifelhafte Vergnügen wird mir wohl kaum erspart bleiben«, erklärte Gillian mit einem boshaften Lächeln. »Aber erstmal solltest du dein etwas wechselhaftes Liebesleben klären.«

»Gillian, halt jetzt endlich die Klappe«, fuhr Bethany sie an, »sonst unterhalten wir beide uns mal. Und glaub mir, das würde dir ganz sicher nicht gefallen.«

Gillian hob die Hände. »Schon gut, schon gut. Ich war in dem naiven Glauben, so stolze Kriegerinnen wie ihr hätten Sinn für Humor. Aber zuschlagen ist wohl alles, was ihr könnt.« Mit der Gewißheit, wenigstens das letzte Wort gehabt zu haben, drehte sie sich um und verschwand wieder in ihrem behelfsmäßigen Krankenzimmer.

Altea stand in einer Höhlenkammer tief unter dem Tempel im Herz der Insel und betrachtete die noch immer bewußtlose Karima, die an Händen, Füßen und Hals mit eisernen Reifen an die Wand gefesselt war.

»Bethany ist zu früh hier erschienen«, sagte Diella, die in demutsvoller Haltung ein Stück hinter Altea stand. »Unser Plan hat nicht funktioniert.«

Altea drehte sich zu ihr um. Sie war eine hochgewachsene Frau mit langem schlohweißem Haar und ebensolchen Augenbrauen. Auch ihren Augen fehlte die Farbe, die Pupillen leuchteten rötlich im Schein der Fackeln an den Wänden. Sie trug eine schneeweiße, enganliegende Robe. Ihr Gesicht war alterslos und von einer etwas herben Schönheit. »Aber wieso denn?« sagte sie mit einem wissenden Lächeln. »Fürs erste habe ich, was ich wollte, und meine Rache an Bethany kann ich auch auf später verschieben. Vielleicht wird sie dann sogar noch süßer sein. Vorläufig mag es genügen, daß Bethany halb wahnsinnig vor Sorge um Karimah sein wird. Und Iliska hat auch ohne Shirees Tod Grund genug zur Rache an Bethany. Zum Glück konnte ich dieser Verräterin Gillian rechtzeitig das Maul stopfen.« Altea warf einen triumphierenden Blick auf Karimah. »Die Tochter meiner alten Feindin wird mir zu unbegrenzter Macht verhelfen«, stellte sie zufrieden fest. »Und nichts und niemand kann mich jetzt noch aufhalten.«

Iliska hatte sich mit Shiree in den Nebenraum zurückgezogen, um sich die Geschichte mit Tanya näher erklären zu lassen.

Bethany sah unschlüssig auf die Tür, hinter der Gillian verschwunden war, nachdem sie den im Augenblick größtmöglichen Schaden angerichtet hatte. Bethany verstand sich selbst nicht mehr. Warum nur hatte sie keine Anstalten gemacht, Gillian zurückzuhalten, wo sie doch halb krank vor Sorge um Karimah war? Gillian war immerhin die einzige, die ihnen helfen konnte und vielleicht wußte, wohin Karimah entführt worden war. Bethany war immer eine Frau der Tat gewesen, doch zum ersten Mal in ihrem Leben fühlte sie sich schwach und unsicher. Sie schüttelte kurz den Kopf, um dieses merkwürdige Gefühl loszuwerden, und tatsächlich verschwand es auch wie ein Nebelhauch und ließ nur eine unangenehme Erinnerung zurück. *Tanya*, dachte sie. *Ich muß mit Tanya reden.*

Zu Bethanys Erleichterung war Tanya bereits wach als sie den kleinen Schlafraum betrat, der wohl einem der höhergestellten Priester gehört haben mußte, denn das Bett darin war weich und bequem. Sie setzte sich auf die Kante und sah die Heilerin freundlich an. »Geht es dir besser?«

»Viel besser«, entgegnete Tanya und lächelte. »Ich war ja nicht verletzt, nur völlig ausgelaugt. Es ist für mich sehr kräfteraubend, wenn ich meine Magie auf eine so direkte Weise einsetze.«

»Du hättest Gillian auch sterben lassen können«, sagte Bethany. »Nach allem, was sie dir angetan hat, hätte mich das nicht verwundert.«

Tanya schüttelte den Kopf. »Ich kann nicht einfach danebensitzen und zuschauen, wenn jemand Hilfe braucht, ganz egal wer es ist. Hätte ich Gillian sterben lassen, dann wäre es so, als hätte ich sie selbst getötet. Aber sag mir lieber, ob ihr Karimah gefunden habt.«

Bethanys Gesicht verfinsterte sich. »Nein.«

»Ist Gillian schon wieder bei Bewußtsein?« fragte Tanya. »Sie muß doch etwas wissen.«

»Ja, ist sie«, sagte Bethany. »Aber ich habe sie noch nicht gefragt.«

»Du hast sie noch nicht gefragt?« Tanya runzelte die Stirn. »Bethany, du warst vorhin halb wahnsinnig vor Sorge. Ich habe schon befürchtet, du brichst Gillian sämtliche Knochen, um sie zum Reden zu bringen.«

Bethany sah sie mit einem etwas müden Lächeln an. »Nenn mich doch einfach Beth, Tanya«, bat sie. »Das tun alle meine Freunde, auch wenn ich nicht mehr allzu viele habe.«

Tanya erwiderte das Lächeln. »Danke. Ich weiß das zu schätzen.«

Sie schwiegen eine Weile, während Bethany nach Worten suchte, um zu beschreiben, wie sie sich fühlte. »Es ist so«, versuchte sie es schließlich, »daß ich mich irgendwie ... schwach fühle. Ich meine, du hast recht, eigentlich hätte ich mir Gillian schon vornehmen müssen, nicht so, wie du gesagt hast, aber immerhin so, daß sie uns alles erzählt, aber ich ... ich konnte nicht. Ich weiß nicht, wie ich es erklären soll ...«

Das Lächeln verschwand aus Tanyas Gesicht. Sie sah Bethany sehr ernst an. »Ich glaube, ich weiß, was du meinst. Und es gäbe auch eine Erklärung dafür. Diella sagte doch, daß sie geschaffen wäre aus den dunklen Elementen deiner Seele. Sie ist also wirklich ein Teil von dir.«

»Ja«, bestätigte Beth. »Aber worauf willst du hinaus?«

»Darauf, daß dir diese Elemente jetzt zu einem großen Teil fehlen. Weißt du, Beth, jeder Mensch hat eine dunkle Seite, die seine Aggression, seine Rücksichtslosigkeit, seinen Egoismus, eben all die Eigenschaften birgt, die nicht gerade zu unserer Beliebtheit beitragen. Auch wenn wir diesen Eigenschaften nicht gerade Begeisterung entgegenbringen, sind sie dennoch wichtig, um zu überleben.«

»Du meinst, ich werde schwach und unentschlossen, weil Diella mir fehlt?«

Tanya nickte. »Ja, das könnten durchaus die Folgen sein.«

»Aber hat dann nicht Diella das gleiche Problem?«

»Nein, aber ein anderes«, entgegnete Tanya. »Du warst bisher sozusagen ihre Heimat. Jemand hat sie entwurzelt und damit von der Lebenskraft getrennt, die sie benötigt. Nur wenn ihr dieser jemand die Kraft ersetzt, die sie braucht, kann sie auf Dauer überleben. Und da sie überwiegend aus dunkler Energie besteht, kann auch nur dunkle Energie sie am Leben erhalten. Und genau so jemanden scheint es zu geben.«

Bethany biß sich auf die Lippen. »Und ich?« fragte sie mit leicht unsicherer Stimme. »Werde ich das überleben?«

»Nein, auf Dauer nicht, Beth.« Tanya seufzte. Sie hätte ihr so gern etwas anderes gesagt.

Bethany sank ein wenig in sich zusammen. »Dann müssen wir nicht nur Karimah finden, sondern auch Diella.«

Tanya nickte. »Die gute Nachricht ist, daß Diella wahrscheinlich da sein wird, wo Karimah ist. Immerhin war sie an der Entführung beteiligt. Und ich kann dich und Diella mit meinen Kräften wieder verschmelzen lassen.«

»Und die schlechte Nachricht?«

»Diella muß das auch wollen, sonst übersteigt es meine Kräfte.«

Bethany vergrub ihr Gesicht in beiden Händen. »Das wird sie niemals«, murmelte sie. »Sie haßt mich viel zu sehr.«

Tanya streichelte ihr beruhigend über den Rücken. »Das ist noch gar nicht raus, Beth. Ich werde auf jeden Fall mit dir kommen und versuchen den Verfall in dir zu verlangsamen; aber ich kann es höchstens für einige Zeit hinauszögern. Bis dahin müssen wir Diella gefunden haben, oder du . . .«

»Wieviel Zeit habe ich noch?« fragte Bethany schließlich.

»Das ist schwer zu schätzen«, sagte Tanya. »Aber wenn ich dich so anschaue, sollten wir uns nicht allzulange Zeit damit lassen, Diella zu finden.« Bethany nickte. »Danke für deine Ehrlichkeit und für deine Hilfe«, sagte sie. »Ist das nicht merkwürdig?« fügte sie hinzu. »Ich habe mich mit Iliska ausgesprochen, und sie hat auf ihre Rache verzichtet und in Aussicht gestellt, daß sie mir vielleicht sogar irgendwann verzeiht. Und jetzt wird es dazu vielleicht gar nicht mehr kommen. Sie und Shiree wollen übrigens bei der Suche helfen.«

Ein Schatten glitt über Tanyas Gesicht. »Gut«, sagte sie tapfer. »Wir können jede Hilfe brauchen, die wir kriegen können.«

»Aber wird das kein Problem für dich?« fragte Bethany. »Ich meine, Shiree und du –«

»Es wäre ein Problem für mich zu wissen, daß ich dich und Karimah im Stich gelassen habe, obwohl ich euch hätte helfen können«, unterbrach Tanya. »Mit Shiree komme ich schon klar.« Sie lächelte tapfer.

Bethany schloß sie kurz und fest in die Arme. »Danke. Ich werde auf ewig in deiner Schuld stehen.«

»Aber nicht doch«, sagte Tanya verlegen. »Warte nur ab, bis du meine Rechnung kriegst.«

Als sie durch die Tür traten, kehrten auch Iliska und Shiree gerade von ihrer Unterredung zurück. Shiree machte einen etwas kleinlauten Eindruck, während Iliska Tanya mit einer Mischung aus Neugier und Mißtrauen musterte.

Tanya sah die beiden an und fühlte wieder diesen dumpfen Schmerz in ihrer Brust. Bethany hatte recht, sie empfand immer noch etwas für Shiree, und am liebsten hätte sie jetzt sofort einen Portalstein benutzt und wäre irgendwohin gereist, Hauptsache weit weg von diesem Paar. Doch Bethany brauchte sie, und sie konnte nicht zulassen, daß sie starb, nur weil sie selbst einer verlorenen Liebe nachweinte. Entschlossen wandte sich Tanya an Iliska. »Hör mal, Iliska«, sagte sie. »Shiree und ich hatten eine Affäre, das stimmt, aber das war lange, bevor ihr euch kennengelernt habt. Ich hatte und habe keine Ansprüche an sie.«

Shiree sah Tanya überrascht an, und Iliska musterte sie skeptisch. Tanya erwiderte ihren Blick offen und freundlich.

»Das ist gut«, sagte Iliska schließlich. »Denn Shiree und ich gehören zusammen.«

Tanya nickte. »Das ist nicht zu übersehen. Und ich wünsche euch Glück.« Sie streckte Iliska die Hand entgegen.

Nach kurzem Zögern ergriff Iliska sie. »Danke«, sagte sie und lächelte sogar ein wenig.

Bethany hatte der kleinen Szene mit gemischten Gefühlen zugesehen; dieses Zugeständnis mußte Tanya einiges gekostet haben. Sie nahm sich vor, sich so gut sie konnte um sie zu kümmern. Das war das mindeste, was sie für sie tun konnte. »Wir sollten uns jetzt anhören, was Gillian zu sagen hat«, sagte sie. »Wenn es ihr wieder gut genug geht, um Unfrieden zu stiften, dann kann sie uns sicher auch etwas über Karimahs Verschwinden erzählen.«

Während sie zu Gillians improvisiertem Krankenzimmer hinübergingen, flüsterte Shiree Tanya zu: »Danke, das werde ich dir nie vergessen.«

Tanya musterte Shiree kühl. »Ich habe das nicht für dich getan«, zischte sie. »Und jetzt laß mich in Ruhe.«

Das erste, das Karimah sah, als sie wieder zu sich kam, war der Schein mehrerer Fackeln, der eine kleine Höhle erleuchtete. Es war kalt und klamm und ungemütlich, und zu allem Überfluß fand sie sich auch noch fest an die Wand gefesselt. Sie wandte den Kopf so weit es der eiserne Reif um ihren Hals zuließ, konnte aber niemanden entdecken. »He!« brüllte sie. »Zeigt euch endlich, ihr Feiglinge!«

Von einem Unsichtbarkeitszauber verborgen, stand Altea mit Diella in einer Nische und lächelte. »Sie ist so mutig wie Najira«, flüsterte sie. »Sie hat sich auch von nichts und niemandem einschüchtern lassen. Mal sehen, ob sie ihr auch in anderer Hinsicht ähnlich ist. Und, Diella«, wandte sie sich an Bethany. »Kein Wort davon zu Karimah. Sie darf nicht wissen, daß ich ihre Mütter kenne. Ist das klar?«

Diella nickte. »Natürlich, Herrin. Wenn es dein Wunsch ist.«

Altea hob den Unsichtbarkeitszauber auf, und sie traten beide aus der Nische hervor. »Du hast gerufen?« fragte Altea.

Verblüfft schaute Karimah auf die so seltsam aussehende Frau, faßte sich aber schnell wieder. »Nimm mir sofort die Fesseln ab.«

Altea seufzte und sah sie mit einem nachsichtigen Lächeln an. »Ich fürchte, wenn ich das täte, würdest du etwas überaus Unvorsichtiges tun. Und das kann ich nicht zulassen. Ich brauche dich nämlich noch.«

Karimah knirschte mit den Zähnen. »Du glaubst doch nicht im Ernst, daß ich irgend etwas für dich tue?« fauchte sie. »Wer bist du überhaupt? Und wie bin ich hierhergekommen?«

»Oh, verzeih meine Unhöflichkeit.« Altea behielt den freundlichen Plauderton bei. »Ich bin Altea, Priesterin und Auserwählte der Shankul. Und dies hier ist Diella, meine Verbündete. Aber ihr habt euch ja schon kennengelernt.«

»Allerdings«, knurrte Karimah. »Ist sie wirklich ein Teil von Bethany?«

Mit zwei Schritten stand Diella vor Karimah und hielt ihr die Faust vors Gesicht. »Sprich nicht von mir, als wäre ich nicht da«, knurrte sie.

Die beiden fixierten einander.

Karimah war Diella noch nie so nahe gewesen, und die fast vollkommene Ähnlichkeit mit der Frau, die zu lieben sie begonnen hatte, erstaunte sie. »Es tut mir leid«, sagte sie unwillkürlich. »Ich wollte dich nicht beleidigen.«

Diella schluckte. Das hatte sie nicht erwartet. Sie ließ ihre Hand sinken und sah Karimah mit einer Mischung aus Erstaunen und Verwirrung an. Da war etwas in dem Blick der jungen Frau, das sie berührte und das sie nicht wirklich einordnen konnte.

»Laß das, Diella!« rief Altea. »Ich sagte doch, daß ich sie noch brauche.«

Mechanisch trat Diella zurück.

»Paß auf, Karimah«, sagte Altea. »Ich habe nicht die Zeit, lange Reden zu halten, deshalb will ich es kurz machen. Hier auf dieser Insel verleiht Shankul mir große Macht. Deine Freunde befinden sich zur Zeit hoch über uns im Tempel meiner Göttin. Falls du nicht tust, was ich will, werde ich den Tempel über ihnen zusammenbrechen lassen.«

Karimah sah Altea skeptisch an. »Das glaube ich dir nicht.«

»Das dachte ich mir«, sagte Altea und hob beide Arme. Im nächsten Moment begann der Raum leicht zu zittern und zu beben. Sand und kleine Steinchen rieselten von der Decke. »Noch kannst du es aufhalten«, sagte sie ruhig.

Karimah kämpfte mit sich. Sie war sich zwar immer noch nicht ganz sicher, ob Altea nur bluffte, aber ein Risiko wollte sie auch nicht eingehen. »Also gut, du hast gewonnen. Aber hör damit auf«, fauchte sie die Priesterin an.

Auf der Stelle erstarb das Beben.

»Ich wußte doch, daß du vernünftig sein würdest«, stellte Altea zufrieden fest.

»Nun sag schon endlich, was du von mir willst«, herrschte Karimah sie an.

»Deiner Freundin Bethany habe ich es zu verdanken, daß dieser Tempel, der einmal voller Anhänger meiner Göttin war, nun leer und verlassen ist«, sagte Altea düster. »Ich bot ihr an, als Kriegerin der Shankul an meiner Seite zu bleiben, ich schenkte ihr als Zeichen meiner Freundschaft ein magisches Schwert, doch sie dankte mir meine Großzügigkeit, indem sie sich mit meiner größten Feindin verbündete, unsere Gemeinschaft zerschlug und mich tötete.«

»Sie hat . . . sie hat was?« stammelte Karimah.

»Du hast richtig gehört«, entgegnete Altea. »Was du hier vor dir siehst, ist nur mein Geist. Bethany bannte ihn mit der Hilfe ihrer Göttin Deidra – der Todfeindin meiner Göttin Shankul – in ein Kästchen, das sie dann mit Deidras Zeichen versiegelte. Doch Gillian fand das Kästchen, als sie hier auf der Insel nach Schätzen suchte, und befreite mich. Leider ist der größte Teil meiner Macht an die Insel und den See darum gebunden. Doch es gibt eine Hoffnung für mich. In den Chaos-Ebenen existiert ein geheimer Ort, das Asyl der Verdammten. In den letzten Wochen der magischen Kriege wurde es von einer Gruppe hochbegabter Magier geschaffen, die dort Experimente durchführten, die die Kriege ein für alle Mal beenden sollten. Doch sie wurden von einer unbekannten Macht vernichtet, bevor sie ihr Vorhaben zu Ende bringen konnten. Die alte Magie ist dort jedoch noch immer stark. Sie kann mir dabei helfen, wieder ins Leben zurückzukehren. Und du und Diella, ihr müßt mich dorthin bringen.«

Karimah sah Altea nachdenklich an. »Warum ich?«

»Es war eigentlich mein Plan, mich an Bethany zu rächen und dann mit Diella und Gillian aufzubrechen«, erklärte Altea. »Doch leider habt ihr diesen Plan durchkreuzt, und da Gillian mich verraten wollte, mußte ich mich ihrer entledigen. Auch wenn sie mit Hilfe dieser Heilerin überlebt hat, so ist sie doch wertlos für mich und ich brauche einen Ersatz. Und du bist nicht nur eine ausgezeichnete Kriegerin und damit sogar besser geeignet als Gillian, sondern wirst auch alles tun, um mir zu helfen.«

»Und was macht dich da so sicher?«

»Diella wird den Saphir, der meinen Geist enthält, bei sich tragen«, sagte Altea. »Und du wirst sie nicht angreifen und nicht versuchen, sie zu töten, denn wenn Diella stirbt, stirbt auch Bethany.« Sie grinste Karimah triumphierend an.

Diella, die hinter Altea stand, verzog keine Miene.

»Und warum hast du dann versucht, Bethany zu töten?« fragte Karimah. »Damit hast du doch auch Diellas Leben aufs Spiel gesetzt.«

»Keineswegs«, entgegnete Altea. »Denn ich beschütze Diella mit meiner Macht.«

»Die du nicht mehr hast, wenn du die Insel verläßt«, führte Karimah den logischen Schluß weiter. »Was geschieht dann mit Diella?«

»Ich habe gesagt, daß der größte Teil meiner Macht an die Insel gebunden ist«, sagte Altea. »Das, was mir verbleibt, genügt, um Diella am Leben zu erhalten. Sie wird meinen Geist in dem Saphir mit sich führen.«

Karimah sah Diella mitleidig an. »Und du meinst wirklich, dir erginge es mit Altea besser? Beth mag dich verleugnet haben, weil sie sich vor dir fürchtete, aber Altea benutzt dich doch nur.«

»Wir helfen uns gegenseitig«, sagte Diella. »Und wenn wir erst das Asyl erreicht haben, wird sie dafür sorgen, daß auch ich ein eigenständiges Leben führen kann. Dann brauche ich Beth nicht mehr. Und auch niemanden sonst.«

»Da hörst du es, Kaypiar«, sagte Altea. »Ich weiß diejenigen zu belohnen, dir mir helfen. Entscheide dich jetzt. Noch kann ich dich und deine Freunde töten.«

»Und auf meine Hilfe verzichten?«

»Schlimmstenfalls geht Diella eben allein, auch wenn es dann gefährlicher für sie ist«, erklärte Altea.

»Beth und die anderen werden nach mir suchen«, gab Karimah zu bedenken.

»Das würden sie sicher, wenn sie wüßten, wohin du unterwegs bist«, sagte Altea. »Aber das weiß niemand außer mir und Diella. Die Zeit ist abgelaufen, Karimah. Wie entscheidest du dich?«

Karimah sah von Altea zu Diella. Bethanys dunkler Zwilling bemühte sich um eine harte und gleichgültige Miene, doch Karimah glaubte zu erkennen, daß ihre Worte sie nicht ganz unberührt gelassen hatten. Vielleicht war bei ihr ja doch noch nicht alles verloren. Und es würde sicher ein paar Tage dauern, bis sie das Asyl erreichten. »Also gut«, sagte sie daher, »ich helfe euch.«

Altea grinste. »Und gib dich nicht der Illusion hin, du könntest Diella vielleicht überwältigen und dann versuchen, sie wieder mit Bethany zu vereinen. Das funktioniert nur, wenn Diella es auch will.«

»Und ich würde lieber sterben, als wieder zurückzugehen in mein Gefängnis«, erklärte Diella.

»Hast du das verstanden, Karimah?« fragte Altea.

Karimah nickte grimmig.

»Gut!« rief Altea triumphierend. »Dann werden wir jetzt sofort aufbrechen. Mit meinen Kräften kann ich dich und Diella bis zum Ufer des Sees bringen. Danach werde ich den verbleibenden Rest meiner Kraft darauf verwenden, Diella zu versorgen und ihr den Weg zum Asyl zu weisen.« Während sie sprach, war der Körper der Priesterin allmählich durchscheinend geworden, bis er sich schließlich in eine Art bläulichen Nebel auflöste, der auf den Saphir zuschwebte, den Diella um ihren Hals trug, und darin verschwand.

Diella ging zu Karimah und löste ihre Fesseln. Sie reichte ihr ihre Waffe, und im nächsten Augenblick bemerkte Karimah, wie das Bild der Felsenhöhle um sie herum zu flimmern begann. Die Umgebung löste sich in Tausende von Lichtblitzen auf, die an ihr vorbeizogen und sich schließlich wieder zu einer neuen Landschaft zusammensetzten. Zusammen mit Diella stand sie am Ufer des Azulsees. Ganz in ihrer Nähe waren zwei Pferde angebunden, die fertig gesattelt waren und eine kleine Reiseausrüstung trugen.

»Altea hat an alles gedacht«, stellte Karimah fest.

»Das tut sie eigentlich immer«, sagte Diella. Dann versetzte sie Karimah einen leichten Schlag auf die Schulter. »Na, dann los, edle Kriegerin«, sagte sie spöttisch. »Ich kann es kaum erwarten, ein neues Leben zu beginnen.«

Gillian wußte, daß es ernst wurde, als die vier Frauen, denen sie so übel mitgespielt hatte, ins Zimmer traten, was sie aber nicht daran hinderte, sie auf ihre gewohnt provokante Art zu begrüßen. »Was macht ihr denn für Gesichter? Ist jemand gestorben?«

»Bis jetzt noch nicht«, entgegnete Shiree, und ihr Gesichtsausdruck erinnerte an einen Hai kurz vorm Zuschnappen. »Aber das kann sich schnell ändern.«

»Ich fühle mich noch nicht so gut«, sagte Gillian in dem Versuch, Zeit zu gewinnen.

»Wer tut das schon?« sagte Iliska mit einem Schulterzucken. »Uns geht es auch ziemlich schlecht.«

»Und da kommt ihr zu mir? Ich bin keine besonders gute Zuhörerin«, spottete Gillian.

»Du sollst auch nicht zuhören, sondern reden«, erklärte Bethany.

Gillian sah die vier der Reihe nach an. »Und wenn nicht?«

»Ach, jetzt komm schon, Gillian«, mischte sich da Tanya ein. »Tust du nur so, oder bist du wirklich so blöd und kapierst nicht, in welcher Lage du steckst? Jede einzelne von meinen drei Freundinnen hier wäre dir selbst dann überlegen, wenn du nicht verletzt wärst. Abgesehen davon schuldest du weder Diella noch ihrer Herrin irgendwas, denn die beiden haben dich ohne zu zögern geopfert. Allerdings schuldest du mir etwas. Also fang an zu reden und zwar schnell.«

Gillian seufzte. Sie konnte nicht leugnen, daß Tanya recht hatte. »Also schön«, knurrte sie. »Bevor ihr noch gewalttätig werdet. Was wollt ihr wissen?«

»Wo ist Karimah?« fragte Bethany.

»Keine Ahnung«, sagte Gillian. »Altea hat sie entführt. Sie ist die Auserwählte der Shankul, zumindest hat sie das behauptet, als ich ihren Geist aus dem versiegelten Kästchen befreit hatte.«

»Ihren Geist?« unterbrach Iliska.

Gillian verdrehte die Augen. »Paßt auf, ich mache euch einen Vorschlag: Ihr unterbrecht mich nicht mehr, und ich erzähle die Geschichte von Anfang an.«

»Na, dann los, worauf wartest du noch?« fuhr Bethany sie an.

»Du solltest wirklich an deiner Selbstbeherrschung arbeiten«, sagte Gillian, doch als Bethany einen drohenden Schritt auf sie zumachte, beeilte sie sich, der Aufforderung nachzukommen. »Ich kam vor einem Monat auf diese Insel, nachdem ich gehört hatte, daß es hier einen alten, verlassenen Tempel der Shankul geben sollte. Keiner hatte sich bisher getraut, die Insel zu betreten, also hoffte ich, hier noch Schätze zu finden, und investierte mein letztes Gold für ein Boot und eine bescheidene Ausrüstung. Was ich stattdessen hier fand, war ein kleines, silberbeschlagenes Kästchen, das das Siegel der Göttin Deidra trug. Ich dachte mir, besser als nichts, und öffnete es. Doch heraus kam nur der Geist dieser Altea. Wir waren beide ziemlich sauer, doch nach einem kurzen Austausch von Höflichkeiten einigten wir uns schließlich. Sie versprach mir einen Schatz, der sich im Tempel befinden sollte, und gab mir zur Bekräftigung ihrer Worte einen Beutel mit Gold. Im Gegenzug sollte ich ihr bei ihrem Plan behilflich sein.«

Shiree schnaubte verächtlich. »Du würdest sogar splitternackt über den Marktplatz von Dubinshan rennen, wenn man dich dafür bezahlt, was?«

»Kommt auf den Preis an«, sagte Gillian ungerührt. »Aber hatten wir nicht vereinbart, daß mich niemand unterbricht? Hast du deine Kettenhunde denn überhaupt nicht im Griff?« fragte sie an Bethany gewandt.

»Ich geb' dir gleich –« begann Shiree, doch Iliska hielt sie zurück.

»Glaub mir, Shiree«, sagte Gillian mit einem unverschämten Grinsen. »Nichts, was du geben kannst, könnte mich interessieren. Ganz im Gegenteil zu Tanya, habe ich recht?«

Tanya wurde blaß. »Ich hätte dich verrecken lassen sollen«, knurrte sie.

»Zu spät«, sagte Gillian trocken.

»Jetzt erzähl schon weiter«, sagte Bethany ungeduldig. »Und hör auf, Unfrieden zu stiften, sonst kriegst du es mit mir zu tun.«

»Ich hab' nicht angefangen«, entgegnete Gillian, doch als sie Bethanys Blick sah, fuhr sie rasch in ihrem Bericht fort. »Altea erzählte mir, daß vor einiger Zeit eine Kriegerin mit Namen Bethany den Tempel besucht hatte. Sie war wohl nicht so begeistert über das, was Altea hier veranstaltete, denn Altea hatte den alten Kult um Shankul wieder zum Leben erweckt, komplett mit Menschenopfern und allem was dazugehört.«

»Moment mal«, unterbrach jetzt Bethany. »Redest du von mir?«

»Nein, von der Heiligen Callista«, sagte Gillian mit vor Ironie triefender Stimme. »Natürlich rede ich von dir. Aber das weißt du nicht mehr, nicht wahr? Weil Diella diesen Teil deiner Erinnerungen besitzt.«

»Nun komm schon endlich zur Sache«, zischte Bethany.

»Das täte ich ja, wenn ihr mich nicht dauernd unterbrechen würdet«, klagte Gillian. »Also, Altea machte Bethany ein Angebot. Sie sollte an ihrer Seite als Kriegerin der Shankul dem Kult zu neuem Glanz verhelfen. Aber Bethany lehnte ab, und Altea setzte sie daraufhin gefangen. Deidra half dann Bethany zu entkommen, den Kult auf der Insel zu zerschlagen und Altea zu töten. Alteas Geist überlebte aber, er war zu mächtig, und so bannte Deidra ihn mit Bethanys Hilfe in besagtes Kästchen und versiegelte es mit ihrem Zeichen. Und darin saß Alteas Geist dann gefangen, bis ich ihn befreite.«

»Da hatte Altea ja Glück, daß sie ausgerechnet an ein so gieriges Biest wie dich geraten ist«, sagte Shiree.

»Ja, das hatte sie«, entgegnete Gillian ungerührt. »Und da sie gut bezahlte, habe ich ihr natürlich geholfen. Sie wollte sich an Beth rächen, und schickte mich daher nach T'Mar, nachdem sie herausgefunden hatte, daß sie sich dort aufhielt.«

»Ich kann mich nicht erinnern, dir gestattet zu haben, mich Beth zu nennen«, sagte Bethany mit scharfem Ton.

»Wirklich nicht?« fragte Gillian gespielt beleidigt. »Und das nach allem, was wir zusammen durchgemacht haben?«

Bethanys Augen verengten sich, und Gillian hielt es für das Beste, schnell in ihrer Geschichte fortzufahren. »Altea besitzt immer noch große Macht, die ihr Shankul verliehen hat, doch nur, solange sie sich auf dieser Insel aufhält, die sie auch nicht aus eigener Kraft verlassen kann. Sie sandte mich also nach T'Mar, um Meisterin Calydia mit einem fingierten Auftrag um Hilfe zu ersuchen. Ich habe Calydia soviel Gold gezahlt, daß sie gar nicht auf die Idee kam, mißtrauisch zu werden.«

»Ja, das ist Calydia«, knurrte Iliska. »Ihr müßt euch ja bestens verstanden haben.«

»Haben wir auch«, sagte Gillian. »Und zwar besser, als du denkst. Sie ist eine sehr attraktive Frau für ihr Alter und nicht nur in den Kampfkünsten eine Meisterin – wenn du verstehst, was ich meine . . .« Sie grinste anzüglich.

Iliska schluckte. Konnte Calydia wirklich so geschmacklos sein? Angewidert sah sie Gillian an. »Du bist ekelhaft, weißt du das?«

»Oh, endlich bemerkt das mal jemand«, sagte Gillian. »Und ich gebe mir doch immer solche Mühe.«

Bethany spürte, wie ihr Geduldsfaden vernehmlich knirschte. »Gillian, zum letzten Mal, halt dich mit deinen Bemerkungen zurück und erzähl weiter.«

»Schon gut, schon gut«, sagte Gillian. »Ich wollte nur die Stimmung etwas aufbessern. Aber ich hätte wissen müssen, daß das an euch verschwendet ist.«

Iliska ballte die Fäuste, Shiree knirschte mit den Zähnen, und Bethany starrte Gillian mit einem Blick an, der selbst in einer Marmorstatue Urängste geweckt hätte.

Gillian beschloß es nicht auf die Spitze zu treiben. »Calydia betraute wie geplant Bethany und Iliska mit dem Auftrag«, fuhr sie rasch fort. »Ich erklärte, nicht mit den beiden gehen zu können, da ich noch eine andere Aufgabe hätte; aber bei dem Preis den ich zahlte, fragte Calydia ohnehin nicht nach. Fast wäre ich dir übrigens in die Arme gelaufen«, sagte Gillian an Shiree gewandt. »Aber zum Glück warst du zu sehr damit beschäftigt, Iliska anzuhimmeln, und so konnte ich mich schnell genug verstecken. Du hast Tanya ja reichlich schnell vergessen. Ich dachte damals noch –«

»Das interessiert hier überhaupt keinen«, fauchte Tanya.

Iliska schüttelte nur den Kopf und tauschte einen Blick mit Bethany, der soviel besagte wie: Hast du eine Ahnung wie Gillian so alt werden konnte?

Gillian seufzte schwer, fuhr aber dann ohne weitere Abschweifungen in ihrer Erzählung fort. »Altea stellte Bethany eine Falle, als sie und Iliska den See überquerten. Mit ihrer Macht gelang es ihr, den dunklen Teil von Bethanys Seele von ihr abzutrennen. So entstand Diella, die im Gegensatz zu Bethany ihre vollständigen Erinnerungen besitzt. Diella war nicht abgeneigt, Alteas Angebot anzunehmen, da auch sie sich an Bethany rächen wollte.«

»Aber warum will sie das?« fragte Bethany. »Was habe ich ihr getan?«

»Du hast deine dunkle Seite verleugnet und unterdrückt, seit du aus Estargon verbannt wurdest«, entgegnete Gillian. »Zumindest hat Diella das behauptet.«

Bethany seufzte. »Da hat sie leider recht. Ich war so entsetzt über meine schreckliche Tat in Yartar, daß ich es für den einzigen Weg hielt, zu verhindern, daß sich so etwas wiederholte. Heute weiß ich es besser.«

Gillian zuckte die Schultern. »Wie auch immer, Diella und Altea wurden jedenfalls Partner«, fuhr sie fort. »Und von da an hat mich Altea kaum noch in ihre Pläne eingeweiht. Ich war nur noch ein Handlanger, dem sie Befehle erteilte, ohne sich die Mühe zu machen, sie zu erklären.«

»Mir kommen gleich die Tränen«, kommentierte Shiree.

»Hast du das Orakel in Ardopolis manipuliert, oder war das Diella?« fragte Bethany.

»Das war ich«, sagte Gillian. »Ich plazierte einen Stein, der einen Zauber von Altea enthielt, in der Orakelhalle. Altea konnte auf diese Weise beeinflussen, was du und Iliska saht. Sie wollte euch beide gegeneinander aufhetzen und erreichen, daß ihr euch hier im Tempel begegnet. Wenn es Diella gelungen wäre, Shiree zu töten, dann hätte Iliska sicher keine Lust mehr gehabt, mit dir zu reden, und wäre auf dich losgegangen. Und egal wie der Kampf ausgegangen wäre, du hättest dabei verloren, entweder dein Leben oder deinen Seelenfrieden, denn Iliskas Tod hätte deine Schuldgefühle sicher noch verstärkt. Geplant war, daß Diella und ich nach dem Mord an Shiree von Altea verborgen gehalten werden sollten. Wenn du und Karimah dann auf der Insel erschienen wärt, wäre es sicher sofort zum Kampf zwischen dir und Iliska gekommen, immerhin gibt es äußerlich keine Unterschiede zwischen Diella und dir. Und Altea wollte in dieser allgemeinen Aufregung Karimah entführen und mit ihr, Diella und mir die Insel verlassen. Unser

Ziel war ein Ort in den Chaos-Ebenen, den Altea das Asyl der Verdammten nannte.«

Iliska und Shiree sahen sich fassungslos an. Soviel Hinterhältigkeit war für sie nur schwer zu verdauen. Und beinah hätte Alteas böser Plan auch funktioniert.

»Was will sie denn in diesem Asyl?« fragte Bethany.

»Das weiß ich nicht«, sagte Gillian. »Wirklich nicht«, versicherte sie, als sie die skeptischen Gesichter um sich herum sah. »Sie hat nur mit Diella darüber gesprochen und darauf geachtet, daß ich nichts davon mitbekam. Ich habe aber trotzdem ein bißchen was aufgeschnappt. Altea macht sich Hoffnungen, dort wieder ins Leben zurückkehren zu können. Aber auf welche Weise, das kann ich wirklich nicht sagen.«

»Und wozu braucht sie Karimah?« fragte Tanya.

»Karimah ist eine Kriegerin, vielleicht wollte sie zusätzliche Unterstützung. Ihr wißt doch, wie gefährlich es in den Chaos-Ebenen ist«, sagte Gillian.

»Das kann ich mir nicht vorstellen«, sagte Bethany. »Es gibt genug Krieger, die für einen guten Preis alles zu tun bereit sind. Und Gold scheint Altea ja im Überfluß zu haben. Warum also sollte sie sich dann mit Karimah belasten, die ihr niemals freiwillig helfen wird?«

»Beth, kann ich dich mal unter vier Augen sprechen?« bat Tanya.

Überrascht sah Bethany sie an. »Natürlich«, sagte sie und wandte sich dann an Iliska und Shiree: »Kann ich mich darauf verlassen, daß ich Gillian noch in einem Stück vorfinde, wenn ich zurückkomme?«

»Wenn sie das Maul hält, schon«, knurrte Shiree.

»Wirst du das Maul halten, Gillian?« fragte Bethany, ohne Gillian dabei anzusehen.

Gillian grummelte etwas.

Bethany nahm das als Zustimmung, warf den dreien noch einen beschwörenden Blick zu und ging dann mit Tanya in den Nebenraum. »Was ist denn so geheimnisvoll, daß du es mir nicht vor den anderen sagen kannst?« fragte sie, kaum daß sich die Tür hinter ihnen geschlossen hatte.

Tanya lächelte. »Nicht geheimnisvoll, nur persönlich«, sagte sie. »Oder wäre es dir sehr angenehm, wenn ich vor den anderen herausposaune, welche Gefühle du und Karimah füreinander habt?«

»Welche Gefühle?« fragte Bethany befremdet.

»Ach, komm, Beth«, sagte Tanya. »Selbst ein Blinder könnte sehen, daß ihr beide euch zueinander hingezogen fühlt.«

»Aber, wir kennen uns doch erst seit –«

»Ist es bei dir so oder nicht?« unterbrach Tanya mit einem ungeduldigen Seufzer. »Nun gib es schon zu, Beth, für diese Spielchen haben wir jetzt keine Zeit.«

»Ja, es ist so«, knurrte Bethany widerwillig.

»Na, also, das war doch gar nicht so schwer«, sagte Tanya. »Und glaub mir, Karimah geht es genauso. Ich habe zwar auch keine Ahnung, warum Altea ausgerechnet sie wollte, aber immerhin kann sie sie zum Gehorsam zwingen, indem sie sie mit Diella erpreßt.«

»Mit Diella?« fragte Bethany. »Oh, ich verstehe. Ohne Diella kann auch ich auf Dauer nicht überleben. Und wenn Altea dies Karimah erzählt, wird die alles tun, um Diella und damit auch Altea zu beschützen.«

Tanya nickte. »Ja, weil du Karimah ebenso viel bedeutest wie sie dir. Hast du schon mal daran gedacht, daß es kein Zufall war, daß Altea dich ausgerechnet Karimah förmlich vor die Füße geworfen hat?«

»Aber Altea konnte doch gar nicht wissen, daß Karimah mir helfen und mich sogar zur Nebelinsel begleiten würde«, sagte Bethany. »Ebensowenig, wie sie wissen konnte, daß wir uns ineinander verlieben würden.«

»Wer weiß?« sagte Tanya. »Aber wie auch immer, wir werden die Antworten, die wir suchen, wohl erst bekommen, wenn wir Karimah und Diella und damit auch Altea gefunden haben. Und dazu müssen wir ebenfalls zu diesem Asyl der Verdammten. Ich gehe jede Wette ein, daß sie bereits auf dem Weg dorthin sind.«

»Das Problem ist nur: Wie sollen wir dieses Asyl finden?« sagte Bethany. »Altea wird uns kaum eine Landkarte hinterlassen haben.«

»Dann sollten wir Gillian noch mal fragen«, schlug Tanya vor. »Vielleicht weiß sie mehr, als sie zugibt.«

Nebenan erhob sich plötzlich ein Gepolter und lautes Geschrei.

»Ich hab's geahnt!« rief Bethany.

Sie stürzten in den Nebenraum und kamen gerade noch rechtzeitig, um zu sehen, wie Iliska die jammernde Gillian mit der Faust bedrohte. Der Stuhl, auf dem Iliska gesessen hatte, lag umgestürzt auf dem Boden. Shiree saß mit hämischem Grinsen daneben und machte keine Anstalten, ihre Geliebte an ihrem Vorhaben zu hindern.

»Iliska, nicht! Wir brauchen sie noch«, rief Bethany, fiel Iliska in den Arm und hielt sie fest.

»Ich wüßte nicht, wofür«, zischte Iliska.

»Aber ich«, erklärte Bethany und wandte sie sich dann rasch an Gillian. »Wie kommen wir zum Asyl der Verdammten?«

»Aber das weiß ich doch nicht –«

»Dann laß dir mal schleunigst etwas einfallen«, unterbrach Bethany, »bevor ich zu dem Schluß komme, daß Iliska recht hat.«

Gillian überlegte fieberhaft; sie kannte den Weg wirklich nicht. Dann dachte sie an etwas, daß sie nach ihrer Flucht aus Ardopolis erlebt hatte. Vielleicht konnte ihr das helfen, ihre Haut zu retten. »Hört zu«, sagte sie rasch. »Ich weiß nicht, wo genau sich das Asyl der Verdammten befindet, aber ich wüßte vielleicht jemanden, der euch helfen kann.«

»Und der wäre?« fragte Bethany.

»Ich floh aus Ardopolis, nachdem alle Mitglieder der Expedition getötet worden waren«, fuhr Gillian fort. »Doch ich war so kopflos, daß ich in die falsche Richtung ritt. Als ich es bemerkte, war es schon zu spät. Ich versuchte den Rückweg zu finden und geriet dabei immer weiter in die Chaos-Ebenen hinein. Schließlich fand ich mich in einem riesigen Dschungel wieder, und dort wurde ich von Monsterschlangen angegriffen, die mein Pferd und beinah auch mich töteten. Doch im letzten Moment retteten mich die Assari.«

»Die Assari?«

Gillian nickte. »Es sind seltsame Wesen von großer Schönheit, alle weiblich« erklärte sie. »Ihre Haut hat die Farbe von Oliven, ihre Augen sind golden, und ihr Haar ist kupferfarben oder dunkelgrün. Selbst die größte von ihnen reichte mir nur bis zur Schulter. Das merkwürdigste sind ihre Ohren, die lang und spitz sind. Kennt ihr die Legenden vom Volk der Elfen, das einst jenseits von Thindam im Süden lebte?«

»Wer kennt sie nicht?« fragte Shiree, und die drei anderen nickten dazu.

»So ähnlich müßt ihr euch die Assari vorstellen«, sagte Gillian. »Vielleicht dienten die Elfen als Vorbild für sie, als man sie schuf. Ich hatte erst Angst vor ihnen, doch sie versorgten meine Wunden und pflegten mich gesund. Und dann zeigten sie mir den Weg zurück nach Thindam.«

»Und du hast sie zum Dank nicht ausgeplündert?« fragte Shiree spöttisch.

»Das hätten sie kaum zugelassen«, entgegnete Gillian ausnahmsweise ganz ernst. »Sie sind ausgesprochen wehrhaft.«

»Und wie könnten sie uns helfen?« fragte Bethany. »Gesetzt den Fall, es gibt sie wirklich.«

»Im Gegensatz zu den meisten anderen Geschöpfen, die in den Chaos-Ebenen existieren, sind sie von freundlichem Wesen. Sie besitzen nicht nur ein Bewußtsein, sondern sogar eine Seele. Vielleicht wissen sie, wo dieses Asyl der Verdammten liegt und können euch helfen, es zu finden.«

Bethany wiegte nachdenklich den Kopf. »Einen Versuch wäre es wert. Ich wüßte nicht wo wir sonst anfangen sollen zu suchen. Was meintest du übrigens mit ›euch‹?« bemerkte sie. »Du wirst uns natürlich begleiten.«

»Aber . . . aber . . . Ich . . .« stotterte Gillian.

»So leid es mir tut«, sagte Shiree. »Aber das mußt du wirklich. Und glaub mir, es gibt hier wohl keine, die das mehr bedauert als ich. Die Portalsteine funktionieren nur, wenn das Ziel der Reise klar erinnert werden kann. Und du bist leider die einzige mit dieser Erinnerung.«

»Ja, die Portalsteine!« Gillian sah Shiree fragend an. »Hast du die in Ardopolis gefunden?«

»Allerdings«, sagte Shiree und konnte sich ein hämisches Grinsen nicht verkneifen. »Kurz bevor du versucht hast Tanya und mich umzubringen.«

»Das wirst du mir wohl ewig vorhalten«, knurrte Gillian.

»Ich hoffe nicht, daß ich dich solange ertragen muß«, entgegnete Shiree.

»Schluß jetzt«, sagte Bethany. »Versprecht mir bitte, daß ihr eure Feindseligkeiten einstellt, bis wir Karimah und Diella gefunden haben. Bitte«, fügte sie hinzu und sah die drei Frauen beschwörend an.

Iliska und Shiree verständigten sich kurz, dann nickten sie.

Gillian öffnete den Mund, um einen höhnischen Kommentar abzugeben, doch Bethanys Kopf fuhr zu ihr herum. Ihr Blick sprach Bände, und Gillian hielt es für gesünder, sich nicht weiter zu dieser Sache zu äußern.

Bethany wollte sich gerade abwenden, als sie plötzlich wieder diese Schwäche fühlte, zusammen mit dem Bedürfnis, sich einfach hinzulegen und zu schlafen.

Tanya merkte es und legte ihr die Hand auf den Arm. Sie konzentrierte sich nur kurz, doch im gleichen Moment fühlte Bethany, wie neue Kraft sie durchströmte. Iliska und Shiree hatten es nicht bemerkt; ihre Aufmerksamkeit war auf Gillian gerichtet.

»Worauf warten wir noch«, sagte Shiree. »Je eher wir aufbrechen, desto eher sind wir dich los.«

»Einen Moment noch«, sagte Tanya. »Laßt mich erstmal Gillians Wunde sehen.«

»Wen interessiert das denn?« fragte Shiree verächtlich.

»Mich«, fuhr Tanya sie unerwartet heftig an. »Ich habe die Heilung beschleunigen können, aber das heißt nicht, daß Gillian schon wieder ganz gesund ist. Wenn du unbedingt jemanden umbringen willst, Shiree, dann such dir irgendein Monster in den Chaos-Ebenen.«

»Tanya hat recht«, sagte Bethany beschwichtigend. »Gillian nutzt uns nichts, wenn sie tot ist.«

»Na, das ist ja schön zu hören«, kommentierte Gillian.

»Du bist besser ganz still«, zischte Tanya, während sie sich an Gillians Verband zu schaffen machte. »So wichtig bist du lebend auch nicht. Ich verstehe mich nämlich ein wenig auf Totenbeschwörung.«

Entsetzt sah Gillian Tanya an, die sich ohne viel Erfolg bemühte, nicht zu grinsen.

»Gut«, sagte Bethany. »Laßt uns unsere Sachen und die Pferde holen. Sobald Tanya mit Gillian fertig ist, brechen wir auf.«

Die Chaos-Ebenen begannen nicht weit vom nördlichen Ufer des Azulsees. Diella legte ein schnelles Tempo vor, doch Karimah konnte problemlos mithalten. Sie ritten den ganzen Tag ohne ein Wort zu sprechen und erreichten gegen Abend die Eisfelder, die übergangslos begannen. Bis jetzt waren sie über mit Felsen übersätes Grasland geritten, doch nun erstreckte sich eine kalte, schneebedeckte Zone vor ihnen hinter einer von unsichtbarer Hand gezogenen Grenze.

Karimah zügelte ihr Pferd und rief Diella zu, sie solle anhalten.

»Warum?« rief Diella ungeduldig zurück.

»Weil es bereits dunkel wird und wir besser hier übernachten als dort in der Kälte«, antwortete Karimah.

»Die Eisfelder sind nicht so groß«, sagte Diella. »Wir müssen nur um den zugefrorenen See herumreiten.«

»In der Nacht über einen eisbedeckten Boden?« fragte Karimah.

»Willst du riskieren, daß die Pferde sich die Beine brechen? Außerdem ist es hier noch warm, wir finden Holz für ein Feuer, die Pferde können grasen, und dort drüben ist sogar ein kleiner Bach, an dem wir unsere Wasservorräte aufstocken können. Noch Fragen?«

Diella knurrte, zügelte ihr Pferd und stieg widerwillig ab. Karimahs Argumente waren nicht von der Hand zu weisen.

Karimah reichte Diella die Zügel ihres Pferdes. »Laß die Tiere ein wenig grasen. Ich sammle Holz für ein Feuer. Du kannst ja schon mal unser Lager aufschlagen.« Sie ließ das Gepäck, das sie vom Sattel gelöst hatte, auf den Boden gleiten. Als sie sich gerade nach einem geeigneten Schlafplatz umsah, fühlte sie sich von Diella hart an der Schulter gepackt. Blitzschnell wand sie sich aus dem Griff und zog ihr Schwert. »Was soll das?« herrschte sie Diella an.

Diella sah auf die Klinge und verzog verächtlich das Gesicht. »Steck deine Waffe ein«, sagte sie kalt. »Ich will dir nichts tun, nur etwas klarstellen. Du gibst hier keine Befehle. Es mag ja sein, daß du dir das bei Bethany herausnehmen durftest, aber ich bin anders als sie. Ich lasse mir von niemandem sagen, was ich zu tun habe.«

Die beiden durchbohrten einander mit Blicken.

»Außer von Altea natürlich«, stellte Karimah schließlich fest. »Oder willst du mir vielleicht erzählen, daß eine Frau wie sie höflich bittet?«

Diella schluckte. »Such nach Holz, ich schlage das Lager auf«, sagte sie knapp und wandte sich brüsk ab.

Karimah grinste.

Eine halbe Stunde später saßen sie zusammen an einem kleinen Feuer. Karimah hatte ein Kaninchen gefangen, das sie jetzt über dem Feuer briet und in regelmäßigen Abständen mit einer Kräutermischung bestrich, die sie zusammen mit ihren Kochutensilien aus ihrer Satteltasche geholt hatte.

»Warum machst du dir die Mühe?« fragte Diella schroff.

»Wenn du lieber trockenes Brot essen willst, dann tu das«, sagte Karimah. »Ich will dir nichts aufdrängen.«

Das Essen roch jedoch so verführerisch, daß Diella ihr widerwillig ihren Teller hinschob. »Du mußt nicht für uns kochen«, sagte sie. »Mir ist es egal, was ich esse. Und Bethany nutzt es auch nichts.«

Karimah lächelte. »Darum geht es nicht. Wir sind zusammen unterwegs, und da du offensichtlich nicht kochen kannst, übernehme ich das eben. Und ich für meinen Teil esse gern etwas Gutes, wenn ich die Möglichkeit dazu habe.«

»Wie kommst du darauf, daß ich nicht kochen kann?« fuhr Diella auf.

Karimah zuckte die Schultern. »War nur so ein Gedanke. Morgen abend kannst du das dann ja übernehmen.«

Diella knurrte etwas, das sich so anhörte wie »Wir werden sehen«.

Karimah zerteilte das fertige Kaninchen, legte Diellas Anteil auf ihren Teller und wartete, bis sie gekostet hatte. »Schmeckt es dir?«

Diella gab ein Grunzen von sich, das mit einiger Phantasie als Zustimmung genommen werden konnte.

Nach dem Essen wusch Karimah das Geschirr in dem kleinen Bach in der Nähe und verstaute dann alles wieder in den Satteltaschen. Inzwischen war die Sonne ganz untergegangen, und nur der Schein des Feuers erhellte den Lagerplatz.

Karimah warf Diella einen Seitenblick zu, die nicht ganz so abweisend aussah wie sonst, eher nachdenklich und in sich gekehrt. Sie dachte daran, daß nicht nur Aggression, Zorn und Haß dunkle Elemente der Seele waren, sondern auch Schmerz, Verzweiflung und Trauer. Was mochte bei Diella wohl gerade vorherrschen?

»Bist du bald fertig mit deinen Studien?« fauchte Diella unvermittelt.

Karimah fuhr zusammen. »Entschuldige, ich wollte nicht –«

»Was wolltest du nicht? Mich anstarren? Du hältst mich doch auch nur für ein widerwärtiges Monstrum, das man für immer einsperren muß!«

Für einen Moment war Karimah sprachlos. »Nein, das tue ich nicht«, widersprach sie schließlich. »Ich gebe zu, bei unserer ersten Begegnung warst du mir schon ziemlich unheimlich. Aber du und Bethany, ihr seid doch eins.«

Diella lachte kurz und freudlos. »Jetzt nicht mehr«, bemerkte sie trocken.

»Vermißt du sie eigentlich nicht?«

Bevor Diella antworten konnte, schob sich plötzlich eine Wolke vor den Vollmond, gleichzeitig kam ein heftiger Wind auf, der den Schnee von den Bäumen jenseits der Eisgrenze zu ihnen herüberwehte. Die Flocken schmolzen sofort und tropften auf das Gras hinunter. Ein paar Herzschläge lang war es totenstill, dann erhob sich plötzlich ein Flüstern von allen Seiten, und als Diella und Karimah sich umsahen, entdeckten sie überall Schatten, die über die Felsen, die Bäume, den Boden glitten, ohne Form, ohne Körper, zielstrebig und gleichzeitig vorsichtig, als besäßen sie Intelligenz und Bewußtsein.

Die beiden Kriegerinnen sprangen auf.

»Verdammt, ich dachte, die gäbe es nur weiter im Osten«, fluchte Diella.

»Was genau gäbe es nur weiter im Osten?« fragte Karimah.

»Vampirschatten«, sagte Diella. »Sie werden von allem angelockt, das lebt. Wenn sie von einem Wesen Besitz ergreifen, saugen sie ihm alle Lebenskraft aus und lassen nur noch eine tote, vertrocknete Hülle zurück. Normale Waffen sind gegen sie nutzlos.«

»Jetzt müßten wir Bethanys Schwert haben«, knurrte Karimah.

»Meinst du das hier?« fragte Diella und zog ihre Waffe.

Entgeistert starrte Karimah auf das Schwert. Es sah aus wie eine exakte Kopie der Waffe, die sie bereits bei Bethany bewundert hatte. Der blaue Kristall im Heft des Schwertes leuchtete matt.

»Altea hat es mir gegeben«, sagte Diella. »Sie sagte, ich würde es brauchen.«

Das Flüstern um sie herum schwoll an, während die Bewegungen der Schatten vollkommen lautlos blieben. Noch waren keine Worte zu verstehen, nur Stimmen, die hart und kalt und gehässig klangen. Es jagte beiden Schauder über den Rücken.

»Ich hoffe, du weißt auch, wie es funktioniert«, sagte Karimah.

Diella warf Karimah einen finsteren Blick zu. Sie trat einen Schritt vor, hielt die Waffe mit beiden Händen vor sich und konzentrierte sich auf ihre Macht. Es dauerte ein paar Augenblicke, aber dann breitete sich das Leuchten des blauen Kristalls langsam über das ganze Schwert aus. Es wurde immer intensiver, und als es fast einer kleinen Sonne glich, hielt Diella die Waffe hoch in die Luft und streckte sie den Schatten entgegen.

Die Wirkung war beeindruckend: Die unheimlichen Wesen wichen so schnell zurück, als habe man sie mit einer Peitsche geschlagen; die flüsternden Stimmen nahmen nun einen zornigen, aber auch ängstlichen Klang an.

Karimah und Diella sahen es mit Erleichterung. Sie rafften ihre Sachen zusammen, liefen zu ihren Pferden hinüber, sattelten sie so schnell sie konnten und wollten gerade losreiten, als etwas Unheimliches geschah.

Schneller als das Auge zu folgen vermochte, verschmolzen die Vampirschatten zu einem einzigen, großen Ganzen, einem riesigen Schattenwesen, das sich kurz in die Luft erhob, um sich dann in acht Gebilde zu teilen, die nach allen Seiten davonschossen und schließlich in den großen Felsbrocken verschwanden.

»Oh, nein!« rief Karimah, die böses ahnte. »Laß uns ganz schnell von hier verschwinden.«

Doch es war bereits zu spät. Vor den Augen der entsetzten Kriegerinnen wurden die Felsen lebendig, dehnten und streckten sich, erhoben sich zu geborgtem Leben. Steinerne Arme wuchsen, steinerne Füße ließen den Boden erzittern, und die gesichtslosen, steinernen Köpfe wandten sich alle gleichzeitig den zwei Kriegerinnen zu, die nicht fassen konnten, was sie da sahen. Doch als die Steinwesen auf sie zustapften, kam wieder Leben in die beiden. Sie wußten, daß besser gar nicht erst versuchten gegen diese steinernen Riesen zu kämpfen, und ihnen auch das magische Schwert nicht helfen würde. Ihnen blieb nur die Flucht.

Sie trieben ihre Pferde an, die bereits unruhig unter ihnen tänzelten. Eines der Monstren schlug nach ihnen, verfehlte Diella nur knapp. In wildem Galopp jagten sie über die Eisgrenze, während die steinernen Ungeheuer die Verfolgung schneller aufnahmen, als sie geglaubt hatten. Als die beiden Kriegerinnen unter den Hufen ihrer Pferde das Eis im Mondlicht glitzern sahen, waren sie auch noch gezwungen, das Tempo zu drosseln, damit die Tiere nicht Gefahr liefen, auszurutschen und sich die Beine zu brechen.

»Verflucht, diese Biester kommen näher!« rief Diella, die sich kurz im Sattel umgedreht hatte.

»Diella!« rief Karimah. »Sagtest du nicht vorhin, hier wäre ein zugefrorener See?«

»Ja, aber worauf willst du –« keuchte Diella, doch dann wurde ihr klar, was Karimah vorhatte. »Das geht nicht, das ist zu gefährlich!«

»Und das, was uns da verfolgt, etwa nicht?« rief Karimah. »Der See ist unsere einzige Chance. Dorthin können sie uns nicht folgen, es sei denn sie verwandeln sich in Federn!«

Die Wolken hatten sich inzwischen verzogen, und im Licht des Vollmondes sahen die beiden eine schneeglänzende, weite Fläche vor sich, der sie sich rasch näherten.

»Karimah, wir können nicht –«

»Red nicht, reite!« unterbrach Karimah brüsk. »Sonst endest du mit deiner Altea als feuchter Fleck auf dem Boden!« Ohne auch nur einen Moment zu zögern ritt Karimah auf das Eis hinaus. Es knirschte und knackte unter ihr, hielt aber stand.

»Verdammt sollst du sein!« brüllte Diella, doch sie folgte ihr auf die glänzende Fläche.

Die beiden trieben ihre Pferde wieder an. Der Schnee auf dem Eis sorgte für besseren Halt, und außerdem konnte sie hier nur Schnelligkeit vor dem Einbrechen in das eisige Wasser bewahren. Ohne sich umzuwenden, den Blick starr auf das jenseitige Ufer gerichtet, jagten die beiden über das Eis.

Als die ersten ihrer Verfolger den See erreichten, waren die Kriegerinnen schon fast in der Mitte. Die Steinwesen zögerten nur kurz, dann trampelten sie auf die Eisfläche hinaus, die jedoch ihrem Gewicht nicht standhalten konnte. Das erste Wesen verlor das Gleichgewicht, fuchtelte wild mit seinen steinernen Armen in der Luft herum und stürzte dann mit Donnergetöse auf die Eisfläche hinab, die es sofort durchschlug, um im nächsten Moment im Wasser zu versinken. Ein zweites folgte ihm, und dann ein drittes.

Die Wellen des Aufpralls setzten sich durch das Eis fort und erreichten schließlich die beiden Fliehenden. Diella fühlte, wie die gerade noch feste Fläche unter ihrem Pferd wegzubrechen begann; das Tier tänzelte, versuchte Halt zu finden, während das Krachen und Knacken immer lauter wurde. Karimah sah aus den Augenwinkeln, daß Diella nicht mehr neben ihr war. Sie wandte sich im Sattel um, sah, daß Diella verzweifelt versuchte, ihr Pferd von den zerbröckelnden Eisschollen herunterzubekommen, und wendete, ohne nachzudenken, ihr eigenes Tier, um ihr zu Hilfe zu kommen.

Im letzten Moment schaffte Diella es selbst. Ihr Pferd stieß sich von der letzten größeren Scholle ab, bevor diese zerbrach, und rettete sich auf festeres Eis. »Alles in Ordnung!« rief sie Karimah zu und trieb ihr Tier wieder an.

Weiter hinten am Ufer versuchten nun auch die restlichen Steinwesen, die Verfolgung aufzunehmen. Sie verstanden nicht, daß es ihnen nicht möglich war; die Gier nach der Lebenskraft ihrer Opfer war so stark, daß sie eines nach dem anderen ins Eis einbrachen und versanken.

Währenddessen galoppierten Diella und Karimah immer weiter auf das rettende Ufer zu, das näher und näher kam. Das Eis wurde allmählich dicker und fester, und mit einer letzten Anstrengung ihrer Pferde erreichten die beiden endlich wieder festen Boden. Sie zügelten die Pferde und sahen sich um. Kein einziger ihrer Verfolger war mehr zu sehen.

»Wir haben es geschafft«, sagte Karimah und lächelte Diella zu.

Und für einen ganz kurzen Moment lächelte Diella zurück.

»Das ist kein Dschungel, das ist ein ganz normaler Wald«, stellte Shiree fest, kaum daß die Landschaft vor ihnen feste Form angenommen hatte. »Warst du verletzt oder besoffen, als du das letzte Mal hier warst?«

»Gut, daß du mich erinnerst«, sagte Gillian, holte ihren Flachmann aus der Brusttasche und nahm einen tiefen Zug. »Diese magischen Reisen machen mich immer so durstig.«

»Muß das sein, Gillian?« fragte Bethany.

»Ja, das muß sein«, entgegnete Gillian trotzig.

»Du kannst froh sein, daß Tanya dir ihr Pferd überlassen hat«, knurrte Bethany. »Würdest du mit mir im Sattel sitzen, dann hätte ich diese Flasche jetzt schon in tausend Teile zertrümmert. Aber wenn du sie nicht sofort wegsteckst, hole ich das vielleicht noch nach.«

Die fünf Reisegefährtinnen hatten sich ihre drei Pferde teilen müssen. Shiree und Iliska ritten natürlich zusammen, und da weder Tanya noch Bethany Lust gehabt hatten, mit der inzwischen wieder recht munteren Gillian ein Reittier zu teilen, hatte Tanya ihr Pferd an sie abgetreten.

»Da würdest du dich vergeblich bemühen«, sagte Gillian gleichmütig und verstaute den Flachmann wieder sicher in ihrer Brusttasche. »Das Fläschchen ist das Geschenk eines Magiers, dem ich einen kleinen Gefallen getan habe. Es ist unzerstörbar und füllt sich jeden Tag einmal wieder auf. Das Zeug schmeckt zwar wie Pferdepisse, aber immerhin ist es umsonst.«

Konsterniert starrten ihre Begleiterinnen sie an.

»He, das war ein Scherz!« rief sie.

»Langsam habe ich genug von deinen Scherzen«, sagte Bethany grimmig. »Sag uns lieber, ob das der Wald ist, in dem die Assari leben.«

Gillian betrachtete den vor ihnen liegenden Wald. Er erstreckte sich über viele Meilen und lag am Fuße eines riesigen Felsmassivs, dessen dunkelgraues Gestein in krassem Gegensatz zu der bunten Farbenvielfalt der Bäume und Pflanzen stand. »Ja, da bin ich mir absolut sicher Die Assari haben eine Art Siedlung am Rande des Felsmassivs. Sie leben dort in Höhlen und Baumhäusern. Aber wo genau das ist, weiß ich nicht. Der Wald mag zwar von außen nicht wie ein Dschungel aussehen, aber wenn man erst mal drin ist, ändert sich das ganz schnell. Wie das meiste in den Chaos-Ebenen ist auch er auf magische Weise entstanden, und ein wenig von der alten Magie wirkt in ihm fort.«

»Dann verstehen sich die Assari auch auf Magie?« fragte Tanya neugierig.

»Das kann man so nicht sagen«, entgegnete Gillian. »Sie sind magisch geschaffene Wesen, und daher ist die Magie einfach ein Teil ihres Selbst.«

»Aha«, sagte Tanya fasziniert und hätte gern noch mehr erfahren.

Iliska kam ihr jedoch zuvor und fragte: »Du kannst uns also nicht hinführen? Aber wie sollen wir die Assari dann finden?«

»Oh, sie werden uns finden«, sagte Gillian. »Der Wald ist schließlich ihre Heimat; Fremde wie wir werden ihre Aufmerksamkeit erregen. Am besten reiten wir in Richtung des Felsmassivs. Früher oder später werden sie schon auftauchen.«

»Du hast gesagt, sie wären ausgesprochen wehrhaft«, sagte Bethany. »Werden sie uns angreifen?«

»Also zu mir waren sie sehr freundlich«, antwortete Gillian.

»Weil dir die Worte ›hinterhältiges Miststück‹ nun mal nicht auf der Stirn geschrieben stehen«, knurrte Shiree.

»Wie auch immer«, sagte Gillian. »In acht nehmen müssen wir uns vor allem vor den Schlangen. Die können hier ziemlich groß werden.«

»Komisch, dieser Gedanke kommt mir auch immer, wenn ich dich anschaue«, bemerkte Shiree.

Gillian warf Shiree einen verächtlichen Blick zu. »Ist ja rührend, wie du versuchst witzig zu sein. Aber vergiß es, mein Format erreichst du nie.«

»Gillian, es reicht jetzt!« fuhr Bethany dazwischen. »Wir haben dich nicht mitgenommen, damit du ständig Streit provozierst. Wenn du noch einmal den Mund aufmachst, ohne daß ich dich darum gebeten habe, lernst du mich kennen. Und dann haben die Assari bestimmt keine Probleme mehr, uns zu finden.«

»Also gut, ich schweige«, erklärte Gillian beleidigt.

»Wir reiten in den Wald«, sagte Bethany, »in Richtung auf das Felsmassiv. Mit etwas Glück finden uns die Assari, bevor wir dort ankommen.«

Ohne weitere Diskussion setzte sich die Gruppe in Bewegung.

Keine der fünfen ahnte, daß sie bereits beobachtet wurden. Es war der Zufall, der die Jägerin Lyriel an diese Stelle des Waldes geführt hatte, aber als sie die Stimmen hörte und gleich darauf die kleine Gruppe Reiter sah, die unschlüssig am Waldrand stand, hatte sie sich versteckt und die Fremden beobachtet. Es geschah nicht allzuoft, daß sich Menschen hierher verirrten, und dann waren es meist Abenteurer, die nichts Gutes im Schilde führten. In der Regel erledigten die Schlangen jedoch dieses Problem, und die Assari hinderten sie nicht daran, denn das oberste Gebot galt dem Schutz ihrer Heimstatt. Doch von jeder Regel gab es Ausnahmen.

Lyriel musterte die Frauen eine nach der anderen. Ihr Blick blieb an Gillian haften, die sie sofort wiedererkannte, denn die war einmal eine dieser Ausnahmen gewesen. Lyriel runzelte die Stirn. Was mochte die Frau zurück in ihren Wald geführt haben? Lyriel hatte ihr schon damals nicht getraut, doch da Gillian nichts getan hatte, was dieses Mißtrauen rechtfertigte, hatten ihr die Assari geholfen und ihr den Weg nach Thindam gewiesen. Wenn Gillian nun zurückgekehrt war, konnte das durchaus bedeuten, daß Lyriel nicht ohne Grund mißtrauisch gewesen war, daß Gillian letzten Endes von der gleichen Gier getrieben war wie all die anderen und sich genau aus diesem Grund in Begleitung einer ganzen Gruppe Bewaffneter befand. War es da nicht besser, sie zöge sich zurück und überließe Gillian und ihre Begleiterinnen den Schlangen?

Während Lyriel darüber nachdachte, schienen sich die Frauen endlich einig geworden zu sein, denn die Gruppe setzte sich in Bewegung und ritt auf den Wald zu. Lyriel zog sich tiefer in ihr Versteck zurück und verharrte dort. Ganz dicht ritten die Frauen an ihr vorbei, ohne sie zu bemerken, und Lyriel schaute neugierig zu ihnen auf, um sie aus der Nähe zu betrachten. Doch ihr Blick kam nicht weiter, als bis zu der Frau, die vor der großen Kriegerin auf dem ersten Pferd saß.

Lyriels Augen weiteten sich vor Staunen. Die Frau hatte Haare wie ein Wasserfall aus Licht und Augen wie das Blau des Himmels. Ihr Gesicht war freundlich und doch lag eine Traurigkeit darin, die Lyriel, ohne daß sie es wollte, tief berührte. Fasziniert sah sie auf dieses Wesen, das nicht viel größer zu sein schien als sie selbst und deren ganze Erscheinung etwas hatte, das Lyriels Herz schneller schlagen ließ.

Sie ließ die Gruppe an sich vorbeireiten und beschloß dann, ihr zu folgen. Nein, sie konnte sie nicht einfach dem sicheren Tod überlassen, ohne sicher zu sein, daß ihre Absichten wirklich finster waren. Sie mußte herausfinden, was sie hierher geführt hatte, erst dann konnte sie entscheiden, ob sie sie ihrem Schicksal überließ oder ihnen half. Doch noch während Lyriel das dachte, wurde ihr klar, daß ihre wahren Gründe nur der Sorge um dieses wundervolle Wesen entsprangen, dem Lyriel einfach nichts Schlechtes zutrauen mochte. Und sie hoffte inständig, daß sie mit dieser Vermutung richtig lag.

Schon bald merkten die fünf, daß in diesem Wald so ziemlich jede Baum- und Pflanzenart wuchs, die es auf dem Kontinent Quelthir gab. Es herrschte eine farbenfrohe Vielfalt, die das Herz eines jeden Botanikers hätte höher schlagen lassen.

»Jetzt verstehe ich auch, weshalb Gillian den Wald für einen Dschungel gehalten hat«, sagte Tanya zu Bethany. »Hier möchte ich mich wirklich nicht verlaufen.«

Sie ritten bis zum Sonnenuntergang, ohne daß die Assari sich zeigten, aber wenigstens sahen sie auch keine der von Gillian in den schrecklichsten Details beschriebenen Schlangen. Mit dem letzten Tageslicht erreichten sie das Felsmassiv und beschlossen in einer der Höhlen, die es hier in beeindruckender Anzahl gab, die Nacht zu verbringen. Auch wenn ihnen auf dem Weg hierher keine gefährlichen Tiere oder Pflanzen begegnet waren, teilten sie doch Wachen für die Nacht ein.

Da Bethany und Tanya aufpaßten und jeden aufkommenden Streit im Keim erstickten, verlief das Abendessen ausgesprochen friedlich. Danach legten sich alle früh schlafen, bis auf Bethany, die die erste Wache übernahm. Ihr folgten Iliska, dann Shiree, die schließlich, als der Morgen schon nicht mehr fern war, Tanya weckte. Tanya wollte sich wortlos ans Feuer setzen, doch Shiree hielt sie zurück.

»Was ist?« fragte Tanya abweisend.

»Bitte, Tanya«, sagte Shiree. »Hör mir nur einen kleinen Moment zu.«

Tanya sagte nichts, sah Shiree aber erwartungsvoll an.

»Es tut mir leid, Tanya«, begann Shiree. »Ich wollte dich wirklich nicht verletzen.«

Tanya seufzte leise. »Warum hast du mir nicht die Wahrheit gesagt, als du gingst? Warum hast du mir nicht gesagt, daß du nicht zurückkehren wirst?«

»Weil ich mir über meine Gefühle nicht im klaren war«, entgegnete Shiree. »Deshalb wollte ich auch eine Weile fort. Ich hatte schon vor, zu dir zurückzukommen und mit dir zu reden, sobald ich wußte, was ich empfinde.«

Tanya warf einen Blick auf die schlafende Iliska. »Und das weißt du jetzt?«

Shiree nickte. »Ja, das weiß ich jetzt.«

Die beiden schwiegen einen Moment.

»Gefühle kann man nicht erzwingen«, sagte Tanya schließlich. »Ich wünsche euch wirklich, daß ihr glücklich werdet.« Dann wandte sie sich ab und ging zum Feuer hinüber.

Shiree legte sich neben Iliska, die sich im Schlaf an sie kuschelte. Sie wußte, daß Iliska die Frau ihres Lebens war, und bereute ihre Entscheidung keinen Moment. Sie wünschte nur, sie hätte Tanya nicht so wehtun müssen, doch sie wußte nur zu gut, daß sie die letzte war, die ihr helfen konnte.

Tanya sah, daß Shiree eingeschlafen war, und stocherte nun ein wenig in dem Feuer herum, wobei sie ihre Gedanken zu dem geheimnisvollen Volk schweifen ließ, das in diesem Wald leben sollte. Wesen die magisch geschaffen worden waren - allein das fand Tanya ungeheuer aufregend. Zeit ihres Lebens hatte Magie sie fasziniert, und wäre da nicht die Tatsache gewesen, daß sie nicht zur Kriegerin geboren war, hätte sie sich schon viel früher aufgemacht, die Chaos-Ebenen zu erforschen. Doch so war es für sie nicht ratsam, allein loszuziehen, und sie hatte sich eine ganze Zeitlang nach geeigneten Begleitern umgesehen. Leider waren es vor allem Schatzsucher und Abenteurer, die sich von Gier getrieben in dieses gefährliche Gebiet wagten, und denen hatte sich Tanya nicht anschließen wollen. Von Gillian hatte sie sich eine wissenschaftliche Expedition erhofft und war dann ziemlich schnell einer weiteren Illusion beraubt worden.

Tja, und dann war da noch Shiree gewesen. Shiree, die schöne und wehrhafte Kendai, in deren Gegenwart sie sich so sicher gefühlt hatte. Tanya warf einen Blick hinüber zu der Stelle, wo Shiree lag. Sie hatte beide Arme um Iliska geschlungen, deren Kopf an ihrer Schulter ruhte. Tanya mußte daran denken, wie oft sie selbst so eingeschlafen war, mit Shiree an ihrer Seite. Ohne daß sie es merkte, rollte eine Träne über ihre Wange. Warum konnte sie nicht auch jemanden finden, der sie so liebte, wie sie war? Aber bis jetzt hatte Tanya in der Liebe noch nicht viel Glück gehabt.

Ein Geräusch von jenseits des Höhleneingangs aus dem Wald schreckte sie aus ihren traurigen Gedanken. Sie wandte ihre Aufmerksamkeit der runden Öffnung zu, durch die sie einen kleinen Teil des Waldes erkennen konnte, und sah angestrengt hinaus. Hatte sich da nicht gerade etwas bewegt? Doch ganz sicher war sie sich nicht, und bevor sie Bethany weckte oder gar Alarm schlug, sollte sie sich vielleicht doch besser vergewissern, ob da draußen wirklich etwas vor sich ging, was allgemeiner Aufmerksamkeit wert war. Sie hatte nicht die geringste Lust, sich lächerlich zu machen und damit vor allem Gillians Spott über ängstliche kleine Heilerinnen auf sich zu ziehen.

Sie erhob sich leise und schlich zum Höhleneingang hinüber. Sie hatte nicht vor, weit in den Wald hineinzugehen, nur ein kleines Stück und in Sichtweite der Höhle. Vorsichtig trat sie aus der Höhle heraus und sah sich um. Der Wald war auch in der Nacht nicht völlig finster; der Vollmond schien, Glühwürmchen schwirrten überall umher, und die Blätter einiger Baumarten gaben ein schwaches Leuchten ab. Es war ein schönes, beinah romantisches Bild, doch dafür hatte Tanya gerade überhaupt keinen Blick. Sie sah sich um, hörte fast im selben Augenblick ein Rascheln und nahm gleich darauf eine Bewegung in einem größeren Gebüsch vor ihr wahr. Für einen winzigen Moment glaubte sie etwas Metallenes aufblitzen zu sehen. Sie kämpfte mit sich, doch dann siegte die Neugier über die Vorsicht. Lautlos schlich sie über den laubbedeckten Waldboden an das Gebüsch heran.

Als sie nur nicht mehr weit davon entfernt war, erhob sich dahinter plötzlich eine schlanke, sehr anmutige Gestalt. Sie war etwas kleiner als Tanya, eindeutig weiblich, hatte kupferfarbenes Haar und große, goldene Augen, die auf sie gerichtet waren. Tanya fühlte sich sofort an Bilder erinnert, die sie einst in einem alten Buch gesehen hatte. Gillian hatte recht, dieses Wesen dort vor ihr sah wirklich aus wie eine Elfe. Sie mußte eine Assari sein.

Die Assari öffnete den Mund, um etwas zu sagen, doch plötzlich weiteten sich ihre Augen, ihre Hand fuhr an die Hüfte, und als sie wieder zum Vorschein kam, hielt sie eine sternenförmige Waffe darin, deren scharfgeschliffene Klingen im matten Licht schimmerten.

Tanya hielt erschrocken den Atem an. »N-nein«, stammelte sie, »ich bin nicht dein –«

Doch in diesem Moment schleuderte die Assari den Klingenstern, der über Tanyas Schulter flog und sich knirschend in etwas bohrte, das sich direkt hinter Tanya befunden hatte. Gleichzeitig schoß die Assari vor, packte ihre Hand und zog sie zu sich heran.

Im nächsten Augenblick klatschte etwas hart auf die Stelle, an der Tanya gerade noch gestanden hatte, und als sie genauer hinsah, erstarrte sie vor Schreck. Eine braungefleckte Schlange mit einem Kopf von der Größe einer Wassermelone, in den das sternförmige Messer tief eingedrungen war, zuckte und wand sich im Todeskampf, der nicht lange dauerte.

»Sie jagen nachts, weißt du«, sagte die Assari.

Tanya fühlte, wie ihr die Knie weich wurden, als sie auf das Untier sah. Sie war so sehr auf das Gebüsch konzentriert gewesen, daß sie das lautlose Anschleichen des Ungeheuers überhaupt nicht bemerkt hatte. Sie taumelte, doch schon fühlte sie sich von zwei erstaunlich starken Armen gestützt.

»Es tut mir leid«, sagte die Assari, deren Stimme angenehm und melodisch klang. »Ich hätte deine Bekanntschaft lieber unter angenehmeren Umständen gemacht. Mein Name ist Lyriel.«

»Du hast mir das Leben gerettet«, sagte Tanya leise, »das war angenehm genug für mich. Ich bin Tanya.«

Die beiden sahen einander neugierig an.

»Du bist eine Assari, nicht wahr?« fragte Tanya.

Lyriel nickte.

Tanya hielt den Atem an. Lyriel war das schönste Geschöpf, das sie je in ihrem Leben gesehen hatte.

Lyriel hegte nicht nur ganz ähnliche Gedanken, sondern hatte auch, als sie Tanya berührte, zu ihrer Überraschung etwas gespürt, das ihre aufkeimenden Gefühle rasch vertiefte. »Du ... du trägst Magie in dir?« fragte sie voller Staunen.

»Ja«, sagte Tanya. »Ich bin eine Heilerin.«

»Eine Heilerin?« Lyriels Augen leuchteten auf. »Die Assari verehren die Heilkunst mehr als alles andere. Vielleicht, weil man uns zum Töten geschaffen hat«, fügte sie hinzu und ein Schatten glitt über ihr Gesicht.

Tanya wurde blaß. »M-man hat euch –« stammelte sie.

Lyriel nahm ihre Hand von Tanyas Arm und streichelte ihr sanft über die Wange. Dabei sah sie ihr fast bittend in die Augen und schüttelte nur leicht den Kopf.

Tanya verstand die Geste sofort und beruhigte sich augenblicklich. Als sie ihre Wange leicht in Lyriels Hand schmiegte, fiel ihr Blick auf die tote Schlange, und sie mußte unwillkürlich daran denken, daß wahrscheinlich noch mehr von diesen Kreaturen auf nächtlicher Jagd waren.

»Wollen wir nicht ... besser in die Höhle gehen?« fragte sie. »Ich meine, wegen der Schlangen.«

Lyriels Lächeln ließ Tanya augenblicklich die Schlangen vergessen. »Keine Angst«, sagte sie in einem Ton, der Tanyas Knie in Pudding verwandelte. »Solange ich bei dir bin, bist du absolut sicher. Ich gehöre zu den Jägerinnen unserer Gemeinschaft.«

Tanya schluckte. Lyriels große, goldene Augen schauten sie mit einem Ausdruck an, der ihr kleine Schauer über den Rücken jagte. Sie fühlte deutlich, daß dieses Geschöpf voller Magie war. Konnte es sein, daß Lyriel etwas davon einsetzte, um sie zu betören?

Kaum hatte sie diesen Gedanken zu Ende gedacht, da erschien ein überraschter Ausdruck auf Lyriels Gesicht. »Nein, keine Angst.« Sie legte den Kopf ein wenig schräg und grinste verschmitzt. »Das habe ich nun wirklich nicht nötig.«

Tanya löste sich von Lyriel und sah sie streng und ein wenig ärgerlich an. »Liest du etwa meine Gedanken?«

Lyriel seufzte. »Nicht wirklich«, versicherte sie. »Ich höre sie nur, wenn sie so offen dargeboten werden. Tut mir leid, ich wollte dich nicht in Verlegenheit bringen. Kannst du mir verzeihen?«

Sie sah so schuldbewußt aus, daß Tanya ihren Ärger vergaß. »Natürlich. Ich bin dir nicht böse. Könntest du trotzdem versuchen, nicht mehr so deutlich hinzuhören? Meine Gedanken gehören nur mir, und wann und mit wem ich sie teile, das möchte ich gern selbst entscheiden.«

Lyriel betrachtete Tanya. Sie fand, daß die Heilerin süß aussah, wenn sie ärgerlich war, doch hütete sie sich natürlich, diesen Gedanken laut werden zu lassen. Sie ertappte sich bei dem Wunsch, mehr von dieser Frau zu erfahren, die in ihr Gefühle auslöste, die über Leidenschaft und Begehren weit hinausgingen.

Den Assari war Liebe ungeheuer wichtig, sie war das Band, das ihre Gemeinschaft zusammenhielt, und sie teilten es miteinander ohne Eifersucht und ohne Verlegenheit, in jeder nur möglichen Form.

Doch auch wenn Lyriel zu den wenigen Assari gehörte, die den Wald, in dem sie lebte, schon verlassen und in der Welt außerhalb gewesen war, so war es ihr doch noch nie passiert, daß sie dieses

Band mit einem anderen, einem menschlichen Wesen hätte teilen wollen. Sie war sich nicht sicher, was die anderen Mitglieder ihrer Gemeinschaft dazu sagen würden, aber sie war entschlossen, es darauf ankommen zu lassen, sofern auch Tanya das wollte. Doch dazu mußte sie erst einmal herausfinden, ob Tanya ihr Interesse teilte.

»Tanya«, sagte sie mit sanfter Stimme, »glaub mir bitte, ich würde nichts tun, was du nicht willst. Aber seit ich dich heute morgen das erste Mal sah, habe ich den Wunsch, dich kennenzulernen. Meinst du, das wäre möglich? Ich verspreche dir auch, meinen Geist vor deinen Gedanken zu verschließen, bis du selbst entscheidest, daß du mir so nah sein willst wie ich dir.«

Von Lyriels Offenheit gleichzeitig beeindruckt und verblüfft, sah Tanya sie an. Sie konnte kaum glauben, was sie da gerade gehört hatte. Konnte es wirklich sein, daß dieses bezaubernde Geschöpf dort ausgerechnet Interesse an der durchschnittlichen und unscheinbaren Frau hatte, für die sie sich selbst hielt? »Mich willst du kennenlernen?« murmelte sie.

Erstaunt las Lyriel die Unsicherheit in Tanyas Augen. War es möglich, daß Tanya nicht wußte, wie faszinierend sie war? Doch dann dachte sie an das, was sie beobachtet hatte, während sie der Gruppe gefolgt war. Sie dachte an Tanyas Blicke, die immer wieder zu dieser anderen Frau mit den schwarzen Haaren hinübergewandert waren. Da war soviel Traurigkeit in diesen Blicken gewesen, daß Lyriel sich bei dem Wunsch ertappt hatte, Tanyas Augen wieder zum Leuchten zu bringen. »Ist dieser Wunsch so abwegig?« flüsterte sie. Das Licht der tanzenden Glühwürmchen brach sich in ihren goldenen Augen.

Tanya fühlte sich plötzlich sehr zu Lyriel hingezogen, die ihr so offen und ohne jede Verlegenheit ihr Interesse zeigte. Sie hatte sich die Begegnung mit den Assari völlig anders vorgestellt, aber sie war keineswegs unangenehm überrascht. »Nein, das ist er ganz und gar nicht«, versicherte sie. »Und ich würde dich auch gern kennenlernen«, setzte sie ein wenig schüchtern hinzu.

»Das ist schön«, hauchte Lyriel und trat einen Schritt näher.

Tanya wich nicht zurück. Sie ließ es zu, daß Lyriel ihre Hände sanft auf ihre Schultern legte. Die Bewunderung und Zuneigung in ihrem Blick waren Balsam für ihre verwundete Seele. Sie versank vollkommen in diesen großen, schönen Augen, und wollte vorsichtig über eines der hohen, spitzen Ohren streicheln, stockte aber, als sie fühlte wie Lyriel durch ihr Haar strich und konnte nur mit Mühe ein wohliges Stöhnen unterdrücken. Sie schloß die Augen, als Lyriel ihre Arme um sie legte und sie näher zu sich heranzog.

Doch kurz bevor sich ihre Lippen zu einem ersten Kuß berührten, ertönte plötzlich eine spöttische Stimme von der Höhle her: »Meine Güte, Tanya, das hätte ich dir gar nicht zugetraut. He, alle aufwachen! Unsere Heilerin hat die Assari gefunden.«

Tanya schrak zusammen und unterdrückte einen Fluch. Ausgerechnet Gillian mußte sie hier entdecken, und dann auch noch in diesem Moment. Doch dann dachte sie daran, daß das vielleicht doch das kleinere Übel war, denn wäre sie nur wenige Augenblicke später erschienen, hätte sie sie in einer noch peinlicheren Situation erwischt.

»Hallo, Gillian«, sagte Lyriel. »Du hast dich wirklich nicht verändert. Immer noch soviel Feingefühl wie ein Holzklotz, was?«

»Man tut, was man kann«, entgegnete Gillian und grinste unverschämt. Sie hatte nicht vergessen, daß Lyriel der Grund gewesen war, weshalb sie bei ihrem ersten Besuch bei den Assari nichts hatte mitgehen lassen können, da sie ihr von Anfang an mißtraut und sie genau im Auge behalten hatte. Sie war deshalb nicht besonders gut auf Lyriel zu sprechen und freute sich daher insgeheim, daß sie ihr und Tanya in die Parade gefahren war. Zu deutlich zeigen mochte sie das aber auch nicht, denn mit Lyriel war nicht gut Kirschen essen, wenn man sie reizte. Daher verzichtete sie auch ganz gegen ihre Gewohnheit auf jede weitere Bemerkung.

»Wie ich sehe, hast du bei den Assari einen bleibenden Eindruck hinterlassen, Gillian«, stellte Tanya trocken fest.

»Allerdings«, sagte Lyriel mit einem verächtlichen Blick auf Gillian.

»Na, komm, jetzt sei mal nicht so giftig«, sagte Gillian. »Du kriegst schon noch deine Chance bei unserer Heilerin. Sie hat nämlich gerade eine große Enttäuschung hinter sich und braucht Trost.«

Lyriel hörte einen erstickten Laut, drehte sich zu Tanya um und sah an ihrem Gesichtsausdruck, wie verletzend Gillians Worte gewesen waren. »Du widerliche Kreatur«, knurrte sie und ging drohend auf Gillian zu.

Gillian wich zurück. »Nein, laß mich in Ruhe!« rief sie. »So war das doch nicht gemeint.«

Bethany, Iliska und Shiree waren inzwischen von den Stimmen draußen vor der Höhle auch wach geworden. Sie hörten Gillian rufen und stürzten herbei.

Lyriel sah sich plötzlich drei Kriegerinnen mit gezückten Schwertern gegenüber und wollte nach ihrem eigenen Schwert greifen.

Da griff Tanya ein. »Nein!« rief sie und stellte sich schützend vor Lyriel. »Tut ihr nichts. Sie will uns nichts Böses.«

Trotz der etwas unerfreulichen Situation konnte Lyriel ein Grinsen kaum unterdrücken. Wenn Tanya Angst um sie hatte, dann mußte sie auch etwas für sie empfinden. »Das will ich wirklich nicht«, erklärte sie, schob sich an Tanya vorbei und deutete eine höfliche Verbeugung an. »Mein Name ist Lyriel. Ich folge euch schon den ganzen Tag. Verzeiht, daß ich mich nicht früher zu erkennen gab, aber ich wollte mich erst vergewissern, daß ihr das Vertrauen der Assari verdient.«

Iliska, Shiree und Bethany sahen einander unschlüssig an.

»Jetzt steckt schon eure Waffen weg, sie sagt die Wahrheit«, rief Tanya.

Die Schwerter verschwanden. Erstaunt betrachteten die drei Kriegerinnen das exotische Aussehen der Assari. Lyriel reichte nur bis knapp über Tanyas Schulter, die ganz sicher keine besonders große Frau war. Dennoch machte dieses seltsame Wesen keinen hilflosen Eindruck, im Gegenteil: Ihre ganze Erscheinung strahlte Selbstbewußtsein aus und die Gewißheit im Gegensatz zu den fünf Fremden an diesem Ort zu Hause zu sein.

»Sei gegrüßt, Lyriel«, sagte Bethany. »Mein Name ist Bethany, und dies hier sind Iliska und Shiree. Und das dort –«

»Ist Gillian«, fiel Lyriel ihr mit einem verächtlichen Blick auf Gillian ins Wort. »Wir kennen uns bereits.«

Iliska wechselte einen vielsagenden Blick mit Shiree und fragte sich, ob es eigentlich irgendein Wesen auf dieser Welt gab, das Gillian nicht gegen sich aufbringen konnte.

»Und Tanya hast du ebenfalls schon kennengelernt«, stellte Shiree fest.

»Ja«, entgegnete Lyriel, und ihre Stimme klang plötzlich ganz weich. »Zumindest ein bißchen.«

Tanyas Gesicht überzog sich mit einem leicht rosa Hauch, was Lyriel ganz entzückend fand.

Iliska wies auf den Kadaver der großen Schlange. »Vielleicht sollten wir doch besser in die Höhle gehen.«

Lyriel schüttelte den Kopf. »Das ist nicht nötig. Der Morgen dämmert schon, und die Schlangen jagen nur nachts. Ich bringe euch zu unserer Heimstatt, dort könnt ihr uns dann erklären, was euch in unseren Wald geführt hat.«

Sie hatten die Eisfelder hinter sich gelassen und ritten nun durch sonnenverbrannte Wüste. Diella hielt unterwegs nur einmal an und gab Karimah und den Pferden etwas aus einer kleinen Flasche zu trinken.

»Noch ein Geschenk von Altea?« fragte Karimah, als sie fühlte, wie neue Kraft durch ihre Adern strömte und der Durst, der sie gequält hatte, verschwand.

Diella nickte. »Es ist schließlich in ihrem Interesse, daß wir das Asyl erreichen«, erklärte sie, und Karimah glaubte, ein klein wenig Hohn in Diellas Stimme zu bemerken. Doch bevor sie nachhaken konnte, fuhr Diella auch schon fort: »Siehst du das Felsmassiv dort hinten?«

Karimah nickte. Sie ritten schon eine ganze Weile darauf zu. »Liegt da unser Ziel?«

»Nicht ganz«, entgegnete Diella. »Es liegt darunter, tief unter der Erde. Aber es gibt dort einen Zugang. Altea wird ihn mir zeigen, sobald wir da sind. Auf der anderen Seite ist das Felsmassiv von dichtem Wald umgeben, der von Schlangen und anderen mörderischen Kreaturen bewohnt wird. Aber hier liegt nur die Wüste zwischen ihm und uns, und mit Alteas Trank werden wir es schaffen, sie bis zum Abend zu durchqueren.«

Es dauerte eine Weile, bis sie die Siedlung der Assari erreichten. Die Gruppe hatte sich Lyriels Führung anvertraut, doch als sie die Siedlung erreichten, zügelten sie ihre Pferde und betrachteten völlig fasziniert den Anblick, der sich ihnen bot.

Die Assari hatten sich in den vielen Jahren, die sie bereits in diesem Wald lebten, eine wunderbare Heimstatt geschaffen. Sie lag in einer größeren Gruppe riesiger, alter Bäume, deren Stämme so massig und breit waren, daß man in ihnen ganze Wohnhöhlen einrichten konnte. Die begabtesten Assari hatten mit ihrer Magie diese Wohneinheiten geformt und dabei erstklassige Arbeit geleistet. Die Baumhäuser erstreckten sich von dicht über dem Erdboden bis weit unter die Baumwipfel und waren durch ein System von Treppen, Hängebrücken und Transportkörben ebenso miteinander verbunden wie mit den Höhlen in dem dahinter beginnenden Bergmassiv. Sowohl Holz als auch Stein waren mit sehr viel Liebe zum Detail kunstvoll verziert worden.

»Das ist wundervoll«, flüsterte Tanya.

»Warte nur ab, bist du mein Haus siehst«, flüsterte Lyriel ihr zu. »Du bist natürlich mein Gast.«

Tanya lächelte.

Lyriel hatte es am Morgen verächtlich abgelehnt, zu Gillian aufs Pferd zu steigen; sie war lieber vor ihnen hergelaufen, hatte sich aber immer wieder zu Tanya umgedreht, sie mit einem Lächeln bedacht oder sie mit einer witzigen Bemerkung zum Lachen gebracht.

Bethany hatte Tanya schließlich zugeflüstert, sie könne ruhig absteigen, wenn sie wolle. »Ich komme schon klar«, hatte Bethany mit einem Augenzwinkern gesagt. »Geh nur zu ihr. Ich glaube, sie interessiert sich wirklich für dich.«

Diesen Eindruck hatte Tanya inzwischen auch, und obwohl sie wußte, daß sie nicht lange im Wald der Assari bleiben würden, und es ungewiß war, ob sie Lyriel jemals wiedersehen würde, hielt sie das nicht davon ab, ihre Einladung anzunehmen. Sie wollte ihre Gesellschaft so lange wie möglich genießen.

Lyriels Volk bestand aus etwas mehr als zweihundert Frauen, die alle bronzefarbene Haut, lange, spitze Ohren und goldfarbene Augen hatten. Ihre Magie nutzten sie vor allem zum Formen jedweden Materials, was sich in der Schönheit und Individualität ihrer Heimstatt widerspiegelte.

Ein großer Teil von ihnen versammelte sich auf dem Festplatz vor einer riesigen Eiche, als sich die Nachricht von der Ankunft Lyriels und der fünf Menschen rasch verbreitete.

Dort erwartete auch ihre Anführerin die kleine Gruppe. »Seid willkommen in unserer Heimstatt«, sagte die respektgebietende Assari mit den dunkelgrünen Haaren freundlich. »Mein Name ist Damia. Darf ich euch unsere Gastfreundschaft anbieten?«

»Wir grüßen dich, Damia.« Bethany sprach wie immer für alle. »Und wir nehmen deine Einladung gern an.« Sie stellte ihre Begleiterinnen vor.

Damia grüßte alle freundlich, doch als die Reihe an Tanya kam, stutzte sie. »Bist du eine Magierin? Ich spüre Magie in dir.«

»Ich bin eine Heilerin«, erwiderte Tanya. »Und nur dazu dienen meine Kräfte.«

Der etwas angespannte Ausdruck auf Damias Gesicht verschwand bei diesen Worten und machte einem erfreuten Lächeln Platz. »Dann sei du ganz besonders willkommen, Tanya. Die Assari haben großen Respekt vor der Heilkunst. Was führt euch zu uns?« fragte sie, wieder an Bethany gewandt.

»Wir benötigen eure Hilfe«, begann Bethany. »Meine Begleiterinnen und ich sind auf der Suche nach dem Asyl der Verdammten.«

Unter ihrer bronzefarbenen Haut wurde Damia blaß, als sie diese Worte hörte, und ihre Miene verfinsterte sich. »Was wollt ihr dort?« fuhr sie Bethany an. »Hofft ihr, dort Schätze zu finden?«

Bethany schüttelte den Kopf. »Der einzige Schatz, den ich dort zu finden hoffe, ist die Frau, die ich liebe. Sie wurde von einer Priesterin der Shankul entführt.«

Damia senkte den Kopf, während sich unter den übrigen Assari Totenstille ausbreitete.

Tanya fühlte Lyriels Hand auf ihrem Arm, und als sie sie ansah, erkannte sie, daß sie ebenso erschrocken war, wie die anderen.

»Wir sind wirklich nicht auf der Suche nach Schätzen«, beteuerte Shiree. »Das müßt ihr uns glauben.«

Damia sah Shiree an. Ihr Blick wanderte nacheinander über die Gesichter der Menschen, bevor sie sich zuletzt an Bethany wandte: »Es mag sein, daß ihr die Wahrheit sprecht, aber die Assari können euch nicht helfen. So leid es mir tut, aber es wäre besser für dich, du vergißt deine Gefährtin. Sie ist schon so gut wie tot.«

Entsetzt sahen Bethany und die anderen Damia an.

Tanya riß sich von Lyriel los und trat vor. »Ihr wißt, wo es ist, nicht wahr? Warum wollt ihr uns nicht helfen? Ohne eure Hilfe kommen wir nicht weiter. Und wir können Karimah doch nicht einfach im Stich lassen.«

»Das werdet ihr müssen«, entgegnete Damia mit unbewegtem Gesicht.

Tanya schüttelte ungläubig den Kopf. Sie war nicht gewillt, so schnell aufzugeben. »Von Lyriel weiß ich, daß die Assari das Leben hoch achten«, sagte sie. »Wie könnt ihr es dann verantworten, ein Leben wissentlich zu zerstören?«

Damia musterte Tanya kalt. »Wir haben eure Freundin nicht

entführt.«

»Nein«, sagte Tanya. »Aber wenn wir sie nicht rechtzeitig finden, dann wird Bethany sterben.«

Ein Raunen ging durch die versammelten Assari, während sich Iliska und Shiree erschrocken ansahen.

Damia runzelte die Stirn. »Das verstehe ich nicht. Sind die beiden so eng verbunden?«

»Karimah wurde von einer Frau entführt, die sich Altea nennt«, erklärte Tanya. »Sie wollte sich an Bethany rächen und spaltete ihre Seele. Daraus entstand Diella, die ein Teil von Beth ist, sich aber von Altea blenden ließ. Altea hat Karimah gezwungen, Diella zum Asyl der Verdammten zu begleiten. Aber wenn sich die beiden Teile von Bethanys Seele nicht bald wieder vereinen, dann wird sie sterben. Bitte, ihr müßt uns einfach helfen.«

Bethany hatte keine Anstalten gemacht, Tanya an ihrer leidenschaftlichen Rede zu hindern, doch jetzt ging sie auf sie zu und legte ihr eine Hand auf die Schulter. »Laß es gut sein, Tanya, es hat doch keinen Zweck.«

»Nein, ich gebe nicht auf!«

»Tanya, bitte, ich weiß du meinst es gut, aber –« begann Bethany, doch sie konnte den Satz nicht zu Ende sprechen, denn in diesem Moment überkam sie wieder eine Schwäche, schlimmer als die, die sie bisher erlebt hatte. Sie taumelte und faßte sich an die Stirn.

Tanya stützte sie sofort, half ihr, sich hinzuknien, und legte dann beide Hände auf ihre Schläfen. Sie konzentrierte sich, und für eine Weile war ein sanftes Leuchten zu sehen.

Bethany atmete tief durch und fühlte, wie ihre Kräfte langsam zurückkehrten.

Tanya wandte sich verzweifelt an Damia. »Noch kann ich ihre Kraft erneuern, aber bald wird das nicht mehr ausreichen. Bitte, wenn ihr wirklich nicht wißt, wo das Asyl ist, dann kann ich es nicht ändern, aber wenn doch, dann beschwöre ich euch, helft uns, und laßt Beth nicht sterben.«

Damia hatte Tanya ebenso wie alle anderen mit einer Mischung aus Betroffenheit und Faszination zugesehen. Es stimmte, die Assari achteten das Leben, und sie verehrten die Heilkunst. Tanyas eindringliche Bitte stieß bei Damia ganz gewiß nicht auf taube Ohren, doch was sie verlangte, war ungeheuerlich. Doch noch bevor sie antworten konnte, mischte sich jemand anderes ein.

»Ich werde mit euch gehen«, erklärte Lyriel. »Ich führe euch zum Asyl der Verdammten.«

Damia sah Lyriel verblüfft an, doch die erwiderte den Blick ihrer Anführerin mit solcher Entschlossenheit, daß sie schließlich die Augen senkte und leise seufzte. »Begleitet mich in mein Haus«, bat sie. »Du auch, Lyriel. Wir müssen reden.«

Diella hatte nicht gelogen, als sie behauptet hatte, daß die Wüste übergangslos direkt an dem Felsmassiv endete. Es handelte sich hierbei nicht um ein Gebirge im herkömmlichen Sinne, sondern um einen gigantischen Block aus dunkelgrauem Gestein, der sich viele Meilen in die Höhe reckte. Aus der Luft betrachtet sah er wie ein Quader mit unregelmäßiger, zerklüfteter Oberfläche aus, der durchlöchert war wie ein Käse. Ein weitläufiges Höhlensystem durchzog ihn, bis tief unter die Erde.

Karimah sah an der steilen Felswand hoch, die vor ihr aufragte und sich nach rechts und links beinah ins Unendliche zu erstrecken schien. Diesen Brocken zu umreiten würde Wochen dauern, aber hatte Diella nicht gesagt, es gäbe einen Weg in den Fels hinein? »Wo ist denn der Weg, von dem du gesprochen hast?«

Diella wies nach oben.

»Das ist nicht dein Ernst«, entgegnete Karimah.

»Sehe ich aus, als mache ich Scherze?« gab Diella ungerührt zurück.

»Da können wir nicht raufklettern!« rief Karimah.

»Doch das geht«, sagte Diella. »Schau dir die Wand doch an, sie ist zerklüftet genug, um Halt zu finden, wenn man sich nicht völlig ungeschickt anstellt. Die Pferde müssen wir natürlich hierlassen.« Während sie sprach, hatte sie begonnen ihr Pferd abzusatteln. Sie leerte ihre Satteltaschen in ihren Reisesack, den sie sich über den Rücken warf und über Brust und Schulter festschnürte.

Karimah sah ihr einen Augenblick unschlüssig zu, dann tat sie es ihr nach.

Sie machten sich nicht die Mühe, die Pferde anzubinden, denn zum einen gab es nichts, woran sie das hätten tun können, und zum anderen würden sie wohl kaum hierher zurückkehren.

»Siehst du dort oben die kleine Öffnung?« fragte Diella und wies mit der Hand das Felsmassiv hinauf.

Karimah folgte der Geste mit den Augen und erkannte mit einiger Mühe hoch über sich einen Fleck im Gestein, der noch ein wenig dunkler war als der Rest des Felsens. »Meinst du diesen Fliegendreck?«

»Genau den«, erwiderte Diella mit einem Grinsen. Sie klopfte Karimah auf die Schulter. »Nur Mut, da passen wir schon durch. Die Fliege war größer, als du denkst.«

»Ein komischer Zeitpunkt, um Sinn für Humor zu entwickeln«, knurrte Karimah.

Sie wollten gerade mit dem Aufstieg beginnen, als die Pferde plötzlich unruhig zu wiehern begannen und in wilder Flucht davongaloppierten.

Karimah drehte sich um und sah in der Ferne etwas, das wie eine kleine Wolke aussah, nur daß sie sich nicht am Himmel, sondern auf dem Boden befand. »Sieh mal«, machte sie Diella darauf aufmerksam. »Was ist das?«

Diella kniff die Augen zusammen und schaute angestrengt in Richtung der Wolke. »Verdammt«, zischte sie. »Ein Sandsturm. Wir müssen uns beeilen.«

»Aber er ist doch noch weit weg«, wandte Karimah ein.

»Der ist schneller hier, als du denkst!« rief Diella. »Wir sind hier in den Chaos-Ebenen, schon vergessen?«

»Sollen wir nicht besser hier unten ein Versteck suchen, bevor uns der Sturm noch an der Felswand erwischt?«

»Hier unten sind keine Höhlen, in denen wir uns verstecken könnten«, entgegnete Diella ungeduldig. »Da oben ist unser Ziel. Na los, du gehst als erste.«

Karimah schwang sich vor Diella in die Felswand. Das Klettern fiel ihr tatsächlich nicht so schwer, wie sie geglaubt hatte. Sie hatte nicht viel Erfahrung damit, denn auf Kaypur gab es nicht viele Berge, und die waren im Vergleich zu diesem Massiv nur kleine Hügel. Doch der Fels bot genügend Halt, und sie kamen langsam aber stetig vorwärts.

Als sie etwa die Hälfte der Strecke zurückgelegt hatten, hörte Karimah ein leises Heulen, und als sie den Kopf ein Stück drehte, sah sie zu ihrem Schrecken, daß die Wolke in der Ferne um einiges größer geworden war und direkt auf sie zukam. Sie konnte bereits die wirbelnden Sandmassen in ihr erkennen.

»Schau nicht hin!« rief Diella, die nur ein kleines Stück hinter ihr war. »Wir müssen oben sein, bevor er uns erreicht. Diese Sandstürme nennt man auch Blutwinde, weil sie dir das Fleisch von den Knochen fetzen. Die Höhle ist unsere einzige Chance!«

»Dieser Wind tut was?« fuhr Karimah sie an. »Und das sagst du mir erst jetzt?«

»Was hätte es dir denn früher genutzt?« gab Diella zurück. »Und jetzt beeil dich, sonst enden wir noch als blutiger Haufen Knochen.«

So schnell sie konnten kletterten sie weiter. Karimah erreichte ein schmales Sims, blieb darauf stehen und tastete nach dem nächsten kleinen Vorsprung, der ihren Fingern Halt geben konnte. Sie fand einen, klammerte sich daran fest und zog sich langsam hoch. Der Stein bröckelte unter ihrem Griff, sie verlagerte rasch ihr Gewicht und drückte sich an den Felsen. Ihre wild tastenden Finger fanden zum Glück schnell einen neuen, besseren Halt und sie blieb ein paar Augenblicke mit wild klopfendem Herzen an die Felswand gepreßt stehen. Schweiß rann ihr über die Stirn, den wegzuwischen sie nicht wagte.

»Alles in Ordnung?« rief Diella, die von den herabfallenden Steinchen getroffen worden war.

»Alles klar!« rief Karimah durch das lauter werdende Heulen des Blutwindes zurück. Sie sah nach oben und erkannte, daß sie die Höhle bald erreicht hatten. »Diella!« rief sie. »Gleich haben wir es –«

In diesem Moment fiel ein Schatten auf Karimah; sie hörte einen hohen, langgezogenen Schrei über sich und wandte gerade rechtzeitig den Kopf, um ein großes Etwas zu erblicken, das mit weit ausgebreiteten Flügeln und einem dolchartigen Schnabel auf sie zustürzte.

»Karimah, paß auf!« brüllte Diella.

Karimah schaffte es gerade noch, sich unter dem Angriff wegzuducken, doch verlor sie dabei das Gleichgewicht und wäre gestürzt, wenn Diella nicht in diesem Augenblick neben ihr gewesen und sie gehalten hätte.

»Ein Riesenadler«, rief Diella. »Der Sturm muß ihn in Panik versetzt haben.«

Karimah hatte wieder festen Halt gefunden und zog ihren Dolch. Gegen den Schnabel und die Krallen des Adlers war das zwar keine besonders wirkungsvolle Waffe, aber sie hatte eine Idee. Als Diella ihr Schwert ziehen wollte, schüttelte sie den Kopf. »Nein, überlaß das mir. Du mußt mir helfen, mich festzuhalten.«

Diella zögerte; sie haßte es, sich in die Hand eines anderen zu begeben. Doch als sie den hohen, schrillen Schrei des Adlers hörte, der zu einem erneuten Angriff ansetzte, und dazu das immer lauter werdende Geheul des Blutwindes, legte sie rasch einen Arm um Karimahs Bauch, während sie sich an dem zerklüfteten Felsen festhielt und sowohl sich als auch Karimah dagegenpreßte.

Karimahs rechter Arm erhielt damit die Bewegungsfreiheit, die sie brauchte. Keinen Augenblick zu früh. Der Adler über ihnen flog einen Kreis und schoß dann erneut auf sie herab.

Karimah wartete bis zum letzten Moment, und als der Adler nah genug war, schleuderte sie das Messer und traf das riesige Tier direkt ins linke Auge. Der Vogel kreischte auf, schlug wütend und schmerzerfüllt mit den Flügeln. Der dadurch entstehende Luftzug drohte sie vom Felsen zu fegen, doch Diella krallte ihre Finger in das Gestein und hielt sie beide eisern fest.

Von einem Augenblick zum anderen war es vorbei; der Adler flog mit wilden Schreien davon und geriet, halb blind wie er war, direkt in den Blutwind hinein.

Entsetzt sahen Diella und Karimah, wie die wild wirbelnden Sandmassen ihn zerfetzten und der Kadaver in einem blutigen Knäuel aus Federn und Knochen auf den Wüstenboden hinunterstürzte.

»Los, schnell!« rief Diella, und sie kletterten um ihr Leben.

Karimah erreichte die Höhle als erste. Das Heulen des Windes übertönte inzwischen jedes andere Geräusch. Sie zog sich in die dunkle Öffnung hinein, packte dann Diellas Arm und half ihr ebenfalls in die Sicherheit der Höhle.

Hustend und keuchend stolperten sie tiefer in den dunklen Tunnel hinein, während der Sturm hinter ihnen mit ungeheurer Gewalt auf das Felsmassiv traf und eine Wolke aus wirbelndem Sand in die Höhle hineingedrückt wurde, als wolle der Blutwind seine Opfer nicht entkommen lassen.

Karimah riß Diella auf den Steinboden hinunter und legte schützend einen Arm um sie, als der Sand, seiner Kraft schon fast beraubt, über sie hinwegschoß und schließlich harmlos herabrieselte.

Erschöpft und mit zitternden Gliedern blieben die beiden liegen, bis sich das Heulen des Sturmes legte. So schnell, wie er entstanden war, so schnell verschwand er, und schließlich herrschte wieder Stille um sie herum.

Karimah hatte ihren Arm noch immer um Diella geschlungen. Sie waren einander sehr nah, und Diella spürte zu ihrer Überraschung, daß ihr diese Nähe nicht unangenehm war. Mit einer Mischung aus Erstaunen und Verwirrung sah sie Karimah an.

Karimah erwiderte Diellas Blick ein wenig unsicher. Sie wußte, daß sie ein Teil von Bethany war, und das machte es ihr unmöglich, sie wirklich als Gegnerin zu betrachten. Doch das Gefühl, daß sie empfand, als sie sie jetzt sozusagen in ihren Armen hielt, unterschied sich in nichts von dem Gefühl, das Bethany in ihr ausgelöst hatte. Die Anziehung, die zwischen ihr und Bethany von Anfang an bestanden hatte, wurde mit einem Mal übermächtig, und das nicht nur bei Karimah. Bevor die beiden wieder zu klarem Denken kommen konnten, fanden sich ihre Lippen zu einem heftigen und leidenschaftlichen Kuß.

Er dauerte nur einen kurzen Moment, dann wurde Diella klar, was sie tat. Sie riß sich los, sprang auf und wich vor Karimah zurück. »Nein, ich . . . ich will das nicht«, stammelte sie.

Karimah, die nicht weniger verblüfft war, sprang ebenfalls auf. »Diella, ich –«

Diella hob abwehrend die Hände, trat noch einen Schritt zurück – und verlor den Halt, weil da nichts mehr war, auf das sie hätte treten können. Sie schrie überrascht auf und ruderte mit den Armen, um das Gleichgewicht zurückzugewinnen.

Karimah schnellte vor und griff nach ihrer Hand. Es gelang ihr zwar, sie zu packen, doch es war bereits zu spät. Diella stürzte, und im Fallen riß sie Karimah mit sich.

Zwei Transportkörbe brachten Lyriel und die Gruppe hinauf zum Eingang. Sie folgten Damia bis zu ihrem Haus, das in einer der Höhlen im Felsmassiv lag und aus mehreren Räumen bestand, die teils natürlichen Ursprungs, teils auf Felsformung zurückzuführen waren.

»Setzt euch, bitte«, forderte Damia ihre Gäste freundlich auf.

Die sechs nahmen auf den mit weichem Fell gepolsterten Sitzgelegenheiten Platz. Schlangen waren zum Glück nicht die einzigen Lebewesen, die der Wald beherbergte, und die Jägerinnen der Gemeinschaft sorgten regelmäßig für frisches Fleisch und für Felle, die für Kleidung, Decken und bequeme Sitzgelegenheiten gebraucht wurden.

Damia schwieg einen Moment, versuchte die richtigen Worte für das zu finden, was sie den Menschenfrauen sagen wollte. »Du hast recht, Tanya«, begann sie schließlich. »Ich weiß wo das Asyl der Verdammten ist. Jede von uns weiß das und könnte euch dorthin führen. Doch haben wir uns einst geschworen, daß wir nie wieder an den Ort zurückkehren wollen, an dem wir geschaffen worden sind.«

Bethany und ihre Begleiterinnen sahen einander verblüfft an.

»Wir sind magische Wesen«, fuhr Damia fort. »Aber das wißt ihr ja. Früher, in der Zeit vor den Magierkriegen, kam es oft vor, daß Leben aus Magie entstand, zum Guten wie zum Bösen. Und manche dieser Wesen verbanden sich mit Menschen und hatten Kinder mit ihnen. In deiner Blutlinie, Tanya, muß es einstmals ein solches Wesen gegeben haben, und dein Erbe ist die Magie, die du in dir trägst.«

Tanya senkte den Blick bei diesen Worten. Sie war sich nicht sicher, ob sie sich schämen oder stolz sein sollte. Doch so war es ihr, was ihre Kräfte betraf, ihr ganzes Leben lang gegangen.

»Heute leben die magischen Wesen, die die Kriege überlebten, nur noch in den Chaos-Ebenen«, fuhr Damia mit ihren Erläuterungen fort. »Die Magie in unserer Welt ist nicht mehr stark genug, um neue Wesen zu erschaffen, und das ist auch gut so. Zu oft ist diese Kunst mißbraucht worden. In den letzten Monaten der Magierkriege fand sich eine Gruppe der zwölf besten und begabtesten Magier zusammen, deren Ziel es war, die Kriege zu beenden. Sie behaupteten die Welt von damals retten zu wollen, doch in Wirklichkeit waren auch sie nur darauf aus, die Oberhand und damit die alleinige Herrschaft zu erringen.« Ein grimmiger Ausdruck trat auf Damias Gesicht. »Natürlich galten sie bei den Parteien, denen sie vorher angehört hatten, als Verräter, und um vor Verfolgung geschützt zu sein, zogen sie sich tief unter die Erde zurück und erbauten dort ein riesiges Labor, das sie eingedenk dessen, daß sie alle vogelfrei waren, das Asyl der Verdammten nannten.«

Gillian horchte auf. Das klang nach einem ausgesprochen interessanten Ort, an dem es viele magische Gegenstände zu finden gab, die ihr ein Vermögen einbringen konnten.

»In dieser Zuflucht«, fuhr Damia fort, »führten die Magier mit ihrem gemeinsamen Wissen und ihren Kräften Experimente durch. Eines davon waren wir Assari: überdurchschnittliche Sinne, klein genug, um in die Festungen und Lager der Feinde zu dringen, geschickt und schnell genug, um uns vor den Wachen zu verbergen, stark genug, um jeden zu töten, der sich uns in den Weg stellt, und zusätzlich geschützt und gestärkt durch unsere eigene Magie.«

»Das hast du also gemeint, als du sagtest, ihr wurdet zum Töten geschaffen«, sagte Tanya zu Lyriel.

Lyriel nickte. »Ja, aber mit einem hatten die Magier nicht gerechnet. Sie hatten ihre Arbeit nicht gut genug gemacht, und so besaßen wir nicht nur einen perfekten Körper, sondern auch ein Bewußtsein, einen eigenen Willen und eine Seele. Es gab unter ihnen eine Magierin, die nicht zulassen wollte, daß man uns mißbrauchte. Sie glaubte tatsächlich an die Ideale von Freiheit und Selbstbestimmung für alle Völker Quelthirs, die die anderen Magier nur heuchelten. Edwinnah brachte uns bei, das Leben zu achten, und wir lernten von ihr.«

»Wart ihr damals schon so viele?« fragte Bethany.

Damia schüttelte den Kopf. »Wir waren zwanzig. Unsere Gemeinschaft vergrößerte sich erst später, als wir hier eine neue Heimat fanden und unsere Magie nutzten, uns miteinander fortzupflanzen. Ich gehörte zu jenen ersten, doch Lyriel wurde hier in unserer Heimstatt geboren. Dennoch kennt auch sie den Weg zum Asyl, denn jede Assari hat die vollständigen Erinnerungen der ersten.«

»Warum haben die Magier euch gehen lassen?« fragte Shiree.

Damias Gesicht verfinsterte sich. »Sie haben uns nicht gehen lassen«, sagte sie mit düsterer Stimme. »Als sie entdeckten, was Edwinnah hinter ihrem Rücken tat, töteten sie sie und beschlossen dann, das Experiment als Fehlschlag zu betrachten. Es fiel ihnen nicht schwer, denn sie hatten inzwischen etwas anderes begonnen, das kurz vor der Vollendung stand. Wir wissen nicht, was es war, denn sie hielten es streng unter Verschluß. Edwinnah bereitete es große Sorgen, aber sie wollte uns nichts davon erzählen. Die Magier versuchten uns zu vernichten, doch sie hatten uns unterschätzt. Wir rächten den Tod unserer Lehrmeisterin, und als wir das Asyl verließen, war dort niemand mehr am Leben. Nur kurze Zeit später endeten die Kriege und ließen nur Verlierer zurück. Wir aber gelangten durch das Höhlensystem in diesen Wald, und hier leben wir seitdem in Frieden.«

Betroffenes Schweigen breitete sich im Raum aus.

»Versteht ihr jetzt, weshalb es uns so schwer fällt, dorthin zurückzukehren?« fragte Damia.

Bethany und die anderen nickten. Sogar Gillian hatte vorübergehend ihren zynischen Humor verloren.

»Ja, das verstehen wir, Damia«, sagte Bethany. »Um so mehr wissen wir zu schätzen, daß Lyriel uns begleiten will.«

Damia sah zu Lyriel hinüber. »Ist das wirklich dein Wunsch?«

Lyriels Blick ruhte kurz auf Tanya. »Ja, es ist mein Wunsch!« erklärte sie dann mit fester Stimme.

Als Damia den Ausdruck in Lyriels Augen sah, wußte sie, daß sie nichts von ihrem Vorhaben abbringen würde, aber sie mußte sich trotzdem vergewissern und fragte deshalb: »Auch wenn du weißt, daß du vielleicht nicht zurückkehren wirst?«

Lyriels Gesicht blieb unbewegt. »Selbst dann.«

Damia nickte bedächtig. »Dann geh, Lyriel«, sagte sie traurig. »Ich wünsche dir und euch allen Glück.«

Bethany wäre am liebsten sofort aufgebrochen, doch Tanya bestand darauf, daß sie sich ausruhte. Damia stellte ihnen Quartiere zur Verfügung, während Tanya natürlich Lyriels Einladung annahm, deren Haus in einer geräumigen Wohnhöhle im oberen Teil des Stammes eines der größten und ältesten Bäume lag. Es war nicht schwierig, sie von Damias Heim aus über das Netz aus kleinen Brücken zu erreichen.

»Gefällt es dir?« fragte Lyriel.

»Ob es mir gefällt?« entgegnete Tanya atemlos. »Das ist ja wie ein Traum.«

Lyriels Haus glich einem kleinen Museum. Die Wände waren mit Zeichnungen geschmückt, die eine große Kunstfertigkeit erkennen ließen und überwiegend Szenen aus Lyriels verschiedenen Ausflügen in die anderen Regionen der Chaos-Ebenen zeigten. In den Regalen standen und lagen Statuetten, Schmuckstücke, alte Bücher und andere Dinge, die von Lyriel gefunden und zum Teil sehr liebevoll restauriert worden waren. Der Boden war mit einem weichen Moosteppich ausgelegt. Überall luden bequeme Sitzgelegenheiten zum Entspannen ein. In der Mitte des Raumes stand ein Schreibtisch, auf dem ein Stapel Pergamente und eine Schreibfeder lagen. Ein weiterer großer Tisch diente als Arbeitsfläche, auf der allerlei Gerätschaften herumstanden. Direkt daneben in einem Regal an der Wand standen ordentlich aufgereihte Folianten in denen Lyriel ihre Erlebnisse in den Chaos-Ebenen wie in einem Tagebuch aufgezeichnet hatte. In einer Nische, etwas abgetrennt vom übrigen Raum, befand sich eine bequeme und geräumige Schlafstelle, die mit einem weichen Fell bedeckt war.

»Wundervoll«, flüsterte Tanya und betrachtete die fast überquellenden Regale. »Woher hast du das alles?«

»Die meisten aus unserer Gemeinschaft sind noch nie aus dem Wald herausgekommen, aber ich bin anders«, sagte Lyriel. »Ich interessiere mich für das Leben dort draußen. Daher unternehme ich oft Ausflüge in die Chaos-Ebenen. Damia hat nichts dagegen, auch wenn sie sich natürlich um mich sorgt. Aber bis jetzt ist mir noch nichts Ernsthaftes geschehen. Allerdings fürchte ich, ich werde hier bald anbauen müssen«, setzte sie mit einem Grinsen hinzu.

Tanya sah Lyriel mit stetig wachsender Zuneigung an. Konnte sie hier wirklich eine verwandte Seele gefunden haben? »Mein Traum war es auch immer, die Chaos-Ebenen zu bereisen.« Aber allein war das für mich zu gefährlich. Ich bin keine Kriegerin, weißt du.«

Lyriel legte ihre Arme um Tanya und sah sie liebevoll an. »Nein, du bist das wundervollste Geschöpf, das mir je begegnet ist.«

Tanya fühlte, wie eine wohlige Wärme sie durchströmte. Lyriels offensichtliche Bewunderung tat ihr gut. Doch sie war schon zu oft enttäuscht worden, um sich rückhaltlos auf sie einzulassen. Gewiß, sie zweifelte nicht an der Aufrichtigkeit ihrer Worte, sie war sich nur absolut nicht sicher, ob das Interesse an ihr sich nicht nur auf eine gemeinsam verbrachte, leidenschaftliche Nacht beschränkte. Heute morgen wäre ihr das noch egal gewesen, doch auf dem Weg hierher hatte sie entdeckt, daß Lyriel sie auf eine Weise anzog, die über bloße körperliche Leidenschaft hinausging. Und sie wollte nicht noch einmal so ein Desaster wie mit Shiree erleben.

»Was ist los?« fragte Lyriel, die den Stimmungsumschwung bemerkte. »Habe ich etwas Falsches gesagt?«

Tanya sah Lyriel, deren große, goldene Augen ihren Blick neugierig aber auch ein wenig unsicher erwiderten, sehnsuchtsvoll an. Es wäre so schön, wenn das Interesse, das sie fühlte, die Anziehung, die die Basis und der Beginn für etwas weitaus Tieferes sein konnte, auf Gegenseitigkeit beruhen würde. *Aber selbst wenn dem so wäre*, dachte Tanya, *ich bin ein Mensch, und sie ein magisches Wesen, das sicher schon ein paar hundert Jahre in diesem Wald lebt und leben wird. Wie könnten wir zueinanderfinden?*'

»Du zweifelst«, stellte Lyriel fest.

»Hast du etwa wieder –«

»Nein«, unterbrach Lyriel sofort. »Ich habe dir versprochen, daß ich deinen Gedanken nicht ohne deine Erlaubnis lauschen werde, und ich halte meine Versprechen immer. Aber ich müßte blind sein, um die Zweifel und die Angst in deinem Blick nicht zu erkennen. Wovor fürchtest du dich? Daß ich nicht ehrlich zu dir bin?«

Tanya seufzte. »Nein, das ist es nicht. Ich glaube dir schon, daß du meinst, was du sagst. Aber wirst du mich morgen auch noch für die wundervolle Frau halten, von der du heute sprichst?«

»Du meinst, wenn ich hatte, was ich wollte?« stellte Lyriel unumwunden fest.

Tanya wurde rot. So kraß hätte sie es nicht formuliert, doch es traf schon in etwa das, was sie befürchtete.

Lyriel schüttelte leicht den Kopf. »Ach, Tanya, darum geht es doch gar nicht.«

Tanya zog eingedenk dessen, was sich bei ihrer ersten Begegnung am Morgen zwischen ihnen abgespielt hatte, die Augenbrauen hoch.

»Jedenfalls nicht nur«, verbesserte sich Lyriel rasch. Dann fiel ihr auf, daß diese Formulierung auch nicht ganz glücklich war. Sie hob beide Hände, dachte kurz nach und begann dann von vorn: »Tanya, ich weiß, wir beide kennen uns gerade mal einen Tag, aber ich habe mich zu dir hingezogen gefühlt von dem Augenblick an, als ich dich sah. Und sag mir jetzt bitte nicht, daß es dir nicht ebenso ergangen ist. Ja, ich will dir nah sein, aber in jeder Beziehung, und nicht nur für eine Nacht. Warum glaubst du mir das denn nicht? Ist es wegen Shiree?« setzte sie einer Eingebung folgend hinzu.

Tanya hob ruckartig den Kopf. »Was weißt du von Shiree?«

Ein mitfühlendes Lächeln erschien auf Lyriels Gesicht. »Sie hat dir wehgetan, nicht wahr? Ich sah die Blicke, die du ihr zuwarfst; sie waren so voller Traurigkeit. Und jetzt denkst du, auch ich würde dich nur enttäuschen. Aber das mußt du nicht, wirklich nicht.«

Tanya konnte nicht anders, sie trat zu Lyriel und schloß sie in die Arme. Lyriel schmiegte sich an sie, und für ein paar Augenblicke genoß Tanya die Nähe, nach der sie sich so sehr sehnte. Doch sie konnte die Angst und Unsicherheit, die aus vielen schlechten Erfahrungen resultierten, nicht einfach verdrängen. »Weißt du«, sagte sie leise. »Wir suchen doch alle nach einer verwandten Seele, nach jemandem, der uns versteht, ohne daß wir viele Worte machen müssen. Das Risiko dabei ist, daß man sich ausliefert und verletzt werden kann. Und wenn man ein paarmal verletzt worden ist, so wie ich, dann fällt es einem immer schwerer, den Gefühlen eines anderen zu vertrauen. Man kann eben nie genau wissen, wer oder was ein Mensch, zu dem man sich hingezogen fühlt, wirklich ist, was er will und was er zu tun bereit ist, um es zu bekommen. Vielleicht wäre es wirklich am sichersten für mich, wenn ich meinen Weg in Zukunft allein gehe, auch wenn ich mich mehr als alles andere nach Liebe und Wärme sehne.« Sie verstummte. Sie war so ehrlich gewesen, wie sie konnte, und nun wartete sie darauf, daß Lyriel sich enttäuscht von ihr abwenden würde.

Doch nichts dergleichen geschah. »Ich bin kein Mensch«, sagte Lyriel. »Ich bin ein magisches Wesen. Und du bist von meiner Art, denn auch du trägst Magie in dir. Das gibt uns beiden die Möglichkeit, etwas Einzigartiges miteinander zu teilen. Du möchtest wissen, wer ich bin und was ich fühle? Diesen Wunsch kann ich dir erfüllen, wenn du es mir erlaubst.«

Tanya rückte ein Stück von Lyriel ab und runzelte die Stirn. »Du willst wieder meine Gedanken lesen?«

Lyriel schüttelte den Kopf. »Vertrau mir«, flüsterte sie und sah Tanya bittend an.

Tanya erwiderte ihren Blick. Sie wußte nicht, was sie vorhatte, aber eins war ihr klar: Wenn sie jetzt einfach »Nein« sagte und ging, dann würde sie niemals erfahren, was zwischen ihnen hätte sein können. Und so entschloß sie sich, noch diesen einen letzten Versuch zu wagen. »Ja, ich vertraue dir.«

Lyriel führte Tanya zu einem kleinen Sofa hinüber und ergriff, nachdem sie sich gesetzt hatten, ihre Hände.

»Was muß ich tun?« fragte Tanya.

»Öffne deinen Geist für mich«, entgegnete Lyriel und konzentrierte sich auf Tanya, sandte ihr all die Gefühle, die sie für sie empfand.

Tanya keuchte auf, als ihre Seele überschwemmt wurde von Leidenschaft, Hoffnung, tiefer Zuneigung, Wärme und Mitgefühl. Auf der Stelle erkannte sie, daß Lyriel ihr die Wahrheit gesagt hatte, daß ihr Interesse an ihr tatsächlich weit über die körperliche Anziehung zwischen ihnen hinausging. Und in dem Moment, als sie das verstand, öffnete sie sich völlig der Frau an ihrer Seite und ließ sie auch teilhaben an dem, was sie für sie fühlte.

Hingabe, Hoffnung und Sehnsucht berührten nun auch Lyriels Seele und dazu der brennende Wunsch, daß sie die Frau sein mochte, nach der sich Tanya schon ihr Leben lang sehnte.

Nur widerstrebend lösten sie schließlich den Kontakt, und es dauerte eine Weile, bis beide in die Wirklichkeit zurückfanden.

»Glaubst du mir jetzt?« fragte Lyriel leise.

Statt einer Antwort schlang Tanya ihre Arme um sie und zog sie an sich. »Ja, ich glaube dir«, flüsterte sie. »Und ich würde gern sehen, was zwischen uns möglich sein kann. Aber würde es dir etwas ausmachen, wenn wir ... Ich meine, daß wir ... Es ist nicht, daß ich es nicht wollte, aber –« Tanya brach ab. Wie sollte sie Lyriel nur klarmachen, daß sie sie begehrte, aber einfach Angst hatte, das Lyriels Gefühle, die sie eben noch mit Tanya geteilt hatte, vielleicht doch nur eine Laune des Augenblicks waren. Sicher, sie hatte eigentlich keinen Grund mehr, an Lyriels Aufrichtigkeit zu zweifeln, aber die Enttäuschung durch Shiree war einfach noch zu frisch. Und auch wenn Tanya nicht bestreiten konnte – nicht bestreiten *wollte*, daß die Empfindungen, die Lyriel ihr gesandt hatte, echt waren, so brauchte sie doch einen letzten Beweis dafür, daß es ihr nicht doch nur um ein Abenteuer ging. »Bitte, Lyriel, sei mir nicht böse –«

Lyriel legte ihr sanft einen Finger auf die Lippen. »Wir haben alle Zeit der Welt«, sagte sie mit einem liebevollen Lächeln. »Und ich werde niemals etwas tun, was du dir nicht auch von ganzem Herzen wünscht. Ich habe deine Enttäuschung und deinen Schmerz gespürt, als wir verbunden waren. Ich will dir alles zurückzugeben, was du verloren hast.«

Tanya atmete erleichtert auf.

Lyriel nahm sie in die Arme und ließ sich mit ihr auf das Sofa zurücksinken. Tanya schmiegte sich an sie und fühlte mit einem Mal eine Geborgenheit und Wärme, die sie schon seit sehr langer Zeit vermißt hatte.

»Von diesem Tag an, Tanya«, flüsterte Lyriel und streichelte sie zärtlich, »bist du nicht mehr allein.«

Karimah hatte das Gefühl, sich alle Knochen gebrochen zu haben, doch in Wirklichkeit hatte sie bei dem rasanten Rutsch über die steinerne Rinne nach unten nur ein paar Prellungen und Abschürfungen davongetragen. Gerade wollte sie nach Diella rufen, als sie auch schon deren besorgte Stimme hörte. »Karimah, bist du in Ordnung?«

Karimah erhob sich ächzend. »Ja, bin ich. Auch wenn wir den

halben Berg heruntergerutscht sein müssen. Hat dich deine Altea denn nicht gewarnt?«

»Sie ist nicht meine Altea«, fauchte Diella.

»Ach, wirklich nicht?« sagte Karimah. »Das klang aber vor kurzem noch ganz anders.«

Diella wollte gerade etwas erwidern, als sie ein Geräusch hörte. Es klang wie ein Rumpeln.

»Was ist, hat es dir –« begann Karimah.

»Sei mal still«, unterbrach Diella »Da ist irgendwas.«

Die beiden sahen sich um. Kleine Kristalle an den Wänden, die ein eigenes Licht produzierten, erhellten die Umgebung gerade genug, um einigermaßen erkennbar zu machen, was um sie herum vorging. Sie waren am Fuß der Rinne in einem Gang gelandet, der zu beiden Seiten von Felswänden begrenzt war, deren erste Vorsprünge ein ganzes Stück über ihnen lagen. Der Gang war gerade breit genug, daß sie beide nebeneinander gehen konnten. Er führte nach rechts tiefer in den Berg hinein, nach links endete er schließlich vor einer weiteren Felswand. Auf einem Vorsprung direkt vor dieser Wand lag ein riesiger runder Steinbrocken, der gefährlich schwankte und dadurch das Rumpeln verursachte, das Diella gehört hatte.

Die beiden Kriegerinnen starrten wie hypnotisiert auf den Felsen, der noch einmal leicht zitterte und dann beinah im Zeitlupentempo den Vorsprung hinunter auf den Gang stürzte, wo er sofort zu rollen begann.

Diella packte Karimahs Arm. »Lauf!« brüllte sie, als der Felsbrocken direkt auf sie zukam.

Sie rannten nach rechts den Weg hinunter, während die Steinkugel hinter ihnen auf dem abschüssigen Gang mehr und mehr an Geschwindigkeit gewann. Verzweifelt suchten die beiden eine Nische oder eine Abzweigung, in die sie sich in Sicherheit bringen konnten, doch der Gang führte in gerader Strecke nach unten.

Karimah stolperte, doch bevor sie stürzen konnte, packte Diella ihren Arm, hielt sie fest und zog sie weiter.

Näher und näher kam das Rumpeln, wuchs zu einem Donnern an, als der Brocken auf seinem Weg nach unten immer wieder an den Gangwänden abprallte.

Keuchend, mit schmerzenden Gliedern und längst am Ende ihrer Kraft rannten die beiden Kriegerinnen immer weiter und hofften nur, irgendeinen Ausgang zu finden, der es ihnen ermöglichte, dem Felsen auszuweichen, bevor er sie erreichte.

Und dann war der Weg plötzlich zu Ende. Vor ihnen lag eine riesige Halle, deren Decken und Wände über und über mit glitzernden Halbedelsteinen in allen Farben bedeckt waren. Den Boden der Halle bildete ein See, aus dem kristallene Inseln in verschiedenen Größen ragten. Eine dieser Inseln lag nur ein kleines Stück vor dem Ufer, auf das Karimah und Diella zurannten.

»Wir müssen springen!« rief Karimah.

Das Donnern war nun unmittelbar hinter ihnen. Im letzten Moment stießen die beiden sich vom Ufer ab, schraubten sich durch die Luft und landeten auf der kleinen Kristallinsel. Sie warfen sich auf den Boden, und im nächsten Moment flog auch schon der Felsbrocken über sie hinweg und landete mit einem gewaltigen Platschen ein ganzes Stück von ihnen entfernt im Wasser.

Einige Tropfen trafen Diella und Karimah, die erschrocken aufsprangen, als sie einen brennenden Schmerz verspürten. Rasch wischten sie die Tropfen an ihrer Kleidung ab und sahen dann entsetzt auf die geröteten Stellen auf ihrer Haut. Ein Zischen ließ sie herumfahren.

Das Wasser brodelte um den Felsbrocken herum, der geradezu in sich zusammenschmolz, bis er sich vollständig aufgelöst hatte. Diella und Karimah warfen einander einen gequälten Blick zu.

»Das ist kein Wasser«, murmelte Diella. »Das ist Säure.«

Für einen Moment schwiegen sie, als beide sich gleichzeitig vorstellten, was mit ihnen geschehen wäre, wenn sie statt auf die Insel in das vermeintliche Wasser gesprungen wären.

»Altea hat wirklich an alles gedacht«, stellte Karimah trocken fest.

Sie hatte den Satz kaum ausgesprochen, als Diella auch schon zu ihr herumfuhr und sie packte. »Hör endlich auf damit!« herrschte sie Karimah an.

Karimah machte keine Anstalten, sich zu wehren. »Womit denn?« fragte sie und sah Diella fest in die Augen.

»Das weißt du ganz genau«, fauchte Diella. »Und sieh mich nicht immer so an.«

»Diella«, sagte Karimah sanft. »Wir sind beide erschöpft. Laß uns ein bißchen ausruhen und dann sehen, wie und wo wir unseren Weg fortsetzen können. Ich möchte nicht mit dir streiten.«

Diella ließ Karimah los und setzte sich auf den kristallenen Boden. »Du hast recht«, sagte sie. »Wir können wirklich etwas Ruhe gebrauchen.«

Die Kristallinsel war groß genug, um ihnen beiden für ein paar

Stunden als Lager zu dienen. Als sie sich in der Halle umsahen, stellten sie fest, daß der Weg auf der anderen Seite weiterführte.

»Über die Inseln können wir dorthin kommen«, sagte Karimah. »Sie liegen dicht genug, um von einer zur anderen zu springen.«

»Sie sind teilweise recht klein«, gab Diella zu bedenken. »Wir müssen sehr vorsichtig sein.«

»Wir schaffen das schon«, sagte Karimah zuversichtlich. »Laß uns jetzt ein wenig schlafen.«

Sie breiteten ihre Decken aus und legten sich darauf. Für eine Weile herrschte Schweigen, bis Diella wieder zu sprechen begann. »Karimah?«

»Ja?«

»Hat Bethany wirklich Angst vor mir?«

Karimah hielt den Atem an. Sie mußte jetzt gut überlegen, was sie sagte. »Ja, in gewisser Hinsicht schon.«

»Hat sie dir das erzählt?« Diella bemühte sich, die Frage möglichst beiläufig klingen zu lassen.

Karimah hörte deutlich das leichte Zittern in ihrer Stimme heraus. »Sie hat mir erzählt, daß sie sich vor sich selbst fürchtet«, sagte sie. »Als sie ihre Geliebte gerächt hat, mußten viele Unschuldige sterben. Bethany hatte keine Kontrolle mehr über ihren Haß und ihren Zorn, und das war eine neue Erfahrung für sie. Es machte ihr Angst.«

»Und dann hat sie versucht, mich zu verleugnen«, stellte Diella bitter fest.

»Weil sie dachte, dich nicht mehr kontrollieren zu können«, entgegnete Karimah. »Sie wollte dich nicht verletzen, aber sie wollte auch nicht, daß noch mehr Unschuldige leiden müssen.«

Eine Weile herrschte Schweigen.

»Glaubst du auch, daß ich es verdient habe, eingesperrt zu werden?« fragte Diella schließlich.

Karimah setzte sich auf und sah Diella direkt in die Augen. »Darum geht es gar nicht. Bethany und du – ihr seid eins. Niemand kann auf Dauer seine dunkle Seite verleugnen, denn sie ist ebenso wichtig für unser Überleben, wie die Eigenschaften, die wir als weniger bedrohlich empfinden. Ich weiß das von meiner Mutter Najira. Sie war einst eine grausame Kriegsherrin, bis sie erkannte, daß sie den falschen Weg gewählt hatte. Doch sie verleugnete ihre dunkle Seite nicht, sondern bemühte sich um ein Gleichgewicht. Bethany wird auch erkennen, daß das der einzige Weg ist, aber du mußt ihr eine Chance dazu geben.«

»Ich weiß nicht . . .« kam es zögernd von Diella.

»Bitte, Diella, Altea benutzt dich nur«, fuhr Karimah rasch fort. »Ihr beide, du und Beth, seid dafür verantwortlich, daß sie ihr Leben verlor und ihre Macht beschränkt wurde. Glaubst du wirklich, sie würde sich damit begnügen, sich an nur einem Teil von euch zu rächen? Sie betrügt dich.«

Diellas Miene verfinsterte sich und Karimah wurde augenblicklich klar, daß sie einen Fehler gemacht hatte. »Natürlich«, sagte Diella grimmig. »Das hätte ich mir doch gleich denken können. Du willst mich gegen Altea aufhetzen, damit ich zu Beth zurückkrieche und ihr das Leben rette. Du denkst nur an sie. Laß mich in Ruhe, Karimah, und verschone mich für den Rest unseres Weges mit deinen Lügen.« Demonstrativ wandte sie sich ab.

Karimah seufzte leise. Sie hätte wissen müssen, daß es nicht so einfach sein würde. »Wie du willst, Diella. Aber eins sollst du noch wissen: Zwischen Bethany und mir gibt es eine ganz besondere Verbindung. Und da ihr beide zusammengehört, existiert diese Verbindung auch zwischen dir und mir. Und bevor du das jetzt leugnest, denk daran, was geschah, bevor wir hier hinunterstürzten. Ich kann mich dem ebensowenig entziehen wie du, und ich will es auch gar nicht. Ich liebe Bethany, und ich liebe Diella, denn ihr seid ein und derselbe Mensch.«

»Wirst du jetzt endlich ruhig sein, oder soll ich dich in die Säure werfen?« knurrte Diella.

Karimah schüttelte nur resigniert den Kopf und legte sich wieder auf ihre Decke zurück. Sie hatte nicht gelogen, mit dem was sie gesagt hatte, doch das würde ihr Diella wohl kaum glauben. Sie war sich nicht einmal sicher, ob sie selbst an Diellas Stelle es geglaubt hätte. Sie schloß die Augen und versuchte zu schlafen. Und da Diella ihr den Rücken zuwandte, entging Karimah auch völlig, daß sie lautlos weinte.

Der Abend dämmerte bereits, als sich Bethany, Iliska, Shiree und Gillian wieder in Damias Haus einfanden. Die Assari hatten sie mit frischen Vorräten und Wasser versehen und versprochen sich um die Pferde zu kümmern, denn die würden sie auf ihrem Weg zum Asyl der Verdammten nicht benötigen.

»Wo steckt denn unsere Heilerin?« fragte Gillian spöttisch. »Hat sie es so nötig, daß sie unsere wichtige Mission ganz vergessen hat?«

»Die einzige, die es nötig hat, bist du«, fuhr Shiree sie an, die sich freute, daß Tanya offensichtlich jemanden gefunden hatte, der sie über ihren Schmerz hinwegtröstete. »Nur daß dich altes Schandmaul niemand mehr haben will.«

»Also ›alt‹ nimmst du zurück«, entgegnete Gillian gelassen. »Sonst bin ich dir ernstlich böse.«

Bethany wechselte einen einvernehmlichen Blick mit Damia. Die beiden kannten sich zwar erst seit wenigen Stunden, aber über Gillian waren sie sich jetzt schon einig. »Wieso habt ihr sie damals eigentlich gehen lassen?« flüsterte Bethany Damia zu.

»Edwinnah lehrte uns, jedes Leben zu achten«, flüsterte Damia zurück. »Selbst ein so wertloses wie Gillians.«

In diesem Augenblick betraten Tanya und Lyriel den Raum, und von einem Moment zum anderen herrschte Schweigen. Die Augen der Anwesenden weiteten sich vor Staunen, als sie Tanya erblickten.

Tanya hatte das einfache Gewand, das sie sonst zu tragen pflegte, gegen die Lederkleidung der Assari eingetauscht, die nicht nur praktischer sondern, sozusagen als Nebeneffekt, auch um einiges erotischer war und Tanyas überaus kurvenreiche Figur sehr vorteilhaft zur Geltung brachte.

Es hatte Lyriel ein wenig Überredung gekostet, aber schließlich hatte Tanya sich einverstanden erklärt, daß Lyriel einige ihrer eigenen Kleidungsstücke mittels ihrer Magie an Tanyas Größe anpaßte. Und das Ergebnis konnte sich wirklich sehen lassen, das fand sogar Tanya, auch wenn sie ihr Äußeres immer als eher durchschnittlich eingestuft hatte. Lyriel hatte es sich darüber hinaus nicht nehmen lassen, Tanyas blondes Haar sorgfältig zu bürsten, bis es leuchtete wie ein Kornfeld in der Sommersonne.

»Alles in Ordnung?« fragte Tanya, als alle sie nur sprachlos anstarrten. »Lyriel dachte, ich könnte mal etwas Neues ausprobieren, und außerdem wäre es praktischer.«

Lyriel stand neben Tanya und grinste wie ein Honigkuchenpferd.

»Tanya«, brach Gillian schließlich das Schweigen. »Ich glaube du bist das Schärfste, das zwischen Dubinshan und Yartar zu finden ist.«

Bethany seufzte. »Ich hätte es zwar etwas anders ausgedrückt, aber du siehst wirklich umwerfend aus.«

Shiree starrte mit aufgerissenen Augen auf Tanya, was ihr einen heftigen Knuff von Iliska einbrachte. »He, was soll das?« zischte sie. »Ich liebe nur dich, das weißt du doch.«

»Ja«, zischte Iliska zurück. »Aber du mußt sie trotzdem nicht so anstarren.«

»Ich freue mich für sie, sonst nichts«, entgegnete Shiree. »Wirklich«, setzte sie hinzu und sah sie mit einem Blick an, der es Iliska unmöglich machte, ihr böse zu sein.

»Können wir dann mal los?« drängte Gillian, die in den letzten Stunden zu dem Schluß gekommen war, daß sie sich zur Ruhe setzen konnte, sofern das Asyl der Verdammten das hielt, was Damias Schilderung versprochen hatte.

»Kannst es nicht abwarten zu plündern, was?« knurrte Shiree. »Vielleicht sollten wir dich einfach hierlassen.«

Gillian stemmte herausfordernd die Hände in die Seiten. »He, ist hier wer gestorben und hat dich zum Anführer gemacht? Seit wann bestimmst du –«

»Also eins klären wir besser sofort«, mischte sich da Lyriel ein.

Aller Augen richteten sich auf sie.

»Ich bin diejenige, die euch führt, also hört ihr auf mich und tut, was ich euch sage«, erklärte sie mit befehlsgewohnter Stimme.

Bethany sah sie erstaunt an; Lyriel reichte ihr zwar kaum bis an die Schultern, hätte aber selbst vor den Truppen des Kaisers in Yartar keine Probleme gehabt, sich Gehör zu verschaffen. Aber wunderte sie das wirklich, bei einem magischen Geschöpf, das überdies mehr als zweihundert Jahre alt war? Ihre Augen wanderten zu Tanya, die sehr glücklich aussah, der traurige Ausdruck auf ihrem Gesicht war vollkommen verschwunden. Sie brauchte nicht viel Phantasie, um zu erraten, an wem das lag, und sie wünschte ihr von ganzem Herzen, daß Lyriel sie nicht enttäuschen würde.

»Ich kenne einen relativ sicheren Weg durch das Höhlensystem«, fuhr Lyriel fort. »Doch selbst dort lauern noch Gefahren. Und das letzte, das wir gebrauchen können, sind ständige Streitereien. Das zieht nur unerwünschte Aufmerksamkeit auf uns. Also, wenn ihr nicht in der Lage seid, miteinander auszukommen, dann bleibt ihr am besten beide hier«, wandte sie sich direkt an Shiree und Gillian.

Sprachlos starrten die beiden sie an, doch Lyriel erwiderte die Blicke mit ruhiger Gelassenheit.

Shiree nickte schließlich. Auch wenn es ihr nicht gefiel, daß jemand so mit ihr sprach, Lyriel hatte recht. »An mir soll es nicht liegen.«

Gillian knurrte nur etwas Unverständliches.

»Was hast du gesagt?« erkundigte sich Lyriel übertrieben freundlich.

»An mir auch nicht«, grummelte Gillian. »Ich hoffe nur, mein Anteil an dem, was wir im Asyl der Verdammten finden, ist das alles wert.«

»Dein Anteil?« kam es ungläubig von Bethany. »Falls du es vergessen haben solltest, das hier ist keine Schatzsuche.«

»Schon mal was von Aufwandsentschädigung gehört?« brummte Gillian. »Immerhin habt ihr es mir zu verdanken, daß ihr die Assari überhaupt gefunden habt.«

»Ja, nachdem du kräftig mitgeholfen hast, diesen ganzen Schlammassel erst zu verursachen«, mischte sich Iliska ein.

»Laßt nur«, sagte da Lyriel mit schneidender Stimme. Ihre goldenen Augen bohrten sich förmlich in Gillians grüne. »Sie wird schon bekommen, was ihr zusteht. Jeder bekommt das früher oder später, nicht wahr?«

Gillian schluckte und wandte den Blick ab.

Lyriel lächelte grimmig. Sollte Gillian doch versuchen, sich an den Dingen zu vergreifen, die sie im Asyl der Verdammten zu finden hoffte. Dann würde sie schon sehen. Doch sie würde sich hüten, Gillian zu warnen. »Laßt uns aufbrechen«, sagte sie zu den anderen. »Wenn alles gut geht, müßten wir das Asyl der Verdammten in zwei Tagen erreichen.«

Diella war beim besten Willen nicht als redselig zu bezeichnen, doch ihre Schweigsamkeit erreichte einen neuen Höhepunkt, als sie und Karimah nach einigen Stunden erwachten. Als sie nur einsilbige und knurrige Antworten erhielt, gab Karimah es auf und beschäftigte sich lieber mit dem vordringlichsten Problem, nämlich den Säuresee möglichst unbeschadet zu überqueren. Die Kristallinseln lagen tatsächlich nah genug zusammen, um mit ein wenig Geschick von einer zur anderen zu springen, auch wenn einige von ihnen so klein waren, daß man nur mit einem Bein darauf stehen konnte.

»Ich hoffe dein Gleichgewichtssinn ist ebenso gut ausgeprägt wie dein Hang zu schlechter Laune«, sagte Karimah.

»Was geht dich meine Laune an?« knurrte Diella.

»Nichts, wenn man davon absieht, daß ich sie ertragen muß«, entgegnete Karimah.

»Was erwartest du denn?« gab Diella zurück. »Ich bin Bethanys dunkle Seite, hast du das vergessen?«

»Wie könnte ich?« erwiderte Karimah. »Du gibst mir ja keine Chance dazu. Aber so ganz richtig ist das auch nicht«, setzte sie hinzu, »denn ebenso wie Beth immer noch Zorn, Angst und Traurigkeit empfinden kann, so hast auch du nicht nur ihre dunklen Gefühle in dir.«

Diella lachte kurz und bitter auf. »Ach, und woher willst du das wissen?«

»Ich fühle es«, sagte Karimah.

Für einen kurzen Moment war Diella verblüfft. Irritiert sah sie Karimah an. »Wenn das wieder so ein Versuch ist –«

Karimah winkte ab. »Denk was du willst. Und wenn du schon mal beim Denken bist, dann frag dich mal, warum Altea dir ein eigenes Leben ermöglichen sollte, immerhin hast du sie damals genauso getötet wie Bethany. Und eigentlich ist es das doch gar nicht, was du willst, oder?«

»Karimah, es reicht«, fuhr Diella sie an.

Die Andeutung eines Lächelns erschien auf Karimahs Gesicht. »Wir fangen am besten dort an«, wechselte sie übergangslos das Thema und wies auf ein Inselchen in gut erreichbarer Nähe. »Soll ich zuerst oder willst du?«

Sie waren erst wenige Stunden unterwegs, und doch hätte keiner aus der Gruppe mehr sagen können, in welcher Richtung sich die Heimstatt der Assari befand.

Das Felsmassiv wirkte nur nach außen wie ein solches, sein Inneres war von Höhlen und Gängen durchzogen wie ein Ameisenhaufen. Unter der Erde setzte sich das Labyrinth weiter fort, und es war ein Glück für die Gruppe, daß die winzigen Kristalle, die die Wände überzogen, ein eigenes Licht ausstrahlten, das ihnen half, sich zu orientieren.

Lyriel hatte eine solche Hilfe allerdings nicht nötig; mit ihren großen Augen konnte sie selbst im Dunkeln noch recht gut sehen, und ihre empfindlichen Ohren nahmen auch noch das geringste Geräusch wahr. Sie bewegte sich in diesem Höhlensystem mit einer Sicherheit, als hätte sie ihr Leben lang nichts anderes getan.

Schon bald bekam die Gruppe zu spüren, daß Lyriels eingangs ausgesprochene Warnung durchaus berechtigt war. Es gab nur wenig Leben hier unten, doch das wenige war feindselig und auf Beute aus. Also bewegten sie sich so leise und vorsichtig, wie sie konnten, und lernten schon bald, daß es ratsam war, Lyriels knappen Befehlen, die sie ab und zu erteilte, sofort und ohne Widerspruch zu gehorchen.

Hilfreich bei dieser Lektion war eine ausgesprochen große Kreatur gewesen, die auf stämmigen, gekrümmten Beinen an ihnen vorbeigestapft war, das spitze, echsenartige Maul hochgereckt, die kalten Reptilienaugen herumrollend, auf jede noch so kleine Bewegung achtend, die eine potentielle Beute verraten konnte.

Gillian hatte Lyriel gerade unwirsch zur Rede stellen wollen, weshalb sie von ihr so unsanft in eine Nische gedrängt worden waren, doch ein Blick auf das, was da angekrochen kam, hatte sie verstummen lassen und selbst ihr die Lust auf dumme Bemerkungen zumindest vorübergehend ausgetrieben. Die Gruppe hatte mit angehaltenem Atem ausgeharrt, bis das Wesen an ihnen vorbeigezogen war, und erst als Lyriel es ihnen bedeutete, hatten sie es gewagt, ihren Weg fortzusetzen.

»Warst du schon einmal dort?« fragte Tanya ihre Gefährtin, als sie mit Lyriel an der Spitze der Gruppe ging. »Ich meine, im Asyl?«

Lyriel schüttelte den Kopf. »Für jede Assari ist dieser Ort mit schmerzvollen Erinnerungen verbunden, egal ob sie zu den Ersten gehört oder nicht. Selbst für mich war es nie von Reiz, ihn aufzusuchen.«

»Dann tust du das nur für uns?« fragte Tanya.

Lyriel nahm die Hand ihrer Gefährtin. »Nein, für dich.« Sie hauchte Tanya einen kleinen Kuß auf die Wange.

Einige Stunden später schlugen sie in einer kleinen Höhle, aus deren Wand eine kleine Quelle mit klarem, sauberem Wasser sprudelte, ein Lager auf.

»Kein Feuer«, bestimmte Lyriel. »Das lockt nur unerwünschten Besuch an. Und wir müssen Wachen aufstellen.«

Während sie ihre Decken ausbreiteten und die Wasserflaschen auffüllten, warf Gillian Lyriel einen mehr als grimmigen Blick zu. Den ganzen Tag schon hatte es sie genervt, daß Lyriel den Ton angab und alle anderen das für völlig in Ordnung hielten. Sie wagte es jedoch nicht, Lyriel direkt anzugehen. Doch als sie sah, wie vertraut Tanya mit Lyriel umging, hatte sie eine Idee, wie sie es ihr heimzahlen konnte. »Sag mal, wie ist es eigentlich, wenn man es mit so einer Kreatur treibt?« flüsterte sie Tanya zu. »Dir ist hoffentlich klar, daß du für sie nur ein Spielzeug bist, oder? Sobald sie genug von dir hat, läßt sie dich ebenso fallen wie Shiree es getan hat.«

Zu getroffen und verletzt, um eine schlagfertige Antwort zu geben, sah Tanya Gillian an. Wie schaffte es diese Frau nur, immer ihre wundesten Punkte zu erwischen?

Doch die Strafe folgte auf dem Fuße. Gillian hatte sich zwar bemüht leise zu sprechen, doch dabei Lyriels ausgezeichnetes Gehör vergessen, die nun an Tanya vorbeischoß, auf das Lästermaul zu. Schneller als das Auge zu folgen vermochte, wurden Gillian die Beine unter den Füßen weggerissen, und einen Moment später fand sie sich auf dem Rücken liegend wieder, während Lyriel ein Knie auf ihre Brust gesetzt hatte und die Klinge eines Dolches sich in bedenklicher Nähe ihrer Kehle befand. Gillian versuchte sich zu erheben, doch Lyriel drückte sie mit Leichtigkeit auf den Boden zurück. »Du widerliches Biest. Ich hätte dich schon beim letzten Mal töten sollen.«

»Laß mich los«, ächzte Gillian. »Bitte, es war nicht so gemeint.«

Bethany, Shiree und Iliska eilten herbei. Sie hatten zwar nicht mitbekommen, was Gillian zu Tanya gesagt hatte, aber nach Lyriels Reaktion zu schließen, war es sicher nichts Schmeichelhaftes gewesen. Die drei zögerten. Keine von ihnen brachte große Sympathien für Gillian auf, und am liebsten hätten sie sie Lyriels Zorn überlassen, doch wußten sie nur zu gut, daß sie nicht danebenstehen und zuschauen konnten. Egal wie verachtenswert Gillian auch war, sie war noch immer ein menschliches Wesen.

»Lyriel, laß sie«, rief Bethany. »Du kannst sie nicht einfach umbringen.«

»Wer will mich daran hindern?« knurrte Lyriel. »Bevor ihr eure Schwerter gezogen habt, ist dieses Schandmaul hier schon Geschichte.«

»Nein, bitte, das dürft ihr nicht zulassen«, wimmerte Gillian.

Eine Hand legte sich sanft auf Lyriels Schulter. »Bitte, Lyriel, tu es nicht. Das ist sie wirklich nicht wert.«

Lyriel knirschte mit den Zähnen, doch Tanyas Bitte konnte sie sich nicht so einfach entziehen. Noch einmal funkelte sie Gillian voller Zorn an, doch dann entfernte sie zu deren grenzenloser Erleichterung die Klinge. Sie erhob sich mit einer geschmeidigen Bewegung und ließ ihr Opfer frei.

Sofort krabbelte Gillian rückwärts davon; nur weg von dieser gefährlichen, unberechenbaren Kreatur.

»Wag es nie wieder, Tanya zu verletzen«, grollte Lyriel. »Beim nächsten Mal wird mich nichts und niemand davon abhalten, dir das zu geben, was du verdienst.« Sie drehte sich um und ging mit Tanya zu der Quelle hinüber.

Auch die anderen wandten sich wieder den Dingen zu, die sie getan hatten, bevor der Streit zwischen Lyriel und Gillian begann. Keine von ihnen schenkte Gillian auch nur die geringste Beachtung.

Na, warte, Lyriel, dachte Gillian zornig und rieb sich den schmerzenden Hals. *Das wirst du mir noch büßen.*

Karimah sprang als erste und erreichte die Insel, die sie sich zum Ziel gewählt hatte, mit Leichtigkeit. Über die nächsten beiden mußte sie balancieren; sie waren nur klein, lagen aber zum Glück nicht sehr weit auseinander. Kaum stand sie wieder auf dem sicheren Boden einer der größeren Kristallinseln, als Diella ihr auch schon folgte, bis sie sie eingeholt hatte.

Die nächsten beiden Inseln waren wieder breiter, dann folgten kleinere, und schließlich standen Diella und Karimah auf der letzten Insel vor dem anderen Ufer des Säuresees. Hinter dem Ufer führte eine Öffnung in der Felswand in einen Tunnel, durch den sie ihren Weg würden fortsetzen können. Die Insel war groß genug, daß sie beide darauf stehen konnten, doch sahen sie erst jetzt, daß die Entfernung zum Ufer weiter war, als sie gedacht hatten.

»Das könnte knapp werden«, stellte Karimah fest.

»Für dich vielleicht«, knurrte Diella. Sie nahm ihren Reisesack von der Schulter, wirbelte ihn ein paarmal durch die Luft und warf ihn dann hinüber. Er landete sicher am Ufer.

»Gute Idee«, sagte Karimah und tat es ihr nach.

Sie traten beide so dicht es ging an den Rand der Insel.

»Bereit?« fragte Diella.

Karimah nickte. »Bereit.«

Sie stießen sich gleichzeitig vom Boden der Kristallinsel ab. Karimahs Fuß verrutschte dabei leicht, sie sprang etwas zu kurz und erreichte das Ufer nur knapp. Fast hätte sie das Gleichgewicht verloren, doch im letzten Moment griff Diella, die sicher gelandet war, nach ihr und riß sie in die Sicherheit des Ufers.

Karimah landete in Diellas Armen, sie erholte sich rasch von ihrem Schreck und grinste Diella an. »Das scheint wohl langsam zur Gewohnheit zu werden«, sagte sie, doch als sie in Diellas Augen sah, vergaß sie, was sie sonst noch hatte sagen wollen, denn Diella starrte sie mit einem so eigentümlichen Ausdruck an, daß ihr heiß und kalt wurde.

Und dann, ohne jede Vorwarnung fühlte sie Diellas Mund auf dem ihren, fühlte wie ihre Zunge beharrlich Einlaß begehrte. Karimah zögerte nur einen Wimpernschlag, dann öffnete sie ihre Lippen und ergab sich dem leidenschaftlichen Kuß. Einen flüchtigen Augenblick lang dachte sie noch daran, ob es richtig war, was sie hier tat, doch ihr eigenes Begehren überwältigte sie, und sie packte Diella mit einem Griff, der vor mühsam verhaltener Leidenschaft schon fast brutal war.

Diella stöhnte vor Lust, löste ihren Mund von Karimahs Lippen und bog ihren Oberkörper zurück. Und während Karimah ihre Schultern und den Brustansatz mit Küssen bedeckte, ließ sie sich mit ihr auf den Boden sinken. Ein heiseres Knurren entrang sich Diellas Kehle, was Karimah nur noch mehr erregte.

Sie begannen einander von der störenden Kleidung zu befreien, während sie ihre Körper mit Mund und Händen eroberten.

Diella vergaß vollkommen, daß Karimah eigentlich ihre Gegnerin war, daß sie bis zu diesem Moment geglaubt hatte, sie zu hassen. Sie konnte und wollte sich gegen die Gefühle, die sie so plötzlich überwältigt hatten, nicht mehr wehren; sie wollte Karimah besitzen, sie beherrschen und sich ihr gleichzeitig völlig ergeben, ihr nah sein und ihr gehören.

Karimah ließ sich völlig darauf ein, denn das war es, wonach sie sich bereits gesehnt hatte, seit sie Bethany das erste Mal begegnet war. War es denn wirklich ein Unterschied, ob sie sich Bethany oder Diella hingab, waren die beiden nicht ein und dieselbe Person? Doch diese Gedanken wurden ausgelöscht, als ein erster Gipfel der Lust sie überschwemmte und sie nur noch den Wunsch hatte, so weiter zu machen, immer weiter, für alle Zeit.

Es war ein Wechselspiel verschiedenster Empfindungen zwischen ihnen. Mal stand die reine körperliche Begierde zweier Kriegerinnen im Vordergrund, die einander liebten, wie sie kämpften: hart, kompromißlos, und mit dem vollen Einsatz ihrer Körper. Dann wieder gewann die sanfte, zärtliche, von Gefühl getragene Leidenschaft die Oberhand. Keine von ihnen konnte dieses Spiel gewinnen, sie unterwarfen sich einander und beherrschten einander gleichermaßen. Dieser hemmungslose Rausch ihrer Gefühle trieb die zwei zu solch intensiven Empfindungen, daß sie einander in diesen Stunden näher waren, als jemals zuvor einem anderen Wesen. Einander in den Armen haltend schliefen sie irgendwann ein.

Diella erwachte, als sanfte Finger über ihr Gesicht streichelten. Sie öffnete die Augen und sah Karimahs lächelndes Gesicht über sich. Erschrocken erkannte sie, auf was sie sich eingelassen hatte, riß sich von Karimah los und sprang auf. »Nein!«

Karimah sah das entsetzte, verwirrte Gesicht ihrer Geliebten und erhob sich rasch. »Diella, bitte –«

Doch Diella achtete nicht auf sie. Hektisch sammelte sie ihre Kleider ein und zog sich rasch an.

»Diella«, sagte Karimah noch einmal und berührte mit der Hand ihre Schulter.

Diella wich vor ihr zurück. »Faß mich nicht an!« schrie sie. »Faß mich nie wieder an!« Dann drehte sie sich um und rannte davon.

»Verdammt, Diella!« Karimah zog schnell ihre eigene Kleidung über und nahm die Verfolgung auf.

Nachdem sie ein paar Stunden geschlafen hatten, fühlte die Gruppe sich zwar körperlich erfrischter, die Stimmung war jedoch gespannt. Gillian bedachte Lyriel mit grimmigen Blicken, wenn sie sich unbeobachtet fühlte, hüllte sich aber ansonsten in Schweigen.

Bethany spürte die Auswirkungen ihrer Trennung von Diella immer deutlicher; sie bat schließlich Tanya leise um Hilfe, die daraufhin an ihrer Seite blieb.

»Beth scheint es schlechter zu gehen«, flüsterte Iliska Shiree zu.

»Ich hoffe nur, sie schafft es bis zum Asyl«, erwiderte Shiree. »Sie sieht nicht gut aus.«

Iliska dachte, daß sie damit noch untertrieb; Bethanys Gesicht war sehr blaß, ihre Wangen eingefallen, tiefe Ringe lagen um ihre Augen.

»Tja, die gute Beth hat sich ganz schön verändert«, kommentierte Gillian, die das kurze Gespräch der beiden belauscht hatte. »Und wenn das so weitergeht, hat sie nicht mal mehr einen Tag.«

Shiree fuhr herum. »Hör auf, so einen Blödsinn zu reden. Tanya hilft ihr, bis wir Diella gefunden haben.«

Gillian warf einen raschen Blick zu Lyriel, doch die schien vollauf damit beschäftigt zu sein, die Gruppe zu führen. Es bestand also im Augenblick keine Gefahr, daß sie sie hören würde, sofern sie ihre Stimme gesenkt hielt. »Und wann wird das sein?« wandte sie sich höhnisch an Shiree und Iliska. »Heute? Morgen? Übermorgen? Oder erst in einer Woche? Wer weiß, ob Lyriel den Weg wirklich so genau kennt. Und selbst wenn wir Diella rechtzeitig finden, fangen dann die Probleme doch erst an.«

»Wie meinst du das?« fragte Iliska.

Gillian lächelte hinterhältig. »Ich habe Altea und Diella belauscht«, sagte sie. »Daher weiß ich, daß Diella und Bethany sich nur dann mit Tanyas Hilfe wiedervereinen können, wenn sie es beide wollen. Aber so, wie ich Diella kennengelernt habe, würde sie lieber vergehen, als wieder eins mit Beth zu werden. Und wenn sie sich weigert, dann braucht es die Hilfe weitaus größerer magischer Kräfte, als die unserer kleinen Heilerin.«

Shiree sah Gillian mißtrauisch an.

Auch Iliska war skeptisch; war das wieder eine von Gillians Lügen? »Warum hat Beth uns das nicht gesagt?« fragte sie.

»Soviel Vertrauen hat sie wohl doch nicht zu euch«, sagte Gillian. »Sie hat wahrscheinlich Angst, ihr könntet zu dem Schluß kommen, daß ihr ohnehin verlorenes Leben es nicht wert ist, daß ihr das eure aufs Spiel setzt.«

»Jetzt halt den Mund«, fuhr Shiree sie an. »Selbst wenn du recht haben solltest, wir werden Beth ganz bestimmt nicht im Stich lassen.«

»Hach, wie edel«, grinste Gillian. »Aber wenn ihr mal für einen Moment von eurem hohen Roß runtersteigt und ein bißchen logisch denkt, dann kommt ihr vielleicht zu dem Schluß, daß eure einzige Chance, Altea aufzuhalten, die ist, Diella zu töten, bevor sie die Gelegenheit bekommt, Altea ins Leben zurückzuholen. Wenn das geschieht, ist weitaus mehr in Gefahr als nur das Leben von Karimah und Bethany. Macht euch das mal klar.« Damit ließ sie die beiden stehen und ging zu Tanya und Bethany nach vorn.

Shiree und Iliska blieben verwirrt zurück.

»Was hältst du davon?« fragte Iliska. »Meinst du, Gillian belügt uns?«

»Sie ist eine Schlange«, entgegnete Shiree. »Aber eine, die immer nur an sich selbst denkt. Wenn sie uns warnt, dann vor allem, weil sie ihr eigenes Leben retten will. Und das wiederum läßt darauf schließen, daß sie uns die Wahrheit gesagt hat.«

»Und was sollen wir tun, wenn wir das Asyl erreichen und Diella und Karimah dort finden?« überlegte Iliska. »Wenn wir Diella töten, dann stirbt Bethany ebenfalls.«

Shiree nahm Iliskas Hand. »Laß uns erst einmal abwarten«, schlug sie vor. »Immerhin ist Karimah mit Diella unterwegs und sie liebt Bethany. Sie wird alles versuchen, um Diellas Sinn zu ändern.«

»Und wenn es ihr nicht gelingt?« entgegnete Iliska skeptisch. »Liebe kann viel bewirken, Shiree, aber leider nicht alles.«

»Iliska«, sagte Shiree so leise, daß sie sicher sein konnte, daß niemand außer Iliska sie hören konnte. »Ich will Bethany nicht opfern, aber wenn es nicht anders geht, wenn Diella noch immer auf Alteas Seite steht, wenn wir das Asyl erreichen und sie dort finden, und wenn Tanya dann wirklich nicht helfen kann, dann dürfen wir nicht zulassen, daß Diella dieser Shankulpriesterin zu neuem Leben und neuer Macht verhilft.«

Iliska schwieg. Noch vor ein paar Tagen wäre es ihr bedeutend leichter gefallen, Shiree zuzustimmen. Aber seit sie Bethanys Geschichte gehört hatte, konnte sie ihre einstige Freundin für das, was sie getan hatte, nicht mehr hassen. Und auch wenn Bethany sich nicht mehr an ihre gemeinsame Zeit in T'Mar erinnern konnte, so stand ihr selbst diese Zeit dafür um so deutlicher vor Augen. Sie hatte insgeheim gehofft, daß sie beide einen Weg finden würden, ihre Freundschaft irgendwann ganz langsam wieder aufleben lassen zu können. Doch sie konnte sich Shirees Argumenten nicht entziehen. »Also gut«, sagte sie schließlich. »Du hast recht. Aber bitte, laß uns warten, bis es wirklich keine andere Möglichkeit mehr gibt.«

Shiree drückte Iliskas Hand. »Ja, Liebste«, sagte sie. »Das verspreche ich dir.«

Karimah holte Diella schließlich ein und hielt sie fest. Diella schlug nach ihr, doch sie tauchte unter dem Schlag hinweg und hielt Diellas anderen Arm fest, der eben zu einem zweiten Hieb ausholte.

Diella ließ sich nach hinten fallen, packte Karimah dabei und riß sie so mit sich. Dann schleuderte sie über sich hinweg, so daß sie hart auf dem Rücken landete. Sie sah einen Schatten und sprang auf, doch ein Fausthieb traf sie und ließ sie zurücktaumeln. Sie setzte mit einem Tritt gegen Karimahs Brust nach, was diese noch mehr aus dem Gleichgewicht brachte.

Zwei weitere Hiebe trafen Karimahs Gesicht, dann endlich riß sie einen Arm hoch und blockte den nächsten Schlag ab. Diellas Hand schloß sich wie ein Schraubstock um ihr Handgelenk, doch sie hebelte sich aus dem Griff heraus, sprang zurück und traf Diella mit einem Drehtritt am Kopf, der diese ins Schwanken brachte, was ihr die Chance gab, sich auf sie zu stürzen, ihren Arm zu packen und nach hinten zu verdrehen. Sie drückte sie gegen die Wand und hielt sie mit eisernem Griff fest. »Diella, bitte, beruhige dich«, zischte sie.

Diella knurrte nur und trat kräftig gegen Karimahs Schienbein, die einen Schmerzensschrei unterdrückte und den Griff lockerte, was ihr die Gelegenheit gab, sich zu befreien. Sie stieß Karimah ein Stück von sich und ließ eine Kombination aus Tritten und Schlägen auf sie los, die sie zurückschleuderten.

Karimah krachte gegen eine vermeintliche Wand, die jedoch von dem Aufprall nachgab und zerbröckelte. Sie stieß einen erschrockenen Ruf aus, als ihre Hände und Füße keinen Halt fanden und sie in die Finsternis hinabstürzte.

Diella stand wie erstarrt, als sie das sah, doch dann kam sie endlich zur Besinnung. »Karimah!« rief sie erschrocken und lief zu dem Loch in der Wand hinüber. »Ist dir was passiert?«

»Komisch, daß gerade du das fragst!« ertönte es zu Diellas Erleichterung trocken aus der Dunkelheit.

Karimah war eine Felswand hinuntergestürzt und in einem Graben aus weichem, schlammigem Boden gelandet, der den Aufprall etwas gedämpft und sie davor bewahrt hatte, sich ernsthaft zu verletzen.

»Es ... es tut mir leid, Karimah!« hörte sie Diellas Stimme von oben.

»Schon gut, wir reden später darüber«, knurrte Karimah.

»Kannst du die Wand hochklettern, oder brauchst du Hilfe?« rief Diella.

Karimah stützte sich auf dem Boden auf, rutschte jedoch ab und wäre beinah mit dem Gesicht im Schlamm gelandet. »Verdammt.« Es war stockdunkel um sie herum und sie konnte weit über sich gerade eben die Umrisse von Diellas Oberkörper erkennen, die sich über den Abhang beugte. Sie versuchte erneut aufzustehen, und da sie diesmal vorsichtiger war, gelang es ihr. »Es geht schon!« rief sie zu Diella hinauf. »Ich bin nicht verletzt!«

Im selben Moment hörte sie in einiger Entfernung ein schmatzendes Geräusch. Es kam von weiter hinten aus der Finsternis dessen, was wohl ein weiterer Gang in einem Labyrinth von Gängen war. Sie lauschte in die Dunkelheit. Konnte es sein ...? Das Geräusch wiederholte sich, und diesmal war es von etwas begleitet, das sich anhörte wie etwas Großes und Massiges, das über einen schlammigen Boden rutschte.

Karimah schluckte. Was auch immer da war, es näherte sich der Stelle, an der sie stand, und sie tat gut daran, hier sofort zu verschwinden. Ihre Hände tasteten über die Felswand, und sie betete zu Deidra, daß sie nicht zu glatt zum Klettern sein würde. Sie fand einen Vorsprung und versuchte sich daran hochzuziehen. Ein paarmal glitt sie ab, bevor sie endlich Halt fand, doch dann begann sie so schnell es ging zu klettern.

»Karimah, was ist da unten los?« rief Diella.

Karimah antwortete nicht, konzentrierte sich ganz darauf, in ihrer Panik nicht abzurutschen. Hinter sich hörte sie das schmatzende Geräusch immer näher kommen. Ein fauliger Geruch begleitete es, der sie an verwesendes Fleisch erinnerte.

Diella hörte die Geräusche nun ebenfalls, und auch wenn sie nichts sehen konnte, war ihr doch klar, daß Karimah in Gefahr schwebte. Sie legte sie sich auf den Boden und streckte ihre rechte Hand so weit nach unten, wie sie konnte. »Karimah!« rief sie. »Ich bin hier, nimm meine Hand!« Sie hörte Karimah keuchen, und dann sah sie in dem wenigen Licht, das von den Tunnelwänden draußen hereinschien, eine tastende Hand, die über den Felsen glitt. Sie griff danach und hielt sie fest.

»Zieh mich hoch!«

Die Angst in Karimahs Stimme gab Diella zusätzlich Kraft. Gerade als sie Karimah über den Rand des Abhangs zog, prallte etwas mit voller Wucht gegen die Wand darunter. Ein widerlicher Gestank stieg zu ihnen herauf, dann glitt das Etwas durch den Graben zurück in die Höhle, aus der es gekommen war.

Karimah lag keuchend neben Diella und versuchte sich nicht vorzustellen, welcher Art von Ende sie gerade entgangen war. »Zum Glück kann dieses Biest nicht klettern«, stöhnte sie.

Diella stand auf und half ihr auf die Beine. »Es tut mir leid«, sagte sie leise. »Ich habe mich unmöglich benommen. Aber das kam alles so überraschend . . .«

»Das scheint in dieser Gegend doch üblich zu sein«, knurrte Karimah. »Sehen wir zu, daß wir zum Asyl kommen. Ich will gar nicht wissen, was hier sonst noch alles herumkriecht.«

Unter Lyriels sicherer Führung gelangten die sechs gegen Ende des zweiten Tages zu einer weiteren großen Höhle, von der aus ein breiter, steinerner Steg über einen in schwärzester Finsternis liegenden Abgrund führte, der ebensogut eine wie tausend Meilen in die Tiefe führen konnte.

»Das wird der schwierigste Teil«, sagte Lyriel. »Das Asyl der Verdammten liegt jenseits dieses Stegs, aber hier drinnen wirkt noch ein alter Schutzzauber, den die Magier einst schufen.«

»Und der wäre?« fragte Bethany.

»Ich weiß es nicht genau«, sagte Lyriel. »Es ist eine Art Wächter, der jeden angreift, der versucht den Steg zu überqueren. Die Assari blieben damals verschont, weil wir ebenfalls magische Wesen sind, und auch Tanya dürfte vor ihm sicher sein, aber ihr anderen habt diesen Schutz nicht. Wir müssen sehr wachsam sein.«

Vorsichtig betraten die sechs den Steg. Eine trügerisch friedliche Stille herrschte, die nur von den leisen Geräuschen durchbrochen wurde, die ihre Stiefel auf dem Steinboden machten. Sie waren auf alles mögliche gefaßt, doch als sie schon fast bis zur Mitte des Steges gelangt waren und nichts geschehen war, entspannten sie sich ein wenig.

Bethany hatte durch Tanya wieder ein wenig an Kraft gewonnen. Sie ging hinter den anderen, als letzte der Gruppe.

»Beth«, erklang da plötzlich eine leise Stimme.

Bethany meinte die Stimme zu erkennen und lauschte angestrengt.

»Beth, hilf mir«, wiederholte sich das leise Rufen.

Diesmal durchlief es Bethany heiß und kalt, als sie Karimahs Stimme erkannte. »Kari«, rief sie. »Kari, wo bist du?«

»Hier unten«, erklang die Stimme fast sofort. »Etwas hat uns angegriffen, als wir den Steg überqueren wollten. Diella ist auch hier, aber sie ist verletzt. Du mußt uns helfen.«

Aufgeregt wandte sich Bethany an ihre Begleiter. »Habt ihr gehört?« rief sie. »Wir brauchen nicht weiterzusuchen, Karimah und Diella sind hier. Sie müssen dem Wächter in die Falle gegangen sein.«

Doch die anderen aus der Gruppe schienen Bethany gar nicht zu hören, sie gingen einfach weiter, ohne sie zu beachten.

»He, bleibt stehen!« schrie Bethany. »Sie sind dort unten, wir müssen ihnen helfen!«

Keiner reagierte, stumm setzten alle ihren Weg fort.

Bethany wollte ihnen schon nachstürzen, um sie zu zwingen ihr zuzuhören, doch Karimahs angstvoller Ruf ließ sie innehalten.

»Beth, der Vorsprung bricht ab, wir können uns nicht mehr halten!«

Bethany zögerte keinen Augenblick, sie lief zurück, kniete sich an den Rand des Stegs und schaute hinunter. Nur ein kleines Stück unter sich sah sie Karimah auf einem schmalen Vorsprung und Diella halb bewußtlos in ihrem Arm.

»Bethany, Deidra sei Dank, daß du da bist!« rief Karimah. »Zieh Diella auf den Steg hinauf und hilf dann mir.«

Bethany streckte ihre Hand hinunter, ergriff die von Diella und hielt sie fest. Diella klammerte sich mit letzter Kraft an sie, doch als sie sie eben hochziehen wollte, schrie Karimah entsetzt auf, als der Vorsprung unter ihr wegzubröckeln begann.

»Karimah, halt dich an mir fest!« schrie Bethany, und im letzten Moment sprang Karimah und erreichte knapp die andere Hand der Kriegerin, die sie packte und festhielt.

Im nächsten Moment brach der Vorsprung weg, die Teile stürzten in die Finsternis hinunter und verschwanden fast sofort aus Bethanys Blickfeld. Mit eisernem Griff hielt sie Diella und Karimah fest, spürte jedoch zu ihrem Entsetzen, daß die Kraft ihres geschwächten Körpers nicht ausreichen würde, um beide hinaufzuziehen. »Iliska, Shiree!« schrie sie. »Helft mir!«

Doch niemand antwortete ihr, keine Schritte näherten sich und Bethany mußte schließlich erkennen, daß sie allein war. Sie spürte, wie die Hände der beiden Frauen, die sie so verzweifelt festzuhalten versuchte, langsam von den ihren abrutschten.

»Beth, laß mich nicht fallen!« schrie Karimah voller Angst.

Diella hatte ihren Blick flehend auf Bethany gerichtet und flüsterte: »Wenn ich sterbe, stirbst du auch.«

Und als Bethany erkannte, daß sie unfähig war, zwischen ihrem Leben und ihrer Liebe zu entscheiden, schloß sie die Augen, legte den Kopf zurück und stieß einen wilden, schmerzvollen Schrei aus.

Tanya blieb abrupt stehen. Sie spürte deutlich die Anwesenheit von Magie. *Beth!* fuhr es ihr durch den Kopf. Sie sah sich nach der Freundin um. Zu ihrem Schrecken erkannte sie, daß Bethany hinter den anderen zurückgeblieben war und reglos mit vor Angst und Schmerz verzerrtem Gesicht und geballten Fäusten auf dem Steg stand, die Augen in weite Ferne gerichtet. »Lyriel, Iliska, Shiree!« rief sie, während sie zu Bethany zurücklief. »Beth braucht Hilfe!«

Die Angerufenen fuhren herum und erkannten mit einem Blick, daß Tanya recht hatte.

»Verflucht, was ist mit ihr passiert?« rief Shiree.

»Illusionsmagie«, rief Lyriel. »Wir müssen sie hier wegbringen.«

Doch in diesem Augenblick erhob sich ein Grollen und Donnern. Etwas Riesiges mit vielen baumstammdicken Fangarmen schob sich aus dem Abgrund vor ihnen, türmte sich vor ihnen auf, und mit Entsetzen erkannten sie, daß der Wächter des Steges soeben persönlich erschienen war.

Diella hüllte sich in Schweigen, als sie ihren Weg fortsetzen. Es war nicht die Art von knurrigem Schweigen, das von permanent schlechter Laune kündete, sondern ein nachdenkliches, ausgesprochen in sich gekehrtes Schweigen, das Karimah nicht zu brechen wagte.

Sie hatten ihre Sachen geholt, und dann hatte Diella Altea über den Saphir nach dem weiteren Weg gefragt.

Karimah war sich ziemlich sicher, daß Diella ihrer Herrin nichts von dem berichtet hatte, was zwischen ihnen beiden nur wenige Stunden vorher geschehen war.

Doch Diella äußerte sich ihr gegenüber dazu nicht; sie ging ein kleines Stück voran, und Karimah folgte ihr, die Waffe fest in der Hand, um gegen weitere Überraschungen gewappnet zu sein.

»Du kannst dein Schwert einstecken«, sagte Diella. »Solange wir uns an den Weg halten, den Altea uns führt, wird uns nichts geschehen.«

Und das waren die letzten Worte, die Diella für die nächsten Stunden sprach. Sie kletterten über schmale Simse, schwammen durch unterirdische Flußläufe, durchquerten Höhlen, deren Wände und Decken von Edelsteinen besetzt waren. Diella sagte zwar nichts, suchte jedoch auf eine ungewohnt schüchterne Art Karimahs Nähe, was sich vor allem darin zeigte, daß ihre Hand grundsätzlich etwas länger als nötig auf der Karimahs ruhte, wenn sie sich gegenseitig beim Klettern halfen.

Karimah hätte etwas darum gegeben, Diellas Gedanken lesen zu können, doch sie wollte nicht fragen, hoffte sie doch, daß Diella ganz von selbst zu der richtigen Entscheidung kommen würde. Und wenn sie jetzt drängte, dann machte sie vielleicht alles zunichte, was sie bisher erreicht zu haben hoffte.

Durch einen Tunnel gelangten sie schließlich in eine weitere Felsenhalle, deren Inneres sich jedoch stark von allen anderen unterschied, die sie bisher durchquert hatten. Staunend sahen sie auf das Bild, das sich ihnen bot.

Die Felsen und natürlichen Säulen der Halle waren statt mit den allgegenwärtigen Kristallen mit verschiedenen Formen von Pilzen und Moosen überwuchert, die alle schwach grünlich leuchteten und die Höhle in ein smaragdfarbenes Licht tauchten. Mächtige, graublaue Bäume erhoben sich überall, deren ineinander verschlungene Äste und Zweige erst in einiger Höhe begannen. Dazwischen wucherten Sträucher und andere Pflanzen von ähnlicher Farbe und Beschaffenheit. Es herrschte eine angenehme Temperatur, und in der Mitte der Höhle war das Glitzern eines kleinen Sees zu erkennen.

»Wir haben es jetzt bald geschafft«, brach Diella schließlich das Schweigen. »Hinter dieser Höhle liegt unser Ziel.«

Karimah nickte nur. Unschlüssig standen die beiden da, sahen zu dem See hinüber.

»Reicht die Zeit noch für ein Bad?« fragte Karimah.

»Warum nicht?« entgegnete Diella mechanisch. Sie hatte in den letzten Stunden in Gedanken nach einem Ausweg für sich und Karimah gesucht und sich schließlich in einer Ruhepause, ohne daß Karimah es merkte, an Altea gewandt. Doch die Priesterin war unerbittlich geblieben. Wenn Diella leben wollte, mußte sie ihren Auftrag zu Ende bringen.

Sie gingen beide zum Ufer des Sees hinüber.

»Karimah?« sagte Diella leise. »Würdest du etwas für mich tun?«

Karimah nickte.

Diella streckte die Hand aus und streichelte vorsichtig ihre Wange. »Liebe mich«, bat sie. »Ich will dir noch einmal so nah sein, bevor wir –« Sie unterbrach sich kurz. »Bevor wir unser Ziel erreichen«, beendete sie schließlich den Satz.

Karimah zog sie zu sich heran und legte ihre Arme um sie. Diella schloß die Augen, gab sich den zärtlichen Berührungen ganz hin.

»Es muß nicht zu Ende sein, Diella«, flüsterte Karimah. »Ich liebe euch beide, dich und Beth. Vereinige dich wieder mit ihr, dann brauchst du Altea nicht mehr, und wir können für immer zusammen sein.«

Diella sah Karimah traurig an, dann schmiegte sie sich an sie. »So einfach ist das nicht. Alteas Geist hat zuviel Macht über mich. Wenn ich nicht tue, was sie verlangt, dann entzieht sie mir all meine Kraft. Selbst wenn ich es wollte, ich hätte nicht den Hauch einer Chance, Beth zu finden, bevor ich sterbe.«

»Ich verstehe«, sagte Karimah resigniert. »Wenn du dein Leben retten willst, dann mußt du sie zum Asyl bringen.«

»Schlimmer noch«, sagte Diella und sah Karimah mit Tränen in den Augen an. »Wenn ich mein Leben retten will, dann –«

Ein Fauchen aus dem Gebüsch direkt hinter Karimah unterbrach sie. Karimah fuhr herum und sah in ein paar glühende Augen. Sie griffen beide nach ihren Schwertern, als auch schon etwas Massiges aus dem Dickicht brach. Ohne weiter nachzudenken stießen sie ihre Klingen nach vorn. Von zwei Schwertern durchbohrt stürzte der Angreifer zu Boden.

Erschrocken starrten die beiden auf das Wesen, das leblos vor ihnen lag. Die Kreatur erinnerte entfernt an eine Mischung zwischen einer Katze und einem Wildhund, nur daß sie viel größer war. Aus dem halbgeöffneten Maul blitzten messerscharfe Zähne, lang und spitz wie Dolche.

Diella und Karimah wechselten einen Blick, dann wandten sie sich gleichzeitig um und hasteten durch die Felsenhalle auf den Ausgang zu, hinter dem ihr Ziel, das Asyl der Verdammten lag. Keine von ihnen hatte Lust, einer solchen Kreatur noch einmal zu begegnen.

»Was hast du mir vorhin sagen wollen, Diella?« keuchte Karimah.

Diella blieb stehen, und trotz der Gefahr schloß sie Karimah kurz in die Arme und küßte sie. »Vertrau mir, Liebste«, sagte sie leise. »Ich werde versuchen, dich nicht zu enttäuschen.«

Shiree holte mit ihrem Schwert aus und hieb auf einen der Fangarme ein, der auf Iliska zuschoß. Sie traf ihn, trennte ihn ab, doch an seiner Stelle wuchsen zwei neue hervor, die wild durch die Luft peitschten, so daß Shiree Mühe hatte, ihnen auszuweichen.

Lyriel hatte sich Iliska angeschlossen, kämpfte an ihrer Seite, doch den beiden wurde rasch klar, daß sie allein dem Ungeheuer aus der Tiefe nicht gewachsen waren.

»Wir müssen auf die andere Seite!« brüllte Tanya. Sie griff nach Bethanys Hand und zog heftig, bis sie sich widerstrebend in Bewegung setzte.

Keinen Augenblick zu früh, denn nur Augenblicke später knallte ein Tentakel auf die Stelle, an der Bethany gerade noch gestanden hatte.

Shiree, Iliska und Lyriel übernahmen es, den Rückzug zu decken, wohl wissend, daß sie dieses vielarmige Monstrum nicht besiegen konnten; sie mußten versuchen zu entkommen. Gillian hatte sich bereits bei Tanyas Ruf auf der anderen Seite des Steges in Sicherheit gebracht.

Immer wieder schlugen die Fangarme nach ihnen, versuchten die Fliehenden zu greifen, und sie verdankten es nur den guten Reflexen der drei Kämpferinnen, daß keine von ihnen vom Steg geschleudert wurde. Doch die andere Seite lag noch immer viel zu weit entfernt.

Shiree wich einem Tentakel aus, übersah dabei aber einen anderen, der von hinten auf sie zuschoß, und fand sich im nächsten Moment gepackt und in die Höhe gerissen. Sie stieß einen überraschten Schrei aus, hieb mit dem Schwert nach dem Fangarm, doch der schüttelte sie so heftig, daß ihr die Waffe beinah aus der Hand gefallen wäre, und sie keinen gezielten Schlag ausführen konnte. »Lyriel, hilf mir!« rief sie, als sie erkannte, daß sie unausweichlich in die Tiefe gezogen wurde.

In diesem Augenblick zischte etwas Großes, Glühendes an Shiree vorbei. Verblüfft erkannte sie, daß es sich bei den Geschossen um einen Schwarm brennender Felsbrocken handelte, die auf das Ungeheuer zusausten. Einer von ihnen traf den Tentakel, der sie hielt. Er öffnete sich, sie stemmte sich sofort heraus und nutzte den erschlaffenden Fangarm, um sich abzustoßen, überschlug sich einmal in der Luft und landete vor Lyriel auf dem Steg, während die übrigen Feuerkugeln in den Körper des Wächters einschlugen.

Die Reaktion der Kreatur war ebenso überraschend wie überwältigend. Im nächsten Augenblick war die Halle erfüllt von einem schrecklichen Kreischen, so schrill, daß sich alle die Hände auf die Ohren preßten. Schneller als das Auge zu folgen vermochte verschwanden die Fangarme, das unheimliche Wesen zog sich in den Abgrund zurück, während sein Gekreische noch immer anhielt und erst verhallte, als es schon längst wieder in der Finsternis verschwunden war.

Die Öffnung in der letzten Höhle führte Karimah und Diella in eine Art Tal, auf dessen Sohle das Asyl der Verdammten lag. Es war eine große, onyxfarbene Kuppel, die im Licht der Kristalle an den Wänden matt funkelte. Sie sah unscheinbar und gleichzeitig imponierend aus. Die beiden betrachteten sie, jede in ihre eigenen Gedanken versunken.

»Und dort hofft Altea also etwas zu finden, was ihr hilft, wieder ins Leben zurückzukehren?« fragte Karimah.

»Das hofft sie nicht nur«, entgegnete Diella. »Das weiß sie.«

»Und weißt du es auch?«

Statt einer Antwort wies Diella auf einen Spalt an der Seite der Kuppel, der etwa schulterhoch über dem Boden endete. »Der eigentliche Eingang liegt auf der anderen Seite des Asyls«, erklärte sie. »Aber der ist von dieser Seite aus nicht zu erreichen. Um dorthin zu gelangen, hätten wir zunächst den Wald der Assari durchqueren müssen, und das wäre zu gefährlich gewesen. Durch den Spalt dort gelangen wir ebenfalls ins Innere.«

»Die Assari?« fragte Karimah.

Diella nahm ihre Hand. »Komm, Liebste, laß uns hinuntersteigen. Sobald wir das Asyl betreten haben, werde ich dir alles erklären.«

Halb kletternd, halb rutschend gelangten sie bis zum Rand der Kuppel. Von der Sohle des Tales, das von dem Asyl der Verdammten vollständig ausgefüllt wurde, sah die ehemalige Zuflucht der Magier noch riesiger aus.

Karimah hob Diella ein Stück hoch, so daß sie den unteren Rand des Spaltes erreichen und sich hochziehen konnte. Sie kletterte hindurch und half dann Karimah. Im Inneren des Asyls war es stockfinster, doch kaum waren sie ein paar Schritte gegangen, als sich rings um sie herum wie von Geisterhand Fackeln entzündeten, die mit kalter, magischer Flamme brannten und den Raum erhellten.

Karimah sah sich um und verzog angewidert das Gesicht. Die Innenwände und der Boden bestanden aus einer rosafarbenen Substanz, die von dunkelroten Streifen durchzogen war, regelmäßige Wellen warf und leicht zu pulsieren schien. Die Luft war erfüllt von einem merkwürdigen Geruch. Der Gang, in dem sie standen, führte in einer weitläufigen Spirale aufwärts. Karimah berührte vorsichtig die Wand und zuckte zurück, weil die sich warm und ein wenig feucht anfühlte.

»Das Innere des Asyls bestand ursprünglich aus lebendem Gewebe, das den Magiern dienstbar war«, erklärte Diella. »Ein wenig von dieser Magie ist hier noch immer vorhanden, aber nicht mehr genug, um uns gefährlich zu werden. Der Gang hier windet sich an der Innenwand der Kuppel entlang immer weiter nach oben. Er verbindet die Wohnbereiche, die Laboratorien und die Käfige für die Gefangenen miteinander.«

»Käfige für Gefangene?« wiederholte Karimah.

»Die Magier stellten unzählige Versuche an, um ihre Ziele zu erreichen«, erläuterte Diella. »Dazu brauchten sie Menschen und andere Wesen, die in jenen Zeiten noch leicht in dem zu finden waren, was wir heute die Chaos-Ebenen nennen. Sie experimentierten mit ihnen und benutzten die Überreste der gescheiterten Versuche, um das Innengewebe des Asyls zu stabilisieren. Diese Hallen haben sehr viel mehr Leid, Schmerz und Angst miterlebt, als du dir vorstellen kannst.«

Karimah schauderte. »Woher weißt du das alles?«

»Von Altea«, sagte Diella. »Shankul hat es ihr verraten.«

»Wenn Shankul ihr das alles gesagt hat«, sagte Karimah. »Wieso hat sie ihr dann verschwiegen, was die Magier des Asyls vernichtet hat?«

Diella senkte den Kopf. »Sie hat es ihr gesagt, aber Altea wollte nicht, daß du zu viel weißt, und sie verbot mir, darüber zu sprechen. Aber jetzt möchte ich keine Geheimnisse mehr vor dir haben. Komm mit hinauf. Unser Ziel liegt unter der Kuppel des Asyls. Dort sollst du alles erfahren.«

»Ein Glück, daß du diese Ringe hattest«, sagte Shiree zu Tanya, als sie am anderen Ende des Stegs angekommen waren.

Tanya nickte nur. Ihr saß der Schrecken noch immer in den Gliedern, und die Kaltblütigkeit, mit der sie auf dem Steg in dem kleinen Kästchen, das sie stets bei sich trug, nach einem Ring getastet hatte, dessen Zauber ihnen helfen konnte, war der Erkenntnis gewichen, daß sie alle gerade eben so davongekommen waren. Einer der wild um sich peitschenden Tentakel hatte ihr noch dazu den kleinen Kasten aus der Hand geschlagen, und sie hatte nur einen einzigen Ring retten können, der herausfiel, bevor das Kästchen ebenfalls in der nachtschwarzen Finsternis des Abgrunds verschwand.

Bethany war zu sich gekommen, kaum daß sie den Steg überquert und auf der anderen Seite angekommen waren. Sie erinnerte sich nicht an den Angriff des Wächters, wohl aber an das, was die Illusionsmagie ihr gezeigt hatte, und das erzählte sie den anderen in kurzen Worten.

»Wieso wurde eigentlich nur Beth von der Magie des Wächters

beeinflußt?« wandte Iliska sich an Lyriel.

Lyriel dachte kurz nach. »Der Wächter suchte sich das empfänglichste Ziel unserer Gruppe. Beth ist im Moment sehr geschwächt, und außerdem sorgt sie sich um Karimah.«

Tanya wollte sich um Lyriels Verletzungen kümmern, sah jedoch zu ihrem Erstaunen, daß die Wunden, die die Assari bei dem Kampf erlitten hatte, sich schon fast wieder völlig geschlossen hatten.

Lyriel lächelte. »Die Magie in uns stärkt unsere Selbstheilungskräfte. Wir sind zwar nicht unsterblich, aber es ist gar nicht so einfach, uns umzubringen.«

»Da bin ich aber wirklich froh«, sagte Tanya trocken.

Shiree kam zu ihnen herüber. »Danke, Tanya«, sagte sie. »Wenn du nicht so schnell gehandelt hättest, wäre ich jetzt tot. Aber du hast deinen wertvollsten Schatz verloren.«

Tanya warf Lyriel einen liebevollen Blick zu und lächelte. »Ich habe dafür einen größeren gefunden.«

»Tanya ist anscheinend nicht die einzige, die etwas verloren hat«, spottete Gillian. »Du hast auch schon mal besser ausgesehen, Beth.«

»Ich hab' dir gesagt, du sollst mich nicht Beth nennen«, fuhr Bethany sie an.

Gillian zuckte die Schultern. »Wie auch immer. Auf jeden Fall machst du es nicht mehr lange, wenn wir nicht bald Diella finden. Und du weißt ja was passiert, wenn sie sich nicht mit dir vereinigen will, oder?«

»Es reicht jetzt, Gillian.« Tanya baute sich vor Gillian auf. Sie hatte von deren kaltschnäuziger Art die Nase gestrichen voll.

Gillian verzog verächtlich das Gesicht. »Du glaubst auch, nur weil du neuerdings einen goldäugigen Wachhund hast, könntest du dir alles erlauben, was?«

Tanya nahm aus den Augenwinkeln wahr, daß Lyriels Hand zu ihrem Dolch fuhr. Sie schüttelte kaum merklich den Kopf in Richtung ihrer Geliebten. »Ich brauche niemanden, der meine Probleme für mich regelt«, stellte sie zu Gillian gewandt fest. »Und mit dir nehme ich es allemal auf. Was ist? Willst du es versuchen?«

Gillian sah in Tanyas Augen, die sie herausfordernd anschauten, und ihr wurde ein wenig unbehaglich zumute. Ein feines Leuchten ging von diesen hellblauen Augen aus, und plötzlich erschien ihr Tanya um einiges größer und respektgebietender. Sie schluckte, ihr Mund fühlte sich auf einmal ganz trocken an.

»Entschuldige dich bei Beth für deine dumme Bemerkung«, verlangte Tanya mit einer Stimme, die keinen Widerspruch duldete.

Zum Erstaunen aller gehorchte Gillian sofort. »Ent-entschuldige, Bethany«, stammelte sie.

Tanya nickte zufrieden. »Und jetzt verschwinde, und überleg dir demnächst vorher, mit wem du dich anlegst.«

Ohne jeden Widerspruch drehte Gillian sich um und brachte einen kleinen Sicherheitsabstand zwischen sich und Tanya.

Lyriel nickte anerkennend, während die anderen Tanya verblüfft ansahen.

»Was war das denn?« flüsterte Bethany.

»Nur ein bißchen Magie«, sagte Tanya, als wäre das die selbstverständlichste Sache der Welt. »Gillian ist zwar ein gehässiges Luder, aber im Grunde ein eher simples Gemüt. Ich hätte ihr schon längst mal eine Lektion erteilen sollen.«

In Wahrheit war Tanya nicht wenig überrascht von sich selbst. Seit der Seelenverbindung mit Lyriel fühlte sie sich auf seltsame Weise stärker und selbstbewußter und schämte sich auch nicht mehr der Magie, die sie in sich trug. In früheren Zeiten hätte sie niemals gewagt, ihre Kräfte auf eine solche Weise einzusetzen, wie sie es gerade gegen Gillian getan hatte. Dieses neue Selbstvertrauen fühlte sich gut an, und sie gestattete sich ein zufriedenes Lächeln. Das Lächeln verschwand jedoch schnell, als sie Bethany genauer ansah.

Der magische Angriff des Wächters hatte Bethany viel Kraft gekostet, und Tanya erkannt sofort, daß sie diesen Verlust nicht würde ausgleichen können. Doch das Asyl war nahe, und dort würden sie vielleicht auch Diella finden. Und Tanya hoffte inständig, daß Karimah gelingen würde, Diella zu überzeugen, sich wieder mit Bethany zu vereinen. Denn sonst würde keine Macht der Welt Bethany mehr retten können.

ও৪ঌ

Der Weg zur Kuppel hinauf war weich, aber nicht zu nachgiebig, und Karimah mochte sich lieber nicht vorstellen, auf was sie da traten. Sie passierten eine runde Türöffnung; die lederne Haut, die sie einst verschlossen hatte, hing zerrissen herab. Karimah warf im Vorbeigehen einen Blick hinein und sah Käfige darin, die riesige dunkle Flecken aufwiesen, die ebenso Rost wie Blut sein konnten. Schaudernd wandte sie sich ab und ging neben Diella weiter den Gang hinauf. Sie passierten noch weitere Türen, bis sie endlich die letzte am Ende des Ganges erreichten.

Diella riß die Fetzen der Lederhaut beiseite, und die beiden traten in eine Kuppelhalle. Die Halle war sehr hoch, und das mußte sie auch sein, denn sonst hätte sie das riesige Wesen, das regungslos auf einer Erhöhung in der Mitte stand, nicht beherbergen können.

Die Gestalt besaß menschliche Form, war aber doppelt so groß wie ein Mensch, und von oben bis unten in eine schwarze Rüstung gehüllt. Das Material dieser Rüstung schien dick und sehr stabil zu sein; ein schützender Panzer, der zudem noch über und über mit rasiermesserscharfen Stacheln übersät war. Der Helm, dessen Visier geschlossen war, wies keinerlei Sehschlitze auf. Die Vorderseite war einem menschlichen Antlitz nachempfunden, weder männlich noch weiblich, doch erstarrt in einer Grimasse von Zorn und Haß. Die nachgebildeten Augenhöhlen waren tot und dunkel, und doch hatte Karimah das Gefühl, von einem gefährlichen und furchterregenden Wesen angestarrt zu werden. In seiner linken Hand hielt der Krieger ein Schwert, das seiner Größe angemessen war.

Rings um die Halle standen kleine, säulenartige Gebilde, auf denen Schalen ruhten, in denen magisches Feuer brannte, das sich bei ihrer Ankunft in der Kuppelhalle entzündet hatte und nun Licht auf den Krieger warf, der dadurch noch unheimlicher wirkte. Wände und Decke der Halle waren aus dem gleichen Gewebe wie der Gang.

Karimah hatte das Gefühl, sich im Magen eines gigantischen Ungeheuers zu befinden. »Was ist das?« fragte sie und wies auf die riesige schwarze Gestalt.

Diella antwortete nicht.

Neugierig trat Karimah näher, bis sie dicht vor dem Fuß der kleinen Erhöhung stand. Die toten Augenhöhlen der Gestalt starrten blicklos auf sie herab, und mit einem Mal fühlte sie sich sehr unbehaglich. Obwohl die Kreatur nicht lebte, strahlte sie eine Boshaftigkeit aus, die Karimah fast den Atem nahm. Sie wich rasch ein paar Schritte zurück. »Das also war Alteas Ziel«, murmelte sie. »Diella, was sollen wir jetzt –«

Weiter kam sie nicht, denn ein heftiger Schlag traf sie in den Rücken und schleuderte sie ein Stück nach vorn auf den Boden.

Karimah keuchte, als sie den feuchtwarmen Boden berührte und ihr ein leichter Blutgeruch in die Nase stieg. Sie drehte sich auf den Rücken, doch das kostete sie bereits Mühe, denn ihr Körper fühlte sich an, als hingen Bleigewichte an ihm. »Diella«, rief sie, doch da tauchte deren Gesicht auch schon über ihr auf. Karimah erschrak, als sie den Ausdruck darin sah. »Diella«, wiederholte sie noch einmal fassungslos.

Diella öffnete den Mund, legte den Kopf in den Nacken und begann zu lachen. »Falsch«, fauchte sie. »Habt ihr beide wirklich geglaubt, ihr könntet mich hereinlegen?«

»Altea«, zischte Karimah. »Was hast du mit Diella gemacht?«

Die Priesterin in Diellas Körper kicherte. »Ich habe gewußt, daß sie schwach werden würde. Es wäre ein Wunder gewesen, wenn sie dir widerstanden hätte, denn schließlich bist du ihre und Bethanys Seelengefährtin.«

Karimahs Augen weiteten sich vor Erstaunen, als sie das hörte. Das war es also. Das war die Anziehung, die von Anfang an zwischen ihr und Bethany und ebenso Diella gewesen war.

»Allerdings habe ich genau das bezweckt«, fuhr Altea fort. »Bethany und Diella sind ein und dieselbe Person, und sie sollten beide leiden, so wie ich die Jahre in Gefangenschaft gelitten habe, bis ich endlich befreit wurde.«

»Wo ist Diella?« rief Karimah. Sie versuchte verzweifelt, ihre Arme und Beine zu bewegen, doch es war unmöglich

»Bemüh dich nicht«, sagte Altea verächtlich. »Der Zauber lähmt deine Glieder.«

»Wo ist Diella?« schrie Karimah.

Altea lächelte nachsichtig. »Sie ist hier«, flüsterte sie. »Hier bei mir. Als sie vorhin am See drauf und dran war, dir zu verraten, was ich wirklich mit dir vorhabe, hielt ich es für besser, ihren Körper ganz zu übernehmen. Ich besitze noch weitaus mehr Macht, als ich euch beide habe glauben lassen. Diellas Geist ist meine Gefangene, sie kann sehen und hören, was ich tue, aber sie ist unfähig einzugreifen.«

Karimah war sprachlos. Altea hatte alles von langer Hand geplant, und nicht einmal Diella hatte das gewußt. »Und was hast du jetzt mit uns vor?«

Altea sah zu dem Krieger hinauf. »Er ist das Meisterstück der Magier, die einst das Asyl erbauten. Mit seiner Hilfe wollten sie die Magierkriege endgültig für sich entscheiden. Eine Mischung aus Kämpfer und Magier mit der Macht und der Kraft von beiden.

Seine hervorragendste Eigenschaft wäre die Fähigkeit gewesen, magisch erschaffene Kreaturen zu beherrschen und ihnen seinen Willen aufzuzwingen. Du kannst dir vorstellen, was das für einen Vorteil bedeutet hätte, denn während der Kriege wurden unzählige magische Wesen geschaffen. Viele von ihnen waren in den nicht enden wollenden Kämpfen vernichtet worden, viele andere jedoch irrten umher, ziellos und ihrer Herren beraubt. All diese Wesen unter der Herrschaft eines einzelnen vereint, der seinerseits von den Magiern kontrolliert wurde, hätte das Kriegsglück sehr schnell zu ihren Gunsten gewendet und ihnen den Sieg und die Herrschaft über ganz Quelthir verschafft.«

»Aber der Krieger kam niemals zum Einsatz, oder?« fragte Karimah.

Altea lächelte böse. »Nein, denn die Assari, eine andere Schöpfung der Magier, wurde ihnen zum Verhängnis. Die Assari waren nahezu unbesiegbare Kämpfer, klein, stark, geschickt, mit scharfen Sinnen und voller Magie – doch sie gehorchten und folgten nur noch der Meistermagierin Edwinnah, der einzigen der Magier, die den Sieg nicht wollte um zu herrschen, sondern um Frieden zu bringen.«

»Hat Edwinnah den Assari befohlen, die anderen Magier zu töten?« fragte Karimah. Sie spürte, wie das Sprechen ihr langsam schwerer fiel.

»Nein, Edwinnah achtete das Leben zu sehr«, entgegnete Altea und lachte höhnisch. »Um den Krieger zum Leben zu erwecken, benötigten die Magier ein Opfer, oder besser gesagt, deren zwei, nämlich das Blut eines Meistermagiers und das eines überragenden Kämpfers. Edwinnah war ihnen schon lange ein Dorn im Auge, und so töteten sie sie und benetzten den Krieger mit ihrem Blut. Das war jedoch ihr Ende, denn die Assari rächten ihre Lehrmeisterin und töteten alle Magier. Der Krieger blieb hier zurück, und nun wird er mir nützlich sein. Das Blut eines Meistermagiers benetzte ihn bereits, und nun ist es an dir, das Werk zu vollenden. An dir, der Tochter meiner alten Freundin Najira.«

Karimah schluckte, als sie den Namen ihrer Mutter hörte. »Was weißt du von Najira?« herrschte sie die Priesterin an. »Und wie kannst du behaupten, ihr wärt alte Freunde?«

»Weil es so ist, meine kleine Kari«, säuselte Altea. »Aber davon hat sie dir nichts erzählt, die edle Kriegerin, nicht wahr?« fuhr sie mit um einiges härterer Stimme fort. »Sie und ich führten das größte Heer, das Tarbis jemals gesehen hatte. Ich mit der Macht, die mir meine Göttin verlieh, und sie mit der Kraft ihres Armes, der das Schwert so meisterhaft führte. Zusammen hätten wir alles erreichen können, aber Najira mußte ja auf diese dumme Bardin Talyssa hereinfallen. Sie hat mir meine Geliebte entfremdet und genommen. Ich wollte mich dafür rächen, und meine Göttin Shankul gewährte mir ihre Hilfe. In ihrem Tempel auf der Nebelinsel nutzte ich die Macht, die sie mir verlieh, um willige Dummköpfe für meine Zwecke zu benutzen, indem ich sie meiner Göttin opferte und ihre Lebenskraft nutzte, um meine eigene Kraft zu vergrößern. Längst war ich stark genug, um allein zum Asyl der Verdammten aufzubrechen, doch ich brauchte das Blut eines überragenden Kämpfers, um den Krieger zum Leben zu erwecken, von dem ich durch Shankul erfuhr. Und dann erschien Bethany, eine Kriegerin, wie es Najira einst war, und ich versuchte sie zu verführen, damit sie mich zum Asyl der Verdammten begleitet, natürlich ohne sie wissen zu lassen, welches Schicksal ich ihr zugedacht hatte.«

»Aber sie hat dich durchschaut.« Karimah konnte sich ein triumphierendes Grinsen nicht verkneifen. »Und sie besiegte dich.«

Alteas Miene verfinsterte sich. »Deidra hat ihr geholfen, sonst hätte sie das niemals geschafft. Diese elende Göttin fürchtete um ihre geliebten Kaypiar, weil sie wußte, daß Kaypur mein erstes Ziel an der Spitze eines Heeres von magischen Kreaturen sein würde. Nur durch ihr Eingreifen konnte Bethany triumphieren.«

Trotz ihrer ausweglosen Situation mußte Karimah lächeln.

»Doch als Bethany meinen Körper tötete und meine Seele bannte«, setzte die Priesterin ihre Rede fort, »waren wir für einen Augenblick eins. Und da erkannte ich, wer ihre Seelengefährtin war. In den Jahren, die ich gefangen war, schmiedete ich einen Plan. Und als Gillian mich befreite, da wußte ich, wie ich mich an all denen würde rächen können, die mir so übel mitgespielt hatten. Ich war es, die dir den Traum von Bethany schickte und dich von deiner Insel, aus der sicheren Obhut deiner Mütter weglockte. Najira hatte mich einst verraten, und nun soll ihre Tochter es sein, deren Blut mir zu ungeahnter Macht verhilft, denn auch du bist eine Kämpferin, die ihresgleichen sucht. Und Bethany sollte leiden, sie sollte dich treffen, dich lieben und dich schließlich an den Tod verlieren. Und nun ist es endlich soweit. In meinem Krieg gegen diese Welt wirst du das erste Opfer sein.« Altea zog Diellas Schwert und kam langsam auf Karimah zu.

Karimah setzte alles daran, sich zu bewegen, nach ihrer Waffe zu greifen, doch der Zauber hielt sie unbarmherzig am Boden fest. »Diella!« rief sie. »Du mußt dich dagegen wehren. Bitte, ich brauche deine Hilfe!«

Diella war verzweifelt. Sie sah durch Alteas Augen, hörte durch ihre Ohren, fühlte das eigene Schwert in ihrer Hand, ohne Kontrolle darüber zu haben. Wie hatte sie sich nur von Altea so täuschen lassen können? Karimah hatte von Anfang an recht gehabt: Das einzige, was die Priesterin bewegte, war ihre Rache. Diella hatte die letzten Stunden in Alteas Gefangenschaft verbracht und hilflos mit ansehen müssen, wie sie ihre Gefährtin täuschte. Doch in dieser Zeit hatte Diella auch gespürt, daß Altea lange nicht so mächtig war, wie sie jetzt vor Karimah behauptete. Und als sie den Lähmzauber gegen Karimah einsetzte, um sie kampfunfähig zu machen, merkte Diella, wie die Fesseln sich lockerten, die Altea um ihren Geist gelegt hatte.

Altea war völlig auf Karimah konzentriert, als sie ihren Triumph zum Greifen nahe vor sich sah, und achtete nicht mehr auf Diella, die sie in sicherem Gewahrsam glaubte. Diella zwang sich, ruhig zu bleiben, während sie vorsichtig an ihren geistigen Fesseln zerrte und hoffte, daß Altea es nicht im letzten Moment doch noch bemerkte.

Altea blieb vor der wehrlosen Karimah stehen und führte die Klinge des Schwertes langsam zu ihrer Kehle hinunter, bis die Spitze dicht davor verharrte. »Soll ich Najira und Talyssa von dir grüßen, wenn ich Kaypur erobere?« fragte sie mit einem hämischen Grinsen.

Karimah sah sie nur haßerfüllt an.

Altea nickte. »Ganz wie du willst«, sagte sie und wollte zustoßen, doch ihr Arm schien plötzlich wie festgewachsen zu sein. »Diella«, knurrte sie, »laß mich los, oder ich werde dich vernichten.«

»Und wenn schon, du Hexe«, hörte sie Diellas Stimme in ihren Gedanken. »Ich werde nicht zulassen, daß du Karimah tötest.«

Vor Karimahs Augen entbrannte ein stummer Kampf. Gleichzeitig fühlte sie, wie die Lähmung ihrer Muskeln langsam nachließ. Fieberhaft versuchte sie, sich ganz aus dem Bann des Zaubers zu befreien, um nach ihrem Schwert greifen zu können. Doch wenn sie es schaffte, was sollte sie dann tun? Sie konnte Altea nicht aufhalten, ohne gleichzeitig Diella zu töten, und das war das letzte, das sie wollte. Atemlos verfolgte sie den Kampf, dessen Verbissenheit sie nur an Alteas Mienenspiel und der verkrampften Haltung von Diellas Körper erahnen konnte.

Diella kämpfte mit dem Mut der Verzweiflung. Wenn es ihr gelang, Alteas Geist in den Saphir zurückzudrängen, dann hatte zumindest Karimah eine Überlebenschance.

Karimah schaffte es schließlich, sich taumelnd zu erheben. Sie griff nach ihrem Schwert, doch noch während sie das tat, nahm Altea noch einmal ihre ganze Kraft zusammen und hieb mit Diellas Klinge nach ihr. Die Spitze des Schwertes ritzte Karimahs Oberarm. Blut spritzte durch die Luft, und Karimah wich zurück.

Diella mobilisierte in ihrem Zorn und ihrer Angst ihre letzten Kräfte und drängte Alteas Geist mit einer ungeheuren Anstrengung in den Saphir zurück. Sofort packte sie die Kette, riß sie sich vom Hals und schleuderte sie davon.

»Diella?« rief Karimah.

Diella nickte. »Ja, Liebste«, keuchte sie. »Ich bin es. Altea ist fort.«

Karimah zögerte. Ob das wieder ein Trick war? Altea hatte sie schon einmal hereingelegt. Blutend und das Schwert wachsam erhoben, stand Karimah vor Diella, die ebenfalls die Waffe noch nicht gesenkt hatte.

Und dies war auch das Bild, das sich Bethany und ihren Begleiterinnen bot, die in diesem Moment in die Kuppelhalle stürzten.

Für wenige Augenblicke schien die Zeit eingefroren zu sein, doch dann überschlugen sich die Ereignisse.

Diella und Karimah wandten sich gleichzeitig den Neuankömmlingen zu.

Karimah sah, wie Iliska und Shiree ihre Waffen zogen. Sie sah Bethany, die mehr einem Gespenst als einem Menschen glich und die sich auf Tanya stützte. Sie sah Gillian, die versuchte sich hinter den anderen zu verstecken. Und sie sah ein seltsames Wesen mit großen, goldenen Augen und langen, spitzen Ohren, das wie hypnotisiert auf den schwarzen Krieger starrte.

Doch alles, was Karimah wirklich wahrnahm, waren Iliska und Shiree, die sich mit einem Blick verständigten und dann mit gezogenen Waffen auf Diella zustürmten. Sie starrte die beiden verständnislos an, doch dann wurde ihr bewußt, daß ihre Freundinnen natürlich nicht wissen konnten, was sich zwischen ihr und Diella in den letzten Tagen ereignet hatte, und daß sie sie immer noch für eine Verbündete Alteas hielten.

Auch wenn Karimah sich noch immer nicht wirklich sicher war, ob der Geist der Priesterin tatsächlich aus Diellas Körper verschwunden war, konnte und wollte sie doch auf keinen Fall zulassen, daß es zwischen Diella und ihren Freunden zu einem sinnlosen Kampf kam. Sie steckte ihr Schwert zurück, stellte sich rasch vor Diella und streckte beide Hände gegen die beiden Heranstürmenden aus. »Nein!« rief sie ihnen zu. »Diella hat mir geholfen. Laßt sie in Ruhe.«

Überrascht von diesen Worten blieben Iliska und Shiree stehen und sahen erst Karimah und dann einander unschlüssig an.

Diella, die ebenfalls verstand worum es ging, warf den beiden ihr Schwert hin. »Es stimmt, was Karimah sagt. Ich bin nicht mehr euer Feind.«

Shiree und Iliska zögerten. »Bist du sicher?« fragte Shiree.

»Altea hat sie genauso benutzt wie mich«, beschwor Karimah die beiden. »Aber sie hat es erkannt. Bitte, steckt die Waffen weg.«

Inzwischen waren auch Bethany, Tanya und Lyriel herangekommen. Gillian hielt es für sicherer, in der Nähe des Ausganges zu bleiben, was sie jedoch nicht daran hinderte, auf der Suche nach irgend etwas Wertvollem den Blick durch die Halle schweifen zu lassen.

Karimah kam trotz der schwierigen Situation nicht umhin, Lyriel anzustarren. Ein solches Wesen hatte sie noch niemals gesehen. »Was . . . was bist du?«

»Lyriel hat uns zum Asyl geführt«, sagte Tanya. »Sie ist eine Assari.«

Karimah schluckte. Hatte sie nicht eben noch von Altea die Geschichte dieser Wesen gehört? »Die . . . die Assassinen?«

Lyriel zuckte ein wenig zusammen. Die Atmosphäre dieses Ortes, an dem die Assari geschaffen wurden, war für sie ohnehin nicht leicht zu ertragen, aber auch noch an den Grund ihrer Existenz erinnert zu werden, schmerzte sie. »Nicht mehr«, sagte sie dennoch.

Die feste Stimme hatte einen melodischen Klang und war ebenso schön wie alles an diesem Wesen, stellte Karimah fest. Ihre Augen wanderten von der Assari zu Bethany, und sie erschrak furchtbar, als sie ihre Geliebte aus der Nähe sah. Altea hatte also recht gehabt. Der Verlust von Diella ließ ihre Lebenskraft schwinden.

»Beth –« begann sie und machte einen Schritt auf ihre Gefährtin zu, doch in diesem Moment hörte sie ein Stöhnen hinter sich, und als sie herumfuhr, sah sie zu ihrem Entsetzen, wie nun auch Diella, der Hilfe von Altea beraubt, förmlich in sich zusammenfiel.

Diella schien in nur kurzer Zeit um viele Jahre zu altern, die Haut spannte sich über den hervorstehenden Wangenknochen, die Augen zogen sich tief in die Höhlen zurück, und die Haare wurden grauweiß. Sie zitterte, konnte sich kaum noch auf den Beinen halten, taumelte und stürzte in Karimahs Arme.

Karimah fing sie auf und wußte in diesem Moment ganz sicher, daß Alteas Einfluß auf Diella tatsächlich verschwunden war.

Betroffen ließen Iliska und Shiree ihre Waffen zurück in die Halfter gleiten. Hier gab es nichts, wogegen sie kämpfen mußten.

»Bitte . . . bring mich . . . zu Beth«, brachte Diella mühsam hervor und sah Karimah aus unendlich müden Augen an.

Karimah trug sie zu Bethany, die ihnen schon entgegenkam.

»Beth«, murmelte Diella. »Bitte . . . verzeih mir.«

Ein kleines Lächeln erschien auf Bethanys Gesicht. »Komm zu mir zurück«, bat sie. »Ich werde dich nie wieder verleugnen.«

Diella nickte. »Und ich werde dich nie wieder verraten«, flüsterte sie.

Tanya legte Bethany eine Hand auf die Schulter. »Nehmt einander in die Arme«, bat sie leise. »Ich werde euch helfen.«

Diella konnte sich kaum auf den Beinen halten, doch Bethany, die noch ein wenig mehr Kraft besaß, stützte sie.

Tanya legte ihre Hände auf Diellas und Bethanys Rücken, schloß die Augen und konzentrierte sich. Es dauerte nicht lange, da erschien ein sanftes Leuchten um ihre Hände, das sich erst langsam und dann immer schneller um die beiden Frauen legte, bis es sie ganz umhüllte.

Bethany und Diella fühlten, wie eine wohlige Wärme sie durchdrang, als die getrennten Seelenhälften miteinander verschmolzen und sie wieder zu einem Wesen wurden.

Bethany spürte, wie ihre Erinnerungen zurückkehrten, ein Strom von Bildern überschwemmte sie. Sie sah die Nebelinsel und Altea, die versuchte sie für ihre Pläne zu gewinnen und Deidra, die sie warnte und ihr gegen die Auserwählte der Shankul beistand. Sie sah ihre Flucht von der Insel, ihr zielloses Umherirren, bis sie in einem einsamen Wald in Tarbis Iliska begegnete, die ihrem Leben einen neuen Sinn gab. Sie sah Meisterin Calydias Gesicht, dessen Ausdruck von Mißtrauen zu Berechnung wechselte, als sie erkannte, welche Fähigkeiten Bethany, die auf ihre Fragen keine Antwort geben wollte, besaß. Sie sah ihren Kampf gegen Iliska, ihre Versöhnung und ihren Freundschaftsschwur, und ganz zuletzt sah sie die Szene auf dem Schiff, sah, wie Altea ihre Freundin bedrohte und wie sie selbst sich zwischen die beiden stellte und von dem Zauber getroffen wurde, der ihre Seele in zwei Hälften spaltete.

Dann tauchten neue Bilder auf, Bilder die zu den alleinigen Erinnerungen Diellas gehörten. Altea, die ihre giftigen Worte von Rache und Haß in Diellas williges Ohr träufelte und ihr schließlich einen Plan offenbarte, an dessen Erfüllung Diella nur zu gern mitwirken wollte. Sie sah den Angriff auf Karimah in jener Nacht in Kartania und dann die Reise mit Karimah zum Asyl der Verdammten. Und dann war da noch etwas. Etwas, daß ihr beinah den Atem nahm, als sie plötzlich Karimahs Hände, ihren Mund, ihren Körper fühlte, die Liebe und die Lust, die sie miteinander geteilt hatten und die Sehnsucht nach mehr. Das letzte, was zurückkehrte, waren Alteas Worte an Karimah.

Von allem, was die Priesterin gesagt hatte, stach ein Satz hervor, den Bethany jetzt murmelte, als sie heil und gesund und als eine einzige Person vor der Gruppe stand, und das Licht, das sie umgab, erlosch. »Wir sind Seelengefährten.«

Karimah trat auf Bethany zu, blieb dicht vor ihr stehen. Die Spannung zwischen ihnen war beinah körperlich zu spüren, doch waren sie beide noch ein wenig unsicher, wie sie miteinander umgehen sollten.

»Du . . . du blutest ja«, sagte Bethany und wies auf die Schnittwunde, die Alteas Angriff hinterlassen hatte.

»Ist nicht so schlimm«, entgegnete Karimah, den Blick nicht von Bethany wendend.

»Glaubst du, das wird heute noch mal was?« flüsterte Lyriel Tanya zu, was dieser ein Grinsen entlockte.

Karimah machte schließlich den Anfang, trat auf Bethany zu, die ihr zögerlich entgegenkam.

Es war für Bethany neu und vertraut zugleich, als sie Karimah in die Arme schloß. Sie konnte sich noch bis ins letzte Detail an jene Stunden am Ufer des Säuresees erinnern, als sie ihr so nah gewesen war, wie sie es sich seit ihrer ersten Begegnung gewünscht hatte. Es war seltsam, sich an die weiche Haut, die sie berührt, die starken Arme, die sie gehalten und die sanften Lippen, die sie geküßt hatten, zu erinnern und doch zu wissen, daß sie es nur zum Teil selbst erlebt hatte. Bethany fieberte dem Moment entgegen, an dem sie diese Begegnung, diese Verschmelzung ihrer Körper wiederholen konnten, und diesmal würde sie voll und ganz dabei sein, und nichts würde mehr zwischen ihnen stehen.

Da alle Aufmerksamkeit der Gruppe auf Karimah und Bethany gerichtet war, sah niemand, daß drei winzige Tropfen von Karimahs Blut, die beim Kampf gegen Altea auf den schwarzen Krieger gespritzt waren, langsam in Bewegung gerieten. Sie zitterten leicht und wurden dann in die schwarze Materie hineingesogen, bis sie gänzlich darin verschwunden waren.

Nicht einmal Gillian, die sich als einzige nicht für das Wiedersehen von Bethany und Karimah interessierte, bemerkte es. Sie verdrehte genervt die Augen, als sie sah, wie Iliska gerührt Shirees Hand ergriff und Lyriel ihre Arme um Tanya legte. Sie konnte diesem ganzen Romantikkram nicht das mindeste abgewinnen. »Na bravo, jetzt muß ich mir auch noch diesen Kitsch antun«, murmelte sie. Sie war schwer enttäuscht, weil sie auf dem Weg hierher nichts von Wert begegnet waren und die Gruppe auch nicht zugelassen hatte, daß sie die Räume durchsuchte, die sie passierten. Auch die Halle schien bis auf diese häßliche schwarze Statue und die Feuerbecken leer zu sein.

Typisch, dachte Gillian. *Alle haben was sie wollten, nur die arme Gillian geht wieder leer aus.* Frustriert holte sie ihren Flachmann aus der Tasche und nahm einen tiefen Zug. Wie gut, daß ihr Bethany und die anderen abgekauft hatten, daß sie nur einen Scherz gemacht hatte, als sie von den besonderen Eigenschaften dieser Flasche sprach. Sie füllte sich tatsächlich immer wieder auf, und gerade jetzt brauchte sie einen guten Schluck ganz besonders, denn sonst hätte sie all dieses romantische Gehabe um sich herum zusammen mit der Enttäuschung, wieder einmal die Betrogene zu sein, nicht ertragen.

Während die Gruppe mit ihrer Wiedersehensfreude und der ge-

genseitigen Vorstellung derer, die sich noch nicht kannten, beschäftigt war, ließ Gillian ihren Blick noch einmal prüfend durch die Halle schweifen. Vielleicht hatte sie ja doch irgend etwas übersehen. Weiter hinten in der Nähe des Kriegers sah sie dann auch tatsächlich etwas glitzern. Neugierig ging sie darauf zu und erkannte die Kette mit dem Saphir, die Diella um den Hals getragen hatte. *Besser als nichts*, dachte sie und wollte gerade danach greifen, als sich ein dünner, bläulich schimmernder Nebelhauch aus dem Saphir löste und auf die Statue zuschwebte.

Gillian schrak zurück, während sie ungläubig auf dieses seltsame Phänomen starrte. *Es war doch nur ein Schluck*, fuhr es ihr durch den Kopf. Sie kniff die Augen zusammen, wartete kurz und öffnete sie dann wieder.

Der Nebel war immer noch da, schwebte jetzt in Höhe des Helmes dieses häßlichen Dings, legte sich um ihn. In der nächsten Augenblick verschwand der Nebel darin und die Augen der Kreatur begannen in einem intensiven, blauen Licht zu leuchten.

Gillian schluckte schwer. Das war nicht der Alkohol, das war Wirklichkeit. »Ich will euch ja nicht stören«, rief sie zu der Gruppe hinüber, ohne den Blick von dem Krieger abzuwenden. »Aber ich glaube, wir haben ein Problem.«

Als die Freundinnen, von Gillians Ruf alarmiert, zu ihr herüberschauten, sahen sie direkt in die glühenden Augen des Kriegers, der sie mit einem schrecklichen, durchdringenden Blick ansah. Die Gruppe wich zurück, und bis auf Tanya zogen alle ihre Waffen.

»Gillian, komm hierher!« rief Bethany.

Gillian wollte dem Befehl schon gehorchen, sah aber dann noch einmal auf den Saphir herunter, zögerte kurz und hob ihn dann auf. Gefahr hin oder her, er schien das einzig Wertvolle zu sein, das es hier zu finden gab oder das man sie finden ließ, und sie wollte sich wenigstens dieses kleine Schmuckstück nicht entgehen lassen. Dann stolperte sie zu den anderen zurück.

Bethany hob Diellas Schwert auf. Es war eine exakte Kopie der Waffe, die Altea einst ihr selbst geschenkt hatte, und besaß auch die gleichen Kräfte. »Hier«, sagte sie und reichte es Karimah. »Es gehört dir.«

Karimah nahm die Waffe ohne Widerspruch. Im Gegensatz zu den anderen wußten sie bereits, womit sie es hier zu tun hatten und daß gegen ein solches Wesen nur Magie helfen konnte. »Wie kann er leben?« flüsterte sie Bethany zu. »Altea sagte doch, daß sie mein Blut dafür braucht.«

»Ja, dein Blut, aber nicht dein Leben«, entgegnete Bethany. »Altea wußte, daß schon ein paar Tropfen deines Blutes genügen und daß du dafür nicht sterben mußt. Dich zu töten war ihr persönliches Vergnügen und ein Teil ihrer Rache an deinen Müttern.«

Entsetzt sah Karimah sie an. Blitzartig stand ihr wieder die Szene vor Augen, als Altea sie mit Diellas Schwert verletzt hatte. Ihr wurde klar, daß die Priesterin sie in erster Linie nicht hatte töten wollen, sondern vor allem beabsichtigt hatte, ihr Blut auf den Krieger spritzen zu lassen. Danach konnte sie den Kampf scheinbar aufgeben, ihren Geist von Diella in dem Saphir fortschleudern lassen und der Dinge harren, die da unvermeidlich kommen würden. Ein Blick auf Bethany sagte ihr, daß sie zum gleichen Schluß gekommen war. Sie hatten geglaubt, Altea zu besiegen, und ihr dabei nur erst recht in die Hände gespielt.

Die Züge des schwarzen Kriegers veränderten sich, das Gesicht wurde schmaler, nahm eindeutig weibliche Konturen an. Die Maske aus Haß und Boshaftigkeit verschwand, machte einem Ausdruck höhnischen Triumphes Platz. »Habt ihr wirklich geglaubt, ihr könntet mich so leicht besiegen?« hörten sie eine Stimme, die zumindest Bethany, Karimah und Gillian sofort als die der Priesterin erkannten. »Die ganze Zeit hatte ich die Kontrolle und auch wenn Gillian mich verraten hat, so habe ich doch erreicht, was ich wollte. Und jetzt wird mein Triumph noch süßer sein.«

Gillian schluckte, denn sie hatte gerade mit dem Gedanken gespielt, Altea vielleicht ein neues Bündnis anzubieten. Doch offenbar war die Auserwählte der Shankul ausgesprochen nachtragend. »Können wir nicht darüber reden, Altea?« versuchte sie es trotzdem.

Sechs Augenpaare und zwei bläulich glühende Augenhöhlen starrten Gillian ungläubig an.

»Bist du von allen guten Geister verlassen?« sprach Tanya aus, was alle dachten.

»Du hattest deine Chance«, kam es verächtlich von Altea.

Gillian zuckte die Schultern. »Es war einen Versuch wert. Dann macht's mal gut und schönen Tag noch.« Damit wandte sie sich um und hastete auf die Tür der Kuppelhalle zu.

Altea hob eine Hand und streckte sie aus. Im nächsten Moment schoß ein eisblauer Strahl heraus, direkt auf Gillian zu.

Nur Shirees schnellen Reflexen verdankte es Gillian, daß der Strahl sie nicht in eine Statue aus Eis verwandelte, denn sie schaffte es im letzten Moment, Gillian beiseite zu stoßen. »Ich kann nicht glauben, daß ich das getan habe«, knurrte Shiree.

Altea hob die Hand, um den nächsten Strahl zu schleudern, doch diesmal waren Karimah und Bethany schneller. Sie kreuzten ihre Schwerter und fingen ihn ab, bevor er sein Ziel erreichte. Die Klingen überzogen sich kurz mit glitzerndem Eis, das aber sofort wieder taute und verschwand.

»Raus hier!« brüllte Bethany. »Schnell raus!«

»Aber –« wollte Karimah protestieren.

»Ich weiß, was ich tue«, unterbrach Bethany. »Also macht schon!«

Gillian ließ sich das nicht zweimal sagen, schon bei Bethanys erstem Befehl hatte sie ausnahmsweise sofort gehorcht und war zum Ausgang gestürzt.

Lyriel, die als einzige verstand, was Bethany verhindern wollte, folgte ihr und zog Tanya mit sich.

»Na, los! Worauf wartet ihr noch?« brüllte Bethany den übrigen zu, die sich schließlich widerstrebend auf den Ausgang zu bewegten.

Iliska verstand gar nichts mehr. Warum nur wollte Bethany, daß sie flohen? Sie riß sich zwar nicht darum, gegen Altea zu kämpfen, aber sie konnten doch auch nicht zulassen, daß die Priesterin an die Oberfläche gelangte und ganz Quelthir terrorisierte. Und überhaupt – würde Altea sie nicht verfolgen?

Doch das einzige, was ihnen folgte, war das Gelächter der Priesterin, als die Gruppe den Gang hinunter hastete.

Altea dachte gar nicht daran, ihre Gegner zu verfolgen. Sie wußte, daß es nur zwei Zugänge zum Asyl der Verdammten gab. Einer wurde vom Wächter in der Tiefe bewacht, der andere von den Devloks, jener magisch veränderten Raubkatzenart, die Karimah und Diella angegriffen hatte; ein Angriff, der überhaupt nur erfolgt war, weil Altea in diesem Moment damit beschäftigt gewesen war, Diellas Geist zu verdrängen und ihren Körper zu übernehmen, was ihre Aufmerksamkeit ihrer Umgebung gegenüber vorübergehend verringert hatte.

Doch selbst wenn es ihnen gelang den Devloks und dem Wächter zu entkommen, mußten sie zunächst die Chaos-Ebenen durchqueren, bevor sie daran denken konnten, irgend jemanden vor ihr zu warnen. Und dann war es mehr als fraglich, ob man ihnen ihre Geschichte überhaupt glauben würde. Die Chaos-Ebenen waren gefürchtet, kein Land würde auf einen bloßen Verdacht und die Geschichte eines Haufens Verrückter hin ein Heer dorthin losschicken.

Mit ein wenig Bedauern dachte Altea an die Assari, die bei der Gruppe gewesen war. Sie hätte die Gunst der Stunde nutzen und das kleine Wesen zu ihrer ersten Dienerin machen sollen. Die Assari waren schließlich magisch geschaffene Kreaturen und somit Alteas neuer Macht unterworfen. Doch das konnte warten. Vorerst hatte sie, was sie wollte, und sie konnte nun in Ruhe einen Plan zur Eroberung Quelthirs ausarbeiten. In dieser Gestalt brauchte sie weder zu schlafen noch zu essen, sie würde eine Weile abwarten, sich an diesen Körper gewöhnen, Pläne schmieden und ihre Kräfte wachsen lassen. Prüfend bewegte sie ihre Arme, fühlte die mächtigen Muskeln und schwang das Schwert über ihrem Kopf. Bald, schon sehr bald, würde jeder in Quelthir wissen, wer sie war und was sie vermochte. Jeder, der dann noch am Leben war.

Die Gruppe erreichte den Spalt, durch den Diella und Karimah in das Asyl gelangt waren und liefen an ihm vorbei bis zum Hauptgang, der sie ins Freie führte. Erst als sie im Vorhof des Asyls standen hielten sie inne.

»Warum sind wir weggelaufen?« fragte Iliska, nachdem sie wieder zu Atem gekommen waren. »Wir können doch nicht zulassen, daß –«

»Sie hätte uns besiegt«, unterbrach Bethany.

»Und woher willst du das wissen?« fragte Shiree.

Bethany seufzte. »Hört mir zu«, bat sie. »Ich weiß genauso gut wie ihr, daß Altea aufgehalten werden muß. Aber im Gegensatz zu euch weiß ich noch ein bißchen mehr über sie und ihren neuen Körper. Altea hat ihr nicht alles erzählt, aber während Diellas Geist in ihr gefangen war, teilten die beiden zwangsläufig ihr Wissen miteinander. Altea machte das nicht viel aus, denn es gab nichts mehr, was sie vor Diella noch verbergen wollte oder mußte.

Zumindest glaubte sie das. Daher weiß ich, daß die Substanz, aus der der Krieger besteht, nur mit magischen Waffen verletzt werden kann. Alle anderen Waffen sind wirkungslos. Und die einzigen, die magische Schwerter besitzen, sind Karimah und ich. Shiree und Iliska hätten keine Chance gegen sie gehabt.«

»Aber warum hat uns Altea nicht verfolgt?« fragte Iliska.

»Weil sich ihr Geist erst einmal an den neuen Körper gewöhnen und sie ihre neuen Kräfte unter Kontrolle bringen muß. Dafür braucht sie etwas Zeit.«

»Aber wenn das so ist, hättet ihr sie doch erst recht besiegen können«, fuhr Shiree auf.

»Vielleicht, aber um welchen Preis?« gab Bethany zu bedenken. »Ihr habt doch gesehen, wie stark sie schon ist. Sie hätte zuerst versucht, sich gegen euch zu wenden, und ohne magische Waffen seid ihr so gut wie schutzlos.«

Shiree verzog das Gesicht. Einerseits konnte sie verstehen, was Bethany sagte, aber der Gedanke, einfach davongelaufen zu sein, behagte ihr gar nicht. »Und was sollen wir jetzt tun? Mit jedem Augenblick, der verstreicht, gewöhnt sie sich mehr an ihren Körper, bis sie schließlich selbst für dich und Karimah nicht mehr zu besiegen ist. Und das dürfen wir nicht zulassen.«

Bethany verständigte sich mit einem Blick mit Karimah. »Sehr einfach«, sagte sie. »Karimah und ich gehen allein hinauf und kämpfen gegen sie.«

»Das ist zu riskant«, entgegnete Lyriel. »Altea ist bereits jetzt sehr stark, vielleicht zu stark selbst für euch und eure Waffen. Ihr könntet verlieren, und dann wird sie ganz Quelthir mit ihrem Terror überziehen.«

»Aber wir haben keine andere Wahl, Lyriel«, gab Bethany zu bedenken.

»Doch die habt ihr«, sagte Tanya.

Aller Augen richteten sich auf sie.

»Und was schlägst du vor?« fragte Karimah.

»Altea denkt, daß alle magisch geschaffenen Kreaturen der Macht des Kriegers unterworfen sind«, antwortete Lyriel an Tanyas Stelle. »Aber das stimmt nicht ganz. Die Assari besitzen eine Seele und sind daher die einzige Ausnahme.«

»Und was soll uns das nützen?« fragte Bethany.

»Hört zu«, sagte Lyriel. »Tanya und ich haben einen Plan.«

Während sie ihren neuen Körper erkundete und spürte, wie ihre Kräfte wuchsen, gab Altea sich ihren Träumen hin. Schon bald würde sie losziehen, um ihre Gefolgsleute zu rekrutieren. Als erstes würde sie die Devloks unter ihre Kontrolle bringen und mit ihnen dann in die Heimstatt der Assari ziehen, die unter ihrem Kommando endlich für das eingesetzt werden würden, für das man sie geschaffen hatte.

Mit diesem kleinen Heer konnte sie dann die Chaos-Ebenen durchstreifen, bis das Heer so angewachsen war, daß sie endlich daran denken konnte, Kaypur zu erobern. Sie würde dabei eine Schneise der Zerstörung durch Thindam und Estargon schlagen; aber wenn sie erst einmal sahen, mit was sie es zu tun hatten, würden die Kriegsheere der beiden Länder rasch kapitulieren. Und dann stand nichts mehr zwischen ihr und Kaypur und damit Najira und Talyssa, die wahrscheinlich immer noch glaubten, dort vor ihr in Sicherheit zu sein.

»Herrin?«

Eine sanfte, unterwürfige Stimme riß die Priesterin aus ihren Träumen. Sie fuhr auf, entspannte sich jedoch wieder ein wenig, als sie Lyriel erkannte. Ein böses Lächeln erschien auf ihrem Gesicht. Scheinbar brauchte der Krieger seine Macht gar nicht bewußt einzusetzen, um auf die magischen Kreaturen Einfluß zu nehmen. Das würde ihren Rekrutierungszug durch die Chaos-Ebenen enorm erleichtern. »Was willst du?« herrschte sie das kleine Wesen an.

»Dir dienen«, war die einfache Antwort.

»Und warum?« fragte Altea, um sich zu vergewissern, daß sie mit ihrer Vermutung richtig lag.

»Weil du unsere Herrin bist«, entgegnete Lyriel erwartungsgemäß. Sie stand in demutsvoller Haltung vor Altea, den Blick gesenkt, die Arme ausgebreitet.

»Was ist mit deinen Freundinnen?«

»Sie sind nicht meine Freundinnen«, entgegnete Lyriel. »Nicht mehr.«

»Und wo sind sie jetzt?«

»Sie sind tot, bis auf zwei von ihnen«, antwortete Lyriel.

»Hast du sie getötet?«

Lyriel schüttelte den Kopf. »Die Devloks haben sie zerrissen. Sie flehten mich an, ihnen zu helfen, aber ich konnte nicht. Ich spürte, daß dies nicht dein Wille ist.«

Altea sah Lyriel prüfend an. »Und wer sind die zwei, die überlebt haben?«

»Bethany und Karimah«, sagte Lyriel. »Sie besitzen Schwerter, die sie schützen.«

Altea lachte kurz auf. Genau das hatte sie erwartet. »Warum hast du die beiden nicht getötet? Hast du nicht gespürt, daß dies ebenfalls meinem Willen entsprochen hätte?«

»Sie sind zu stark für mich, Herrin«, erwiderte Lyriel sofort. »Dazu benötige ich deine Hilfe. Du allein kannst sie besiegen, Herrin.«

»Wo sind die beiden jetzt?« fragte Altea.

»Sie sind im Vorhof des Asyls. Sie hoffen, daß sie mit Hilfe ihrer magischen Waffen an dem Wächter vorbeikommen.«

»Und haben sie deine Flucht nicht bemerkt?«

»Doch«, entgegnete Lyriel. »Aber sie haben mich nicht verfolgt, weil sie fürchten, dich nicht besiegen zu können.«

Altea zögerte. Das klang zwar glaubhaft, aber konnte sie der Assari wirklich trauen? Und wenn der Einfluß des Kriegers doch noch nicht auf sie wirkte und sie Altea in eine Falle locken wollte? Die Priesterin beschloß, ganz sicher zu gehen. Sie konzentrierte sich auf ihre neue Macht und richtete sie dann auf Lyriel.

Lyriel keuchte auf, als der Zauber sie traf. Der Schmerz war unbeschreiblich, als die Macht des Kriegers in ihre Seele, ihren Geist, ihr Bewußtsein eindrang und sie vollkommen überwältigte. Mit einem qualvollen Schrei brach sie in die Knie. »Bitte«, flehte sie Altea an. »Bitte . . .«

Die Priesterin weidete sich an dem Leid, das sie verursachte. Sie hatte die Stärke ihrer Kraft offensichtlich unterschätzt und war drauf und dran, das kleine Wesen dort vor sich zu töten. Sie würde in Zukunft wohl ein wenig aufpassen müssen, wenn sie diese Kraft einsetzte, denn schließlich wollte sie die Kreaturen beherrschen und nicht umbringen. Doch es war gut zu wissen, daß sie sich auf diese Weise hin und wieder ein wenig Entspannung gönnen konnte. Ohne die Stärke ihrer Kraft zu mindern, wandte sich Altea erneut an Lyriel. »Und nun will ich es noch einmal von dir hören«, sagte sie. »Sind bis auf Karimah und Bethany alle tot?«

Lyriel hob mühsam den Kopf und sah Altea mit schmerzverzerrtem Gesicht an. »Ja, Herrin«, brachte sie mühsam hervor.

»Und Bethany und Karimah sind noch da?«

»Ja, Herrin.«

»Und sie fürchten mich und meine Kraft?«

»Ja ... Herrin.« Lyriel war am Ende ihrer Kraft. Sie hatte gewußt, daß sie der kontrollierenden Macht des Kriegers widerstehen konnte, aber nicht, welche Schmerzen diese Kraft verursachen würde.

Altea war zufrieden mit Lyriels Antworten. Sie überlegte, ob sie die Assari vernichten sollte, nur so zu ihrem Vergnügen, bevor sie sich mit Karimah und Bethany beschäftigte; aber der Spaß würde nur von kurzer Dauer sein, und außerdem konnte ihr die Assari noch nützlich sein. Also wandte sie den Blick von Lyriel ab und beendete die Tortur.

Kraftlos fiel Lyriel zu Boden, der Schmerz verschwand nur langsam, und durch den Nebel, der ihre Sinne zu umgeben schien, hörte sie Alteas Worte.

»Du wirst ab sofort nur noch meinen Befehlen gehorchen, ist das klar?«

»Ja ... Herrin«, flüsterte Lyriel und war in diesem Augenblick nicht mal mehr fähig, Haß zu empfinden. Sie wußte nur, daß sie alles tun würde, um der Welt eine Herrschaft unter dieser Frau zu ersparen.

Altea dachte nach. Nachdem sie die volle Wirkung ihrer Macht gespürt hatte, war es Lyriel nicht mehr möglich zu lügen. Bethany und Karimah waren also tatsächlich noch am Leben. Bethany, die sie getötet und ihren Geist gebannt hatte, und Karimah, die Tochter ihrer ärgsten Feindin.

Altea dachte daran, welch ungeheures Vergnügen es ihr bereiten würde, die beiden selbst zu töten. Und daß dieses Vergnügen zum Greifen nahe war. Hatte sie vorhin noch schweren Herzens darauf verzichtet, weil es ihr vernünftiger erschien, zuerst genug Gefolgsleute um sich zu scharen, so wurde der Wunsch jetzt übermächtig. Karimah und Bethany waren allein und zumindest Karimah war verletzt. Da waren zwar noch die magischen Schwerter, doch Altea fühlte sich durchaus stark genug, es dennoch mit den beiden aufzunehmen. Und außerdem hatte sie ja auch noch Lyriel, die vollkommen unter ihrem Bann stand.

Ja, sie würde sich dieses Vergnügen gönnen, bevor Karimah und Bethany wirklich eine Chance bekamen, ihr zu entkommen. Sie hatte es sich verdient nach all dem, was sie durchgemacht hatte. Und konnte es etwas Schöneres geben, als seine ärgsten Feinde mit den eigenen Händen zu zerquetschen? »Komm«, befahl sie Lyriel, die sich langsam erholte. »Wir bringen es zu Ende.«

Karimah und Bethany standen im Vorhof des Asyls und warteten.

»Meinst du, sie kommt?« fragte Karimah.

»Wenn Lyriel ihre Sache gut macht, bestimmt«, entgegnete Bethany. »Ich glaube kaum, daß Altea der Versuchung widerstehen kann, gerade uns beide persönlich zu töten.«

»Beruhigend zu wissen«, sagte Karimah trocken.

Bethany schenkte Karimah ein sehnsüchtiges Lächeln. »Ich kann es kaum erwarten, dich wieder in den Armen zu halten«, wechselte sie das Thema. »Und diesmal werde ich dir voll und ganz gehören«, setzte sie hinzu.

Karimah glaubte einen winzigen Anflug von Eifersucht herauszuhören, und ging grinsend auf sie zu, legte ihre Arme um sie und zog sie an sich. »Nimm das hier als kleinen Vorgeschmack«, sagte sie leise.

Bevor Bethany auch nur atmen konnte, fühlte sie Karimahs weiche Lippen auf den ihren. Der Kuß war kurz, aber verheißungsvoll und leidenschaftlich, und sie trennten sich nur deshalb voneinander, weil in genau diesem Augenblick ein Stampfen aus dem Asyl zu hören war.

»Sie kommt!« rief Karimah.

Kaum hatte sie ausgesprochen, als Altea auch schon durch das Portal auf den Vorhof trat. Bethany und Karimah sahen, daß sein Gesicht sich dem von Altea noch mehr angepaßt hatte. Es lag ein gehässiger und ausgesprochen siegessicherer Ausdruck darin.

Altea hielt sich nicht mit Worten auf, sie schleuderte einen Feuerball auf die beiden Gefährtinnen, dem diese nur mit Mühe ausweichen konnten. Das Schwert in ihren Händen schwingend, stapfte Altea auf Bethany zu, schlug nach ihr. Bethany rollte sich im letzten Moment zur Seite, und die Klinge schlug in den Boden. Altea holte zu einem gewaltigen Schlag aus, Bethany stieß sich vom Boden ab, sprang über sie hinweg. Altea fuhr herum, das Schwert ausgestreckt, und Bethany gelang es gerade noch zurückspringen, bevor die Klinge sie in zwei Hälften teilen konnte. Altea setzte nach und traf sie mit einem Faustschlag vor die Brust, der sie ein Stück vom Boden hob und nach hinten schleuderte.

Karimah stürmte heran, doch Altea parierte den Schwerthieb, und nur die Tatsache, daß das Schwert der Kaypiar magisch gehärtet worden war, verhinderte, daß die Waffe in zwei Teile zersplitterte. Altea drückte ihr Schwert nach unten, zwang Karimah, die dagegen hielt, beinah in die Knie.

Bethany näherte sich von der Seite, doch Altea streckte die freie Hand in ihre Richtung, und eine weitere Feuerkugel zwang Bethany, nach links auszuweichen. Karimah zog ihr Schwert unter dem Alteas hervor und sprang zurück. Doch die setzte sofort nach und ließ einen Hagel von Schlägen auf Karimah nieder, die diese nur mit Mühe parieren konnte.

Bethany sah, daß ihre Gefährtin in Bedrängnis geriet, sie stieß sich vom Boden ab und traf Altea mit einem Tritt in die Seite, der sie aus dem Gleichgewicht brachte.

Bethany packte Karimah und zog sie mit sich. Ein Zischen hinter ihnen ließ die beiden sich auf der Stelle zu Boden werfen. Ein eisblauer Strahl schoß über sie hinweg und traf die Wand des Vorhofes, die sofort mit einer dicken Schicht Eis überzogen wurde. Die beiden sprangen auf, um sich erneut dem Kampf zu stellen, doch Altea hatte genug vom Nahkampf und begann die beiden mit einem Hagel aus Feuer- und Eiskugeln unter Beschuß zu nehmen. Sie wichen den tödlichen Geschossen aus, doch es war nur noch eine Frage der Zeit, wann sie getroffen werden würden, denn Altea ließ ihnen keine Chance mehr, an sie heranzukommen und ihr mit ihren Schwertern gefährlich zu werden.

Lyriel hatte unbemerkt auf ihre Chance gelauert. Sie fühlte sich zwar immer noch geschwächt, aber als sie sah, daß Altea ihre Aufmerksamkeit voll und ganz darauf richtete, Karimah und Bethany mit einem ihrer Feuer- und Eisgeschosse zu treffen, und sich dabei nicht von der Stelle bewegte, wußte sie, daß sie diese Chance nutzen mußte. Rasch nahm sie eine kleine orangefarbene Kugel aus der Tasche, konzentrierte sich und sprang.

Altea fühlte, wie etwas auf ihrer rechten Schulter landete, doch bevor sie danach schlagen konnte, verschwamm die Welt vor ihren Augen und riß sie hinfort. Die Wände des Vorhofes, das Asyl, ihre Gegnerinnen, alles verschwand, machte einem neuen Szenario Platz. Bevor sie sich versah, stand sie auf einer kleinen Lichtung, umringt von Dutzenden von bewaffneten Frauen, die die gleichen großen Augen und spitzen Ohren hatten wie Lyriel. Altea erkannte Iliska, Shiree und Tanya unter ihnen. Lyriel sprang von ihrer Schulter herunter und lief zu ihnen hinüber.

Jetzt endlich verstand Altea, was geschehen war. Jemand hatte einen Portalstein benutzt und dieser jemand war Lyriel, die Assari, von der sie fest geglaubt hatte, sie stünde unter ihrer Kontrolle.

Aber wie konnte das sein? Sie hatte doch ihre vollen Kräfte auf sie wirken lassen.

»Die Assari haben eine Seele, Altea«, rief Lyriel, die die unausgesprochene Frage in den Gedanken der Priesterin gehört hatte. »Du hast keine Macht über uns.«

Als Altea das hörte, verzog sich ihr Gesicht zu einer Maske des Zorns. Man hatte sie betrogen, und sie war auch noch wie ein dummer Anfänger darauf hereingefallen. »Dann werde ich euch eben vernichten!« brüllte sie. »Wenn ich euch schon nicht beherrschen kann.«

Sie hatte kaum ausgesprochen, da erschienen auf den Ästen der Bäume ringsum weitere Assari, die nicht bewaffnet waren. Es waren die mächtigsten Formerinnen von Lyriels Volk, und sie alle richteten ihre Kräfte jetzt auf Alteas neuen Körper und das Material, das ihn bildete.

Altea versuchte einen ihrer Feuerbälle auf ihre Gegner zu schleudern und eine Schneise der Vernichtung in deren Reihen zu schlagen, doch zu ihrem Schrecken merkte sie, daß sie ihren Arm nicht bewegen konnte. Im nächsten Moment fühlte sie, wie der massige Körper des Avatars zu zittern begann. Erschrocken sah sie an sich herab. Die schwarze Substanz begann sich langsam und allmählich zu verformen, die Konturen lösten sich auf, Blasen bildeten sich auf der Oberfläche, erst kleine, dann immer größere. Der Erdboden kam näher und sie erkannte entsetzt, daß ihr neuer Körper unaufhaltsam zu schmelzen begann. »Nein!« brüllte sie außer sich vor Wut. »Nein, das könnt ihr nicht tun! Ich bin eure Herrin, ich gebiete über euch. Ihr müßt tun, was ich sage!«

Doch niemand hörte auf sie, und sie spürte, wie ihr Körper kleiner und kleiner wurde. Die Priesterin wußte, daß sie verloren hatte. Wenn sie jetzt wenigstens ihren Geist retten wollte, mußte sie jemanden finden, dessen Körper sie in Besitz nehmen konnte. Die Magie in den Assari verhinderte das, doch die Menschen boten sich an, und auch wenn Altea den Gedanken haßte, sich eines Körpers zu bedienen, der einem ihrer Feinde gehörte, war jetzt ganz sicher nicht die Zeit, wählerisch zu sein. Doch als sie zu Iliska und Shiree hinübersah, die rechts und links neben Tanya standen, erkannte sie mit Schrecken, daß Tanya sich und ihre beiden Freundinnen mit ihrer Magie schützte, und es Altea so unmöglich machte, eine von ihnen zu besetzen.

Verzweifelt sah sie sich nach einem anderen Ausweg um, doch in diesem Augenblick zerfloß der Körper des schwarzen Kriegers vollends, und die Überreste versickerten im Boden.

Nach einem Moment des Schweigens brachen die Assari in Jubel aus. Es war vorbei. Sie hatten gesiegt.

Der Versammlungsplatz in der Heimstatt der Assari war hell erleuchtet von Fackeln. Überall hörte man fröhliches Lachen, Musik und das Gewirr von vielen Stimmen, die sich angeregt unterhielten. Auf den Tischen, die aus Holz und Fels geformt waren, standen Leckereien, die ebenso unterschiedlich wie schmackhaft waren. Als Getränke gab es mit Wasser vermischte Fruchtsäfte, aber auch eine Art Wein, der belebend wirkte, ohne zu berauschen. Das Fest war eigens zu Ehren von Bethany und ihren Freundinnen ausgerichtet worden, was der grundsätzlichen Neigung der Assari zum Feiern jedoch sehr entgegenkam.

Damia hatte sich nach einiger Zeit mit ihren Ehrengästen ein wenig abseits der Feiernden an eine der kleinen Feuerstellen gesetzt und sich alles erzählen lassen, was sie erlebt hatten. »Das war ein guter Plan, Bethany«, sagte sie. »Ich war zwar ein wenig überrascht, als Iliska, Shiree, Tanya und Gillian so plötzlich vor mir auftauchten, aber als sie mir dann erklärten, was geschehen war, konnten wir zum Glück alles schnell genug arrangieren. Lyriel hat mit der Lichtung einen guten Platz gewählt.«

Bethany lächelte. »Wir hatten viel Glück. Wenn wir die Portalsteine nicht noch gehabt hätten oder die Assari nicht resistent gegen die beherrschende Magie des Kriegers gewesen wären, dann . . .« Sie ließ den Satz unvollendet.

Karimah legte den Arm um ihre Gefährtin. »Es ist vorbei, Liebste, und wir haben gewonnen. Altea wird uns nie wieder quälen. Jetzt können wir endlich heimkehren.«

»Wo ist eigentlich Gillian?« fragte Lyriel.

Iliska zuckte die Schultern. »Ich glaube, sie ist immer noch beleidigt, weil sie nicht mit uns kommen durfte, als wir Altea auf der Lichtung erwarteten. Aber wir fanden es einfach sicherer, daß sie in der Heimstatt blieb.«

»Was habt ihr denn jetzt vor?« wechselte Damia das Thema. »Ihr könnt gern noch eine Weile bei uns bleiben.«

Karimah lächelte. »Das ist sehr freundlich von dir, aber ich würde gern mit Bethany nach Kaypur zurückkehren. Najira und Talyssa möchten sicher wissen, mit wem ich den Eid der Gefährtinnen ablegen möchte.«

Bethany runzelte die Stirn. »Soll das etwa heißen, du willst mich meinen zukünftigen Schwiegereltern vorstellen?«

Karimah gab ihr einen liebevollen Kuß auf die Wange. »Genau das, meine Liebste«, sagte sie gutgelaunt. »Aber keine Sorge, so schlimm wird es nicht. Talyssa wird dir natürlich ein Loch in den Bauch fragen und dich durchleuchten, bis du kein einziges Geheimnis mehr hast, und glaube mir, sie wird dich mit ihrem Charme so einwickeln, daß du dich darum reißen wirst, ihr alles zu erzählen.«

Bethany sah Karimah entsetzt an, während die anderen sich das Lachen kaum verbeißen konnten.

»Najira ist da natürlich anders«, fuhr Karimah fort. »Sie wird dich von oben bis unten mustern, die rechte Augenbraue hochziehen und dann bemerken, daß du ja ziemlich mutig bist, daß du es wagst zu ihrer Familie gehören zu wollen. Aber dann wird sie dich herzlich willkommen heißen, zumindest wenn du sie vorher im Schwertkampf besiegt hast.«

»Wenn ich was?« fragte Bethany fassungslos.

Jetzt konnten die anderen nicht mehr an sich halten und brachen in schallendes Gelächter aus.

»Lach mal nicht so laut, Liebste«, flüsterte Shiree Iliska ins Ohr. »Was glaubst du, was es bei uns in Thindam für Rituale gibt, wenn jemand in unsere Familie aufgenommen werden soll? Noch dazu, wenn sie keine Thindamerin ist.«

Iliska blieb das Lachen augenblicklich im Hals stecken, doch als sie Shirees schelmisches Grinsen sah, atmete sie auf. »Fast wäre ich auf dich reingefallen«, sagte sie leise.

»Aber meiner Mutter vorstellen darf ich dich schon noch, oder?« fragte Shiree mit einem ganz besonders charmantem Lächeln.

»Natürlich«, sagte Iliska großzügig. »Wann immer du willst.«

Bethany beugte sich zu Tanya herüber. »Ich möchte dir danken, für alles, was du für uns getan hast. Ohne dich wäre ich jetzt nicht hier.«

Tanya lächelte. »Es war mir ein Vergnügen. Naja, jedenfalls meistens.«

»Was willst du jetzt tun, Tanya?« fragte Karimah. »Du bist herzlich eingeladen, mit uns nach Kaypur zu kommen. Es sei denn, du hast andere Pläne«, fügte sie mit einem Blick auf Lyriel hinzu, die neben Tanya saß und bis jetzt geschwiegen hatte.

Das Lächeln verschwand aus Tanyas Gesicht. »Entschuldigt ihr mich?« fragte sie und erhob sich. »Ich würde gern ein wenig spazierengehen. Allein«, setzte sie hinzu, als Lyriel Anstalten machte, sie zu begleiten.

Betroffen und enttäuscht sah Lyriel Tanya an.

»Bitte, Lyriel«, sagte Tanya. »Ich muß über ein paar Dinge nachdenken. Sei mir bitte nicht böse.«

Lyriel seufzte leise, doch dann nickte sie. »Aber bleib in der Nähe der Heimstatt«, bat sie. »Ich möchte dich keinesfalls an eine Schlange verlieren.«

Nein, dachte Tanya. *Aber früher oder später an die Zeit.* Laut aber sagte sie: »Keine Sorge, ich bin vorsichtig.«

Und während die anderen ihre fröhliche Unterhaltung fortsetzten, ging Tanya langsam davon. Lyriel sah ihr besorgt nach, bis sie in der Menge der Feiernden verschwunden war.

Tanya hielt ihr Versprechen und blieb am Rande der Heimstatt. Der Lärm des Festes klang gedämpft zu ihr herüber und sie fühlte sich auf einmal sehr allein. Doch genau das war es, was sie im Augenblick brauchte. Sie mußte allein sein, um in Ruhe nachdenken zu können.

Sie steckte in einem Zwiespalt. Sie liebte Lyriel und wäre gern mit ihr zusammengeblieben. Auch zweifelte sie inzwischen nicht mehr an der Aufrichtigkeit von Lyriels Gefühlen. Aber da gab es das Problem, daß Tanya ein Mensch war und auch nur die Lebensspanne eines Menschen hatte, Assari als magische Wesen jedoch keinen natürlichen Tod, keinen Verschleiß ihrer Körper und auch kein Altern kannte. Lyriel würde immer noch wunderschön sein, wenn ihr eigener Körper längst verwelkt war. Sie hatte ein weitaus längeres Leben vor sich, wenn nicht ein gewaltsamer Tod es irgendwann beendete. Sie brauchte nicht viel Phantasie, um sich vorzustellen, was wahrscheinlich geschehen würde, sobald sie älter wurde, ihre Schönheit schwand und die Faszination allmählich schwand, die sie jetzt noch auf Lyriel ausübte, während diese immer von Schönheit umgeben und selbst schön sein würde.

Und wie würde sie sich selbst fühlen, als alte Frau unter diesen zeitlosen Wesen? Sie wußte natürlich, daß das Aussehen nicht alles war, was zählte. Die Tatsache, daß Lyriel, die unter all den wunderschönen Frauen ihres Volkes hatte wählen können, sich ausgerechnet sie ausgesucht hatte, unterstrich im Grunde nur, daß sie nicht nur Wert auf Oberflächlichkeiten legte. Doch auch wenn dem so war, so würde es für Lyriel nur um so schwerer werden, wenn sie Tanya früher oder später an die Zeit verlor und ihr unvermeidlicher Tod sie trennen würde.

Während sie durch die verlassene Heimstatt ging und um eine Entscheidung rang, sah sie plötzlich einen Schatten, der über sie fiel. Erschrocken schaute sie auf, genau in das Gesicht von Gillian. »Ach, du bist es«, sagte sie erleichtert. »Hast du mich erschreckt.«

»Was machst du so allein hier?« fragte Gillian.

»Nachdenken«, entgegnete Tanya kurz. Sie hatte nicht vor, ausgerechnet mit Gillian über ihre Probleme zu reden. »Warum bist du denn nicht auf dem Fest?« lenkte sie schnell ab, bevor Gillian nachhaken konnte.

»Ich glaube nicht, daß ich dort erwünscht bin«, sagte Gillian.

»Wundert dich das?« entgegnete Tanya. »Du hast nun wirklich alles getan, um dich so unbeliebt wie möglich zu machen.«

»Oh, das glaube ich nicht«, entgegnete Gillian.

Tanya sah Gillian an. Irgend etwas war seltsam an ihr, und die Art, wie ihre Augen auf ihr ruhten, jagte ihr einen Schauder über den Rücken. »Ich glaube, ich gehe besser zurück«, erklärte sie und wollte sich zum Gehen wenden.

Da packte Gillian ihre Schulter und riß sie herum.

Bevor Tanya sich zur Wehr setzen konnte, fühlte sie, wie etwas Hartes und Kaltes in ihren Bauch gestoßen wurde.

»Ich glaube, jetzt habe ich mich wirklich unbeliebt gemacht«, flüsterte Gillian ihr ins Ohr, zog die Klinge mit einem Ruck heraus und stieß Tanya von sich.

Tanya taumelte keuchend zurück, preßte beide Hände gegen den Leib und sah entsetzt, wie das Blut zwischen ihnen hervorquoll. Sie hob den Kopf und sah Gillian fragend an. »W-warum?«

»Lyriel weiß es«, erwiderte Gillian kalt. »Grüß sie von mir.« Dann drehte sie sich einfach um und ging geradewegs in den Wald hinein.

Tanya fühlte, wie das Leben aus ihr herausströmte, doch sie wollte nicht einsam hier am Rand des Waldes sterben. Sie wußte, daß sie tödlich verletzt war, doch ihre Gedanken galten Lyriel und dem Wunsch, sie wenigstens noch einmal zu sehen. Es dauerte eine Ewigkeit, doch schließlich erreichte sie taumelnd und stolpernd den Festplatz. »Hilfe«, schrie sie oder wollte es zumindest, doch es kam kaum ein Laut über ihre blutverschmierten Lippen.

Und doch wurde sie gehört. Mehrere der Assari wandten den Kopf in ihre Richtung, und als sie ihre Verletzung sahen, stürzten sie sofort herbei.

Im gleichen Augenblick hob Lyriel, die noch immer nachdenklich am Feuer saß, den Kopf. »Tanya!« rief sie und sprang auf.

Damia und Tanyas Freundinnen folgten ihr, und als sie den Festplatz zur Hälfte überquert hatten, sahen sie auch schon, was geschehen war.

»Nein!« schrie Lyriel, als sie die blutüberströmte Gestalt ihrer Geliebten sah, stürzte neben ihr auf die Knie und nahm sie in die Arme.

Tanya lächelte, als sie durch den Schleier, der sich vor ihre Augen gelegt hatte, ihre Gefährtin erkannte.

Lyriel wollte etwas sagen, doch ihre Kehle war wie zugeschnürt.

»Lyriel«, flüsterte Tanya und sah in das tränenüberströmte Gesicht ihrer Geliebten. Mühsam hob sie eine Hand und streichelte ihre Wange. »Nicht . . . nicht weinen.« Im nächsten Moment verzog sich ihr Gesicht vor Schmerzen, und als es sich wieder entspannte, schlossen sich ihre Augen und Lyriel spürte kein Leben mehr in ihrer Geliebten.

Damia kämpfte mit sich. Sie wußte, daß es noch eine Möglichkeit gab, Tanya zu helfen, doch war das mit einem großen Opfer verbunden, und sie war sich nicht sicher, ob sie ein Mitglied ihrer Gemeinschaft vor eine solche Entscheidung stellen durfte. Doch würde sie Lyriel nicht im Grunde einen großen Gefallen tun, wenn sie ihr diese Möglichkeit gab? Nicht nur, weil sie damit Tanya retten konnte, sondern weil sie damit auch ein großes Problem aus der Welt schaffen würde.

Damia dachte daran, daß es für die abenteuerlustige Lyriel unter den anderen Assari nie eine wirkliche Partnerin gegeben hatte. Keine von ihnen teilte Lyriels Freude am Entdecken und ihre Neugier auf die Vergangenheit, die sie immer wieder hinaus in die Chaos-Ebenen trieb, um mit neuen Schätzen zurückzukehren. In Tanya hatte sie endlich eine gefunden, die ihr Geliebte und Freundin zugleich sein konnte, und falls sie den Weg beschritt, den Damia ihr zeigte, dann hatte sie damit auch die Chance, Tanya nicht nur ins Leben zurückzuholen, sondern es auch sehr lange mit ihr zu teilen. Doch war diese Lebenszeit dann nicht mehr unbegrenzt, wie die der Assari, denn von jenem Moment an würde Lyriel keine wirkliche Assari mehr sein und Tanya kein wirklicher Mensch.

Damia holte tief Luft. Nein, sie durfte Lyriel diese Chance nicht versagen, es war ihre eigene Entscheidung, ob sie das Opfer bringen wollte oder nicht. »Lyriel«, sagte sie und legte ihr eine Hand auf die Schulter.

»Laß mich«, schluchzte Lyriel. Sie hielt Tanyas toten Körper so behutsam wie ein Kind in ihren Armen und streichelte ihr Gesicht, als könne sie sie allein durch die zärtliche Berührung wieder ins Leben zurückholen.

»Lyriel, es gibt noch eine Möglichkeit«, sagte Damia mit energischer Stimme. »Tanya könnte leben, aber es liegt an dir.«

Sie hatte die Worte noch nicht ganz ausgesprochen, als Lyriel sich ihr zuwandte. »Was sagst du? Sie könnte leben? Aber wie?«

»Tanya ist auf dem Weg ins Licht. Aber sie hat es noch nicht erreicht. Erst dann wird ihr Tod unwiderruflich sein.«

»Und was kann ich tun?« Lyriel bezwang nur mühsam ihre Ungeduld.

»Tanya hat ebenso Magie in sich wie wir«, sagte Damia. »Und das gibt dir die Möglichkeit, ihr zu helfen. Wenn du deine Magie mit der ihren verbindest, dann hätte Tanya die Kraft, ihren Körper zu heilen und ins Leben zurückzukehren.«

»Du meinst eine Seelenverschmelzung?« fragte Lyriel.

»Nein«, sagte Damia. »Das hier ist weit mehr. Es ist kein kurzzeitiges Teilen von Gefühlen und Gedanken, sondern eine Vermischung eurer Magie, eurer Lebenskraft, die nicht mehr rückgängig zu machen ist. Tanya wäre von da an zur Hälfte eine Assari und du zur Hälfte ein Mensch. Eure Lebensspannen würden sich aneinander angleichen, doch wären sie bei weitem nicht mehr so lang wie die unseren. Bedenke, es ist ein Opfer, Lyriel, auch wenn du es vielleicht nicht so sehen magst.«

Lyriel sah Damia voller Hoffnung an. Dann wanderte ihr Blick zu Tanyas regloser Gestalt, die aussah, als würde sie schlafen. Sie dachte an all die Dinge, die sie mit ihr zusammen hatte erleben wollen, sie dachte an ihre erste Begegnung damals im Wald und an ihr Versprechen, einander Zeit zu geben. *Zeit*, dachte Lyriel. *Ich will diese Zeit. Es ist mir egal, ob es ein paar Hundert Jahre weniger sind, wenn ich sie nur mit dir verbringen kann.* Entschlossen wandte sie sich an Damia. »Ich bin bereit, dieses Opfer zu bringen«, erklärte sie. »Was muß ich tun?«

Damia seufzte und nickte. Damit hatte sie gerechnet. »Nimm Tanyas Hand und konzentriere dich so auf sie, wie du es bei der Seelenverschmelzung tust. Überlaß alles andere mir.«

Ohne zu zögern tat Lyriel wie ihr geheißen. »Ich bin bereit.«

Damia kniete sich hinter die beiden und legte ihre Hände an ihre Schläfen. Sie schloß die Augen und konzentrierte sich. Es dauerte eine Weile, doch plötzlich begann Lyriel zu zittern, ihr Gesicht nahm einen beinah schmerzlichen Ausdruck an, während sich gleichzeitig die klaffende Wunde in Tanyas Körper langsam schloß und ihre Wangen wieder rosig wurden, als ihr Herz erneut zu schlagen begann.

Lyriel atmete immer heftiger, warf sich hin und her, bis sie die Augen aufriß und Tanya sich gleichzeitig ruckartig aufsetzte und keuchend nach Luft schnappte. Damia löste sofort den Kontakt zu den beiden, und Lyriel wurde auf der Stelle ruhiger.

Noch ein wenig benommen drehte Tanya sich zu ihr um und nahm ihre Hand. »Lyriel«, flüsterte sie. »Was hast du getan?«

Lyriel sah ihre Geliebte an. Ihr Gesicht war schweißüberströmt, sie war völlig erschöpft, doch sie lächelte strahlend. »Ich habe mein Leben mit dir geteilt«, sagte sie leise. »Jetzt wird die Zeit uns nicht mehr trennen.«

Eine Woche später brachen die Freundinnen auf.

Lyriel und Tanya wollten sie bis an die Grenze der Chaos-Ebenen begleiten und dann zu ihrer ersten gemeinsamen Expedition aufbrechen.

Iliska und Bethany waren ziemlich nervös, schließlich sollten sie in der nächsten Zeit die Familien ihrer Angebeteten kennenlernen, und sie waren sich darüber einig, daß dies immer eine sehr heikle Angelegenheit war. In den vergangenen Tagen waren sie sich wieder ein wenig näher gekommen. Iliska wollte nicht wieder nach T'Mar zurückkehren, nachdem sie von Gillian erfahren hatte, daß Calydia an der Intrige gegen sie und Bethany indirekt beteiligt gewesen war. Lieber wollte sie zukünftig Shiree auf ihren Reisen begleiten.

Die Assari konnten Gillian nicht finden, und alle nahmen an, daß sie von den Schlangen getötet worden war. Es war sehr unwahrscheinlich, daß sie allein und in der Nacht heil durch den Wald gekommen war. Es war eine gerechte Strafe, und niemand trauerte ihr nach.

Die Freundinnen vereinbarten, sich alle zwei Jahre bei den Assari zu treffen, um ihre Freundschaft zu erneuern und den Tag ihres Sieges über Altea zu feiern, was ihnen den endgültigen Abschied, der wenige Tage später kam, erleichterte. Und dann ritten sie in verschiedene Richtungen davon, in der Gewißheit, daß für jede von ihnen ein neues, besseres Leben begonnen hatte.

Eine Woche zuvor

Eine Gestalt lief durch den Wald. Sie fürchtete sich weder vor den Assari noch vor den Schlangen, und das mit gutem Grund.

Was für ein Glück, dachte Altea, *daß Gillian niemals Befehlen gehorcht.* Im letzten Moment hatte sie den Saphir hinter den Bäumen blitzen sehen und Gillian erkannt, die sich dort versteckt hielt, um Alteas vermeintlichem Ende zuzusehen. Es war ein leichtes gewesen, Gillians Körper zu übernehmen und ihren Geist gefangenzusetzen. Das war zwar nicht mit dem schwarzen Krieger zu vergleichen, aber immerhin hatte ihr Geist überleben können. Nun konnte sie auf die Nebelinsel zurückkehren, wo sie Gillian völlig ihrer Macht unterwerfen und sie dann aussenden würde, einen neuen und besseren Körper für sie zu finden.

Sollten nur alle glauben, sie wäre tot und besiegt. Alteas Zeit würde kommen, und sie hatte die Geduld, darauf zu warten.

Weitere Titel der édition el!es

Toni Lucas: Paar für ein Jahr

Die Pierrots tanzen weiter

Leas Glück scheint perfekt. Lilia hat sich tatsächlich für sie entschieden und ist bei ihr eingezogen. Doch wie kann sie mit einer Frau zusammenleben, die gerade erst dabei ist, sich selbst zu finden und die so ganz eigene Vorstellungen von einer Beziehung hat?
Ihr bleibt nur ein Jahr, um das herauszufinden . . .

Shari J. Berman: Herz ist Trumpf

Erotischer Liebesroman

Die junge Journalistin Rachel lernt auf einem Lesbenpokerabend die verführerische, etwas ältere Eden kennen – ein erotisches Abenteuer beginnt, das schnell zu Liebe wird. Obwohl zunächst alles perfekt scheint, bleibt die Vertreibung aus dem Paradies nicht aus und stellt die Beziehung auf eine harte Zerreißprobe.
Sind die Bande zwischen Rachel und Eden stark genug, die dramatischen Ereignisse zu überstehen?

Brenda L. Miller: Mein Herz bewacht dich

Liebesroman

Grace, pubertierender Teenager, wird für sechs Monate in ein Boot Camp geschickt. Dort lernt sie zu gehorchen, wird aber auch von der strengen Ausbilderin Carey ermuntert, ihre Nase in Bücher zu stecken und zu lernen. Denn Grace ist nicht unbegabt. Nach einiger Zeit jedoch wird das Verhältnis zwischen Grace und Carey immer freundschaftlicher – und liebevoller . . .

Julia Arden: Liebe unerwünscht

Liebesroman

Jennifer Feiler ist knallharte Geschäftsfrau und bekannt für ihre Affären. Auch der Flirt mit der attraktiven Ärztin Caroline stellt keine Ausnahme dar, doch Caroline weist Jennifer ab. Caroline fühlt sich zwar mehr zu Jennifer hingezogen, als ihr lieb ist, aber Jennifer ist nicht die Frau, der man sein Herz schenken sollte – für tiefere Gefühle hat sie keine Verwendung: Liebe ist ihr unerwünscht.

Victoria Pearl: Das zwischen uns

Erotischer Liebesroman

Jasmin hat es sich recht gemütlich im Junggesellinnendasein eingerichtet, als eine atemberaubende Schönheit ihre Buchhandlung betritt. Sie verlieren sich aus den Augen, sie sehen sich wieder – und es beginnt etwas, das Jasmin »Beziehung« nennt. Ihre Geliebte hält sich jedoch einiges offen. Ständig lernen sie neue Frauen kennen, von denen Jasmin nie weiß, wie nahe sie und ihre Geliebte sich kommen. Geduldig erträgt sie die Spielchen, doch kann eine solche Beziehung wirklich ewig dauern?

Corina Ehnert: Eine WG zum Verlieben (Band 1: »Alex«)

Liebesroman

Eine Lesben-WG, in der es drunter und drüber geht: Alex kann sich nicht zwischen Katrin und Nico entscheiden, obwohl Nico eigentlich Paulas Blind Date ist; Casanova Franzi wandelt plötzlich auf monogamen Pfaden, und Thea kriegt irgendwie nie eine Frau ab. Verwicklungen und Verzwicklungen bleiben spannend bis zum Schluß – an dem sich die Fäden entwirren. ... oder?

Catherine Fox: Achterbahn der Gefühle

Liebesroman

Jessica will heiraten und hält sich für glücklich, als sie von ihren Freundinnen eine Junggesellinnenreise geschenkt bekommt. Auf einem Reiterhof soll sie ihrem Hobby frönen und die letzten Tage Freiheit genießen. Doch mit der Entspannung ist es bald vorbei, denn sie trifft Kim, die ihren Gefühlshaushalt gehörig durcheinanderbringt. Sie gerät in einen Strudel leidenschaftlicher Gefühle, erfährt eine Zärtlichkeit, die sie nicht kannte. Sie verliebt sich in Kim, aber was wird bleiben, wenn sie wieder zu Hause im alten Trott versinkt?

Ruth Gogoll: Zwei Welten

Erotischer Liebesroman

Wer sich etwas wünscht, sollte vorsichtig sein bei der Formulierung. Nico jedenfalls war es nicht und landet inmitten einer schrecklich netten Familie im Herzen der Heterosexualität: Häuschen in der Vorstadt, Ehegatte geht morgens brav zur Arbeit, die Kinder quengeln, die Nachbarinnen tratschen ... Da taucht in dieser Heterohölle ein ganz normales (lesbisches) Paar auf, und Nico verliebt sich. Wie kann sie aber in ihre eigene Welt zurückkehren und gleichzeitig diese Liebe aus der anderen Welt bewahren?

Anthologie »Lesbisches Jugendbuch«

Kurzgeschichten

In dieser Anthologie werden die Geschichten der Gewinnerinnen aus unserem Schreibwettbewerb »Lesbisches Jugendbuch« veröffentlicht. Geschichten von Jugendlichen für Jugendliche – ausgewählt vom Literaturteam des Jugendzentrums *anyway* in Köln.

Hanna Berghoff: Du bist die Welt für mich

Liebesroman

Ein Bauernhof inmitten Deutschlands: Die Fehde zwischen den Schwestern Veronika und Franziska Perner vertieft sich, als die neue Tierärztin Dr. Jutta Adler mit frischen Ideen und Behandlungsmethoden gehörig Staub aufwirbelt. Aus Liebe (zu den Tieren und zur Tierärztin) beginnt Veronika in München Veterinärmedizin zu studieren, doch Franziska läßt nichts unversucht, um dem Liebesglück ein jähes Ende zu bereiten. Als dann noch die Zukunft des Hofes auf dem Spiel steht, muß Veronika eine schwere Entscheidung fällen . . .

Toni Lucas: Vom Tanz der Pierrots

Liebesroman

Nach einem nicht ganz freiwilligen One-night-stand wird Lea aus ihrer bequemen, langjährigen Beziehung herauskatapultiert. Sie zieht in eine Kleinstadt, die trostloser nicht sein kann. Nur ihre verheiratete Kollegin Lilia bringt Farbe in den Alltag, und nach einiger Zeit mangelt es auch an Erotik nicht. Allerdings scheinen die beiden zunächst doch nicht füreinander geschaffen – oder müssen sie erst einmal auseinandergehen, um schließlich zueinander zu finden?

Heike Fremmer: Hotel Prinzess

Liebesroman

Sofie managt ein Hotel in Hamburg, das an einen Amerikaner verkauft werden soll. Die von ihm entsendete Frau fürs Grobe ist Erica, die sich inkognito im Hotel aufhält. Sofie und Erica kommen sich näher, doch Erica verschweigt den wahren Grund ihres Aufenthaltes. Kein gutes Fundament für eine Beziehung, doch Erica hat Angst, Sofie zu verlieren, wenn die Wahrheit ans Licht kommt . . .

Julia Arden: ... und wenn du auch die Wahrheit sprichst

Liebesroman

Michaela Dietz läßt sich engagieren, um die Tochter eines Hotelbesitzers zu überreden, das Familienunternehmen weiterzuführen. Sehr zur Freude des schlechten Gewissens blüht Tanja Kanter in Michaelas Nähe auf und – natürlich, verliebt sich in sie. Doch was passiert, wenn Tanja Michaelas wahre Gründe für die unerwartete Zuneigung erfährt? Und was sagt Michaelas langjährige Freundin Vanessa eigentlich dazu?

Ruth Gogoll: L wie Liebe

Liebesroman

Bunt und unterhaltsam: Großstadtlesben und ihre (Liebes-)Abenteuer. Da ist das ungleiche Paar Marlene und Anita, das gehörig Nachhilfe in Sachen Romantik benötigt; Carolin und Ina schweben (noch) im siebten Himmel; Chris und Sabrina stecken in einer verstaubten Beziehung fest, und schließlich können sich Rick, Thea und Melly noch nicht so recht entscheiden. Verwicklungen folgen, und schon sehr bald ist nichts mehr so, wie es anfänglich war . . .

Victoria Pearl: Endlich gefunden

Liebesroman

Krankenschwester Hanna hat sich gerade aus der unheilvollen Beziehung zu Birte gelöst, als ihr eine Fremde für einen kurzen Moment den Kopf verdreht. Zurück im Arbeitsalltag nimmt Hanna erst nach langer Zeit wieder via Internet Kontakt zu anderen Frauen auf. Die Überraschung folgt auf dem Fuß, doch ist die Traumfrau tatsächlich endlich gefunden?

Julia Arden: Vertrau mir

Roman

Anna Ravensburg lebt ruhig und zurückgezogen auf ihrem Tierhof. Mit der Idylle ist es vorbei, als Kommissarin Maike Roloff auftaucht: Zwei Pharma-Manager sind entführt worden, und Annas Vergangenheit als radikale Tierschützerin könnte bei der Aufklärung helfen. Zunächst widerstrebt es Anna, die Polizei zu unterstützen, doch bald muß Anna sich eingestehen, daß sie sich zu Maike hingezogen fühlt. Maike hingegen scheint sich nur für eines zu interessieren: Die Lösung ihres Falles.

Alexandra Liebert: Der Schlüssel zum Glück

Liebesgeschichten

Geschichten rund um das Verlieben: Ob gewollt oder ungewollt, überraschend oder nicht – Alexandra Liebert versteht es, ihre Heldinnen in kleinen, unbeschwerten Geschichten auf spannende Art zusammenzubringen. Da sucht Cathy nur nach einem Job und findet die Liebe, Lisa sucht erholsame Ferien in San Francisco – und findet die Liebe, Carmen und Maria haben sich mit dem Auto verfahren, suchen den richtigen Weg und finden: die Liebe.

Sie wollen jetzt wissen, wer noch alles die Liebe findet? Und welche Hürden dabei zu überwinden sind? Wir haben da einen kleinen Tip für Sie: Kaufen Sie doch einfach dieses Buch . . .

Alexandra Liebert: Träume aus der Ferne

Liebesgeschichten

Geschichten rund um das Verlieben: »Viele Wege führen nach Rom, aber keiner führt an den Geschichten von Alexandra Liebert vorbei – wenn frau romantische Liebesgeschichten schätzt. In ihrer ganz eigenen, feinfühligen Art beschreibt die Autorin das Suchen und schließlich auch das Finden der Liebe, die verschiedene Gesichter haben kann und darum auch auf unterschiedlichen Wegen erkämpft, erwartet oder erkannt werden will.« (Victoria Pearl)

Anna Peters: Herzköniginnen

Liebesroman

Susanne gibt eine Zeitungsanzeige auf und lernt die um einiges ältere Anna kennen. Sie beginnen eine rege Brieffreundschaft, verlieben sich, treffen sich schließlich – und werden in einer leidenschaftlichen, intensiven Beziehung glücklich.

Die Geschichte wird allein in den Briefen erzählt, die sich beide schreiben.

Ruth Gogoll: Verbotene Leidenschaft

Erotischer Liebesroman

Sich in die eigene Chefin zu verlieben, wenn diese augenscheinlich hetero ist, gehört in jedem Fall zu den Dingen, die eine Lesbe nicht tun sollte. Doch eine erwachte Leidenschaft läßt sich nicht einfach abschalten, und so gilt es, die Chefin zu bekehren – auch, wenn das mit reichlich Widrigkeiten einhergeht.